# Des vérités cachées

Ann Cleeves

# Des vérités cachées

Traduit de l'anglais par Claire Breton

ÉDITIONS FRANCE LOISIRS

Titre original :
*HIDDEN DEPTHS*
publié par Macmillan, an imprint of Pan Macmillan Ltd, Londres.

Édition du Club France Loisirs,
avec l'autorisation des Éditions Belfond

Éditions France Loisirs,
123, boulevard de Grenelle, Paris
www.franceloisirs.com



ISBN : 978-2-298-01926-1

*Aux garçons*

# 1

Julie descendit tant bien que mal du taxi et le regarda s'éloigner. Devant le portillon elle s'arrêta pour reprendre contenance. Mieux valait ne pas s'afficher ivre après avoir tant fait la leçon aux enfants. Les étoiles tournoyaient et s'abîmaient dans le ciel et elle avait la nausée. Mais elle s'en fichait. Elle avait passé une excellente soirée, la première avec les filles depuis des lustres. Même si ce n'était pas grâce aux filles que ces moments avaient été excellents, se dit-elle, et elle s'aperçut qu'un grand sourire béat lui fendait le visage. Heureusement qu'il faisait noir et que personne ne pouvait la voir.

À la porte elle s'arrêta de nouveau et chercha sa clef à tâtons au milieu des eye-liner, mouchoir taché de rouge à lèvres et menue monnaie jetés pêle-mêle au fond de son sac. Ses doigts trouvèrent le coin de carte déchiré au bar. Un numéro de téléphone et un nom. *Appelle-moi vite.* Suivi d'un petit cœur. Le premier homme qu'elle touchait depuis Geoff. Elle sentait encore sa colonne sous ses doigts quand ils dansaient. Dommage qu'il ait dû partir si tôt.

Elle referma son sac et écouta. Rien. Le silence

était tel que la musique de la soirée lui bourdonnait dans les oreilles de manière assourdissante. Se pouvait-il que Luke dorme ? Laura était capable de ronfler comme un sonneur, mais son frère n'avait jamais réussi à prendre le pli. Même maintenant qu'il avait arrêté l'école et que rien ne l'obligeait à se lever le matin, il était généralement le premier debout. Julie poussa la porte d'entrée et tendit l'oreille tout en glissant ses pieds hors des chaussures qui la blessaient depuis qu'elle était sortie du métro, des heures plus tôt. Bon sang, elle n'avait pas dansé comme ça depuis ses vingt-cinq ans. Aucun bruit. Pas de musique, pas de télévision, pas de bip d'ordinateur. Ouf ! soupira-t-elle. Ouf et trois fois ouf ! Elle avait envie de dormir et de faire des rêves coquins. Dans la rue, une voiture démarra.

Julie alluma la lumière. La clarté lui transperça le crâne et la nausée l'assaillit. Elle laissa tomber son sac pour se ruer aux toilettes à l'étage, trébucha en chemin. Pas question de vomir sur la moquette neuve de l'entrée. La salle de bains était fermée, un rai de lumière filtrait sous la porte. Du placard-séchoir provenait le léger gargouillis caractéristique du ballon d'eau chaude en train de se remplir. Évidemment, quoi de plus typique ? Il fallait des heures pour persuader Luke de se doucher le matin et voilà qu'il décidait de prendre un bain au milieu de la nuit. Elle frappa, mais sans précipitation. La nausée était passée.

Luke ne répondit pas. Il devait être dans une de ses phases de mauvaise humeur. Elle avait beau savoir qu'il n'y pouvait rien et qu'il fallait être patiente, Julie avait parfois envie de l'étrangler quand il devenait bizarre. Elle traversa le palier pour pousser la porte de la chambre de Laura. En regardant sa fille, elle se sentit soudain fondre, se dit qu'elle devrait s'efforcer de passer plus de temps avec elle. Quatorze ans, c'était un âge difficile pour une fille et dernièrement Julie avait été tellement accaparée par Luke que Laura lui semblait presque étrangère. Elle avait poussé sans que sa mère s'en aperçoive. Allongée sur le dos, ses cheveux hirsutes paraissant plus noirs encore sur l'oreiller, elle ronflait légèrement, la bouche ouverte. C'était la mauvaise période pour le rhume des foins. Julie s'aperçut que la fenêtre était ouverte et, malgré la chaleur, la referma pour empêcher le pollen d'entrer. Le clair de lune inondait le champ récemment fauché derrière la maison.

Elle retourna à la salle de bains et tapa sur la porte du plat de la main.

— Hé, tu comptes passer la nuit dans ton jus ?

Au troisième coup, la porte s'ouvrit. Elle n'était pas fermée à clef. Il flottait un parfum d'huile de bain, lourd et sucré, que Julie ne reconnut pas. Les vêtements de Luke étaient proprement pliés sur le couvercle des W-C.

Il avait toujours été très beau, déjà bébé. Beaucoup plus beau que Laura, ce qui paraissait injuste. C'étaient ses cheveux blonds sur ses yeux sombres, ses longs cils noirs. Julie le dévisageait, immergé dans l'eau du bain, ses cheveux remontant comme des algues vers la surface. Elle ne pouvait pas voir son corps à cause des fleurs. Elles flottaient sur l'eau parfumée. Seulement les capitules, sans tiges ni feuilles. Il y avait de ces grandes marguerites qui poussaient dans les champs quand elle était petite. Des coquelicots trop ouverts, leurs pétales rouges maintenant translucides. Et d'énormes fleurs bleues, qu'elle avait déjà vues dans des jardins du village, mais dont elle ignorait le nom.

Elle avait dû pousser un hurlement. Elle l'entendit comme si le son était venu de quelqu'un d'autre.

Pourtant Laura dormait toujours et il fallut la secouer pour la réveiller. Les yeux de l'adolescente s'ouvrirent soudain, tout ronds. Elle parut terrifiée et Julie se retrouva en train de marmonner, tout en sachant qu'elle mentait : « Tout va bien, ma chérie. Tout va bien. Mais il faut te lever. »

Laura balança ses jambes hors du lit. Elle tremblait, pas vraiment réveillée. Julie l'enlaça et la soutint pendant qu'elles descendaient l'escalier en trébuchant.

Elles s'arrêtèrent ainsi, chacune étreignant l'autre, sur le perron de la maison voisine, et leur silhouette projetée par le lampadaire évoqua à Julie une course folle à trois jambes. Une de ces tournées des bars qu'affectionnaient les étudiants. Elle appuya sur la sonnette jusqu'à ce que la lumière s'allume à l'étage, que des bruits de pas résonnent et que quelqu'un soit là pour partager le cauchemar.

# 2

Felicity Calvert était ennuyée que le sexe ait pris une telle place dans ses préoccupations. Un jour, dans la salle d'attente du médecin, elle avait lu un article qui disait qu'à l'adolescence, les garçons pensaient au sexe toutes les six minutes environ. Elle avait eu du mal à le croire. Comment ces jeunes gens pouvaient-ils mener une vie normale – aller au collège, regarder un film, jouer au foot – en étant si fréquemment distraits ? Et *quid* de son propre fils ? En regardant James en train de jouer aux Lego par terre, elle n'avait pas pu imaginer que quelques années plus tard, il serait obsédé de cette façon. Mais à présent, elle se disait qu'un intervalle de six minutes entre deux rêveries sexuelles était peut-être une estimation modeste. Du moins dans son cas. Depuis un moment maintenant, une conscience de son corps et de ses réactions l'accompagnait quoi qu'elle fasse, toile de fond troublante, parfois agréable, aux activités quotidiennes. Pour une femme de son âge, cela paraissait déplacé. Comme si elle avait assisté à des funérailles toute de rose vêtue.

Felicity était allée cueillir les premières fraises dans le jardin. Elle souleva le filet avec précaution, glissa la main sous la maille. Les fraises étaient encore petites mais il devait y en avoir assez pour le quatre-heures de James. Elle en goûta une, la trouva très sucrée et tiédie par le soleil. En regardant sa montre, elle s'aperçut que l'heure du car scolaire approchait. Dans dix minutes elle devrait se laver les mains et descendre le chemin pour aller à sa rencontre. Elle ne le faisait pas toujours. James s'estimait assez grand pour rentrer seul à la maison. Mais aujourd'hui il aurait son violon et serait heureux qu'elle soit là pour l'aider à porter ses affaires. Elle se demanda brièvement si ce serait le vieux chauffeur ou bien le jeune au débardeur et aux bras musclés, puis jeta un nouveau coup d'œil à sa montre. Deux minutes seulement depuis sa dernière pensée lubrique. De nouveau elle se dit qu'à son âge c'était assez ridicule.

Felicity avait quarante-sept ans. Un mari et quatre enfants. Elle était *grand-mère*, bon sang ! Dans quelques jours, Peter, son mari, fêterait ses soixante ans. Les bulles de luxure affleuraient au petit bonheur, au moment où elle s'y attendait le moins. Elle n'en avait rien dit à Peter. Que nenni ! Ce n'était évidemment pas lui l'objet de son désir. Ces temps-ci ils faisaient rarement l'amour.

Elle se releva et traversa la pelouse pour regagner la cuisine. La résidence de Fox Mill se dressait sur le site d'un ancien moulin à eau : une grande demeure des années 1930, maison de campagne que s'était fait construire sur la côte un armateur de la ville. D'ailleurs elle ressemblait à un bateau, avec ses lignes courbes, douces, et le bief qui murmurait un peu plus loin. Un grand vaisseau Arts déco, assez incongrûment naufragé au beau milieu de cette plaine cultivée, la proue orientée vers la mer du Nord et la poupe vers les collines du Northumberland à l'horizon. Une longue terrasse abritée d'un portique courait sur un côté, tel le pont d'un navire, peu utilisable dans cette région où il faisait rarement assez chaud pour s'installer dehors. Felicity adorait cette maison. Ils n'auraient jamais pu se l'offrir avec un salaire d'universitaire, mais Peter avait perdu ses parents peu de temps après leur mariage et hérité de tout ce qu'ils possédaient.

Elle posa le panier de fraises sur la table et s'inspecta dans le miroir de l'entrée, passa ses doigts dans ses cheveux, se remit une touche de rouge à lèvres. Elle était plus âgée que les mères des camarades de James et ne supportait pas l'idée de lui faire honte.

Sur le chemin les sureaux étaient en fleur. Leur parfum lui fit tourner la tête et resta au fond de sa gorge. De part et d'autre le blé mûrissait. Les champs ici étaient trop denses pour que des fleurs puissent s'y épanouir, mais dans celui qui leur appartenait, à côté de la maison, poussaient des boutons-d'or, des trèfles, des vesces du Bengale. Au loin le goudron miroitait sous la brume de chaleur. Le soleil brillait sans discontinuer depuis trois jours.

Ce week-end, on fêterait l'anniversaire de Peter et elle réfléchissait à ce qu'ils allaient faire. Vendredi soir les garçons viendraient. Felicity les voyait toujours comme des gamins alors que Samuel, au moins, était du même âge qu'elle. Si le temps se maintenait, samedi ils pourraient pique-niquer sur la plage, aller jusqu'aux îles Farnes pour voir des macareux moines et des guillemots. James adorerait ça. Elle lorgna le ciel, se demandant si elle sentait approcher un front froid ou le plus petit nuage à l'horizon. Rien. Peut-être ferait-il même assez chaud pour aller se baigner, se réjouit-elle, et elle imagina les vagues s'écrasant sur son corps.

Lorsqu'elle arriva au bout du chemin il n'y avait pas trace du car. Elle se hissa sur la plate-forme de bois où autrefois les bidons de la ferme attendaient le camion de lait. La surface était chaude et sentait la poix. Felicity se laissa aller sur le dos, face au soleil.

Dans deux ans James entrerait au collège. Elle appréhendait terriblement ce moment. Peter voulait l'inscrire dans un établissement privé en ville, celui où il était lui-même allé. Elle avait vu les garçons en blazer rayé dans le métro. Ils lui avaient paru un peu trop sûrs d'eux et tapageurs.

« Mais comment ira-t-il ? » avait-elle argué. Ce n'était pas sa véritable objection. Elle pensait qu'il serait mauvais pour James d'être bousculé. C'était un enfant lent, rêveur. Il s'en sortirait mieux en avançant à son propre rythme. L'établissement polyvalent du village voisin serait plus adapté. Même le collège de Morpeth, où leurs autres enfants avaient été scolarisés, lui avait paru exigeant.

« Je l'emmènerai et le ramènerai, avait répondu Peter. Il aura des tas d'activités après les cours. Ça le fera patienter jusqu'à ce que j'aie fini ma journée. »

Cela ne l'avait rendue que plus réticente. Les moments qu'elle passait avec James lorsqu'il rentrait de l'école étaient privilégiés. Sans eux, pensait-elle, elle le perdrait.

Elle entendit le vrombissement du car qui montait la côte et se redressa, plissant les yeux face au soleil pour le regarder approcher. C'était le vieux chauffeur qui conduisait, Stan. Elle le salua d'un signe pour cacher sa déception. D'ordinaire, trois enfants descendaient à cet arrêt : les jumelles de la ferme voisine et James. Aujourd'hui, une inconnue apparut la première, une jeune femme portant des sandales en cuir et une robe sans manche, rouge et or, à corset ajusté sur une ample jupe tournoyante. Felicity craqua pour la robe, sa manière de tomber et ses couleurs chatoyantes – les jeunes d'aujourd'hui semblaient préférer le noir ou le gris même en été – et lorsqu'elle vit la jeune femme aider James à descendre du car avec ses sacs et son violon, sa sympathie lui fut aussitôt acquise. Les jumelles traversèrent et grimpèrent en courant le sentier de la ferme, le car s'éloigna et ils se retrouvèrent plantés là tous les trois, un peu mal à l'aise, à côté de la haie.

— Voilà Mlle Marsh, dit James. Elle travaille à l'école.

La nouvelle venue avait un grand sac de paille retenu à l'épaule par une lanière en cuir. Elle tendit une main très brune, longue et osseuse. Le sac glissa sur son bras et Felicity vit qu'il contenait des dossiers et un livre emprunté à la bibliothèque.

— Lily.

Sa voix était claire.

— Je suis en formation. C'est mon dernier stage avant d'enseigner.

Elle sourit comme si elle s'attendait que Felicity soit ravie de faire sa connaissance.

— Je lui ai dit qu'elle pouvait venir s'installer dans notre cottage, expliqua James avant de s'éloigner, les mains vides, sans se préoccuper de savoir laquelle des adultes porterait ses affaires.

Felicity ne savait pas quoi dire.

— Il vous a bien parlé de ma recherche de logement ? s'enquit Lily.

Felicity secoua la tête.

— Oh non, c'est atrocement gênant !

Mais elle ne paraissait pas particulièrement gênée. Elle devait être éminemment sûre d'elle pour trouver l'incident amusant.

— Sans voiture, c'est un vrai supplice de venir de Newcastle tous les jours. La directrice a demandé en assemblée si quelqu'un connaissait un endroit où je pourrais loger. On pensait à un B&B ou à quelqu'un qui voudrait bien m'héberger moyennant finance. Mais hier, James a parlé de votre cottage à louer. J'ai essayé d'appeler cet après-midi mais ça ne répondait pas. Il m'a dit que vous deviez être dans le jardin et que je n'avais qu'à venir de toute façon. Je croyais que vous étiez au courant. C'était difficile de refuser…

— Oh oui, acquiesça Felicity. Il peut se montrer très persuasif.

— Écoutez, ce n'est pas grave. Il fait un temps magnifique. Je vais rentrer à pied au village, il y a un bus pour Newcastle à six heures.

— Laissez-moi le temps d'y réfléchir. Venez donc boire un thé.

Ils avaient déjà loué le cottage, mais cela n'avait jamais été très concluant. Au début ils étaient contents de ce revenu supplémentaire. Même avec l'héritage des parents de Peter, les traites à rembourser étaient un vrai cauchemar. Ensuite, avec trois enfants en bas âge, ils s'étaient dit que cette dépendance pourrait loger une nounou ou une jeune fille au pair. Mais ces dernières s'étaient plaintes du froid, d'un robinet qui fuyait et du manque de confort moderne. De leur côté, la présence d'une étrangère si près d'eux mettait les Calvert mal à l'aise. Ils avaient vécu le fait d'être responsables de leurs locataires comme un stress supplémentaire. Bien qu'aucune n'ait été particulièrement gênante, c'était toujours un soulagement de les voir partir. « Plus jamais », avait dit Peter lorsque la dernière, une jeune Suédoise au pair qui avait le mal du pays, avait quitté les lieux. Felicity ne savait pas trop ce qu'il penserait d'avoir une autre jeune femme à sa porte, même s'il ne restait que quatre semaines d'ici à la fin de l'année scolaire.

Comme elles s'asseyaient dans la cuisine, où la brise marine soulevait le rideau de mousseline de la fenêtre ouverte, Felicity Calvert se dit qu'elle louerait probablement le cottage à la jeune femme si elle le désirait. Pour si peu de temps ça ne gênerait pas trop Peter.

James était assis avec elles à table, entouré de ciseaux, de morceaux de papier découpés et d'un tube de colle. Il buvait du jus d'orange et confectionnait une carte d'anniversaire pour son père. C'était une affaire compliquée avec des photos de Peter extraites de vieux albums et agencées en collage autour d'un grand 60 en ruban et paillettes. Lily s'extasia et posa des questions sur les clichés anciens. Felicity sentit que James était ravi de son intérêt et éprouva un élan de gratitude.

— Si vous habitez Newcastle, dit-elle, je suppose que vous ne resterez pas au cottage le week-end.

Ce serait un autre argument à avancer devant Peter, pensait-elle. *Elle ne serait là que pendant la semaine. Et tu travailles si tard que tu ne te rendrais même pas compte de sa présence.*

Le cottage se dressait au-delà du pré où poussaient les fleurs sauvages. Outre le jardin, c'était tout ce qu'ils possédaient comme terrain. Vu de la maison, le bâtiment paraissait si petit, si ramassé, qu'on avait peine à croire que quiconque puisse y habiter. Un chemin piétiné se dessinait dans l'herbe et Felicity se demanda qui avait bien pu s'y rendre depuis que cela avait repoussé. James, sans doute. Il s'en servait de repaire quand il invitait des copains à jouer. Mais ils maintenaient l'édifice fermé et elle ne se rappelait pas qu'il lui ait demandé la clef récemment.

— On l'appelle le « cottage », mais c'est très exagéré, précisa-t-elle. Il n'y a que deux pièces, une à l'étage et une au rez-de-chaussée, avec une salle de bains à l'arrière. C'était la maison du jardinier, quand la villa a été construite. Et avant, elle servait de porcherie, je crois. Ou quelque chose comme ça, en tout cas.

La porte était fermée par un cadenas. Felicity l'ouvrit puis hésita, soudain mal à l'aise. Elle aurait aimé jeter un coup d'œil à l'intérieur avant d'y introduire la jeune femme. Il aurait fallu faire patienter Lily dans la cuisine le temps d'inspecter les lieux.

Heureusement, hormis l'humidité qui la frappa aussitôt, l'endroit était assez présentable. L'âtre était vide, bien qu'elle ne se souvienne pas de l'avoir nettoyé après le départ de sa benjamine et de son mari à Noël. Les casseroles pendaient à leur place au mur et la toile cirée de la table avait été nettoyée. La fraîcheur qui régnait ici était agréable après la touffeur du pré. Felicity ouvrit la fenêtre.

— Ils font les foins à la ferme, dit-elle. Ça embaume jusqu'ici.

Lily était entrée. Impossible de dire si la maison lui plaisait. Felicity s'était attendue qu'elle en tombe amoureuse et se sentit vexée. Comme une avance amicale qui aurait été rejetée. Elle conduisit la jeune femme jusqu'à la petite salle de bains. En précisant que la douche était neuve et que le carrelage avait été changé récemment, elle eut l'impression d'être un agent immobilier faisant l'article pour placer son bien. Pourquoi est-ce que je me mets à agir comme ça ? s'interrogea-t-elle. Je n'étais même pas sûre de vouloir qu'elle loge ici.

Enfin, Lily dit quelque chose.

— Je peux voir l'étage ?

Et elle entreprit de gravir l'escalier de bois qui montait à pic depuis la cuisine. Felicity éprouva la même gêne que lorsqu'elle s'était arrêtée à l'entrée du cottage. Elle aurait voulu jeter un coup d'œil avant.

Mais là encore, la pièce était mieux rangée qu'elle ne s'y attendait. Le lit était toujours fait, la courtepointe et les couvertures supplémentaires proprement pliées au pied. Il y avait de la poussière sur la commode et la coiffeuse, sur les photos de famille qui les ornaient, mais rien des saletés et du bazar qui restaient généralement après le passage de sa fille. Un bouquet de roses blanches trônait sur le large rebord de la fenêtre. Un pétale était tombé et Felicity le ramassa machinalement. Bien sûr, songea-t-elle. Mary est venue sans attendre que je le lui demande. Quel amour ! Si discrète et si efficace ! Mary Barnes venait faire le ménage deux fois par semaine.

Ce n'est que lorsqu'elle eut refermé le cadenas qu'elle s'aperçut que les roses ne pouvaient pas être là depuis plus de quelques jours et que Mary, dépourvue d'imagination, n'aurait jamais eu une si charmante attention sans qu'on la lui souffle.

Les deux femmes restèrent un moment devant la porte.

— Eh bien ? s'enquit Felicity. Qu'en pensez-vous ?

Elle perçut une note faussement enjouée dans sa voix. Lily sourit.

— C'est ravissant, répondit-elle. Vraiment. Mais il y a tellement de choses à prendre en compte. Je vous rappellerai, si vous voulez bien. La semaine prochaine.

Felicity comptait lui proposer de la raccompagner en voiture, au moins jusqu'à l'arrêt de bus du village, mais Lily tourna les talons et s'éloigna d'un pas vif. Incapable de se résoudre à l'appeler ou à lui courir après, Felicity la suivit du regard jusqu'à ce que sa silhouette rouge et or se perde dans les hautes herbes.

# 3

Julie n'arrivait plus à s'arrêter de parler. Elle savait qu'elle était ridicule, mais les mots déferlaient et la grosse femme enfoncée dans le fauteuil club que Sal avait acheté en solde l'année précédente l'écoutait sans broncher. Sans prendre de notes, sans poser de questions. Elle l'écoutait, simplement.

— C'était un bébé facile. Pas comme Laura. Elle, ç'a été un vrai choc après Luke. Une petite demoiselle exigeante, toujours à dormir ou à pleurer ou avec un bib dans le bec. Luke était…

Julie s'interrompit, cherchant le mot juste. La grosse inspectrice n'intervint pas, lui laissa le temps de réfléchir.

— … calme, paisible. Il pouvait rester éveillé toute la journée à regarder les ombres au plafond. Il a parlé assez tard mais entre-temps, j'avais eu sa sœur et la puéricultrice pensait que c'était pour ça. Je veux dire, Laura était si éveillée, elle me pompait tellement de temps et d'énergie que Luke s'était retrouvé en plan. Pas de quoi s'inquiéter, disait la puéricultrice. Il rattraperait son retard dès qu'il commencerait à aller à la garderie. Geoff vivait encore avec nous, mais il travaillait souvent loin. Il est plâtrier. Il y a plus d'argent dans le Sud alors il passait par une agence et s'est retrouvé à bosser à Londres, à Canary Wharf… Ça me donnait pas mal de pain sur la planche, deux enfants en bas âge et pas d'homme à la maison.

À ces mots son interlocutrice finit par réagir, hochant discrètement la tête pour montrer qu'elle comprenait.

— J'ai commencé à le mettre à la garderie du village. La première fois il n'a pas voulu rester, les assistantes ont dû me l'arracher des bras et quand je suis revenue une heure plus tard, il pleurait toujours. Ça m'a brisé le cœur, mais je me suis dit que c'était pour son bien. Il avait besoin de compagnie. La puéricultrice m'a confortée dans l'idée que c'était le mieux à faire. Et effectivement, il a fini par s'habituer. Ou du moins, par y aller sans hurler. Sauf qu'il me regardait toujours avec ces yeux... Sans un mot, mais son expression disait : « M'oblige pas à y aller, Maman. Je t'en supplie. »

Julie était assise par terre, le menton sur les genoux et les bras autour des jambes. Elle leva la tête vers l'inspectrice, qui la regardait toujours et attendait. Il lui apparut soudain que cette femme, forte et solide comme un roc, avait peut-être connu la tragédie elle aussi. Que c'était pour ça qu'elle était capable de l'écouter sans émettre ces onomatopées compatissantes débiles que Sal et le docteur lui avaient servies. Cette femme savait que rien de ce qu'elle pourrait dire ne saurait arranger les choses. Mais Julie n'avait que faire de la tristesse de l'inspectrice et cette pensée ne fut que fugitive. Elle reprit son histoire.

— C'est dans ces eaux-là que Geoff est revenu de Londres. Il a dit que le chantier était terminé, mais j'ai su par un de ses collègues qu'il avait eu des mots avec le chef d'équipe. Il bosse bien, Geoff, alors il ne faut pas le chauffer. Ç'a été un moment difficile pour lui. Il n'a jamais été du genre à se tourner les pouces et il était habitué à gagner beaucoup d'argent. Il m'a installé une nouvelle cuisine et il a refait la salle de bains. Vous ne pouvez pas imaginer l'état de la maison quand on a emménagé. Mais l'argent a fini par manquer...

Sal avait préparé du thé. Dans une théière, et non avec des sachets dans les mugs comme Julie le faisait toujours. Julie se resservit. Pas qu'elle en ait envie, mais ça lui donnait le temps de réfléchir à ce qu'elle voulait dire.

— Ç'a été une sale période. Geoff n'était pas habitué aux enfants. Quand il bossait à Londres, il ne passait qu'un long week-end par mois à la maison. Alors c'était toujours tout nouveau tout beau pour lui. Il les traitait comme des rois, les couvrait de cadeaux. On se montrait tous sous notre meilleur jour. Et tous les soirs Geoff sortait boire avec ses copains au pub. Mais quand il est revenu pour de bon, ça ne marchait plus comme ça. Vous savez ce que c'est. La layette qui sèche sur le radiateur, les jouets partout, les couches sales... Il lui arrivait de perdre patience, surtout avec Luke. Laura lui faisait risette et savait se faire bien voir. Luke, lui, il était dans sa bulle. Geoff ne l'a jamais frappé. Mais il le houspillait et ça lui faisait tellement peur qu'on aurait cru qu'il avait été battu. Moi aussi, je les grondais tout le temps, mais ils savaient que ce n'était pas vraiment sérieux. Ils finissaient toujours par obtenir ce qu'ils voulaient, de toute façon. Avec Geoff, c'était différent. Même moi, j'avais peur.

Elle se tut un moment, repensant à Geoff et à ses

accès de colère, à la morosité qui planait dans la maison après ses emportements. Mais elle ne put garder longtemps le silence et les mots déferlèrent à nouveau.

— Luke n'a posé aucun problème à la maternelle. Il avait même l'air content d'y aller. Peut-être qu'il s'y était habitué, parce que la garderie se trouvait dans le même bâtiment. Il avait une maîtresse adorable en première année, Mme Sullivan. C'était comme une grand-mère pour les enfants, elle les faisait asseoir sur ses genoux pour leur apprendre à lire. Elle m'a avertie qu'il avait des problèmes. Rien de grave, mais il valait mieux le faire examiner. Elle voulait qu'il voie un psychologue. Mais soit on n'avait pas les moyens, soit la liste d'attente était trop longue, et ça ne s'est pas fait. Geoff soutenait que le seul problème de Luke, c'était la paresse. Et puis il nous a quittés. Soi-disant qu'on lui tapait sur les nerfs. Qu'on le déprimait. Mais je savais très bien qu'il avait une liaison avec une infirmière du Royal Victoria. Ils ont fini par s'installer ensemble. Ils sont même mariés maintenant.

Elle s'interrompit de nouveau. Pas parce qu'elle n'avait plus rien à dire, mais pour reprendre son souffle. Elle pensait que Geoff savait depuis le début que quelque chose n'allait pas chez Luke. Ça se voyait aux regards soupçonneux qu'il lui lançait quand il jouait. Il ne voulait pas l'admettre, voilà tout.

Il était huit heures et demie. Elles étaient toujours assises dans le salon de Sal, la voisine. Dehors le facteur passa, dévisageant le flic qui se tenait devant la porte de Julie. Un peu plus bas des enfants en route pour l'école se couraient après.

La grosse inspectrice se pencha en avant, non pas pour la pousser à continuer, mais plutôt pour lui montrer qu'elle pouvait attendre, qu'elle avait tout son temps. Julie avala une gorgée de thé. Elle ne raconta pas à la femme flic comment Geoff regardait Luke. Au lieu de cela, elle avança d'un an dans son récit.

— Les crises ont commencé vers l'âge de six ans. Elles survenaient à l'improviste et étaient incontrôlables. Maman disait que c'était ma faute parce que je le gâtais. Il n'était plus dans la classe de Mme Sullivan à ce moment-là, mais c'était la seule de l'école à qui je puisse vraiment parler. Pour elle, c'était de la frustration. Il n'arrivait pas à s'exprimer très clairement et faisait d'énormes efforts pour apprendre à lire et à écrire, alors tout à coup c'était trop, il explosait. Une fois, il a poussé violemment un gamin qui l'asticotait. Le gosse a trébuché et s'est ouvert le crâne en tombant par terre. Il a fallu faire venir une ambulance et je vous laisse imaginer l'ambiance en l'attendant à la sortie de l'école ce jour-là – toutes les autres mamans qui me montraient du doigt en murmurant. Luke était sincèrement navré. Il voulait aller le voir à l'hôpital, et quand on y réfléchit, c'était tout de même l'autre qui l'avait cherché en se moquant de lui. Aidan, il s'appelait. Aidan Noble. Sa mère a très bien réagi, mais son père est venu s'en prendre à nous jusqu'ici. Il a hurlé sur le pas de la porte pour que toute la rue l'entende.

« Le directeur m'a convoquée. M. Warrender. Un

petit bonhomme grassouillet avec des espèces de cheveux clairsemés qui ne suffisaient pas à cacher sa calvitie. Je l'ai vu en ville l'autre jour et je ne l'ai pas reconnu tout de suite - il est passé à la perruque. Il n'a pas été méchant. Il m'a même offert une tasse de thé et tout. Il m'a expliqué que Luke avait des problèmes comportementaux et qu'il n'était pas sûr que l'école puisse le prendre en charge. Je me suis lamentablement effondrée. J'ai fondu en larmes. Puis je lui ai répété l'explication de Mme Sullivan, que c'était de la frustration et que s'ils s'étaient débrouillés pour que Luke voie un spécialiste plus tôt, il n'en serait peut-être pas arrivé là. Et M. Warrender a dû m'entendre parce que Luke a enfin vu quelqu'un. Il a passé des tests et le psy en a conclu qu'il avait des difficultés d'apprentissage, mais qu'il devait pouvoir rester à l'école moyennant une aide personnelle. Et c'est ce qui s'est passé.

Julie s'arrêta à nouveau. Elle voulait que la grosse dame comprenne ce qu'elle avait ressenti, le soulagement de savoir que les crises et les sautes d'humeur de son fils ne venaient pas d'elle. Que sa mère avait tort. Luke était différent, et cela depuis toujours. Quoi qu'elle fasse, ça n'aurait rien changé. Et son interlocutrice sembla saisir à quel point ç'avait été important car enfin elle s'autorisa à parler.

— Donc vous n'étiez plus seule.

— Et vous ne pouvez pas imaginer, enchaîna Julie, le bien que ça m'a fait.

L'inspectrice acquiesça. Mais comment aurait-elle pu se rendre compte, puisqu'elle n'avait jamais eu d'enfant ? Comment quiconque pourrait-il se rendre compte, s'il n'avait pas lui-même un enfant souffrant de troubles de l'apprentissage ?

— J'ai pu supporter qu'on parle de nous à la sortie de l'école et qu'on murmure sur l'aide particulière que recevait Luke, parce que c'était dit au grand jour et que la plupart des gens se montraient supergentils. Il avait une auxiliaire scolaire rien que pour lui. Et il s'en sortait très bien. Enfin, il n'allait pas devenir génial tout à coup, mais il s'est donné du mal et il a fini par réussir à lire et à écrire, et même à être bon dans certaines matières. Il pigeait très vite tout ce qui touchait à l'informatique, par exemple. C'étaient de belles années. Laura allait à l'école aussi, alors j'avais un peu de temps pour moi. J'ai obtenu un poste à temps partiel à la maison de retraite du village. Mes copines n'ont jamais réussi à comprendre pourquoi ça me plaisait autant, mais j'adorais ce boulot. Je me sentais utile, j'imagine. Geoff ne s'est jamais beaucoup intéressé aux enfants, mais il était réglo avec la pension. Je veux dire, on menait une vie pas très excitante, sans vacances ni sorties délirantes, mais on s'en tirait.

— Ça ne devait pas être facile, tout de même, intervint l'inspectrice.

— Pas facile, concéda Julie, mais ça allait. Les problèmes ont repris quand Luke est entré au collège. Ses camarades ont repéré qu'il avait tendance à se laisser influencer et ils en ont profité. Ils le poussaient à faire des bêtises et c'était toujours lui qui se faisait prendre. Il a commencé à avoir mauvaise réputation. Vous devez connaître le processus par cœur, à force d'y être confrontée. La police a été appelée quand on l'a surpris à voler sur un chantier. Des tuyaux en plastique. Qu'est-ce qu'il comptait en faire ? Quelqu'un lui avait proposé quelques livres pour les chiper, mais la vraie raison n'était pas là. Il voulait qu'on l'aime. Toute sa vie, il s'est senti exclu. Il voulait des amis.

Rien de plus facile à comprendre, non ? pensait Julie. Elle-même ne savait pas comment elle aurait fait sans ses amies. Au premier incident avec Geoff elle se ruait au téléphone pour tout leur raconter. Ou leur confier ses inquiétudes quand Luke était tombé malade. Et aussi sec les filles débarquaient avec une bouteille de vin. Attirées par les potins, bien sûr, mais toujours là pour elle.

— Il avait bien un ami à part, poursuivit Julie. Thomas. Ils se sont connus au collège. Il était un peu voyou, s'attirait régulièrement des ennuis avec la police. Mais en le connaissant mieux, j'ai compris pourquoi. Il avait passé presque toute son enfance avec un père sous les verrous et apparemment sa mère ne s'était jamais beaucoup occupée de lui.

« Je n'aurais jamais choisi Thomas comme ami pour Luke, mais ce n'était pas un mauvais garçon, pas vraiment. Et apparemment, il se sentait bien ici. À la fin, il vivait quasiment avec nous. Il ne dérangeait pas. Tous les deux s'enfermaient dans la chambre de Luke, à regarder des films ou à jouer aux jeux vidéo et au moins, pendant qu'ils étaient là, ils n'étaient pas en train de voler, pas vrai ? Ou de se droguer comme beaucoup de leurs copains. Ils s'entendaient vraiment bien. Parfois ils éclataient de rire à une blague idiote et j'étais ravie que Luke ait un ami.

« Et puis Thomas est mort. Noyade. Il chahutait avec d'autres garçons sur les quais à North Shields. Il est tombé à l'eau et il ne savait pas nager. Luke était avec eux. Il a plongé pour essayer de le sauver, mais c'était trop tard.

Julie fit une pause. Dehors passa un semi-remorque chargé de balles de foin.

— Luke n'a jamais voulu en parler. Il se contentait de s'enfermer dans sa chambre pendant des heures. J'ai pensé qu'il avait juste besoin de temps pour se remettre. Faire son deuil. Il a arrêté d'aller en cours, mais il avait déjà quinze ans et aucun examen à passer, alors j'ai décidé de ne pas insister. J'en avais discuté avec la directrice de la maison de retraite, qui m'avait dit qu'elle pourrait peut-être lui trouver une place quand il aurait seize ans, aux cuisines. Il était venu bosser avec moi quelquefois et les vieux l'aimaient beaucoup. Pourtant j'aurais dû voir qu'il avait besoin d'aide. Son comportement n'était pas normal, mais comme avec Luke rien n'était jamais normal, comment j'aurais pu m'en apercevoir ?

« Il ne se lavait plus, il ne mangeait plus, il ne dormait pas de la nuit. Parfois je l'entendais, comme s'il parlait à quelqu'un dans sa tête. C'est là que j'ai appelé le docteur. Il l'a fait admettre à St George. Vous savez, l'hôpital psychiatrique. Ils ont dit qu'il était en dépression. Choc post-traumatique. Je détestais aller le voir là-bas, mais j'étais soulagée de ne pas l'avoir à la maison. Enfin… je m'en voulais de penser ça, mais c'était vrai.

— Quand est-ce qu'il est rentré ?

Première question de la grosse femme flic.

— Il y a trois semaines et il avait l'air d'aller mieux. Vraiment. Je veux dire, il était toujours triste pour Thomas. Parfois il fondait en larmes rien qu'en pensant à lui. Et il voyait toujours le docteur en consultation. Mais il n'était pas malade. Pas maboul. Hier soir, c'était ma première sortie depuis des mois. J'en avais vraiment besoin, mais je n'y serais jamais allée si j'avais pu imaginer un seul instant qu'il ferait une chose pareille.

L'inspectrice se pencha en avant pour lui prendre la main, qu'elle couvrit de sa grande paluche.

— Ce n'était pas votre faute. Luke ne s'est pas suicidé.

Elle regarda Julie pour être sûre qu'elle l'avait entendue, qu'elle comprenait bien.

— Il était déjà mort avant d'être déposé dans la baignoire. On l'a assassiné.

# 4

Ils prenaient leur petit déjeuner à la table de la cuisine et déjà le soleil brillait, la lumière ricochait sur les faïences du vaisselier pour se refléter au plafond. Peter beurrait des toasts tout en se plaignant parce qu'une fiche qu'il avait envoyée au British Birds Rarities Committee, le comité britannique d'homologation des observations d'oiseaux rares, venait d'être rejetée. Felicity manifestait sa solidarité sans accorder toute son attention à la conversation. Elle avait une certaine pratique en la matière. Plus jeune, Peter était convaincu d'être voué à un grand destin. On l'avait remarqué comme le meilleur jeune scientifique de sa génération. Maintenant proche de la retraite, il avait fini par comprendre que l'*establishment* ne reconnaissait pas ses compétences en histoire naturelle. Il exprimait sa déception d'une manière que Felicity trouvait grossière et inélégante – en dénigrant certains collègues à coups de remarques perfides sur leur manque de rigueur et en traitant les autres ornithologues de « chasseurs d'oiseaux rares » sous prétexte qu'ils ne saisissaient pas l'importance de bien couvrir le terrain à échelle locale. Felicity comprenait l'origine de sa désillusion. Elle souhaitait de tout cœur que son talent soit reconnu. Ce serait merveilleux s'il découvrait une rareté ornithologique près de chez eux. Ou s'il obtenait une promotion à l'université. Mais les jérémiades de Peter l'irritaient. Parfois elle se demandait s'il était vraiment le grand homme qu'elle avait cru épouser. Alors elle le regardait, voyait l'anxiété et la tristesse sur ses traits et se sentait injuste. Elle lui caressait le visage du bout des doigts ou l'embrassait au beau milieu d'une phrase, suscitant un sourire de surprise qui le faisait paraître vingt ans plus jeune.

— À quelle heure ils arrivent ? demanda-t-il.

Il paraissait enthousiaste. L'amertume semblait s'être dissipée. Elle songea qu'il était plus excité par la venue de ses amis que par elle. Il y avait beau temps qu'elle ne lui faisait plus cet effet.

Felicity pensait à Lily Marsh, la jeune stagiaire de l'école, et se demandait si elle accepterait la proposition de logement. Elle s'aperçut qu'elles n'avaient pas parlé d'argent. Peut-être que c'était ça, le problème, la raison pour laquelle Lily avait décampé. Peut-être qu'après avoir vu le cottage, si pittoresque quoiqu'un peu rudimentaire, Lily s'était dit que le loyer serait trop élevé pour elle. Elle n'était qu'étudiante, après tout. Felicity envisageait de lui faire passer un mot par James, quelque chose de chaleureux mais précis, mentionnant une somme qui n'effaroucherait pas la jeune femme. Elle était en train de composer le courrier dans sa tête lorsque Peter avait pris la parole.

Elle se concentra sur la question du moment. Le repas d'anniversaire de Peter. Un rituel. Les trois mêmes amis invités chaque année.

— Je leur ai dit qu'on dînerait à huit heures, avec balade préalable au phare.

La promenade au phare était aussi un rituel.

La camionnette du facteur retentit au bout de l'allée, suivie de la chute des lettres sur le sol de l'entrée. Felicity laissa Peter à ses tartines et alla les chercher. Tout était pour lui. Elle reconnut l'écriture des enfants sur trois des enveloppes. Elle déposa le courrier sur la table, devant son mari, qui glissa les lettres dans sa serviette sans les ouvrir. Il faisait toujours ça, les emportait pour les ouvrir au bureau. Elle s'était même demandé un moment s'il avait quelque chose à cacher, dans un instant de délire avait imaginé une autre femme, une famille secrète. Mais c'était devenu une habitude, voilà tout. Il le faisait sans y penser.

Tout en refermant sa mallette, il se leva. Puis il y eut une brève effervescence ; Peter avait promis de déposer son fils en auto à l'arrêt de bus et se posta au bas de l'escalier pour lui crier de se dépêcher. Il y avait des sacs à prendre et le déjeuner de l'écolier faillit être oublié. Felicity s'aperçut qu'elle n'avait pas écrit le mot pour Lily Marsh. Elle fut sur le point d'interpeller James alors qu'il se dirigeait vers la voiture. *Dis à Mlle Marsh de m'appeler pour le cottage !* Mais Peter voudrait savoir de quoi il retournait et elle ne pouvait pas le retenir maintenant. En plus, peut-être désapprouverait-il l'idée. Mieux vaudrait la lui vendre quand la situation serait moins pressante. Elle chassa Lily Marsh de son esprit. Enfin la voiture s'éloigna et la maison devint merveilleusement silencieuse.

Felicity s'assit devant un autre café et dressa une liste pour le magasin de la ferme. Elle avait en tête les menus du week-end. Il y avait un gâteau bien sûr, déjà cuit et glacé. Quel dommage que leurs trois autres enfants habitent trop loin pour le partager avec eux ! Pour le dîner de ce soir, elle avait préparé une daube de bœuf, grasse, noire et riche d'olives et de vin rouge. Le plat reposait à l'office et n'avait plus qu'à être réchauffé. Mais Felicity changea d'avis. Il faisait trop chaud pour du bœuf. Si Neil à la ferme avait deux poulets, elle réaliserait cette recette espagnole avec des quartiers de citron, de l'ail et du romarin. Ce serait bien plus léger, délicieusement aromatique et méditerranéen. Ça plairait à Samuel. Elle pourrait dresser une longue table sur la terrasse abritée et ils dégusteraient ce plat accompagné de riz blanc et d'une grande salade verte en faisant comme s'ils contemplaient des champs d'oliviers et d'orangers.

Parfois, quand elle discutait avec d'autres mères, qui passaient en coup de vent déposer leur fils chez elle ou prendre le sien, Felicity se demandait si elle manquait quelque chose en n'ayant pas d'emploi rémunéré. Ces femmes paraissaient stupéfaites en apprenant qu'elle restait à la maison toute la journée. Mais qu'aurait-elle pu faire d'autre ? Elle n'avait guère vécu avant de se marier. Ne possédait aucune qualification, peu d'aptitudes pratiques. Qui plus est, Peter comptait sur sa présence, calme et reposée, pour prendre soin de lui quand il rentrait de ses déboires professionnels. Assurément elle ne devait en aucun cas représenter une concurrence. Si elle avait mené une brillante carrière d'avocate ou de femme d'affaires, si elle s'était mise à gagner ses propres lauriers ! L'idée la fit sourire.

Il faisait frais au magasin de la ferme ; la porte de la cour, ouverte, laissait entrer l'odeur des vaches et de l'herbe. Felicity était la première cliente. Neil n'avait pas fini de remplir le frigo. Le grand plan de travail en bois, le hachoir, les longs couteaux effilés étaient encore tout propres. Le boucher pesa les poulets et les rangea dans le sac de Felicity.

— C'est pas des poulets de plein air, précisa-t-il, sachant que cela l'intéresserait. Ils ont été élevés en poulailler, mais pas en batterie. Vous sentirez la différence.

— Le porc de la semaine dernière était succulent.

— Ah, tout est dans la cuisson, madame Calvert ! Et dans l'élevage. Moi, je fais que découper.

Autre rituel. Comme Peter qui emportait son courrier au bureau tous les matins, comme les trois mêmes amis invités chaque année pour son anniversaire. Cet échange se répétait chaque semaine. Neil porta la cagette de légumes jusqu'à la voiture de Felicity et lui décocha un clin d'œil pour les quelques saucisses en prime qu'il avait gentiment glissées dans son sac.

— Je me suis laissé dire que c'était un anniversaire particulier pour M. Calvert.

Elle se demanda, comme toujours, comment diable il pouvait être au courant de toutes ses petites affaires.

Lorsqu'elle ouvrit la porte, le téléphone sonnait et elle abandonna ses achats pour se ruer à l'intérieur. C'était Samuel Parr.

— Je me demandais si tu voulais que j'apporte quelque chose ce soir. Un dessert ?

— Non. Vraiment, rien.

Elle s'aperçut qu'ellc souriait. Samuel la mettait toujours de bonne humeur. Lui aussi, il lui trottait toujours dans la tête.

Plus tard, pendant que le poulet cuisait et que la maison embaumait le citron, l'huile d'olive et l'ail, le téléphone sonna à nouveau. Assise dehors avec le journal et une nouvelle tournée de café, Felicity savourait sa dernière heure de silence avant de reprendre la voiture pour Hepworth. James allait au club d'échecs après l'école et elle avait prévu d'aller le chercher. Une brume de chaleur nimbait les champs en direction de la mer et au loin le phare semblait vibrer, immatériel. En entendant la sonnerie elle se précipita à l'intérieur. Elle était pieds nus. Sur la terrasse les dalles étaient si chaudes qu'elles brûlaient presque, et dans la cuisine le carrelage était frais. Les sensations opposées sous ses pieds l'excitèrent, lui firent soudain perdre haleine.

Elle aurait parié que c'était l'un des enfants qui appelait, mais lorsqu'elle décrocha, on raccrocha. Le service d'identification lui apprit que l'appelant avait masqué son numéro. Cela s'était produit à plusieurs reprises dernièrement. Elle se demanda si elle ne devrait pas en parler à Peter. Deux cambriolages avaient eu lieu dans le secteur. Peut-être les coups de fil servaient-ils à vérifier si la maison était vide ou occupée. Mais elle savait qu'elle ne lui dirait rien. Sa fonction consistait précisément à le protéger des tracas et de l'inquiétude.

Elle termina son café en regardant au loin, vers la mer. Un bain, songea-t-elle, avec un peu de cette huile onéreuse qu'elle avait achetée chez Fenwick lors de son dernier saut en ville, pour se détendre avant le débarquement des invités.

# 5

— Ça vous dit d'aller faire un tour ? proposa la grosse inspectrice.

Elle se leva et Julie songea que les muscles de ses jambes devaient être drôlement puissants pour soulever tout ce poids d'un seul coup. À la voir, on aurait cru qu'il faudrait une machine pour la déplacer, une de ces immenses grues qui s'élancent au-dessus de la Tyne à Wallsend. Et il ne s'agissait pas seulement de son corps. La policière était une forte femme. Une fois qu'elle avait pris une décision, rien ne savait la dissuader. Une idée plutôt rassurante, finalement.

— Je me disais qu'un peu d'air frais vous ferait peut-être du bien, ajouta l'inspectrice.

Julie dut la regarder d'un air ahuri, comme Luke parfois quand il ne comprenait pas bien ce qu'on lui disait.

— Ils ne vont pas tarder à venir chercher le corps de Luke, expliqua doucement son interlocutrice.

Elle s'appelait Vera. Elle s'était présentée au début de la conversation, mais Julie avait oublié son nom jusqu'à maintenant.

— Les voisins vont sûrement reluquer. Je me disais que vous préféreriez peut-être ne pas être là. À moins que vous ne teniez à assister à son départ. C'est comme vous voulez.

Julie revit le corps immergé et eut envie de vomir. Elle ne voulait pas y penser.

— On irait où ?

— Où vous voulez. C'est une belle journée pour se promener sur la plage. Laura peut venir avec nous.

— Luke aimait bien la plage. Un été, il est allé pêcher. Mon père lui avait donné une vieille canne. Il n'a jamais rien attrapé. Mais ça l'empêchait de faire des bêtises.

— Alors c'est parti.

Elles avaient couché Laura à l'étage, dans la chambre d'amis de Sal. L'inspectrice monta avec Julie pour demander à la petite si elle voulait les accompagner. Julie trouva Vera inquisitrice. Elle avait déjà rencontré des gens comme elle. Qui se repaissaient des affaires des autres. Peut-être que c'était indispensable pour faire un bon flic. Maintenant elle se dit que Vera voulait en savoir plus sur Laura. Si elles allaient se balader ensemble, elle la ferait parler. Penserait que l'adolescente avait été négligée, que Julie avait consacré tout son temps à Luke.

Laura dormait encore.

— Je ne veux pas la réveiller, se hâta de dire Julie. Il vaut mieux la laisser ici avec Sal.

— Tout ce qui vous paraît le mieux, mon chou.

Le ton de Vera était paisible, rassurant, mais Julie perçut sa déception.

Elle ne vit personne aux aguets quand elle sortit de chez Sal pour monter dans la voiture de Vera, mais elle savait très bien que tout le monde épiait. N'importe quelle tragédie dans la rue et Julie aurait été comme eux, le nez dans les voilages du salon.

N'importe quelle tragédie dont elle n'aurait pas été la protagoniste.

Vera se gara derrière les dunes de Deepden. D'un côté du chemin s'étendait une petite réserve naturelle. Une cabane perchée au-dessus d'un étang et deux allées aménagées en planches. Plus loin la bicoque où logeaient les ornithologues, le jardin si luxuriant qu'on la distinguait à peine. En face, côté mer, une étendue d'herbe éclaboussée de petites fleurs jaunes, puis les dunes. Julie et Geoff y avaient emmené les enfants quelquefois, quand leur père était d'humeur à jouer aux familles unies, et les petits avaient adoré. Julie eut une vision de Luke âgé d'environ huit ans, figé en plein air alors qu'il venait de s'élancer du haut d'une dune. Peut-être existait-il une photo et c'est ce qu'elle se rappelait. Elle le voyait assez nettement. Le jean coupé en short qui s'effilochait, le tee-shirt rouge, sa bouche grande ouverte, mi-peur, mi-plaisir.

Malgré le beau temps, peu de voitures étaient garées. Jeudi matin et hors vacances scolaires, seuls les retraités et leurs chiens pouvaient profiter du soleil. Soudain quelque chose fit tilt dans l'esprit de Julie.

— Je suis censée être au travail. La maison de retraite. Mary doit m'attendre.

— Sal l'a appelée à la première heure. Mary vous a fait remplacer. Elle vous envoie toute sa tendresse.

À ces mots, la jeune femme s'arrêta net, causant un léger glissement de terrain lorsque le sable sec et fin roula à ses pieds. Mary Lee, la directrice de l'établissement, n'était pas quelqu'un de sentimental. Ça ne lui ressemblait pas de parler de tendresse.

— Vous avez prévenu mes parents ?

— Hier soir dès mon arrivée. Ils voulaient venir. Vous avez dit que vous préfériez rester seule un moment.

— Ah bon ?

Julie essaya de se rappeler, mais la soirée de la veille baignait dans une sorte de brouillard. Comme lors de cette fête entre filles chez Bev, où elle avait atterri aux urgences pour coma éthylique. Ce même sentiment cauchemardesque d'irréalité, d'images décousues et de silhouettes fluctuantes.

Elle se remit en route et, une fois arrivées au sommet de la dune, les deux femmes commencèrent à se laisser glisser vers la plage. Julie avait ôté ses baskets, suspendues à son épaule par les lacets. Vera était en sandales et n'avait pas pris la peine de les retirer. En sortant de voiture, elle avait chaussé un immense chapeau blanc souple et des lunettes noires.

— Le soleil ne me réussit pas, avait-elle expliqué.

Elle faisait un peu folle. Si Julie l'avait croisée à St George en allant voir Luke, elle l'aurait classée parmi les patients. Sans l'ombre d'un doute.

Elles étaient à l'extrémité sud d'une plage longue de plus de six kilomètres. Au nord sur un étroit promontoire se dressait le phare, presque invisible dans la brume.

— Ça ne devait pas être facile de vivre avec Luke, déclara Vera.

Julie s'arrêta de nouveau. Il y avait cette brise salée spécifique au bord de mer. Trois formes minuscules se dessinaient au loin : deux pépés et un chien qui courait après une balle, juste des silhouettes parce que la lumière était vive.

— Vous croyez que je l'ai tué.

— Vous l'avez tué ?

Avec la chaleur et ses lunettes, impossible de deviner les pensées de l'inspectrice.

— Non.

Et alors les mots, tous ces mots qui n'avaient cessé d'affluer depuis qu'elle avait découvert le corps, se tarirent. Elle ne pouvait pas expliquer qu'elle n'aurait jamais fait le moindre mal à Luke, qu'elle avait passé ces seize dernières années à le protéger du monde. Elle ouvrit la bouche, se sentit comme étouffée par le sable.

— Non, répéta-t-elle.

— Bien sûr que non, reprit Vera. S'il y avait la moindre chance que vous soyez coupable, je serais en train de vous interroger au commissariat, magnéto en marche et en présence de votre avocat. Sinon le juge considérerait vos déclarations comme irrecevables. Mais je devais vous poser la question. Vous auriez *pu* le tuer, vous voyez. Il n'était pas mort depuis longtemps quand vous êtes rentrée. Matériellement, c'était possible. Et souvent, l'assassin est un membre de la famille.

Elle s'interrompit puis répéta :

— Je devais vous poser la question.

— Alors vous me croyez ?

— Je vous l'ai dit. Vous auriez *pu* le tuer. S'il vous avait poussée à bout et que vous n'en pouviez plus. Mais vous nous l'auriez dit. En plus, vous étiez convaincue qu'il s'était donné la mort. Quand je suis arrivée vous pensiez qu'il s'était suicidé et vous vous le reprochiez.

Elles évoluaient sur le sable dur que la marée venait de déserter. Julie roula le bas de son jean et laissa l'eau lui couvrir les pieds. L'inspectrice ne pouvait pas la suivre sans mouiller ses sandales. Julie regarda vers le large pour que Vera ne la voie pas pleurer.

— Quelqu'un l'a tué, déclara cette dernière.

Julie l'entendait à peine. La mer était trop calme pour faire des vagues mais il y avait toujours le bruit de succion du reflux.

— Quelqu'un l'a étranglé, puis lui a enlevé tous ses vêtements. Quelqu'un a rempli la baignoire et y a déposé Luke, et a répandu ces fleurs à la surface de l'eau.

Julie ne savait pas si elle était censée répondre, alors elle ne dit rien.

— Les fleurs se trouvaient chez vous ?

Julie se tourna vers Vera.

— Je n'ai jamais de fleurs. Laura a le rhume des foins. Ça lui donne de la conjonctivite.

— Et dans le jardin ?

— Vous rigolez ? Il n'y a rien dans notre jardin. Mon père vient tondre la pelouse, mais on n'a rien planté. Il y a juste la place pour le fil à linge à l'arrière.

— Donc le meurtrier a apporté ses fleurs. On va dire « *le* meurtrier », par commodité. La plupart sont des hommes. Mais ça n'empêche pas de garder l'esprit ouvert. Pourquoi apporter des fleurs ? Ça veut dire quelque chose pour vous ?

Julie secoua la tête, pourtant quelque chose sourdait dans son esprit, un souvenir.

— Ils ont apporté des fleurs là où Thomas s'est noyé. Ils les ont jetées dans le fleuve. Les gens de son quartier. Je veux dire, même ceux qui ne le connaissaient pas ou qui le connaissaient mais ne l'aimaient pas. Pour dire qu'ils regrettaient. Qu'ils comprenaient quel gâchis c'était. Qu'il ait perdu la vie à cause d'un bête chahut de gosses. Luke y est allé aussi. Je lui avais acheté des jonquilles chez Morrisons.

— Des fleurs en signe d'hommage et de regret, commenta Vera. Universel.

Julie se demanda ce qu'elle entendait par là.

— Vous voulez dire que celui qui a tué Luke regrettait son geste ?

— Peut-être.

— Mais si vous regrettez - et regrettez *d'avance*, si c'est le sens des fleurs -, pourquoi tuer ? Rien ne l'obligeait à fracturer ma porte pour assassiner mon fils.

— Personne n'a fracturé votre porte.

— Quoi ?

— Il n'y a aucune trace d'effraction. Pas de fenêtre cassée. Rien. Il semblerait que Luke lui ait ouvert. Ou Laura.

— Ç'aura été Luke. Il se laissait attendrir par n'importe qui. Il donnait à tous les mendiants de la rue s'il avait de quoi. Le premier qui frappait à la porte avec des salades, il le faisait entrer. Laura est plus méfiante.

— Laura et Luke s'entendaient bien ?

— Qu'est-ce que vous insinuez ?

Elle était plus en colère que lorsqu'elle avait cru que l'inspectrice l'accusait du meurtre.

— Laura n'est qu'une gamine, quatorze ans.

— Certaines questions doivent être posées. Vous n'êtes pas idiote. Vous le comprenez.

Elle s'arrêta un moment.

— Vous vous rendez compte que je devrai lui parler. Elle est encore sous le choc, mais quand elle ira mieux. Autant que je sache comment les choses se passaient entre eux avant de l'entendre. Par exemple, est-ce que Luke aurait pu se confier à elle ? S'il avait eu peur de quoi que ce soit, il le lui aurait dit ?

— Ils n'étaient pas très proches. Ce n'était pas facile d'avoir un frère comme ça. Il accaparait toujours toute l'attention. J'essayais de faire en sorte qu'elle se sente à part, elle aussi, mais c'était pour lui que je m'inquiétais. Ç'a dû lui faire un peu honte quand elle est entrée au collège. Tout le monde savait qu'il avait fait des siennes. Tout le monde se moquait de lui. Ça ne veut pas dire qu'elle lui aurait souhaité du mal.

— Non, acquiesça Vera. Évidemment.

Deux adolescents dévalèrent les dunes jusqu'à la plage. Des garnements, ça se voyait rien qu'en les regardant, qui s'envoyaient du sable à coups de pied et proféraient des injures. Ils avaient à peu près le même âge que Luke, séchaient probablement les cours. Julie serra fort les lèvres pour s'empêcher de pleurer.

— Quelle compagnie de taxis vous avez prise, hier soir ?

La question était inopinée. Julie savait que Vera

essayait de détourner son attention et lui en fut reconnaissante.

— Foxhunters. On avait réservé à l'avance. Le chauffeur a d'abord déposé Lisa et Jan. J'étais la dernière.

Elle s'arrêta.

— Il confirmera mes dires. Je ne suis arrivée chez moi que quelques minutes avant d'aller frapper chez Sal. S'il est allé faire demi-tour au bout de la rue, il m'a peut-être même vue sur le perron.

— J'aimerais surtout savoir s'il a vu *quelqu'un d'autre* dans la rue. Et vous ?

Julie secoua la tête.

— Prenez le temps de réfléchir, insista Vera. Il y a peut-être un détail. Essayez de vous rejouer le film de votre arrivée. Et décrivez-moi tout. À partir du moment où le taxi s'est arrêté.

Alors là sur la grande plage vide, avec les goélands qui pleuraient au-dessus de sa tête et les vagues qui lui léchaient les pieds, Julie ferma les yeux et ressentit le vertige qui l'avait saisie à sa descente du taxi.

— J'étais saoule, commença-t-elle. Pas à rouler par terre, mais pas très claire quand même. Tout tournait. Vous voyez ?

Car elle était sûre que Vera avait bu en son temps. Ce devait être agréable de picoler avec elle.

— Oui, acquiesça Vera.

Elle laissa une minute à Julie, puis :

— Vous n'avez rien entendu d'anormal ?

— Rien du tout. J'ai été frappée par le silence. D'habitude, il y a de la circulation sur la route principale qui traverse le village. Comme c'est une rumeur permanente, on ne l'entend plus. Hier soir il n'y avait pas un bruit. Pendant que j'ouvrais la porte.

Elle fronça les sourcils.

— Mais plus tard ? Une fois qu'elle a été ouverte ? reprit Vera.

— Une voiture est passée dans la rue.

— Ç'aurait pu être le taxi qui faisait demi-tour ?

— Non. C'était un moteur qui démarrait. Ça ne fait pas le même son qu'une voiture qui roule déjà.

— Pas vraiment, non.

— Elle devait être garée plus bas, près du croisement avec la route de Newcastle. Le bruit venait de par là.

— Alors vous avez dû passer devant en taxi en arrivant.

— Forcément.

— Vous ne l'avez pas remarquée ? Une voiture inhabituelle ? Qui n'appartenait pas aux riverains ?

Elle parlait avec une désinvolture si étudiée que Julie sut que c'était important.

— Non, fit-elle. Ça m'étonnerait.

Mais elle referma les yeux et se concentra. Ils étaient passés par le pont en dos-d'âne et elle s'était penchée pour demander au chauffeur de ralentir parce qu'ils étaient presque arrivés. *Il y a un méchant virage à droite juste au coin.* Et en même temps elle tirait son porte-monnaie de son sac, pour éviter les tâtonnements embarrassants au moment de régler la course. Lisa et Jan lui avaient déjà donné plus que leur part, si bien qu'elle était sûre d'avoir assez. Il n'y avait personne en face et le chauffeur avait tourné dans sa rue sans avoir à s'arrêter. Et une voiture était là. Presque au coin. Garée devant chez M. Grey. Ça l'avait étonnée parce que M. Grey n'avait pas repris le volant depuis qu'on lui avait diagnostiqué un Parkinson et tout le monde savait que son fils unique habitait en Australie. Elle s'en souvenait parce qu'elle s'était demandé s'il pouvait s'agir d'un véhicule médical, s'il y avait une urgence. Elle avait cherché de la lumière dans la maison, pensant déjà au potin à transmettre à Sal. Mais tout était noir. Et de toute façon c'était une petite auto. Pas le genre que conduirait un médecin.

Tout cela, elle le raconta à Vera.

— Je ne sais pas quelle marque c'était.

— Ce n'est pas grave, mon chou. Ça nous donne un point de départ. Un de vos voisins l'a peut-être vue.

Les chenapans jouaient au ballon, se le renvoyaient violemment sur le sable humide, si bien que des jets de boue éclaboussaient leurs vêtements. Leurs mères vont les tuer, pensa Julie.

— Rentrons à la maison, dit Vera. Vous êtes prête ?

Julie fut sur le point de dire qu'elle ne voulait plus jamais rentrer à la maison.

— Laura doit être réveillée. Elle va avoir besoin de vous.

Et l'inspectrice s'éloigna lourdement en direction des dunes, sans laisser à Julie d'autre choix que de la suivre.

En arrivant dans sa rue, ce fut comme si elle la voyait pour la première fois. Une partie d'elle-même était restée sur la plage avec les cris des goélands et tout cet espace. Difficile de considérer cet endroit comme son chez-soi. Un cul-de-sac donnant sur des terres redevenues agricoles. Jadis, c'était le terril de la mine qui s'élevait ici, mais désormais les champs s'étendaient jusqu'à la côte. Des pavillons de retraités d'un côté de la rue, chacun descendant en pente douce jusqu'au trottoir et muni d'une rampe où s'agripper. Une rangée de maisons mitoyennes de l'autre côté, auparavant HLM municipales, aujourd'hui propriétés privées. Julie s'interrogea : est-ce que ce serait tout de même arrivé si elle avait habité ailleurs ?

Vera lui demanda de lui montrer l'endroit exact où elle avait vu la voiture la veille au soir. Julie fit de son mieux mais le cœur n'y était pas. Elle n'arrêtait pas de penser à ce qu'elle aurait pu faire pour éviter la mort de son fils. Elle aurait pu déménager, ou ne pas sortir avec les filles, ou placer Luke dans un établissement spécialisé, un pensionnat où il aurait été pris en charge comme il faut.

Vera s'arrêta en douceur devant la maison. Un policier se tenait toujours sur le perron, mais Julie sut que Luke était parti.

# 6

En rentrant chez elle ce soir-là, Vera vit une buse voler au-dessus de la maison. Les ailes arquées, inclinées pour prendre les vents ascendants, elle luisait dans les derniers rayons du soleil, brillante comme un totem de bois ciré. Les buses commençaient tout juste à revenir dans cette partie du Northumberland. Communes dans l'ouest du comté, ici elles avaient quasiment disparu sous l'action des gardes-chasse qui les avaient tirées comme des lapins, massacrées dans l'œuf, piégées au moyen d'appâts empoisonnés. L'inspectrice savait que le gardien d'une propriété voisine avait des tendances meurtrières. Qu'il essaie, songea-t-elle. Qu'il essaie seulement.

À l'intérieur, la maison était étouffante et en désordre. Vera était partie depuis vingt-quatre heures. Elle ouvrit les fenêtres, ramassa les vêtements sales qui traînaient par terre dans sa chambre et alla les fourrer dans le lave-linge de l'appentis. Puis elle se demanda s'il pouvait rester quelque chose d'intéressant à manger dans le congélateur. Depuis la mort de son père elle vivait seule et elle savait qu'il en serait toujours ainsi désormais. Inutile de se demander si elle aurait pu survivre à une relation. Il y avait bien eu quelqu'un qui l'avait tenue éveillée le soir à fantasmer, mais ça n'avait rien donné. Trop tard pour les regrets à présent. Ce qui ne l'empêchait pas d'en avoir, en fin de soirée, un whisky à la main.

Elle attrapa une bière au réfrigérateur, la décapsula et but directement au goulot. Même quand elle n'avait pas pris la peine de faire des courses alimentaires, il y avait toujours de l'alcool dans l'ancienne maison du chef de gare. Vera buvait trop. Trop souvent en tout cas. Affectivement dépendante, pensait-elle. Pas accro. Elle emporta la bière dans l'appentis et fureta dans le congélateur-bahut. C'est là que son père stockait les animaux et les oiseaux à naturaliser ; elle aurait pu se contenter d'un congélateur plus petit maintenant. Tout au fond elle trouva une boîte de ragoût. Le gibier lui avait été offert par ce même gardien qui exécrait les rapaces, mais elle l'avait accepté sans aucune hésitation. Ici, dans les collines, il fallait entretenir l'illusion qu'on aimait bien ses voisins. On ne savait jamais quand on aurait besoin d'eux pour dégager sa voiture d'un fossé enneigé. Vera avait consacré un dimanche après-midi pluvieux à cuisiner le gibier, en utilisant des tas de tubercules comestibles pour qu'il reste bien tendre, des feuilles de laurier du jardin et du vin rouge. Elle croyait avoir tout mangé et en retrouver une boîte lui offrit un bref moment de joie, un plaisir simple comme les adultes en éprouvent rarement.

Tout le temps qu'elle piétinait dans la maison, l'affaire Armstrong lui trottait dans la tête. Comme une actrice, elle essayait d'entrer dans la peau des personnages, de les vivre. Elle commençait à saisir Luke Armstrong. Les mots de Julie lui avaient donné vie à ses yeux et de toute façon, elle avait déjà rencontré des garçons comme lui. La plupart du temps elle les croisait dans les cellules du commissariat ou des centres de détention pour mineurs. Le système les avait abandonnés, comme il aurait abandonné Luke si Julie ne s'était pas battue pour lui. Luke avait dû se démener. Tout lui avait été difficile – l'école, les relations humaines et l'ennui du quotidien. Il voyait le monde à travers un brouillard d'incompréhension. Sans jamais vraiment réussir à l'appréhender. Il devait être facile à manipuler. Quelques mots gentils, la perspective d'une récompense simple, et il accueillait un inconnu comme un sauveur. Vera aurait pu concevoir qu'il trouve la mort au cours d'une rixe dans un pub. Elle l'imaginait asticoté, poussé à bout, craquant avec l'énervement d'un nourrisson. Même une fusillade dans la rue aurait été plus logique, quelque part. Il aurait pu trahir sans le vouloir et une mort pareille pouvait être aussi bien une bavure qu'un avertissement à d'autres.

Mais ce meurtre n'avait aucun sens. La manière dont Luke avait été amoureusement déposé dans la baignoire, avec les huiles de bain et les fleurs, suggérait presque le respect. Cela évoquait à Vera, qui était plus imaginative qu'elle n'en avait l'air, un sacrifice. Un bel enfant. Rituel et vénération. Et puis il y avait sûrement une référence littéraire. Le lycée était loin, mais le tableau était frappant. Le suicide d'Ophélie. Parmi les copains et connaissances douteuses de Luke, combien avaient lu *Hamlet* ?

Elle ne savait pas encore comment était Laura. Sa mère l'avait dite intelligente et grande gueule. Pouvait-on croire qu'elle avait dormi tout ce temps ? Tout le temps de la strangulation, du remplissage de la baignoire ? L'assassin était-il même au courant de sa présence ?

Vera essaya d'imaginer ce qui avait pu se passer. Quelqu'un se tenait sur le perron avec un bouquet de fleurs. Luke lui avait-il ouvert ? Le connaissait-il ? Et ensuite ? Les techniciens de l'Identité judiciaire n'avaient pas voulu s'engager sur l'endroit où le crime avait eu lieu. En bas de l'escalier ? Si tel était le cas, Luke avait-il été porté jusqu'à la salle de bains ? Vera n'arrivait pas à l'imaginer. Ça n'avait pas de sens. Peut-être l'assassin avait-il demandé à aller aux toilettes et Luke l'avait-il conduit à l'étage. Alors le meurtre aurait été commis dans la chambre voisine de celle de Laura. Vera eut un petit frisson en se représentant l'adolescente en train de dormir pendant que son frère expirait tout près.

Elle mangea sur un plateau, assise à côté d'une fenêtre ouverte. Ses voisins immédiats étaient des hippies sur le retour en quête d'une vie meilleure. Ils possédaient un peu de terrain, deux chèvres, une vache pour le lait, une demi-douzaine de poules, un petit troupeau de moutons de race rare. Ils n'avaient nul besoin de pesticides, méprisaient l'agro-industrie, et leur pré était envahi de mauvaises herbes. Vera humait le parfum du foin. Une volée de linottes à bec jaune picorait les graines. Elle s'était débouché une bouteille de merlot et y avait prélevé deux verres. Elle ne s'était pas sentie aussi heureuse depuis des mois.

Dernièrement son travail avait surtout été routinier, ennuyeux. Cette fois c'était différent, un défi, un problème à décortiquer quand elle passait la soirée seule, autre chose qu'un triste audiodrame sur Radio 4 pour s'occuper l'esprit. Bon sang, se dit-elle, quelle pauvre vieille chouette je fais ! Elle éprouvait tout de même un peu de culpabilité à tant se réjouir du décès d'un bel adolescent. Elle aimait bien Julie, pensait qu'elle avait été la meilleure mère possible pour son fils. Mais cela ne l'empêchait pas de savourer l'affaire, les détails insolites du lieu du crime. Elle avait peu d'autres plaisirs dans la vie. Elle resta assise près de la fenêtre ouverte jusqu'à ce qu'il fasse nuit et que la bouteille de vin soit presque vide.

Le lendemain, Vera réunit ses hommes et leur parla de Luke comme si elle l'avait connu.

— Vous avez forcément rencontré des gosses dans son genre. Un peu lent. On lui disait quelque chose et on n'était pas sûr qu'il ait compris. On répétait et on ne savait toujours pas s'il imprimait. Pas le mauvais bougre pour autant. Cœur tendre. Généreux. Gentil avec les vieux de la maison de retraite où travaille sa mère. Flirtant avec les ennuis. Pas assez malin pour se mettre dans le pétrin tout seul, mais pas assez non plus pour s'en écarter quand ses copains l'y entraînaient. Et toujours pour des coups mineurs…

« Luke a été témoin d'une noyade. Joe a le rapport, il vous le fera passer. Évidemment, c'est peut-être une coïncidence, mais on n'a pas de meilleure piste pour le moment.

Elle fit une pause.

— Pas *d'autre* piste.

À son signal, Joe Ashworth se mit à jouer le chef

de classe et distribua des feuilles A4. Vera se demanda tout à coup si elle ne le traitait pas trop comme son chouchou. Est-ce que ça le contrariait ? Le problème, c'est que Joe était l'un des rares membres de l'équipe en qui elle avait une confiance absolue pour bien faire les choses. Peut-être que ça en disait plus long sur elle que sur ses subordonnés.

Elle poursuivit :

— Le gosse qui s'est noyé à North Shields s'appelait Thomas Sharp. Des Sharp. Famille renommée s'il en est, et dont nous avons tous entendu parler. Son père, Davy Sharp, purge actuellement une peine de trois ans à la prison d'Acklington. Il n'y a pas eu de poursuites après l'accident, qui semble assez généralement accepté comme un chahut qui a mal tourné. Il est toujours possible que tout ça n'ait strictement aucun rapport, mais renseignez-vous. Est-ce que Luke était acoquiné avec des gens que sa mère ne connaissait pas ? Est-ce que sa mort est un message de menace ?

Elle s'arrêta à nouveau. Elle aimait avoir du public, mais le préférait réactif. Personne ne broncha.

— Alors ? insista-t-elle. Quelqu'un sait quelque chose ?

Ils secouèrent la tête. Ils avaient l'air ahuris, trop bien nourris, en nage. La pièce manquait d'air, cependant leur apathie la surprit. N'était-ce pas pour cela qu'ils avaient choisi ce métier ? Elle n'imaginait pas une seconde qu'elle les terrorisait, que même ceux qui ne pouvaient pas s'empêcher d'ouvrir leur grande gueule à la cantine étaient trop craintifs pour oser émettre un avis qu'elle aurait pu juger idiot.

— La scène du crime, reprit-elle. Vous devez tous savoir maintenant qu'elle était un poil inhabituelle. Le garçon a été étranglé, puis déposé dans un bain. Et on a éparpillé des fleurs dessus. Heureusement, Julie n'avait pas vidé l'eau de la baignoire en trouvant Luke. Les gars de l'IJ ont passé des heures à l'écoper pour la conserver. Ils découvriront peut-être quelque chose. Ils analysent l'huile de bain. Avec un peu de chance il se pourrait même qu'on trouve un poil de l'assassin. Mais on peut pas compter là-dessus. Il faut qu'on trouve d'où venaient les fleurs. Est-ce qu'elles ont été cueillies dans les prés ou les jardins du village ou bien achetées ? Il faut dresser la liste exacte des variétés puis envoyer quelqu'un faire tous les fleuristes du coin pour vérifier. Je n'ai pas eu l'impression que c'était le genre de plantes qu'on trouve chez les horticulteurs. Principalement des fleurs des champs, je dirais. Alors, d'où elles viennent ? Est-ce qu'il y a un botaniste dans le coin pour nous éclairer ? Joe, tu peux te renseigner à la fac ?

Elle poursuivit sans attendre qu'il réponde.

— La question la plus importante, c'est : pourquoi ? Pourquoi cette mise en scène ? Ça paraît risqué, inutilement compliqué. Presque comme si l'assassin voulait attirer l'attention sur lui, faire du grand spectacle. Julie était allée passer la soirée à Newcastle, mais personne ne savait exactement à quelle heure elle rentrerait. Elle a dû manquer l'assassin de peu. Laura, la sœur, était dans la maison pendant tout ce temps. Profondément endormie, en fait. D'après sa mère, un bombardement ne suffirait pas à la réveiller. Est-ce que c'est important ?

Une main se leva timidement. Vera aimait que son public soit réactif mais elle pouvait se montrer aussi cruelle envers les fauteurs d'interruption qu'un comédien seul en scène envers des perturbateurs importuns. Elle se montra courtoise.

— Oui ?

— Ça veut dire que l'assassin connaissait la famille ? Qu'il savait que Laura dormait comme un sonneur et que Julie était sortie pour la soirée ? Elle ne sortait pas souvent.

Vera opina du chef.

— Peut-être. Ou qu'il surveillait les lieux depuis un moment, à l'affût d'une occasion.

Une autre main se dressa.

— Oui ?

— Ça ne pourrait pas être la sœur ? Une dispute qui aurait mal tourné ?

Vera réfléchit un moment.

— On peut imaginer qu'ils se battent, convint-elle. Un frère comme ça, ça doit être un cauchemar, surtout à l'âge qu'elle a. À quatorze ans, on veut être comme tout le monde… La dernière chose dont on ait besoin, c'est d'un barjo dans la famille. Et elle aurait pu le noyer. S'il était dans son bain, il ne fallait pas beaucoup de force pour lui maintenir la tête sous l'eau. Mais il a été étranglé avant d'être immergé. Je vois pas une crevette de quatorze ans le transporter. Elle est toute maigre. Nerveuse. Et puis je ne crois pas qu'elle cache quoi que ce soit. Où est-ce qu'elle se serait procuré les fleurs ? Sa mère confirme qu'il n'y en avait aucune dans la maison. Je crois qu'on peut oublier la gosse, à moins qu'autre chose se présente. Tout le monde est d'accord ?

Il y eut quelques hochements de tête peu enthousiastes. Vera poursuivit :

— Leur père, en revanche, c'est une autre affaire. J'ai l'impression qu'il a toujours eu du mal à supporter Luke. Julie et lui se sont séparés il y a des années, mais il a gardé des liens avec les enfants. Rien d'officiel. Il appelle quand ça lui chante. Les gamins vont le voir de temps en temps. Si c'est lui qui a tué Luke, ça expliquerait l'absence d'effraction. Le môme allait pas refuser de lui ouvrir la porte. D'après Julie, il a toujours agacé son père. On pourrait imaginer qu'il l'ait agacé au point de le pousser au meurtre, à l'étrangler.

— Mais ça n'explique toujours pas les fleurs, intervint Ashworth.

— Peut-être. Sauf s'il était assez futé pour comprendre qu'il serait soupçonné et que ce genre de mise en scène détournerait notre attention. Raison de plus pour nous renseigner sur les fleurs. Si elles poussent au village, il aurait pu aller les cueillir après le meurtre.

Ashworth restait sceptique.

— Il faudrait qu'il ait un drôle de sang-froid. Imaginer la mise en scène, aller chercher les fleurs, rentrer dans la maison. Et il aurait sûrement été repéré.

— On pourrait le penser, hein ? Le porte-à-porte a donné des résultats ? Quelqu'un a remarqué quelque chose dans la rue ?

Elle se dit que plus tard, dans la journée, elle se rendrait au village en personne. Non que ce soit à elle d'aller frapper aux portes. Pas d'après son patron. Sa dernière évaluation relevait que Vera avait du mal à déléguer. Son rôle, disait-il, était stratégique, gérer l'information. Mais elle aimait sentir ce qui se passait dans le voisinage. Tout le monde n'était pas bon à ce jeu-là.

Elle regarda les visages inexpressifs, attendit que quelqu'un réponde. Franchement, c'est étonnant que j'aie du mal à déléguer ? se demanda-t-elle.

Enfin Ashworth prit la parole. Encore le petit chouchou. Et encore, elle soupçonnait les autres de lui donner des noms bien pires quand elle n'était pas là.

— Personne n'a rien remarqué d'inhabituel, d'après l'enquête de voisinage.

— Et la voiture que Julie a vue dans la rue mercredi soir ?

Il regarda ses notes.

— Elle n'y était pas à neuf heures, apparemment. Une dame ramenait sa fille des éclaireurs à cette heure-là et elle est catégorique. Elle s'en serait souvenue.

Personne d'autre ne pipa. Il y eut un silence. Vera était assise au bord d'un bureau, aussi grasse et impassible qu'un Bouddha. Elle ferma même les yeux un moment, comme en méditation. Des bruits lointains émanaient du reste du bâtiment - une sonnerie de téléphone, un éclat de rire. Elle rouvrit les yeux.

— Si c'est pas le père qui a joué au con, il faut qu'on réfléchisse à cette scène de crime. C'était comme une pièce de théâtre. Ou une de ces installations artistiques. Moutons morts. Monceaux de bouse d'éléphant. Le genre d'œuvre qui place le sens au-dessus de l'apparence ou du talent qu'il a fallu pour la réaliser. Il faut qu'on comprenne ce que cet artiste *disait*. Des idées ?

Ils la regardaient, assez comme des moutons morts eux-mêmes. Et cette fois elle ne pouvait pas leur en vouloir. Elle n'avait pas d'idée non plus.

## 7

Vendredi après-midi, la circulation était dense sur la quatre-voies reliant Newcastle à la mer. Les gens avaient quitté tôt pour profiter du soleil. Vitres baissées, musique à plein volume, le week-end avait déjà commencé. Le père de Luke Armstrong habitait juste derrière la route côtière, dans l'un des nouveaux lotissements tentaculaires en lisière de Wallsend. Vera savait que ce n'était pas à elle d'aller lui parler. Elle devrait laisser le travail de terrain à ses hommes. Comment pourraient-ils apprendre, sinon ? Mais c'était son truc. Elle se représentait Julie Armstrong terrée à Seaton avec sa fille et ses souvenirs : elle n'aurait confié ce job à personne d'autre.

C'était une maison mitoyenne en brique rouge. Il y avait un petit bout de jardin à l'avant – séparé de celui des voisins par une haie de lavande –, une allée pavée, un garage en sous-sol. Les architectes avaient tiré profit du moindre centimètre carré de ces terres qui jadis accueillaient trois houillères, mais le résultat était plutôt agréable si on supportait la vie en communauté. Le quartier s'articulait autour de quantité de petites impasses pour que les enfants puissent circuler à vélo sans danger. Les arbres plantés dans les jardins arrivaient à maturité. Il y avait des paniers de basket sur les façades, des voitures immaculées dans les allées. Pas de quoi ricaner, se gourmanda Vera.

Elle n'était pas sûre que Geoff serait là. En appelant, elle était tombée sur le répondeur et n'avait pas laissé de message. Autant le prendre au dépourvu. Elle roulait lentement, à la recherche de la bonne maison. Il était quinze heures et les enfants sortaient de l'école primaire. Les mères qui les attendaient dans la cour étaient toutes roses et comme étourdies de soleil. Vera se tenait sur le perron, le doigt pressant la sonnette, quand Armstrong déboucha dans l'allée. Il tenait la main d'une fillette juste assez grande pour aller à l'école. Un rêve de publicitaire – boucles blondes, taches de son, grands yeux bruns, vêtue d'une robe d'uniforme en vichy rouge.

— Oui ? lança-t-il.

Un seul mot, mais prononcé avec cette pointe d'agressivité qui avait effrayé Julie.

Vera n'eut pas le temps de s'expliquer que la porte s'ouvrit. Une femme menue apparut dans l'entrée, en peignoir. Le soleil la fit cligner des yeux mais elle ne fut pas du tout gênée d'être surprise dans cette tenue. Elle se savait jolie quand même.

— Ma femme travaille de nuit, gronda Armstrong. Je quitte tôt le vendredi pour aller chercher Rebecca, comme ça Kath peut dormir une heure de plus.

— Désolée, mon chou.

Vera s'adressait à la femme, pas à lui.

— Personne ne m'a avertie.

Elle leur montra sa carte de police.

— Je peux entrer ?

Ils s'assirent dans la petite cuisine, laissant Rebecca au salon avec un jus de fruits, un biscuit et les programmes télévisés pour enfants. Kath alluma la bouilloire puis prit congé pour aller s'habiller. Quand Vera réitéra ses excuses pour l'avoir réveillée, elle les repoussa d'un geste :

— Pas moyen de dormir longtemps quand il fait beau comme ça. On sort les radios dans le jardin et les enfants jouent dehors. De toute façon, c'est important. Pauvre Luke.

Elle resta un moment dans l'embrasure de la porte, puis monta l'escalier. Ils l'entendirent évoluer : des bruits de pas, un placard qui s'ouvre, la douche.

Ils étaient assis sur des tabourets de bar autour du comptoir. Vera songea qu'ils devaient avoir l'air ridicule. Deux gnomes obèses perchés sur des champignons.

— Luke venait souvent vous voir ? s'enquit-elle.

— Assez, avant de tomber malade. Plus souvent que Laura. Je pensais qu'elle serait ravie quand Kath a accouché. Une petite sœur. Mais elle avait l'air d'en vouloir à Rebecca. Luke a été plus positif envers elle, même quand elle était bébé.

— Il n'était pas venu depuis sa sortie de l'hôpital ?

— Non. Kath voulait qu'on le prenne le week-end dernier, mais j'étais pas sûr…

— Vous aviez peur pour votre petite fille ?

— Pas qu'il lui fasse du mal, non. Mais qu'il ait un comportement bizarre et que ça la perturbe.

Il marqua une pause.

— J'ai jamais trop su m'y prendre avec Luke quand je vivais avec eux. Question d'orgueil, d'après Kath. Je voulais un garçon fort, compétitif, bon en sport. Comme moi mais en mieux. J'imagine que j'avais honte qu'il soit différent des autres.

Vera se dit qu'il avait changé depuis qu'il avait quitté Julie. Kath devait avoir une influence civilisatrice. Ou alors elle lui avait simplement appris à faire bonne impression.

— Vous aviez tendance à vous énerver après lui.

Il leva la tête, choqué. Un père en deuil. Elle n'était pas censée lui parler comme ça.

— C'était une sale période, répondit-il. J'avais perdu mon job, pas d'argent, avec Julie ça n'allait pas fort. Dernièrement je m'étais efforcé de mieux le comprendre. Et puis ce gars avec qui il traînait s'est noyé et Luke a disjoncté. Personne ne pouvait plus communiquer avec lui.

— Vous lui avez rendu visite à l'hôpital ?

— On y est allés tous les deux, avec Kath. Je ne sais pas si j'aurais pu affronter ça tout seul. Les premières fois il était complètement shooté aux médocs. Je ne suis pas sûr qu'il ait remarqué notre présence. Mais même dans cet état il avait l'air d'avoir la frousse. Il sursautait dès que quelqu'un arrivait par-derrière. Quand il a commencé à aller mieux, on l'a emmené en sortie un après-midi. Une pizza et un petit tour dans Morpeth. Il était plus bavard, mais toujours sur les nerfs. Il n'arrêtait pas de dire que c'était sa faute si son copain s'était noyé. Quand on est arrivés au pont, vous savez, celui qui se trouve du côté de l'église, il a pété un plomb. Il tremblait, il pleurait. On venait à peine d'arriver à le calmer quand on est rentrés à l'hôpital.

— Est-ce qu'il vous a dit *pourquoi* il avait peur ? Quelqu'un lui reprochait la mort de son ami ?

— Il n'a jamais très bien su s'expliquer, même avant sa dépression. On lui a posé la question, mais ça n'a fait qu'empirer les choses.

— Vous étiez allés le voir depuis sa sortie ?

— Oui, et il avait l'air d'aller mieux. Il n'aimait pas sortir de la maison, d'après Julie. Mais il était un peu plus lui-même.

— Sa sœur devait être contente de le retrouver.

Armstrong se pencha sur le comptoir. Ses mains étaient dures et calleuses, les ongles très courts.

— Ouais, peut-être.

Il s'arrêta, sembla étudier ses doigts.

— Mais c'était difficile pour elle. Elle avait parfois du mal à s'entendre avec Luke. Peut-être qu'elle ressemble trop à son père pour faire la part des choses. Peut-être qu'elle en avait simplement ras le bol qu'il monopolise l'attention de leur mère.

Une porte se ferma à l'étage, de nouveaux bruits

de pas retentirent et Kath apparut sur le seuil. Elle était en uniforme, les cheveux attachés.

— Je peux entrer ? Ou vous préférez parler seule avec Geoff ?

— Venez, venez, fit Vera. J'allais passer au plus difficile. Un peu de bon sens féminin sera le bienvenu. Pour éviter que votre homme ne sorte de ses gonds.

— Qu'est-ce que vous voulez dire ?

— Je dois vous demander à tous les deux ce que vous faisiez quand Luke a été tué. Ça ne veut pas dire que je crois que vous ayez le moindre rapport avec sa mort. Mais je suis obligée de vous poser la question. Vous comprenez ?

— Bien sûr, acquiesça Kath.

— Geoff ?

Il hocha la tête à contrecœur.

— J'étais au boulot, annonça Kath. Service gynécologie du Royal Victoria. On était trois. C'était la folie. Deux admissions imprévues transférées des urgences. J'ai même pas eu le temps de prendre ma pause. Geoff a passé la soirée à la maison, pour garder Rebecca.

— Vous travaillez toujours de nuit ?

— Oui, depuis que j'ai repris après mon congé maternité. Ça nous convient bien. Geoff est à son compte. Son client principal est un entrepreneur de Shields, Barry Middleton. Geoff lui fait les plâtres et la menuiserie. Barry a bonne réputation, le travail est régulier et Geoff peut s'organiser un peu comme il veut en fonction de sa famille, des vacances scolaires. Il s'occupe de Rebecca pour qu'elle soit prête à partir le matin quand je rentre et le vendredi, il va la chercher à l'école. Quand je pars travailler le soir, il est presque l'heure de se coucher. On n'a pas vraiment de vie sociale ni l'un ni l'autre, mais comme ça Rebecca passe beaucoup de temps avec nous.

— Est-ce que votre fille s'est réveillée le soir où Luke a été tué ?

La question s'adressait à Geoff, mais de nouveau ce fut Kath qui répondit.

— Elle ne se réveille jamais ! C'est une vraie bénédiction, cette enfant. Elle fait ses nuits depuis qu'elle a six semaines. Une fois couchée, on ne l'entend plus jusqu'à sept heures du matin.

Il y eut un silence gêné. Avec un léger décalage, Kath s'était rendu compte de ce que ses mots impliquaient.

— Mais il ne l'aurait jamais laissée ! s'écria-t-elle. Vous l'avez vu avec Rebecca. Jamais il ne la laisserait toute seule !

— Geoff ?

— Je ne l'ai pas quittée.

Vera savait qu'il faisait un effort, pour leur montrer à elle et à Kath qu'il était capable de se maîtriser, qu'il ne s'emportait plus.

— Je ne pourrais même pas aller jusqu'au bout de la rue sans m'imaginer des horreurs. Qu'elle est malade. Que la maison brûle. Je ne ferais jamais ça. De toute façon, je pouvais aller voir Luke quand je voulais. Pourquoi j'y serais allé sans prévenir au milieu de la soirée ?

— Parfait, fit Vera. Maintenant que la question est résolue, on peut passer à la suite.

Sauf qu'elle n'était pas résolue. Pas

complètement. Geoff aurait pu demander à quelqu'un de venir garder Rebecca. Ou si vraiment il n'y tenait plus il aurait pu la laisser toute seule, quoi qu'il en dise devant sa femme. Demain Vera enverrait un gars discuter avec les voisins. Vérifier si quelqu'un avait fait du baby-sitting ou vu la voiture bouger. Elle inspira.

— Vous voyez qui aurait pu vouloir la mort de Luke ? Julie m'a dit qu'il n'avait aucun ennemi, mais une mère pense toujours que son rejeton est l'innocence incarnée. Il me faut du grain à moudre. Un point de départ.

Du salon leur parvint la voix de la fillette qui reprenait en chœur une comptine de la télévision. Vera ne connaissait pas grand-chose aux enfants mais elle se dit que ce devait être rare d'en avoir une aussi peu exigeante. C'était là un foyer fort différent de celui de Seaton où Luke avait grandi. Ici tout était calme, rangé. La famille vivait sur la routine. Julie avait besoin d'un peu d'agitation pour supporter ses journées. L'inspectrice gardait les yeux rivés sur ses interlocuteurs, attendant une réponse.

— Luke était capable de vous rendre chèvre, expliqua Armstrong. Il ne le faisait pas exprès, simplement il ne comprenait pas ce qu'on lui disait. Vous lui demandiez quelque chose et il vous regardait comme si c'était vous le débile de croire qu'il allait capter. Je peux imaginer que ça lui ait valu des ennuis. Certaines de ses fréquentations étaient habituées à être traitées avec respect.

— Comme les Sharp ?

— Peut-être bien.

— Est-ce que les Sharp reprochaient à Luke la mort de leur fils ?

Armstrong parut avoir besoin d'y réfléchir.

— Je ne les fréquente pas, répondit-il enfin. Je n'en sais rien. Mais enfin, ils sont pas réputés pour leur patience, non ? Et notre Luke aurait fatigué la patience d'un saint. Si l'un d'eux lui avait demandé ce qui s'était passé le jour où Thomas est mort, Luke n'aurait pas su répondre. Il se serait angoissé. Il n'aurait pas trouvé ses mots et aurait fini par se contenter de regarder dans le vide. Comme je vous disais, ça porte sur les nerfs. Même sans croire Luke coupable, il y aurait de quoi monter au mur.

— Mais pas au point d'aller chez lui l'étrangler, intervint Kath.

Armstrong haussa les épaules.

— Je ne vois personne d'autre qui aurait pu vouloir le tuer.

— Est-ce que Luke vous a parlé de l'accident ?

— Pas de l'accident en soi, répondit Kath. Il est passé ici peu de temps après. Il nous a décrit la cérémonie d'hommage avec les fleurs jetées dans la Tyne. Comme c'était beau. Il y était allé avec Julie et ça semblait l'avoir beaucoup ému. La *Chronicle* a publié une photo en première page. Il l'a apportée pour me la montrer.

Rebecca apparut à la porte de la cuisine. Elle resta là, timide et intriguée par l'inconnue.

— Tu veux bien mettre le dîner en train, Geoff ? demanda Kath. Il faut que je me prépare pour le boulot.

Elle raccompagna Vera jusqu'à la porte. Dans la

cuisine Geoff avait allumé la radio et chantait avec sa fille sur une chanson pop.

Vera avait des dizaines de questions. Elle voulait savoir comment Kath et Geoff s'étaient rencontrés. Ce qu'elle lui avait trouvé. Comment elle avait perçu le papa gâteau potentiel sous son air fruste et irascible. Mais c'était sans doute pure indiscrétion et elle se contenta d'une simple remarque :

— On m'avait décrit votre mari comme colérique. Il a l'air très calme aujourd'hui.

Kath s'arrêta un moment, la main tendue vers la poignée de la porte.

— Il est heureux. Il n'a plus aucune raison de s'emporter.

Vera trouva la réponse un peu facile. Trop beau pour être vrai. Mais elle n'insista pas. Elle avait un rendez-vous, quelqu'un d'autre à voir.

# 8

Allongée dans la baignoire, la fenêtre entrouverte, l'eau profonde et brûlante, Felicity se surprit à ressasser le passé. N'étant guère encline à l'introspection elle se demanda ce qui pouvait bien la causer. Les soixante ans de Peter, peut-être. Les anniversaires faisaient parfois cet effet. Ou une saute d'humeur de la ménopause. La rencontre avec Lily Marsh l'avait déstabilisée. Elle était jalouse de la jeunesse et de la vitalité de la jeune femme, de sa peau ferme et de son ventre plat, et elle lui enviait son indépendance.

Felicity s'était mariée trop jeune. Elle avait rencontré Peter dans une fête. Elle était étudiante, en licence depuis six semaines seulement. Ses parents avaient bien essayé de la pousser à s'inscrire dans une université un peu plus éloignée de chez eux, mais la perspective de la résidence universitaire l'en avait dissuadée. Elle préférait la proximité rassurante du presbytère à une heure de là, une sortie de secours. Son père était prêtre, un homme doux, souple sur la théologie mais strict sur la gentillesse. En fait, elle avait pris goût à la vie universitaire, aux amitiés, aux soirées jusqu'à pas d'heure et surtout, aux hommes. Elle avait découvert qu'elle pouvait les attirer. Ils aimaient sa timidité, peut-être voyaient-ils même sa réserve comme un défi. Mais elle ne savait pas trop comment réagir face à eux. Elle musardait, perplexe et un peu perdue. Alice dans un pays des merveilles universitaire.

Bref, elle s'était rendue à cette fête dans une maison d'étudiants de Heaton. Il y avait des parquets nus et des tentures indiennes aux murs, une musique inconnue et une forte odeur de dope qu'elle remarqua sans savoir de quoi il s'agissait. Il faisait très froid, se souvenait-elle, malgré la foule amassée dans la pièce. La première grosse gelée de l'hiver venait de se produire et il n'y avait pas de chauffage. Dehors, les feuilles mortes détrempées étaient figées en tas sur le trottoir.

Qu'est-ce que Peter pouvait bien faire là ? Ce

n'était vraiment pas son truc et de toute façon il ne se serait jamais abaissé à fraterniser avec des étudiants non diplômés. Pourtant il était bien là, en pantalon de velours côtelé et pull de laine tricoté main, totalement anachronique, comme sorti par erreur d'un roman de Kingsley Amis. Il buvait une bière au goulot et paraissait malheureux. Quoique déplacé dans cette foire estudiantine, c'était une figure familière à Felicity, du moins un style familier. Il y avait des hommes seuls à la paroisse, que l'église attirait parce que, sûrement, là on ne les rejetterait pas. Le dernier vicaire de son père était d'une timidité maladive. Sa mère se moquait de lui dans son dos, et les vieilles filles du village se disputaient son affection à coups de ragoût de mouton et de pain d'épices.

Mais quand elle avait abordé Peter, Felicity s'était rendu compte qu'il n'avait rien des jeunes chrétiens chétifs qu'elle avait rencontrés en colonie de vacances ni de l'aimable vicaire. Il était bourru et arrogant, et très sûr de lui en dépit de son étrange tenue.

« J'avais rendez-vous avec quelqu'un, avait-il tempêté. Mais cette personne n'est pas venue. Quelle perte de temps ! »

Felicity s'était demandé si l'absent était homme ou femme.

« J'ai des copies à corriger. »

C'est alors qu'elle avait compris qu'il ne s'agissait pas d'un étudiant plus âgé. Il ne paraissait pas ses treize ans de plus qu'elle. Elle fut intensément éblouie par sa situation. Elle avait toujours été attirée par les hommes de pouvoir, aimait l'idée qu'un autre la dirige, l'éduque et l'informe. Elle avait très peu d'expérience des hommes et était convaincue qu'elle ferait tout de travers. Mieux valait laisser la barre à quelqu'un qui les connaissait bien.

Elle lui avait posé des questions hésitantes sur son travail et il s'était mis à en parler avec tant de fougue et d'ardeur qu'elle en fut captivée, quand bien même elle n'en comprenait pas le premier mot. Ils avaient gagné l'entrée, où la musique était moins forte, et pris place dans l'escalier. Comme ils ne pouvaient pas s'asseoir côte à côte parce qu'il fallait laisser un passage pour les gens qui montaient en titubant vers la salle de bains, il se posta au-dessus et elle s'installa à ses pieds.

La conversation n'était pas à sens unique. Il lui posa des questions et l'écouta décrire sa maison et ses parents.

« Je suis fille unique. J'imagine que j'ai été très protégée.

— Ç'a dû être un sacré choc. La vie étudiante, j'entends. »

Elle n'avait pas voulu lui dire qu'en réalité elle aimait le bruit, le désordre et la liberté de la fac. Il semblait se plaire à la trouver vulnérable et cela paraissait grossier de le détromper. Il s'était même montré tolérant envers sa foi, comme si elle convenait à son niveau d'expérience. Comme si elle avait six ans et venait de lui confier qu'elle croyait à la petite souris. « Même moi, je conviens que tout ne peut pas s'expliquer scientifiquement », avait-il déclaré, et c'est là qu'il l'avait touchée pour la première fois, une caresse dans les cheveux comme pour la rassurer, lui dire qu'elle n'était pas ridicule. Pas vraiment. Et elle lui fut reconnaissante de sa compréhension.

Ils étaient partis alors que la soirée battait son plein. Peter avait proposé de la raccompagner à sa résidence. Ils avaient regagné la ville en bus puis terminé à pied, traversant le parc de Town Moor. Il faisait un froid glacial, tout était blanc et argent, la brume s'amassait dans les anfractuosités et s'exhalait de leurs bouches. Il y avait une lune blanche, bouffie. « Elle paraît trop lourde, avait-elle observé. Comme si elle allait s'écraser sur la Terre. »

Elle s'attendait alors à un petit laïus sur la pesanteur et les planètes, mais il s'était arrêté pour lui faire face, lui avait pris la tête entre ses mains gantées. « Tu es délicieuse, avait-il déclaré. Je n'ai jamais rencontré quelqu'un comme toi. »

Plus tard elle prendrait conscience que c'était sans doute vrai. Il était passé d'une école de garçons à l'université, où il avait consacré toute son énergie à ses études. Peut-être avait-il rêvé de femmes, peut-être l'avaient-elles obsédé, affleurant à sa conscience toutes les six minutes. Certainement il avait eu des rencontres sexuelles. Mais il s'était interdit de se laisser distraire. Jusqu'à ce soir-là. Quand ils avaient repris leur marche, il avait passé son bras autour de ses épaules.

Devant la porte de la résidence il l'avait attirée à lui et embrassée, en lui caressant les cheveux, pas tendrement cette fois, mais en une violente friction qui pour Felicity trahissait toute sa frustration. Cette pression sur ses cheveux et son crâne fut la seule expression de désir qu'il s'autorisa. Elle sentit la passion contenue fuser et le picoter comme de l'électricité.

« On peut déjeuner ensemble ? avait-il demandé. Demain ? »

Lorsqu'elle avait accepté, elle avait eu l'impression que c'était elle qui menait la danse. Qui avait le pouvoir.

Il s'en allait quand une camarade arriva.

« Qui c'était ?

— Peter Calvert. »

L'amie fut épatée. « J'ai entendu parler de lui. C'est pas un gars brillant ? Une sorte de génie ? »

Il l'emmena déjeuner à Tynemouth, en voiture. Elle s'était imaginé qu'ils iraient quelque part en ville, non loin de la fac. La voiture, l'hôtel-restaurant bondé d'hommes d'affaires le distinguaient à nouveau des autres amis, étudiants, de Felicity. Il suffisait de peu pour l'impressionner. Ensuite ils avaient remonté l'estuaire jusqu'au prieuré et regardé South Shields sur la rive opposée. En redescendant le long de la Tyne il lui avait montré une mouette mélanocéphale. Il portait des jumelles. Felicity avait trouvé ça bizarre parce que son domaine, c'était la botanique. Elle n'avait pas saisi alors l'objet de sa passion dévorante.

« Tu dois rentrer ? a-t-il demandé. Tu as un cours ? » Il lui prit la main, dessina sur sa paume du bout des doigts. Le soleil brillait et ce jour-là il n'avait pas besoin de gants. « Je ne veux pas te débaucher.

— Ah bon ? »

Il lui sourit. « Enfin, peut-être. Viens prendre le thé chez moi. »

Il n'habitait pas loin, à North Shields. Un grenier aménagé qui donnait sur Northumberland Park. Le reste de la maison était habité par deux vieilles sœurs. L'une d'elles ratissait les feuilles mortes dans le petit jardin quand ils arrivèrent. Elle les salua d'un geste amical, puis reprit ses activités sans s'intéresser outre mesure à la nouvelle venue. La mansarde était impeccable et Felicity imagina que Peter avait fait le ménage tout spécialement. L'endroit regorgeait de livres. Une carte d'état-major grande échelle du territoire d'études de Peter était punaisée au mur et un télescope sur trépied bloquait l'entrée. Il y avait un salon avec une cuisine exiguë et une salle de bains à côté, et une porte qu'elle supposa être celle de la chambre. Cette porte semblait exercer une attraction irrésistible car, tandis que son hôte préparait le thé, Felicity s'aperçut que ses yeux ne cessaient d'y revenir. Le battant était à panneaux et le grain du bois perçait sous la laque blanche. Pour poignée, un bouton en cuivre. Elle se demanda si la chambre était rangée aussi, si Peter avait changé les draps en prévision. Elle aurait bien jeté un œil mais il arriva chargé d'un plateau. Il y avait des tasses, des soucoupes dépareillées et des tranches de cake beurrées.

Plus tard, cet après-midi-là, ils étaient entrés dans la chambre et avaient fait l'amour. Sa première fois et pas de quoi fouetter un chat. Il y eut pas mal de cafouillages avec un Durex, que Peter paraissait aussi peu aguerri qu'elle à utiliser, et ils avaient dû se planter sérieusement ou alors il y avait eu un pépin, parce que peu de temps après elle avait découvert qu'elle était enceinte. Probablement cette première fois. Ensuite ils étaient devenus plus adroits. L'amour aussi s'était amélioré. Dès ce premier après-midi, cependant, elle avait pu entrapercevoir, pressentir quelque chose de merveilleux, et c'était plus qu'elle n'avait escompté.

Très vite, avant même de se savoir enceinte, elle emmena Peter chez ses parents pour le leur présenter. C'était une journée froide et pluvieuse et bien qu'il ne soit que midi, en arrivant ils virent à travers les arbres les lumières allumées au salon, un feu dans la cheminée. « C'était toujours comme ça quand je rentrais de l'école, commenta-t-elle. Accueillant. » Lui ne parlait jamais beaucoup de ses parents. Ils étaient dans les affaires, assez occupés. Face à lui, elle avait l'impression que son attitude envers sa propre famille était mièvre, irréelle.

Sa mère avait préparé une solide soupe de légumes parce que sa fille adorait ça, et du pain maison. Après le déjeuner ils avaient pris le café et le gâteau au chocolat au coin du feu. Pour commencer Peter s'était montré extrêmement réservé. Comme s'il ne se sentait pas à sa place, au même titre que Felicity à l'université. Il prenait ses marques. À présent, assis devant la cheminée, il semblait se détendre. Felicity se trouvait anormalement fatiguée. Elle suivait la conversation dans une sorte de demi-sommeil. Peter parlait de son travail et son père lui posait des questions – pas par politesse, Felicity repérait immanquablement sa courtoisie de façade, mais parce que ça l'intéressait. Tant mieux, se dit-elle. Ils s'entendent bien. Puis elle dut s'assoupir car elle fut réveillée en sursaut par la chute d'une bûche suivie d'une étincelle qui craqua et fusa sur la tablette de protection. Sa mère sourit avec indulgence et fit un commentaire sur sa vie de patachon. Felicity éprouverait le même épuisement au début de chacune de ses grossesses.

Le mariage fut l'idée de Peter. Les parents de Felicity n'exercèrent aucune pression – au contraire, ils semblaient douter du bien-fondé d'une telle précipitation. « Vous êtes ensemble depuis si peu de temps. » Ils l'auraient probablement soutenue dans l'avortement si tel avait été son choix. Peter demanda à leur parler seul à seuls. Il y eut une autre visite au presbytère et tous les trois s'entretinrent dans la cuisine pendant que de nouveau Felicity somnolait sur un livre au salon. Elle avait franchement l'impression que l'affaire lui avait échappé. Elle n'avait pas l'énergie pour prendre une décision.

Pendant le trajet de retour à Newcastle, elle avait interrogé Peter sur leur conversation. « Je leur ai dit que j'ai voulu t'épouser à la seconde où j'ai posé les yeux sur toi. » C'était la chose la plus romantique qu'elle ait jamais entendue et le mariage s'organisa.

Felicity était si absorbée dans ses souvenirs qu'elle sursauta en entendant une porte se fermer au rez-de-chaussée. L'eau était encore tiède. Elle enjamba la baignoire et s'enroula dans une serviette, sortit sur le palier, cria :

— Peter ! Je suis à l'étage !

Pas de réponse. Elle se pencha sur la balustrade mais Peter était invisible. Elle descendit l'escalier, toujours enveloppée dans sa serviette, laissant des empreintes humides dans son sillage. La maison était déserte. Elle se dit qu'elle avait dû imaginer le bruit de la porte, mais un sentiment d'intrusion la poursuivit toute la journée.

# 9

La prison d'Acklington se trouvait un peu plus haut sur la côte, presque sur le chemin de Vera pour rentrer chez elle. Il n'avait pas été facile d'obtenir une entrevue avec Davy Sharp si tard dans l'après-midi. Les visites officielles - avocats, travailleurs sociaux, policiers - avaient lieu le matin et l'organisation carcérale était rigide. Il avait fallu faire jouer d'anciens services rendus et piquer une crise au téléphone avant qu'ils acceptent. Elle se gara puis gagna la grille. Une brume de chaleur flottait au-dessus des champs qui s'étendaient en direction de la mer. Partout le silence. Le soleil brillait toujours et elle sentit la sueur perler sur son front et sur son nez dans le court instant qu'il lui fallut pour atteindre le bâtiment. Le gardien la salua par son nom, même si elle ne le reconnut pas. Il parla du temps qu'il faisait pendant qu'elle lui confiait son portable et signait le registre des entrées.

— Si ça éclate pas bientôt, va y avoir du grabuge, assura-t-il. La chaleur leur tape sur le système. C'est un cauchemar dans les ateliers. Il y en a un qui va finir par péter un fusible et on aura du bol si ça déclenche pas une émeute.

Elle attendit dans un « parloir avocats » pendant qu'ils allaient chercher Davy Sharp. Toute la chaleur de la journée semblait emmagasinée dans la petite pièce carrée et le soleil continuait de ruisseler par la fenêtre haut perchée. En hiver, Vera le savait, la prison était glaciale, le vent venant tout droit de Scandinavie. Elle s'efforça de se concentrer. Ce n'était pas sa première rencontre avec Davy Sharp. Il pouvait se montrer sinistre et taciturne ou bien charmant. Elle le voyait comme un acteur ou un caméléon. Capable de jouer n'importe quel rôle selon la situation. On ne savait jamais trop comment réagir face à lui. Il était important de garder en tête qu'il était plus futé qu'il ne voulait bien le laisser croire. Et pendant tout ce temps une pensée ne cessait de s'imposer à Vera : de la bière, une bonne mousse tout juste sortie du frigo, avec les gouttes de condensation qui roulaient sur le verre. Cette image l'obnubilait depuis qu'elle avait quitté Geoff Armstrong.

Il y eut un bruit de bottes dans le couloir, de clefs sur une chaîne, et la porte s'ouvrit. Davy portait une chemise à rayures bleues et blanches, un jean, des tennis. Il passa le seuil sans un bruit. Le gardien resta là, à soupeser les clefs dans sa main, puis hocha la tête en direction de Vera sans vraiment la regarder, sans parler. Elle comprit qu'il lui en voulait d'avoir chamboulé la routine, de l'avoir obligé à aller chercher le détenu, à l'escorter depuis le bloc, pendant que tous les autres gardiens, ses potes, buvaient du thé et rigolaient au bureau. L'homme se retourna, sortit, s'assit sur une chaise droite, fixa le vide. Vera ferma la porte, détecta une odeur de corps chaud, espéra qu'elle venait de Davy et non d'elle-même. Elle tira un paquet de cigarettes de son sac, lui en offrit une. Il la prit, l'alluma promptement, inhala.

— Vous devez savoir pourquoi je suis là, dit-elle.

Tous les détenus avaient la télé dans leur piaule, aujourd'hui. Davy avait forcément vu les nouvelles, quand bien même il n'aurait pas eu vent de la mort de Luke par d'autres canaux.

— Le gosse qui était pote avec notre Thomas. C'est ça ?

Elle resta coite, essaya de repousser de son esprit l'image de la pinte de bière.

Il se pencha en avant. Déjà la cigarette était à moitié consumée. D'une tapette il fit tomber la cendre dans la coupelle en alu. C'était un homme mince, quelconque. Si on le croisait dans la rue on continuait son chemin sans le remarquer. C'était un avantage. Il était né dans une famille où le vol était une seconde nature. Renommée. À Shields, les mères disaient aux enfants qui faisaient des bêtises : « Continue comme ça et tu finiras comme les Sharp. » Davy s'était spécialisé dans l'escroquerie à la carte de crédit. Ça l'arrangeait que les gens soient incapables de se rappeler sa tête. Vera n'arrivait jamais à savoir ce qu'il pensait. Pourtant il ne pouvait pas être si bon escroc que ça. Il avait passé un tiers de sa vie d'adulte en cabane. Peut-être qu'il se sentait mieux à l'ombre.

Il la regarda, les yeux plissés.

— Vous croyez pas qu'on a trempé là-dedans ?

— Luke se reprochait la mort de votre fils. Je me

demandais si par hasard vous la lui reprochiez aussi.

— C'était un accident.

Il écrasa la cigarette. Elle vit que sa main tremblait, se demanda si ça faisait également partie de son numéro. Elle fit glisser le paquet au milieu de la table, attendit qu'il en ait tiré une autre.

— Vous avez rencontré Luke ?

— Pas du vivant de Thomas.

Il esquissa un sourire.

— J'ai pas été beaucoup à la maison ces derniers temps. Ils m'ont laissé sortir pour l'enterrement de mon gosse. C'est là que j'ai rencontré le môme Armstrong. Mais Thomas m'avait parlé de lui quand il venait me voir ici. Apparemment ils étaient vraiment potes. Qui se ressemble s'assemble, peut-être. Pas les mieux outillés du caisson. C'est ce que ma femme m'a laissé entendre. On était contents que Thomas copine avec le môme Armstrong. On voulait pas qu'il me suive dans la partie. Il était pas doué et il aurait pas survécu dans un endroit comme ici.

— Vous avez parlé à Luke, à l'enterrement ?

— Ouais. Quelques mots, juste. Ils m'ont pas laissé rester après pour la bière et les sandwiches.

— Qu'est-ce qu'il vous a dit ?

— Qu'il était désolé. Qu'il avait essayé de sauver Thomas. Et on voyait que c'était vrai. Il avait une mine de déterré. Il a pleuré comme un bébé pendant toute la cérémonie et les mots avaient du mal à sortir quand il m'a parlé.

— Sa mère était là ?

— Une grande blonde ? Ouais. Thomas nous

avait parlé d'elle aussi, il nous racontait comme elle était chouette avec lui. Je l'ai remerciée.

— Donc vous étiez ici quand Thomas s'est tué ?

— En provisoire.

— Mais vous avez dû essayer de savoir ce qui s'était passé.

— J'ai contacté quelques personnes.

— Et ?

— Pour une fois vous vous êtes pas plantés. Les gars avaient bu, ils faisaient les cons. Thomas est tombé. Comme je disais, un accident.

Il marqua une pause.

— J'aimerais bien qu'il y ait un coupable. Mais il y en a pas.

— Thomas avait d'autres amis ?

— Pas vraiment. Il y avait les gosses avec qui il jouait quand il était petit. Un gars plus vieux qui s'était occupé de lui, mais Luke Armstrong était son seul vrai pote quand il est mort.

Ils se turent un moment. Dehors l'agent dut bouger sur sa chaise inconfortable : ils entendirent cliqueter les clefs à sa ceinture.

— C'est tout ? fit enfin Sharp.

— Vous voyez qui aurait pu vouloir la mort de Luke Armstrong ?

Il secoua la tête.

— Aucun de mes contacts étranglerait un gamin.

Vera savait que ce n'était pas vrai mais ne releva pas.

— Il ne bossait pas pour vous ? Je veux dire, vous ne les employiez pas, tous les deux ?

Elle pensait à des tâches subalternes ; peut-être

leur avait-il donné quelques livres pour transmettre des messages.

— Je vous ai dit, je connaissais pas Luke Armstrong avant l'enterrement de mon fils et je voulais pas que Thomas suive mes traces. En plus, je leur aurais pas fait confiance ni à l'un ni à l'autre. Même pas pour aller me chercher un sachet de chips. Pas assez fiables.

— C'est juste que la coïncidence paraît troublante. Tous les deux morts. Ça ne pourrait pas être quelqu'un qui vous envoie un message ?

— Les coïncidences, ça existe, gronda-t-il.

Elle le regarda intensément, essaya de déterminer si les mots cachaient quelque chose, mais Davy Sharp était imperturbable.

— Vous pourriez faire passer le mot, suggéra-t-elle. Laisser entendre que ça vous intéresse.

D'abord ce fut comme si elle n'avait rien dit. Il continua à regarder droit devant lui. Puis il eut un hochement presque imperceptible.

— Je vais le faire.

— Et vous me direz si vous apprenez quelque chose ?

Il acquiesça derechef.

Elle eut le sentiment qu'elle oubliait quelque chose, qu'il restait une question à poser. Ils restèrent un moment face à face. Elle se demanda s'il était judicieux de lui parler des fleurs éparpillées sur le bain où gisait Luke – cela aurait-il un sens pour lui ? Mais ils avaient réussi à cacher ce détail aux journalistes et elle ne voulait pas qu'il s'ébruite. Enfin elle poussa le paquet de cigarettes jusqu'à lui sans un mot. Elle attendit qu'il l'ait fourré dans la poche de son jean, puis ouvrit la porte et dit à l'agent :

— C'est bon, on a fini.

Pendant qu'elle attendait à la grille pour signer le registre de sortie, elle essaya de se remémorer la tête de Sharp, une expression qu'elle aurait dû relever, un message qu'il aurait pu essayer de lui transmettre. Mais elle n'y parvint pas. Déjà ses traits étaient brouillés dans sa mémoire. Elle n'était même pas sûre de le reconnaître lors d'une séance d'identification.

Elle avait éteint son téléphone avant de le confier au portier. Tout en rejoignant sa voiture, elle le ralluma. Pas de message. Pas d'appel en absence. Ils n'avaient pas avancé d'un pouce depuis la mort de Luke.

Elle s'était garée à l'ombre et le soleil était plus bas maintenant. Elle coupa la climatisation et ouvrit les vitres. À l'écart de la côte les routes étaient désertes et à mesure qu'elle s'élevait dans les collines elle sentit son moral remonter. À la maison il y avait un réfrigérateur plein de bière et demain elle reprendrait l'enquête, fraîche et dispose.

Le téléphone sonna juste au moment où elle se garait devant l'ancienne maison du chef de gare. Elle ne l'entendit pas tout de suite parce que le train pour Édimbourg passait en grondant. Une rame Virgin, pas du Great North Eastern. Un éclair rouge. Le téléphone recommença à sonner lorsqu'elle eut disparu.

# 10

James adorait les échecs. Clive, l'un des amis de Peter, lui avait appris à y jouer et, peut-être parce qu'il le considérait comme un passe-temps d'adulte, l'enfant s'était pris de passion pour ce jeu. Ça lui donnait l'impression d'être grand. Peter n'avait pas souvent la patience de jouer avec lui, mais, à présent, James battait systématiquement sa mère. Laquelle attendait devant l'école, en jetant de temps à autre un coup d'œil à sa montre. Elle lui avait bien demandé de ne pas traîner pour sortir parce qu'elle avait le repas d'anniversaire à préparer, pourtant il fut le dernier à traverser la cour. Je devrais être heureuse, songea-t-elle, qu'il soit si relax.

Pendant tout le trajet de retour il parla de la partie qu'il venait de jouer et elle dut l'interrompre pour s'enquérir de l'étudiante qui était venue visiter le cottage.

— Est-ce que Mlle Marsh t'a dit si elle voulait habiter ici ? interrogea-t-elle en tournant dans le chemin qui menait chez eux.

— Non, lança-t-il si distraitement qu'elle se rendit compte qu'il avait la tête ailleurs. Je l'ai pas vue aujourd'hui.

Elle en conclut que ça s'arrêterait sans doute là. Dommage. Ç'aurait pu être sympa d'avoir la jeune fille comme voisine pendant quelques semaines, jusqu'à la fin de l'année scolaire. Puis elle dut braquer à fond parce qu'un Land Rover débouchait du chemin, et cela lui sortit de l'esprit.

Felicity s'attendait à ce que Peter rentre plus tôt ce soir-là, mais en fait il arriva plus tard que d'habitude. Elle commençait vaguement à s'inquiéter ; la route de Newcastle était tristement célèbre pour ses accidents. Mais il fit son apparition avant que ce début d'anxiété ait pu se transformer en sérieuse angoisse et le soulagement la rendit affectueuse. Elle le serra dans ses bras, lui embrassa le cou et les paupières et le suivit à l'étage, restant sur le lit pendant qu'il se changeait. Puis ils entendirent des voitures dans l'allée et elle dut dévaler l'escalier pour accueillir leurs invités ; tout à coup l'entrée fut pleine de voix masculines et de rires. Elle était heureuse que Peter ait des amis. Il ne voyait aucun de ses collègues en dehors de l'université. Et elle avait toujours beaucoup apprécié les garçons, Samuel le courtois, Clive le timide, Gary le lubrique. Elle aimait leurs corps fermes, en pleine forme à force de sillonner les collines, et leur manière de l'admirer. Elle savait qu'ils trouvaient que Peter avait de la chancc dc l'avoir. Clive en particulier la vénérait. Elle se sentait flattée quand il la suivait des yeux ; adorait le voir rougir quand elle lui prêtait attention. Pourtant quand ils étaient tous réunis elle ne pouvait s'empêcher de se sentir exclue. Les quatre hommes n'avaient rien en commun hormis leur intérêt pour l'ornithologie, mais c'était là une passion dévorante et elle ne pouvait pas la partager.

Ils étaient très polis envers elle. Samuel lui avait apporté un tirage de sa dernière nouvelle.

— J'ai pensé que ça t'intéresserait. Tu sais que ton opinion m'importe beaucoup.

Elle les embrassa l'un après l'autre, goûtant le contact fugace d'une épaule musculeuse, d'un dos puissant. Quand les lèvres sèches de Samuel frôlèrent sa joue elle ressentit un frisson d'excitation.

— Installez-vous sur la terrasse, suggéra-t-elle. Je vais vous préparer du thé.

Mais Peter, tendu, rétorqua qu'ils ne voulaient pas de thé. Ils voulaient de la bière et tous la suivirent dans la cuisine pour se servir, la gênant alors qu'elle voulait préparer le repas. Peter savourait la moindre minute de tout cela. Felicity n'en était pas certaine pour Samuel - il était parfois difficile à cerner - mais les autres croyaient profondément en Peter. Pour eux, c'était l'homme le plus intelligent qu'ils aient jamais connu. Si ses pairs le négligeaient, c'était pour des raisons politiques. Ses fiches de signalement n'étaient rejetées par le comité d'homologation que pour cause de jalousies mesquines. Ce dîner était l'occasion de lui montrer combien eux l'appréciaient. Combien ils lui étaient dévoués. Et Peter s'épanouissait sous leurs égards, se faisait charmant et généreux. Il leur servit à boire et tint sa cour.

À ce moment-là Felicity les expédia au phare. Elle se sentait cernée, incapable de respirer.

— Allez-y, lança-t-elle. Je mets la table et je vous rejoins.

D'ordinaire elle les supportait bien en groupe comme ça, avait plaisir à les recevoir ; aujourd'hui pourtant, c'était trop.

Samuel proposa de l'aider, mais elle le repoussa

lui aussi et se posta à la porte de la cuisine pour agiter la main tandis qu'ils s'éloignaient, file hilare et désordonnée, son fils frétillant autour d'eux comme un jeune chien fou. Elle les suivit du regard jusqu'à ce qu'ils aient gravi l'échalier et disparu à l'horizon, et qu'elle fût certaine d'être débarrassée d'eux.

Elle dressa la table sur la terrasse, sans se presser, astiquant chaque verre avec un torchon en le prenant sur le plateau, alors même qu'ils sortaient tout juste du lave-vaisselle et n'en avaient nullement besoin. Le soleil était encore chaud, mais brillait d'une lumière plus douce. Elle se servit un grand verre de vin blanc à la bouteille ouverte au réfrigérateur, s'assit sur une des chaises près de la longue table et regarda le jardin.

Enfin elle se dit qu'elle devrait les rejoindre. Elle avait promis. Mais elle ne les suivrait pas par l'échalier et le champ de blé. Après avoir récupéré James à l'école elle avait revêtu une robe simple en lin, longue et sans manches. Fendue sur un côté, elle lui permettait de marcher mais pas d'escalader dignement les barrières. Elle emprunterait le chemin qui traversait le pré, le long du ruisseau. Cela lui prendrait un peu plus de temps, mais elle savait qu'ils ne rentreraient pas tout de suite du phare. James voudrait farfouiller dans les rochers à la recherche de crabes. Les garçons lui accorderaient ce plaisir et alors ils s'assiéraient pour discuter dans la douce lumière du crépuscule. Quand elle les rejoindrait ils seraient à peine sur le point de partir.

Elle se mit en route puis revint vérifier qu'elle avait bien verrouillé la maison. Au-delà du cottage le pré dévalait jusqu'au ruisseau. En hiver, la terre y était marécageuse, parfois inondée. Un sentier public longeait la rive opposée, qu'une simple planche en guise de pont permettait de gagner. En passant devant le cottage elle vérifia la porte d'entrée. Elle n'arrivait toujours pas à se convaincre qu'elle avait imaginé l'intrus de tout à l'heure. Le cottage était fermé à clef. Elle s'avisa que ç'aurait pu être un argument supplémentaire dans sa campagne de persuasion en faveur de Lily auprès de Peter : savoir l'endroit occupé aurait un effet dissuasif sur les cambrioleurs. Près du ruisseau l'herbe était plus courte par plaques irrégulières. Comme si elle avait été fauchée, mais Felicity ne voyait pas pourquoi quiconque aurait fait une chose pareille. Elle resta un moment au milieu de la passerelle à scruter l'eau. Il paraissait que les loutres étaient revenues dans la région ; bien qu'elle ne sache pas du tout quel genre de signe essayer de repérer, elle s'arrêtait toujours à cet endroit, dans l'espoir d'en apercevoir.

Ici, le ruisseau était encore de l'eau douce, et très calme. Des vaches flânaient dans le champ, libérées après la traite du soir. Elles avaient ameubli la rive et Felicity s'en éloigna brièvement pour éviter la boue. Elle atteignit une petite grille en fer forgé ; derrière, le paysage changeait. L'herbe était tondue par les lapins. Il y avait des buissons épineux de nerprun et de ronces. Le lit du ruisseau devenait sableux, il était large et peu profond et sentait le sel. Le phare se dressait droit devant elle. Bien qu'elle ne puisse pas les voir elle se figura les entendre, un éclat de rire qui aurait pu être Gary, un cri de James pour attirer l'attention. Elle regarda sa montre.

Déjà vingt heures trente. D'ordinaire Peter détestait dîner tard, mais ce soir ça ne le dérangerait pas tellement. Elle savait qu'il passait un bon moment.

Elle les trouva au poste de guet, situé face à la mer. Autrefois, il avait accueilli les garde-côtes. Aujourd'hui l'endroit servait d'observatoire aux ornithologues. Ces messieurs étaient assis en rang d'oignons sur le banc et regardaient la baie. Bien que ce ne soit pas la bonne saison pour les oiseaux de mer, l'endroit les attirait irrésistiblement. D'autres hommes allaient se détendre au pub ; eux, c'était ici qu'ils se sentaient le mieux. Comme elle gravissait l'escalier de bois lui parvint une conversation décousue. Elle attendit, en silence, tout ouïe.

— Je ne sais pas ce qu'il y a avec l'observation des oiseaux marins, s'étonnait Gary. Je veux dire : vous connaissez quelque chose de plus relaxant ? C'est comme le zen ou un truc comme ça.

Felicity sourit pour elle-même. Qu'est-ce que Gary pouvait bien savoir du bouddhisme zen ? Il était calé en sonorisation, en rock et en acoustique. Mais en bouddhisme ?

Pendant un moment personne ne répondit. Clive se pencha en avant, attiré par quelque chose à l'horizon. Il avait une vieille paire de jumelles achetée par sa mère quand il avait une douzaine d'années, mais sa vue était légendaire.

Puis Peter prit la parole. Pédant, comme s'il s'adressait à une classe d'étudiants. Soupesant chaque mot.

— C'est une question de possibles, non ? De possibles et de hasard. La nature aléatoire de l'univers. On peut passer six heures ici pour ne voir que quelques puffins. Et puis le vent tourne. Le front change. Et tout à coup il y a plus d'oiseaux qu'on ne peut en compter.

Clive bougea. Il baissa ses jumelles. Felicity crut qu'il allait dire quelque chose de profond. Ça lui arrivait parfois. Mais il se contenta d'appeler deux macareux qui filaient vers le nord et se remit à fixer l'immensité marine.

Felicity monta la dernière marche et entra dans la pièce. James bondit du banc et vint à sa rencontre en faisant la grimace. Elle comprit qu'il s'ennuyait et avait besoin de remuer.

— On peut rentrer, maintenant ?

— Va donc patauger dans les flaques au milieu des rochers. Tant que tu ne t'éloignes pas trop…

Samuel se leva à son tour.

— On devrait peut-être se mettre en route. Il doit être l'heure de dîner.

Elle lui sourit. Il pouvait être si gentil.

— La soirée est magnifique. Et c'est l'anniversaire de Peter. Savourons-la un moment.

Quand son fils se mit à crier la première pensée de Felicity fut que cela allait irriter Peter et qu'il était de si belle humeur que c'était la dernière chose qu'elle souhaitait. James aimait bien exagérer. Sans doute avait-il déniché un crabe vivant ou une méduse échouée par la marée.

— Ne bougez pas, déclara-t-elle. Je vais lui dire deux mots. Et ensuite, on devrait peut-être rentrer.

Quand le hurlement se poursuivit elle fut prise de panique, imaginant un accident épouvantable, qu'il avait glissé et s'était entaillé sur un rocher tranchant, cassé un membre. Tout d'abord elle ne le vit pas. Le cri était désincarné. Comme si son fils s'était évaporé, et cela ne fit qu'ajouter à son affolement. Elle s'élança sur les rochers en trébuchant, glissa, sentit la fente de sa robe se déchirer. Enfin elle le dénicha, par hasard, à ses pieds. Il y avait une profonde crevasse avec une mare au fond et c'est là qu'il se tenait, apparemment indemne.

Felicity vit d'abord les fleurs. Elles émaillaient la surface de l'eau non loin de son fils pétrifié, bouche ouverte. Il y avait des coquelicots et des boutons-d'or, des marguerites et du trèfle rose. Quelqu'un avait dû patauger jusque-là pour les disperser soigneusement à la surface. Du moins est-ce ce qu'il lui sembla. Il n'y avait pas un souffle de vent. Les fleurs n'auraient pas pu dériver si loin si elles avaient été jetées depuis la plage. Elles formaient un disque irrégulier. Puis elle distingua, parmi elles, le tissu bleu de la jupe et les cheveux couleur de blé. La mare était si peu profonde que le corps gisait juste sous la surface, l'eau soulevant l'étoffe légère et ballottant les cheveux. Mais la crevasse était haute et toute la scène baignait dans l'ombre. C'était comme de regarder un tableau de très loin.

— James, lança-t-elle. Remonte, chéri. Viens là, viens me retrouver.

Elle ne se croyait pas capable de descendre et avant tout elle voulait qu'il cesse de hurler. La voix de sa mère sembla l'arracher à un sortilège et il se retourna pour escalader les rochers. Elle le serra dans ses bras, les yeux rivés sur la silhouette immergée.

Si Lily avait porté la robe paysanne de la veille, peut-être Felicity l'aurait-elle reconnue, mais elle était convaincue qu'il s'agissait d'une étrangère. Elle restait là, les bras autour de son fils, paralysée. Elle savait qu'il y avait des gestes à accomplir. Elle avait vu les feuilletons médicaux à la télévision, les médecins qui tapaient sur la poitrine et soufflaient dans la bouche. Mais elle ne s'en sentait pas capable. De petites objections ridicules lui vinrent à l'esprit. *Si j'étais en jean j'essaierais. Si j'avais des chaussures pratiques.*

Puis les hommes firent leur apparition. Et ils ne parurent pas plus capables qu'elle de réagir. Elle eut l'horrible tentation d'éclater de rire en les voyant tous les quatre penchés au-dessus de la crevasse. Puis James s'écarta d'elle et la regarda dans les yeux.

— Maman, fit-il d'une voix à peu près contenue, juste un peu saccadée, comme s'il avait du mal à respirer. Qu'est-ce que Mlle Marsh fait dans la mare ?

Alors seulement, elle vit assez distinctement qu'il s'agissait de Lily.

## 11

Ils étaient tous assis autour d'une longue table sur la terrasse de Fox Mill. Il faisait nuit et la scène était éclairée par une guirlande électrique, sans doute accrochée au mur de la maison par Felicity un peu plus tôt dans la journée. Gary se sentait bizarre. Il se disait que l'endroit aurait pu être un décor de théâtre. D'opéra. Toute la soirée avait des allures de mélodrame. Il imaginait très bien une grosse dondon débarquant et braillant une aria, bras ouverts sur le jardin enténébré. Il lui arrivait de s'occuper du son pour des opéras au City Hall. Certains morceaux lui plaisaient bien, mais c'était tellement gros que personne ne pouvait y croire, non ?

Gary était saoul. Il s'était efforcé de moins biberonner dernièrement. Ce n'était pas comme dans le temps, juste après qu'Emily l'eut quitté. À l'époque, ses seuls moments de sobriété, c'était quand il sortait observer les oiseaux. Mais ce soir il avait des excuses. L'anniversaire de Peter. Et le fait d'être témoin dans une affaire de meurtre. Il revit le corps, ouvert comme une étoile de mer juste au-dessous de la surface de l'eau, constellé de fleurs. Ça lui faisait penser à un collage, une œuvre qu'on aurait pu voir exposée à la Baltic Art Gallery à Gateshead. Fragments de filet et de dentelle coupés en morceaux, algues et coquillages. Magnifique. Quand on aime ce genre de chose. Il attrapa une bouteille de rouge et se resservit, heureux que sa main ne tremble pas et de ne pas en renverser à côté.

Felicity apporta le plat et ce fut exquis, comme toujours. Une grande marmite de poulet qui fleurait bon le citron et les herbes. Gary ne connaissait personne qui sache cuisiner comme elle. Depuis qu'il avait rencontré Peter, il s'était toujours dit que c'était ce qu'il voulait – pas seulement la cuisine, bien sûr, mais la famille, la femme. C'est ce qu'il imaginait quand il avait demandé la main d'Emily. Maintenant il présageait que c'était peut-être trop beau pour être vrai. On aurait dit qu'ils donnaient un spectacle. La famille Calvert en son foyer. Je pourrais faire la sono, songea-t-il, et il s'imagina fixant le micro en haut de cette robe noire, classique, qu'elle portait. Sa peau serait encore chaude. Il serait assez près pour humer son parfum, son shampooing. Il se dit qu'ils avaient tous fantasmé sur Felicity, surtout quand elle était plus jeune. Aujourd'hui encore ils étaient entichés d'elle. Parfois il surprenait Clive en train de la fixer, la bouche entrouverte. Il se demanda si son ami avait déjà eu une femme. Il lui avait proposé de sortir ensemble une fois ou l'autre, mais Clive refusait toujours. Peut-être préférait-il ses rêves de Felicity à la réalité.

Il était tard pour dîner, même pour un Gary habitué à manger à des heures saugrenues. Ils avaient dû attendre au phare l'arrivée de la police, expliquer qui ils étaient, donner leurs noms et adresses. Puis il avait fallu rentrer à pied. James, le fils des Calvert, s'endormait presque sur son assiette. À un moment il s'anima pour parler de la morte.

— Qu'est-ce qui lui est arrivé, à votre avis ?

— Je ne sais pas, répondit Felicity. Un terrible accident.

Gary savait que ce n'était pas vrai. Tous les adultes savaient que ça n'avait rien d'un accident. Les fleurs clamaient que cette mort avait été voulue.

— Si elle était venue habiter au cottage, reprit

James d'un ton boudeur, elle aurait pu m'aider à faire mes devoirs.

Gary ne savait pas ce que cachait cette remarque et était trop saoul pour y réfléchir. Felicity persuada James d'aller se coucher. Elle l'enlaça, le porta presque jusqu'à l'intérieur, et les hommes se retrouvèrent seuls. Quelque part derrière eux une hulotte ulula dans les grands chênes, plus haut sur le chemin. Les silhouettes noires des chauves-souris virevoltaient entre ombre et lumière. En d'autres occasions, d'autres anniversaires, c'était le moment préféré de Gary. Tous les quatre assis ensemble à la fin du repas, détendu comme il ne pouvait l'être qu'avec eux, tantôt silencieux, tantôt se remémorant d'anciennes gloires ou faisant des projets d'avenir – voyages à l'étranger, rédaction de l'ouvrage de référence sur les oiseaux du comté. Ce soir pourtant, il y avait un malaise. C'était comme si la jeune femme morte était étendue entre eux sur la table, dégoulinante d'eau de mer et refusant de se laisser oublier.

— Qu'est-ce que James voulait dire ? demanda Samuel. La morte allait venir habiter ici ?

— Mais non ! fit Peter. Il disait n'importe quoi.

Et ils retombèrent dans un silence gêné.

Puis Felicity revint et débarrassa la table. Elle apporta un plateau de fromage et leur proposa du café. Peter ouvrit une nouvelle bouteille de vin. Son épouse reprit place à côté de lui. Samuel revint sur la morte et demanda comment il se faisait que James la connaissait, mais cette fois la question s'adressait à Felicity.

— Elle s'appelait Lily Marsh. Elle était institutrice stagiaire à l'école de James.

Elle allait poursuivre lorsqu'elle fut interrompue par une voix si forte qu'elle les fit tous sursauter. Gary sentit son pouls s'emballer, se demanda s'il était assez âgé pour la crise cardiaque, se répéta qu'il devrait moins boire. Il n'était pas prêt à mourir. Pas maintenant.

— Hé oh ! Y a quelqu'un ?

La voix était grave et brusque. Gary n'aurait su dire si elle émanait d'un homme ou d'une femme. Une silhouette apparut à la porte-fenêtre donnant sur la terrasse. Une femme. Grande et lourde, mais en jupe. Elle avait allumé la lumière dans la pièce et apparaissait en ombre chinoise.

— Vous ne devriez pas laisser la porte d'entrée ouverte comme ça, poursuivit-elle sur le ton ronchon d'un professeur s'adressant à des benêts. Même quand vous êtes là, on ne sait jamais qui pourrait entrer.

Tous la dévisageaient, sous le choc. Elle descendit jusqu'à eux. La bougie sur la table éclairait son visage du dessous. L'intruse s'arrêta avant de reprendre la parole. Gary se dit qu'elle aussi semblait sortie d'un décor de théâtre.

— Inspecteur Vera Stanhope. Police de Northumbrie. Chargée de l'enquête sur le meurtre de cette jeune fille que vous avez trouvée ce soir.

Elle tira la chaise désormais vide de James et s'y posa avec précaution. C'était un fauteuil de metteur en scène à cadre en bois. La toile crissa. Gary guetta un craquement, un déchirement. Peut-être l'attendait-elle, elle aussi. Cette femme-là serait capable de jouer la farce haut la main. Mais la toile tint bon et Vera reprit allègrement, se tournant vers Felicity :

— J'ai cru comprendre que vous la connaissiez. La jeune femme morte, j'entends. Vous ne disiez pas justement…

Felicity s'expliqua, d'abord avec hésitation. Elle ne quittait pas Peter des yeux. Gary se demanda pour quelle raison. Elle répéta la phrase qu'elle avait commencée avant l'entrée théâtrale de Vera Stanhope.

— Elle s'appelait Lily Marsh. Elle était institutrice stagiaire à l'école primaire d'Hepworth, où va mon fils. Elle est passée ici hier, elle avait pris le bus avec lui. Apparemment, James lui avait dit qu'elle pourrait loger dans notre cottage jusqu'à la fin de l'année scolaire. Sans nous consulter, bien entendu.

— Tu ne m'en as pas parlé, intervint Peter.

— Il n'y avait rien à dire. Elle a visité le cottage et elle est partie.

— Vous lui aviez donné votre accord pour s'installer ? s'enquit Vera Stanhope.

— Je crois que ni elle ni moi n'avions pris de décision. Je n'ai même pas su si l'endroit lui plaisait. Elle a dit qu'elle y réfléchirait.

Felicity se tourna vers Peter. Gary comprit qu'elle l'adjurait de ne pas faire de scène, de ne pas prendre son air arrogant. Gary adorait Peter, mais il ne connaissait personne qui sache pontifier mieux que lui.

— Évidemment, si elle m'avait dit que ça l'intéressait, je t'en aurais parlé avant de décider quoi que ce soit. James l'aimait beaucoup.

— Est-ce que parmi les autres, quelqu'un connaissait cette Lily Marsh ?

L'inspectrice les regarda tour à tour. Gary se dit qu'elle était capable de vous donner l'impression d'être coupable même si vous n'aviez rien fait de mal.

— Apparemment c'était une beauté. Pas le genre de fille qu'on oublie facilement.

Il y eut un murmure de dénégation, des hochements de tête latéraux.

— Décrivez-moi comment ça s'est passé. Le marmot l'a découverte en premier et après, vous êtes allés voir. Il y avait d'autres gens dans les parages ?

Clive leva une main. Comme un enfant, se dit Gary. Un enfant timide et nerveux.

— Une famille dans l'herbe au bord du ruisseau. Un père et deux garçons, je crois. Qui jouaient au foot.

— Des voitures garées près du phare ?

Clive répondit à nouveau.

— Un monospace. Un gros Renault. Bordeaux. Je ne me rappelle pas le modèle, mais l'immatriculation datait de l'an dernier.

— Pourquoi vous vous souviendriez d'un truc pareil ?

— Je suis observateur, répliqua Clive, sur la défensive. Je remarque les détails. C'est mon truc.

— Bon, et qu'est-ce que vous fichiez au poste de guet, d'abord ? Ce n'est pas franchement la meilleure période pour observer les oiseaux de mer et la marée était basse.

— Qu'est-ce que vous connaissez aux oiseaux ?

Les mots étaient sortis avant que Gary ait pu les arrêter.

Vera le regarda, éclata de rire.

— Mon père était un peu ornitho sur les bords. Il faut croire que ça se transmet. Que ça passe dans le sang. Il m'emmenait parfois sur la côte. Mais en réalité, il était plus heureux dans les collines. Il était obsédé par les rapaces.

Elle fit une pause.

— C'est ce qui vous a réunis ? Les oiseaux ?

— Oui.

Gary se demanda si elle voulait vraiment le savoir et comment l'expliquer. Il s'était toujours intéressé aux oiseaux. Du jour où à dix ans il avait découvert un vieil exemplaire du guide *The Observer's Book of Birds* à la bibliothèque de l'école, c'était devenu une sorte d'obsession ou de compulsion. La musique l'avait transporté aussi, mais pas de la même manière. La musique, c'était un intérêt social, lié aux amis. Au début l'ornithologie avait été une passion secrète. Il avait commencé par récolter des œufs au parc. Puis au collège il avait rencontré Clive Stringer. Ils n'avaient rien d'autre en commun et Gary était bien incapable aujourd'hui de se rappeler le hasard de la conversation qui les avait réunis. Il avait dû trahir sa marotte par quelque remarque involontaire. D'ordinaire il prenait garde à ce qu'il disait. Il ne tenait pas à ce que tout le bahut sache à quoi il occupait ses week-ends. Il avait une réputation à tenir. Ç'avait été une révélation de rencontrer quelqu'un qui nourrissait pour la nature les mêmes sentiments que lui. Ils s'étaient mis à aller observer les oiseaux ensemble. À des endroits où ils pouvaient se rendre en bus. L'étang de Seaton. St Mary's Island. Le cimetière de Whitley Bay.

Et un jour, assis dans la cabane d'observation de l'étang de Seaton, attendant qu'émerge un bécasseau de Temminck, ils avaient rencontré Peter Calvert. Le célèbre professeur Calvert, qui avait écrit des articles pour *British Birds* et présidé un moment le comité d'homologation des observations d'oiseaux rares. Il était en costume et cravate noirs, chemise blanche. Pas la tenue habituelle pour observer les oiseaux. Peut-être avait-il senti leurs regards insistants et éprouvé le besoin de se justifier. Peut-être était-ce pour cela qu'il leur avait adressé la parole. Il avait expliqué qu'il revenait d'un enterrement. La femme de son meilleur ami. Toute l'assistance était allée boire un verre chez cet ami, mais lui ne s'en était pas senti capable. Pas encore.

Puis il leur avait laissé entendre qu'ils pourraient devenir apprentis-bagueurs. Comme ça. Sans se rendre compte que pour eux c'était la proposition la plus excitante du monde. Il y avait un autre apprenti, avait-il précisé. Samuel Parr. Sam les formerait. C'était sa femme qui venait de mourir et se concentrer sur autre chose lui ferait du bien. En plus, ils avaient besoin de sang neuf dans l'équipe de Deepden. Après ça, Gary et Clive avaient passé presque tous leurs week-ends à l'observatoire, dormant sur les couchettes, se levant à l'aube pour disposer des filets et baguer des oiseaux. Les quatre hommes étaient devenus amis.

Gary s'aperçut que l'inspectrice le regardait toujours.

— Alors ? Qu'est-ce que vous faisiez dans la tour si vous n'observiez pas les oiseaux ?

— Il est toujours possible, répondit-il, qu'un beau spécimen se présente. Mais on y était allés pour se promener. C'est l'anniversaire de Peter. On le fait tous les ans.

— Un rituel ?

— Oui. En quelque sorte.

Gary se demanda pourquoi personne ne se joignait à la conversation. Pourquoi le laissaient-ils tout faire ?

Vera ne le quittait pas des yeux. Elle avait étendu les jambes devant elle, ses gros pieds, assez sales, dans des sandales.

— Comment vous vous appelez, mon chou ?

— Gary Wright.

Elle tira un bloc-notes d'un grand sac à main en cuir souple, souleva une page, regarda les gribouillis notés dessus. Mais Gary pensa que ce n'était que pour la galerie. Elle connaissait déjà les détails, avait probablement déduit qui il était à la minute où elle s'était assise.

— Vous habitez Shields ?

Il acquiesça.

— Vous êtes sûr que vous ne connaissiez pas la victime ? Je dis ça parce que vous me faites l'effet d'un sacré fêtard. Vous avez des antécédents. Deux avertissements pour ivresse et trouble à l'ordre public, une condamnation pour détention de stupéfiants.

Gary leva la tête, soudain dégrisé.

— C'était il y a des années. Vous n'avez pas le droit…

— J'enquête sur un crime. J'ai tous les droits. Vous êtes sûr que vous ne l'aviez jamais croisée ?

— Je ne me rappelle pas. La ville pullule d'étudiants.

— Vous ne l'aviez pas rencontrée sur votre lieu de travail ?

— Je ne mélange pas boulot et plaisir.

Il ne comprenait pas pourquoi elle s'en prenait à lui, sentait monter une panique irrationnelle. L'effet lénifiant du vin avait presque disparu.

— Je fais mon job sérieusement.

— Parlez-m'en.

— Je suis ingénieur du son. Indépendant. On peut me confier n'importe quoi, depuis un opéra au City Hall jusqu'au semi-marathon de la Great North Run. Il y a quelques groupes que j'accompagne en tournée.

— Glamour.

— Pas vraiment. Boîtes rustiques, salles des fêtes. Les mêmes musiciens médiocres qui serinent les mêmes chansons barbantes. Une nuit dans un hôtel bon marché sans âme avant de vider la camionnette dans un endroit tout aussi oubliable.

Jusqu'alors il n'avait pas compris à quel point il avait fini par détester tout cela. À présent il prit une décision sur laquelle il hésitait depuis une semaine.

— Je laisse tomber. Le statut d'indépendant. J'ai pas mal bossé au Sage Music Centre, à Gateshead, et ils viennent de me proposer un poste en interne. Salaire régulier, congés payés, retraite. Tout à coup, ça me paraît très attirant.

— Donc vous vous posez ? Pourquoi maintenant ?

— L'âge. Je suppose que c'est ça. Les currys à point d'heure dans les petites villes ont perdu leur attrait.

— Pas pour une femme, alors ?

Il hésita un moment, puis se dit : en quoi ça la regarde ?

— Non, inspecteur. Ce n'est pas pour une femme. Certainement pas Lily Marsh.

Il se demanda s'il avait eu tort de l'appeler par son nom. Est-ce que ça sous-entendait qu'il la connaissait auparavant ? Mais Vera Stanhope ne releva pas et porta son attention sur les autres convives. Gary fut soulagé d'y être passé le premier. Il but une gorgée, surpris de découvrir son verre encore presque plein. Maintenant c'était à son tour d'être spectateur. Vera allait dire quelque chose quand son téléphone sonna. Elle se leva, s'éloigna de la table pour répondre et s'arrêta dans l'ombre à l'extrémité du portique. Ils se mirent à discuter entre eux pour lui prouver que sa communication ne les intéressait pas, mais lorsqu'elle revint le silence se fit.

— Désolée, les gars ! lança-t-elle joyeusement. Je dois y aller. Mais ne vous en faites pas, j'ai vos coordonnées. J'entendrai les autres une prochaine fois.

Pourtant elle ne bougeait pas. Felicity se leva.

— Je vais vous raccompagner.

— Ça vous intéresse de savoir comment elle est morte ? demanda Vera en les regardant tous.

— Je pensais à un suicide, dit Felicity interloquée. Tout était si théâtral, si mis en scène…

— Elle a été étranglée. Difficile de se faire ça tout seul.

Ils lui rendaient son regard, muets.

— Une dernière question. Est-ce que le nom de Luke Armstrong dit quelque chose à l'un d'entre vous ?

Personne ne broncha.

— J'en conclus que c'est non, alors ? s'impatienta-t-elle. Sauf que lui aussi, il a été étranglé. Pas très loin d'ici.

Elle les considéra, attendant une réponse.

— Et les deux crimes ont certaines similitudes. Je ne veux pas que vous en parliez. À personne, et surtout pas à la presse. J'espère que vous comprenez.

Il n'y eut pas plus de réponse et Vera suivit Felicity à l'intérieur. La regardant s'en aller, Gary, qui avait eu quelques démêlés avec la police, se dit qu'il n'avait jamais croisé de flic comme elle.

## 12

Vera Stanhope retourna sur la scène de crime. L'endroit était casse-couilles à expertiser, avait dit le technicien. Ils n'avaient tout bonnement pas le temps de faire les choses dans les règles. Le corps avait été trouvé à marée basse. Il leur restait quatre heures avant que cette partie du rivage ne soit totalement submergée. Et bien que l'on soit en plein été, la lumière avait commencé à faiblir juste après leur arrivée.

Vera se gara à côté du phare et vit qu'ils avaient presque terminé. Le corps n'était plus là et la mer s'était insinuée dans la crevasse pour la remplir. L'inspectrice se demanda s'ils avaient réussi à récupérer toutes les fleurs, les imagina fendant les flots de la mer du Nord, coincées dans les propulseurs du ferry de la DFDS.

Billy Wainwright, l'expert de l'Identité judiciaire, était encore là, en train de charger son sac dans son coffre : un homme pâle et maigre, qui ne semblait pas avoir vieilli depuis vingt ans qu'elle le connaissait. Elle se fit la réflexion que ses traits étaient de ceux qui paraissent toujours juvéniles. Elle descendit de voiture et se porta jusqu'à lui. À cette heure tardive, l'air était encore lourd et doux. La lumière du phare tournait au-dessus de leurs têtes.

— Quelque chose d'inhabituel ?

— Une jeune femme. Étranglée. Déposée dans un lieu public en plein jour. Des fleurs disséminées sur son corps. Déjà assez inhabituel, j'aurais dit. Qu'est-ce que tu veux de plus ?

— Sûr que ça s'est passé en plein jour ?

— Pas le choix. Pense à la marée. Et de toute façon elle ne pouvait pas être là depuis bien longtemps. Le coin a dû grouiller de monde toute la journée, avec le temps qu'il a fait. Je sais qu'on est en semaine et que les vacances scolaires n'ont pas commencé, mais le soleil attire toujours des gens sur la côte, malgré tout. À mon avis, elle a été posée là peu de temps avant qu'on la découvre.

Pas si public que ça, se dit Vera. Il fallait se trouver juste au bord de la crevasse pour pouvoir voir à l'intérieur. Mais transporter le corps jusque-là… Ça, ç'avait dû être une sacrée paire de manches. Quelqu'un avait dû le voir. Et l'assassin devait vouloir qu'elle soit découverte avant que la marée emporte toute sa mise en scène. Qu'aurait-il ressenti si James Calvert ne s'était pas ennuyé et n'était pas parti explorer les rochers ?

— On sait depuis combien de temps elle était morte quand elle a été immergée ?

— Désolé, va falloir attendre l'autopsie pour ça. John ne pouvait pas faire grand-chose dans un endroit pareil. Quand il est arrivé, il était temps de penser à l'enlever.

— Ils la font ce soir ?

— J'espère que non. Du moins pas avant que j'aie eu le temps de m'enfiler une pizza. J'étais en train de m'asseoir devant un vindaloo quand on m'a appelé. Je crève de faim.

L'appétit de Billy était un sujet de plaisanterie continuel. L'homme était maigre comme un clou, mais vorace. Vera médita brièvement sur l'injustice des gènes.

— Ce sera peut-être pour demain matin, poursuivait-il. J'attends les consignes de Wansbeck.

Pile à ce moment-là son téléphone sonna. Il s'éloigna pour répondre. La rumeur lui prêtait une aventure avec une jeune technicienne en anatomopathologie nouvellement arrivée au centre hospitalier de la Wansbeck. Vera, qui adorait les potins et les considérait comme l'un des outils de sa profession, enregistra dans un coin de sa tête cette conversation à voix basse pour la transmettre à Joe Ashworth. Son lieutenant ferait mine de ne pas vouloir entendre, mais elle savait que ça lui plairait. Elle se demanda comment il s'en sortait. Ils avaient retrouvé les parents de Lily Marsh dans un village voisin de Hexham et Joe s'était porté volontaire pour aller leur annoncer le décès de leur fille. Il ne voulait pas que n'importe qui s'en charge. Lui-même était père. Il ne pouvait même pas *concevoir* ce que devait représenter la mort d'un enfant, mais il se jugeait plus à même de porter la nouvelle que certains de ses collègues.

Wainwright conclut sa conversation et revint vers Vera. Même dans le noir elle sentit une nonchalance étudiée qui lui donna envie de l'avertir de ne pas se laisser manipuler. C'était un homme marié. Plutôt heureux, croyait-elle. La jeune technicienne était seule, elle jouait avec lui. Puis elle se dit que ce n'étaient pas ses oignons et qu'elle ne pouvait guère prétendre à jouer les conseillers conjugaux.

— John voudrait régler ça rapidement. Demain matin il est pris. Dans une heure ?

— D'accord, j'y serai.

Elle resta adossée au capot de sa voiture, à écouter les vagues s'écraser au pied du phare, jusqu'à ce qu'il soit parti.

Son esprit divagua vers le groupe assis sous le portique de cette drôle de maison blanche qui paraissait déplacée dans la campagne du Northumberland. Elle était allée les voir parce qu'elle n'avait rien de mieux à faire pendant que les spécialistes bossaient sur la scène du crime. Ils avaient trouvé le corps, passeraient la soirée ensemble et après ils se disperseraient. Le premier agent arrivé sur les lieux avait au moins établi cela. Elle s'était dit qu'elle allait leur tomber dessus pendant qu'ils étaient encore là, voir s'ils n'avaient rien remarqué de bizarre. Elle avait espéré, sans doute, la description d'un véhicule semblable à celui que Julie avait aperçu dans sa rue la nuit de l'assassinat de Luke. Mais ils avaient piqué sa curiosité. Pas seulement par rapport à la jeune femme morte. Ou parce que les hommes lui avaient rappelé son père, assis chez eux dans la cuisine avec une bande de copains après une descente illicite sur les nids de rapaces des collines. Quelque chose dans la conversation l'avait conduite à penser qu'il fallait creuser un peu. Une suffisance qui l'irritait et renfermait une sorte de défi. Elle essaya de déterminer lequel d'entre eux l'avait tant exaspérée, mais ne parvint pas à trouver l'origine de son malaise. Finalement elle remonta en voiture et imita Wainwright, empruntant le chemin de terre jusqu'à la route.

John Keating, l'anatomopathologiste, était un Irlandais du Nord d'une cinquantaine d'années dont la franchise et le bon sens effrayaient certains des plus jeunes agents de Vera. La seule fois où elle l'avait vu s'émouvoir en travaillant, c'était pendant l'autopsie d'un enfant de trois ans. Il parlait d'un match de rugby avec un lieutenant écossais. Keating y avait joué quand il était jeune, en avait hérité un nez écrasé. Il offrit à Vera un café dans son bureau avant de se changer pour l'autopsie.

— Quelles sont tes premières impressions ?

— Elle a été étranglée. Mais je suppose que tu l'avais deviné.

— Des similitudes avec le jeune Armstrong ?

— Je n'ai pas eu le temps d'examiner grand-chose sur place. Imagine ton pire cauchemar pour une scène de crime, eh ben c'était ça. Quelques heures de plus et le corps était emporté au large.

— Mais on n'aurait jamais vu les fleurs, on n'aurait peut-être même pas fait le rapprochement avec le meurtre de Seaton.

Elle en revenait à ce qui l'avait troublée au phare.

— C'est ce que voulait l'assassin ? Est-ce que c'était un rituel personnel ? Ou bien il a parié sur le fait que le corps serait retrouvé à temps ?

— Hé ! C'est pas à moi qu'il faut demander ça. Je m'occupe de corps morts, pas d'esprits vivants.

Elle assista à l'autopsie derrière la vitre, non par excès de sensibilité mais parce qu'elle était consciente de sa taille et avait toujours peur de déranger. Il y avait beaucoup de gens autour de la table en inox – les techniciens, le photographe, Billy Wainwright.

Ils déballèrent le corps de sa housse en polyéthylène et, sous une pluie incessante de flashs, ils commencèrent à déshabiller Lily Marsh. Ils lui enlevèrent sa jupe de coton bleue et son chemisier blanc brodé. Vera constata qu'elle portait un soutien-gorge blanc et une culotte assortie. Mais pas franchement virginaux. Le soutien-gorge était en dentelle, suggestif. La culotte s'ornait de petits nœuds en soie rouge sur les hanches et d'un entre-jambe en soie rouge. Tandis que Billy Wainwright glissait chaque élément dans un sac en plastique, Keating enregistrait son commentaire, en regardant Vera de temps à autre pour s'assurer qu'elle avait bien relevé l'importance de ce qu'il disait.

— Les vêtements n'ont quasiment pas été dérangés. Pas de signe apparent d'agression sexuelle.

À moins qu'il ne l'ait rhabillée ensuite, songea Vera. Attendons l'analyse des prélèvements vaginaux avant de tirer des conclusions. Mais il n'y avait aucune trace d'agression sexuelle sur Luke et elle était déjà convaincue que les deux affaires étaient liées.

Keating continuait.

— Pas d'hématome. Pas de lacération. Vous pouvez prendre des clichés des yeux et des paupières, s'il vous plaît ? Observez les pétéchies.

Vera les avait déjà observées, les avait remarquées sur le lieu du crime – les minuscules points d'hémorragie causés par l'obstruction des veines du cou. Le signe classique de la strangulation.

— Strangulation non manuelle, développait Keating. Pas de trace de doigts. Voyez cette ligne autour du cou. Elle n'a pas transpercé la peau, donc pas un câble, ou alors un câble gainé de plastique. Une cordelette, peut-être.

Et ça aussi, c'était la même chose que dans l'affaire Armstrong.

Vera regarda John poursuivre son examen externe, vit Billy procéder à tous les prélèvements – une trace de rouge à lèvres que l'immersion dans l'eau de mer n'avait pas effacée, des raclures d'ongle, un échantillon de poils pubiens - mais son esprit bourdonnait de théories et d'idées. Qu'est-ce qui pouvait bien relier ces deux jeunes gens si différents ? Keating entama sa dissection et ses pensées couraient toujours.

Lorsqu'il eut terminé, Vera retourna s'asseoir avec lui dans son bureau. Dehors, l'aube commençait à poindre. Bientôt le personnel hospitalier de jour arriverait. Il y avait du café. Des biscuits au chocolat. Elle s'aperçut qu'elle était affamée. Elle n'arrivait pas à se rappeler la dernière fois qu'elle avait mangé.

— Je ne crois pas pouvoir t'en dire beaucoup plus, s'excusa-t-il. Rien ne laisse supposer qu'elle ait été agressée avant d'être étranglée. Elle était sexuellement active, mais pas récemment. Pas de grossesse, et elle n'avait pas eu d'enfants.

Il fit une pause.

— Tout ça s'offrait à elle. Quel gâchis !

— Elle ne s'est pas débattue, intervint Vera. Elle connaissait le meurtrier ?

— Pas nécessairement. Il aurait pu lui tomber dessus par surprise.

— Ça pourrait être une femme.

— Tout à fait, convint-il. Physiquement une femme aurait pu faire ça.

Mais Vera voyait bien qu'il ne croyait pas vraiment à une meurtrière. C'était un chevalier de la vieille école. Les femmes qui manquaient l'occasion d'avoir des enfants étaient à plaindre. Je suppose, songea-t-elle, que je lui fais pitié.

# 13

La presse n'avait pas encore pisté les parents de Lily Marsh, ou alors elle faisait montre d'une retenue inaccoutumée. Le jeune agent de police resté en leur compagnie dit qu'il n'y avait pas eu d'appels, pas de visiteurs sauf le pasteur du village et la sœur de Mme Marsh.

— Je crois que la mère n'a pas encore bien intégré, ajouta-t-il. Elle parle comme si sa fille était juste partie quelque temps et allait revenir d'un jour à l'autre.

Les parents étaient plus âgés que Vera ne s'y attendait. Phyllis avait quarante-quatre ans à la naissance de Lily et son mari, cinq de plus.

— On avait abandonné, inspecteur. Ç'a été comme un miracle.

*Presque un espoir pour moi, alors.* Mais Vera savait qu'elle n'aurait jamais d'enfants. Et le désir d'en avoir lui était quasiment passé, de toute façon.

Les parents de Lily habitaient une maison proprette. Ils y vivaient depuis leur mariage. C'est ce que Phyllis expliqua tout en préparant du thé.

— L'emprunt est remboursé. On se disait qu'on léguerait au moins ça à notre fille. On n'a pas d'autres économies.

Pour la deuxième fois de la semaine Vera écoutait une mère en deuil qui parlait trop, refoulant pensées et souvenirs à coups de mots. Quand Joe et Vera étaient arrivés, le mari, Dennis, se trouvait dans la petite serre du jardin et ils l'avaient laissé retourner s'y réfugier une fois les présentations terminées. Phyllis avait accueilli Joe Ashworth comme un ami, mais Dennis avait plus de mal que sa femme à ne pas perdre pied. Il paraissait interdit, éperdu. « J'irai discuter un peu avec vous, avait dit Vera. Quand j'aurai bu mon thé. »

Par la fenêtre du petit salon ils le voyaient perché sur une caisse retournée, le regard perdu dans le vide.

— Il a toujours eu des problèmes avec ses nerfs, expliqua Phyllis.

Vera crut saisir une nuance accusatrice dans ces mots. Maintenant, au moment où elle avait le plus besoin de soutien, son mari s'effondrait, trouvait encore le moyen d'être en demande.

Tous trois s'assirent en se cramponnant à leur tasse et à leur soucoupe. Phyllis s'excusa d'avoir oublié le sucre, bien que personne n'en prenne, et bondit pour aller le chercher à la cuisine. C'était une femme de petite taille, énergique, pas loin des soixante-dix ans. Ses cheveux blancs étaient strictement permanentés.

— J'ai toujours eu peur que l'un de nous ne disparaisse avant que Lily soit assez grande pour être indépendante, dit-elle. Il ne m'est jamais venu à l'idée qu'elle partirait la première.

Il fallait qu'elle parle de la mort de Lily, sinon elle n'arriverait pas à y croire.

Partout dans la pièce il y avait l'empreinte de sa fille. Elle ne cessa de se lever pour leur montrer des choses. Les certificats de danse classique et de claquettes, de piano.

— Elle est allée jusqu'au niveau 5 et puis elle a

arrêté. Trop de devoirs à l'école. Mais elle jouait toujours joliment. Elle comptait reprendre. Elle disait que ça lui serait utile dans l'enseignement.

Il y avait des photos sur la cheminée, le rebord intérieur de la fenêtre, le piano droit. Lily fêtant son anniversaire à cinq ou six ans, souriant de toutes ses dents au-dessus d'un gâteau en forme de hérisson. Les photos officielles de l'école. À quatorze ans, Lily était déjà si séduisante qu'on devait se retourner sur elle dans la rue. Même en uniforme scolaire et sans maquillage. C'était un point commun avec Luke. Tous deux étaient physiquement superbes. Pendant toute la conversation, Vera resta à l'affût du moindre détail qui fournirait un autre lien, mais apparemment il n'y en avait pas. Puis, dans un cadre au mur, elle vit une grande photo de Lily en toge et chapeau de location le jour de la remise des diplômes, tête en arrière et large sourire.

— On dirait que l'université lui plaisait, commenta Vera. Elle aimait la vie étudiante ?

— Elle adorait ça, répondit Phyllis. Dans ses moindres détails. J'étais très heureuse pour elle. Je n'avais pas envie de la voir partir, bien sûr. Elle me manquait terriblement. Mais elle n'avait pas grand-chose à faire ici. Pas de frères et sœurs. Presque plus de jeunes au village. Et son père avec ses sautes d'humeur… Il voulait qu'elle reste ici, qu'elle fasse le trajet en bus tous les jours, mais je savais que ça n'irait pas. Je lui ai dit : « Estime-toi déjà heureux qu'elle ne soit pas allée dans le Kent ou à Exeter. » C'étaient des universités qu'elle avait sélectionnées. Elle a fini par revenir à la raison.

— Est-ce qu'elle travaillait pour payer ses études ? s'enquit Vera. La plupart des étudiants y sont obligés aujourd'hui, non ?

— Oui, à temps plein pendant les vacances et le samedi en période de cours. Elle louait un appartement en ville avec deux autres étudiantes. À West Jesmond. Un endroit charmant. Je me suis toujours demandé comment elle pouvait se le permettre, mais apparemment il appartenait au père d'une de ses colocataires. Il l'avait acheté, je crois, pour faire un investissement et le leur louer. On l'aidait autant qu'on pouvait. Dennis a touché quelques indemnités de licenciement à la fermeture de l'usine d'ardoise, alors on avait un petit bas de laine.

— Où est-ce qu'elle travaillait pendant les vacances ?

— Chez Robbins, ce magasin de vêtements chics près du Grey's Monument.

Vera acquiesça pour indiquer à Phyllis qu'elle voyait de quelle boutique elle parlait. Sans y être jamais entrée elle avait déjà regardé la vitrine. Rien que des tailleurs en lin et des chemisiers blancs éclatants. Des vestes à 250 livres l'une.

— J'avais espéré qu'elle trouve quelque chose à Hexham, dans un des hôtels peut-être. Comme ça elle aurait pu revenir passer l'été ici, au moins. Mais, comme elle disait, elle avait un loyer à payer pour garder sa chambre et par ici, elle n'aurait jamais été aussi bien rémunérée que chez Robbins. Et puis elle avait toujours aimé s'habiller. Toute petite déjà, elle avait du style. Ils lui faisaient une ristourne sur ce qu'elle achetait à la boutique. Elle m'a offert de superbes cadeaux d'anniversaire…

Sa main se mit à trembler, sa tasse à cliqueter dans sa soucoupe. Ashworth se leva pour les lui ôter des mains. Phyllis tira un minuscule mouchoir en coton de sa manche et se mit à pleurer.

— On pensait qu'elle allait bientôt revenir, poursuivit-elle au milieu de ses larmes. C'est une fille de la campagne, au fond, et il y a plein d'écoles de village qui réclament des instituteurs à cor et à cri. Voilà l'idée que je m'étais faite : Lily mariée à un gentil garçon. Vivant dans le coin. À un endroit où je pourrais aller en bus, en tout cas. Un petit-enfant avant que je sois trop vieille pour en profiter.

Elle prit une profonde inspiration.

— Ne m'écoutez pas. C'est absurde.

Elle s'arrêta à nouveau, réprima un sanglot.

— Trouvez qui l'a tuée !

L'inspectrice hocha imperceptiblement la tête en direction d'Ashworth pour lui faire signe de prendre le relais. Il avait plus de tact dans son petit doigt que Vera dans tout son corps. Elle en avait assez entendu pour se faire sa propre idée de la famille. Fille unique élevée par des parents vieillissants, mère surprotectrice, père lunatique. Pas étonnant que Lily ne soit pas revenue passer les vacances avec eux, qu'elle ait apaisé sa conscience en couvrant sa mère de cadeaux achetés à prix réduit chez Robbins. Qui aurait pu le lui reprocher ? Mais Vera avait besoin de détails et Ashworth saurait les obtenir sans briser l'aura de fille dévouée que Phyllis projetait sur Lily.

— Quand est-ce que vous avez vu Lily pour la dernière fois ? demanda le lieutenant. J'imagine qu'elle avait du mal à quitter la fac. C'est une formation intensive, le diplôme d'aptitude à l'enseignement. Exigeante à l'université, mais aussi après, avec tous les stages pratiques.

Pile la bonne manière de présenter les choses, songea Vera. Aucune critique implicite de Lily. Le moindre soupçon de reproche et Phyllis se fermerait comme une huître.

— Elle est venue pour le week-end de Pâques.

— Vous avez passé un bon moment ?

— Merveilleux. Comme dans le bon vieux temps. Elle m'a accompagnée à l'église le dimanche. C'était une belle journée ensoleillée. Toutes les jonquilles étaient en fleur.

— Et depuis, vous n'aviez pas réussi à la voir ?

— Elle voulait venir pour la Pentecôte, s'empressa de répondre Phyllis. Mais elle avait une dissertation, il fallait qu'elle puisse aller à la bibliothèque.

— Bien sûr, sourit Ashworth. Sa dernière année. Elle devait être débordée.

Il fit une pause.

— Vous l'avez trouvée comment, à Pâques ?

— Malicieuse. Elle avait obtenu le stage qu'elle espérait. Une petite école de village un peu plus haut sur la côte. J'ai bien vu ce qu'elle avait en tête. Elle cherchait la bonne passerelle pour revenir par ici.

Et Vera comprit que c'était de là qu'était venu le rêve. Le gentil gendre et le petit-enfant. La maison au bout de la rue. Lily avait laissé échapper un commentaire sur son stage et Phyllis avait échafaudé tout le reste.

— Elle n'est pas venue accompagnée, cette fois-là ? Un petit ami ?

— Non. Je lui ai toujours dit que ses amis étaient les bienvenus, mais elle venait seule.

— Est-ce qu'elle vous a parlé de quelqu'un ? Une belle fille comme elle, elle devait avoir un amoureux…

— Je ne voulais pas être indiscrète, répliqua Phyllis.

— Je comprends.

— Ils sont très secrets à cet âge, pas vrai ? Ils ne se confient pas.

— Mais vous aviez eu des nouvelles depuis Pâques, non ? Des coups de fil ?

— Je lui téléphone toutes les semaines. Le dimanche. C'est moins cher. Elle ne pouvait pas, elle, avec son budget.

— Vous l'appeliez sur un fixe ou sur un portable ?

— Portable. Comme ça elle n'était pas coincée à attendre à la maison.

— Comment vous l'avez trouvée ?

— Très bien. Heureuse. Excitée, même.

— Vous savez pourquoi ? Ou bien elle était toujours comme ça ?

— Pas toujours, non. On a tous nos mauvais jours, n'est-ce pas ? Après coup j'ai essayé d'imaginer ce qui pouvait la rendre si joyeuse. Je lui ai demandé si elle avait trouvé un poste pour septembre. « Il y a des choses en cours. » C'est ce qu'elle a dit. Ça paraît idiot, mais j'ai entendu le sourire dans sa voix. J'ai pensé qu'elle avait peut-être postulé dans le coin. Par ici, je veux dire.

Peut-être même passé un entretien. Qu'elle ne voulait rien dire pour ne pas nous donner de faux espoirs. Au cas où.

Il y eut un moment de silence. Dans la serre, Dennis Marsh tira une boîte de tabac de la poche de sa veste et entreprit de se rouler une cigarette. Phyllis fronça les sourcils. Elle trouvait probablement cela vulgaire, quelque chose à ne pas faire devant des étrangers. Même quand on venait de perdre sa fille.

Ashworth se pencha en avant, la ramena à la conversation.

— Lily n'a jamais fait de stage au collège de Whitley ?

— Non, elle était spécialisée dans l'enseignement primaire. Elle n'allait pas dans les collèges.

— Donc elle n'aurait pas pu avoir un certain Luke Armstrong comme élève ? Elle n'a jamais prononcé ce nom ?

— Pourquoi ? C'est celui qui l'a tuée ?

Elle avait craché ces mots si violemment qu'ils en furent tous les deux stupéfaits.

— Non, murmura Ashworth. Rien de tel. Il a été assassiné, lui aussi. Il y a certaines similitudes.

C'est à ce moment-là que Vera les laissa. Phyllis refaisait du thé, surnageant tant bien que mal grâce à une conversation de pure forme, réchauffant la théière, cherchant des biscuits. Vera voyait bien qu'elle aurait aimé avoir Joe Ashworth pour gendre. Peut-être était-ce même très exactement ce que se disait Phyllis alors qu'elle l'incitait à manger un autre fourré aux figues.

Il y avait une porte vitrée donnant sur le jardin

dans la cuisine. Vera la passa puis la referma derrière elle, se coupant de la conversation, sachant qu'elle était lâche, mais incapable d'en supporter une minute de plus.

Dennis avait dû l'entendre approcher, mais il ne leva la tête que lorsqu'elle apparut à la porte de la serre. L'inspectrice tira une chaise de jardin en plastique et s'assit juste devant, face à lui. Il avait les traits tirés, défaits, des hommes qu'elle croisait en cellule ou qui dormaient à la dure. Phyllis le sauverait au moins de cela. Elle s'assurerait qu'il se lave et se rase, se coupe les ongles, porte des vêtements propres.

— Parlez-moi de Lily.

Vera planta fermement ses pieds dans l'herbe.

— Je n'aurais jamais dû avoir d'enfant, déclara-t-il.

Elle eut envie de répondre que personnellement, elle avait toujours trouvé que les enfants étaient assez surfaits, mais se dit que ce n'était pas ce qu'il avait envie d'entendre.

— J'imagine que peu de gens estiment avoir été des parents parfaits.

— Je ne suis même pas capable de m'occuper de moi-même.

— Lily s'épanouissait plutôt bien, apparemment. La fac. L'enseignement.

Vera perçut l'inflexion joyeuse de l'assistante sociale dans sa voix, s'en maudit.

— Mais elle n'a jamais été heureuse, déplora-t-il. Pas vraiment. Même plus jeune, avant d'entrer à la fac.

— Quel genre d'élève elle était ?

— Brillante. Oh oui, toujours la meilleure de sa classe en primaire. Et en terminale ils l'ont présentée à Oxford.

Vera s'étonna que Phyllis n'y ait pas fait allusion, mais elle comprit pourquoi lorsque Dennis poursuivit.

— Et puis finalement elle n'a pas réussi aussi bien que prévu aux examens. Il y avait ce garçon, je ne sais pas, il l'obsédait complètement. Elle croyait qu'elle l'aimait. Apparemment, ça l'empêchait de se concentrer. Elle a eu son bac, mais pas avec d'assez bonnes notes pour entrer à Oxford.

— Ça arrive. Les adolescentes…

— Là, ce n'était pas normal. Pas un béguin ordinaire. Elle faisait une fixation. Elle ne dormait plus. Elle ne mangeait plus. Je me suis dit qu'elle était malade. Elle avait besoin d'un suivi spécialisé. Phyllis refusait de le voir.

Vera ne dit rien.

— Moi, je savais. Je reconnaissais le mal. J'en ai fait, des séjours en hôpital psychiatrique, depuis des années. Moins maintenant qu'ils ont trouvé un médicament, mais j'ai eu ma première crise au même âge que Lily. Drôle de coïncidence, vous ne trouvez pas ? Elle devait tenir ça de moi. Elle a pris l'intelligence de sa mère. Et ma folie.

— Vous vous souvenez comment s'appelait le garçon dont elle était amoureuse à l'école ?

Il fronça les sourcils.

— Je perds la mémoire. Je dis que c'est la faute des électrochocs, mais ça doit juste être l'âge.

Vera attendit, dans l'espoir que le nom lui

reviendrait. Elle ne voulait pas poser la question à Phyllis, accroître encore son chagrin.

— Craven, lança-t-il. Ben Craven. Un gars plutôt gentil. Pas sa faute.

— Qu'est-ce qu'il est devenu ? Il fait des études ?

Dennis secoua la tête.

— Je crois que je ne l'ai jamais su.

— Vous disiez avoir séjourné en hôpital psychiatrique, monsieur Marsh. Dans quel hôpital ?

— St George. À Morpeth.

Le premier lien entre Luke Armstrong et Lily Marsh, se félicita Vera. Ténu, mais c'était au moins un point de départ.

— Et Lily ? Vous pensez qu'elle a pu y aller ? Une fois partie de chez vous, peut-être ? Pas comme patiente, vous l'auriez su. Mais en consultation externe ?

— Je lui ai conseillé de le faire. Je lui ai donné les coordonnées de mon médecin. Mais je ne sais pas si elle m'a écouté.

Il tenta bravement un sourire.

— Vous savez ce que c'est. Deux femmes à la maison. Aucune chance de me faire entendre.

# 14

— Alors qui c'est, ce type ? lança Ashworth. Un dingo qui se croit en droit d'aller étrangler d'autres dingos ?

Ils roulaient en direction de Newcastle. Ils avaient pris rendez-vous pour visiter l'appartement de Lily Marsh et rencontrer ses deux colocataires.

— Peut-être.

Vera trouvait les meurtres trop élaborés. C'était un jeu. Un enfoiré retors qui les manipulait.

— Mais oublie la mise en scène. Les fleurs sur l'eau. Si on avait deux meurtres aussi proches, même cause de décès, qu'est-ce que tu en conclurais ?

— Je dirais toujours que c'est un barjo.

— Un tueur en série ?

— Peut-être.

Il était prudent, surpris qu'elle ait employé ce terme, même avec lui. Un tueur en série, ça voulait dire presse en effervescence, hommes politiques hystériques, et c'était la dernière chose qu'elle aurait voulue. Ce n'était pas un mot à prononcer à la légère.

— Mais si ce n'était pas aléatoire, si ce n'était pas une espèce de malade qui en voulait à tous les beaux gosses ?

Il prit le temps de réfléchir.

— Le deuxième meurtre pourrait ne servir qu'à couvrir le premier. Je veux dire, on sait que Lily Marsh était dans le coin. Elle bossait à Hepworth.

C'est à quoi ? Dix kilomètres de Seaton, où vit Julie Armstrong. Si on trouvait trace de sa présence à Seaton au moment du meurtre de Luke, on aurait une explication. Elle a vu ou entendu quelque chose. Ou alors elle connaissait l'assassin, elle a deviné ce qu'il avait fait et est allée le lui dire.

— Tu penses à un petit ami ?

— Peut-être. C'est bizarre que les parents n'aient pas l'air au courant de son existence.

— Alors qu'est-ce qu'on fait, maintenant ?

Vera ferma les yeux quand Ashworth prit un virage beaucoup trop vite et dut freiner brusquement. Un tracteur arrivait en face. Joe ne jura pas, ce n'était pas son genre. Vera, si. Dans sa barbe.

— On cherche le lien, fit-il en s'arrêtant sur le bas-côté pour laisser passer le tracteur. On trouve où elle était le soir du meurtre de Luke Armstrong. On interroge tous ses amis. Ses profs. Ses collègues.

— Rien de difficile, alors, commenta Vera en bâillant et s'étirant. Du pipi de chat.

Avant qu'il ait pu répondre elle était endormie.

Elle se réveilla juste comme il se garait, verni d'avoir trouvé une place devant la maison. Samedi matin, les chalands évitaient les parkings payants du centre-ville en laissant leur voiture à West Jesmond pour poursuivre en métro. L'appartement se trouvait au rez-de-chaussée d'une maison début XX$^{e}$ ; un peu clinquant, se dit Vera, pour des étudiantes. Il y avait du ruban bleu et blanc autour de la porte et Billy Wainwright se trouvait à l'intérieur. L'inspectrice le héla par une fenêtre ouverte.

— Vous pouvez entrer, répondit-il. On a à peu près terminé. Je ne vais pas tarder à rejoindre mon lit. Les techniciens seront là d'une minute à l'autre.

Ils restèrent un moment dans l'entrée. Billy paraissait épuisé mais trop nerveux pour se détendre, il n'arrêtait pas de tripoter la boucle de sa serviette.

— Quoi de neuf, Billy ?

— Rien n'indique qu'elle ait été tuée ici. Pas d'effraction. Pas de traces de lutte dans sa chambre. Apparemment les filles avec qui elle partageait l'appartement étaient sorties pour la soirée. Elles sont chez une amie à quelques maisons d'ici, si tu veux les interroger.

— Je suppose que tu as examiné la salle de bains ?

— Naturellement. J'ai trouvé des cheveux dans la bonde, mais je parierais un mois de salaire qu'ils appartiennent aux locataires. Aucun rapprochement possible avec la scène du crime de Luke Armstrong.

— Des huiles de bain ?

— Plein. On les fera analyser, mais je n'ai rien senti qui évoque l'eau dans laquelle on a repêché le jeune Armstrong.

Il bâilla.

— Si vous restez encore une dizaine de minutes, je m'en vais. Comme je disais, les gars de l'IJ sont en route. La chambre de la victime est la dernière à gauche.

Après son départ, Vera et Joe restèrent une minute sans bouger ni parler. Il faisait frais dans l'entrée. Le sol était carrelé, le plafond, haut.

— Pas la piaule d'étudiante type, constata Joe.

Il poussa une porte qui donnait sur le séjour. Ils regardèrent le parquet nu, le poêle en fonte. Il y avait un canapé couvert d'un jeté ocre, un piano droit. Tout très ordonné, d'une propreté immaculée.

— Je pourrais pas me payer un logement pareil, même avec mon salaire. Comment elles font ? Et puis ce n'est pas censé être crasseux, les étudiants ?

Vera était passée dans la cuisine, qui avait l'air tout droit sortie des magazines de déco qu'elle feuilletait chez le dentiste. Elle ouvrit le réfrigérateur. Une boîte d'œufs, deux sachets de salade, des yaourts nature. Dans la porte deux bouteilles de vin blanc. Français.

Il y avait trois chambres : deux qui donnaient sur le petit jardin et la rue, une à l'arrière – celle de Lily. Vera garda cette dernière pour la fin. Celles de devant étaient à l'avenant de la maison. De si bon goût que l'inspectrice éprouva la violente envie d'accrocher une affiche bon marché au mur ou de coller un méchant vase à trois sous sur le rebord de la fenêtre. Elle avait toujours considéré les lieux qu'elle voyait dans les magazines comme imaginaires, ne croyait pas vraiment en leur existence. Ce n'était pas le genre d'endroit qu'elle avait souvent l'occasion de visiter dans le cadre de ses fonctions.

La chambre de Lily était différente. C'était la plus petite pièce de la maison, plus petite même que la salle de bains. La fenêtre était ornée de voilages et donnait sur une cour où étaient rangées les poubelles. Les meubles étaient moins chics ;

peut-être avaient-ils été abandonnés par les précédents propriétaires lorsqu'ils avaient vendu. Un lit à une place, un bureau et un ordinateur, une penderie d'après-guerre comme celle dans laquelle Vera rangeait toujours ses vêtements. L'un des murs était couvert de méchantes étagères en bois brut, pleines de livres de poche. Vera passa des gants en latex mais resta plantée là, à regarder autour d'elle sans toucher à rien. La pièce était si exiguë qu'Ashworth resta sur le pas de la porte.

— Un agenda, ce serait bien, dit Vera. Un carnet d'adresses.

— Ce serait pas dans l'ordinateur, ça ?

— Si, c'est plus que probable. On va attendre que les experts s'en chargent pour nous.

Sur le bureau traînait une carte de la bibliothèque universitaire et une autre des bibliothèques du Northumberland. Vera ouvrit les tiroirs : des classeurs, des dossiers. Exactement ce qu'on s'attendrait à trouver dans la chambre d'une étudiante modèle. Sauf que celle-ci ne ressemblait à aucune chambre d'étudiant que Vera ait vue. Au moins, les deux autres affichaient des touches personnelles. Photos de famille, cartes d'anniversaire, invitations à des soirées. Lily avait vécu près de trois ans entre ces murs mais ils ne contenaient rien d'elle. Pas de photo, pas de posters. Ils auraient pu appartenir à un B&B anonyme de seconde zone. Elle ouvrit la porte de l'armoire et enfin elle perçut le parfum de la morte.

La première impression fut la couleur. Dans un casier se mêlaient un collier d'ambre, une écharpe en soie turquoise à filets d'argent, de longs gants en satin rouge. Vera tira des cintres chargés d'une ample veste en velours couleur mûre, d'une robe tout en volutes de bleus et de verts, de jupes en coton imprimé de couleurs vives. Sur les étagères s'empilaient des chemisiers pliés, de la lingerie en dentelle. Rien de bon marché.

— Eh bien, elle aimait se fringuer.

L'inspectrice lorgna les étiquettes de la veste et des chemises.

— Certaines pièces viennent de chez Robbins, constata-t-elle, mais pas toutes. Et les autres, elle les a achetées au prix fort. Elle devait dépenser tout son fric en vêtements.

Et ce fut, en fin de compte, tout ce qu'ils apprirent d'elle. Rien d'autre dans la pièce ne livra le moindre indice sur sa vie. Ils attendirent dans la cuisine l'arrivée des spécialistes, sans mot dire, ravis quand le bruit de la camionnette qui se garait dans la rue leur fournit enfin une excuse pour s'en aller.

## 15

Les colocataires de Lily avaient trouvé refuge chez une amie qui habitait dans la même rue. Encore une grande maison, cette fois dans un carrefour, avec un jardin à l'arrière. Elle ne paraissait pas découpée en appartements. Une résidence étudiante, peut-être. Vera sonna, recommença en l'absence de réponse. Elle s'apprêtait à enfoncer le bouton pour la troisième fois lorsqu'un bruit de pas se fit entendre ; la porte s'ouvrit. La jeune femme qui se tenait sur le seuil était toute petite, cheveux blonds courts, la carrure d'une enfant de dix ans, les yeux habilement maquillés pour paraître immenses.

— Je suis désolée, annonça-t-elle. Annie est sortie.

— Je ne suis pas venue voir Annie.

Vera lui tendit sa carte et entra sans attendre d'y être invitée.

— C'est Emma et Louise que je cherche. Les amies de Lily.

La jeune femme parut ébranlée.

— Bien sûr. Désolée de vous avoir fait attendre. Annie est partie emmener sa fille à la danse. Lou et moi, on prenait un petit déjeuner tardif dans le jardin. Dès qu'on a appris la nouvelle, on est venues camper ici, mais on n'a pas très bien dormi, ni l'une ni l'autre. Suivez-moi. Je suis Emma.

Elle n'était pas du coin. Accent du Sud. Riche.

Elle portait des tongs en cuir et précéda les policiers d'un pas sautillant, sans s'arrêter de parler. Pas une résidence étudiante, finalement. Pas de cannettes de bière ou de musique à plein volume, pas d'électricité vétuste ni de papier peint décollé. C'était une famille qui habitait ici. Un petit vélo était appuyé contre le mur du couloir, des dessins d'enfant ornaient le panneau d'affichage de la cuisine. Mais une famille aisée, tout de même. Si

Annie était mère célibataire, elle ne tirait pas le diable par la queue.

— Annie est étudiante aussi ?

Nullement besoin de le savoir, mais Vera avait toujours été curieuse.

— Non. Elle est plus âgée que moi. C'est une cousine éloignée. Prof. Dans la filière de Lily, d'ailleurs. Son mari est souvent en déplacement et quand on cherchait un appartement, on s'est dit que ce serait sympa de trouver quelque chose à proximité.

— Très pratique, convint Vera tout en se demandant ce qui pouvait bien lui déplaire autant chez cette fille.

— Oui.

Emma se retourna brièvement puis ils débouchèrent dans une cour dallée meublée d'une table en bois et de quatre chaises. Le jardin était petit, entouré d'un haut mur. Quelque part dans le lierre des merles sifflaient.

Emma continuait à parler.

— Voici ma colocataire, Louise. Lou, c'est la police.

Apparemment, Louise était toujours en pyjama. Pieds nus, cheveux en bataille. Elle les salua d'un hochement de tête, joua avec les miettes de croissant sur son assiette.

— Je vais refaire du café, dit Emma.

Vera s'assit lourdement.

— Pas pour nous, mon chou. Ce n'est pas une visite de courtoisie. On est pressés. On voulait juste parler de Lily.

— Bien sûr.

— Vous habitiez ensemble depuis combien de temps, toutes les trois ?

— On s'est connues en première année. On était dans la même résidence, même si on n'était pas inscrites dans les mêmes disciplines. Lily était en lettres, Louise en langues et moi, je fais médecine. C'est pour ça qu'on est encore là alors que la plupart de nos copains sont partis. Nos études, à Lou et moi, sont plus longues que les trois années habituelles et Lily préparait le diplôme d'aptitude à l'enseignement. On partageait la cuisine à l'époque. On s'entendait bien, on a décidé d'emménager ensemble.

— Mais comment vous faites pour louer dans une rue comme celle-ci ?

Elle outrait son accent, jouait la flic idiote. Ça ne fait jamais de mal d'être sous-estimé.

— Eh bien, c'est grâce à mon père. Il s'est dit qu'après tout, autant acheter quelque chose. Ce serait un bon investissement et on paierait assez de loyer pour couvrir son emprunt. Je veux dire, ça reste cher, mais quand on voit certains logements étudiants… Mes parents sont extra. Ils me versent une pension.

— Mais Lily ne venait pas du même milieu. Comment elle arrivait à payer son loyer ?

Emma haussa les épaules.

— Elle ne nous l'a jamais dit. Je crois que son père a été licencié économique à la fin de sa première année d'études et lui a donné un petit pécule pour démarrer. Elle ne payait pas autant que nous parce que sa chambre est un peu plus petite.

Et elle travaillait pendant les vacances et tous les samedis.

— Parlez-moi d'elle. Depuis le temps que vous viviez ensemble, vous deviez la connaître mieux que personne.

Pour la première fois Emma parut chercher ses mots. Ce fut Louise qui répondit.

— Personne ne la connaissait très bien.

— Mais trois filles... Vous deviez vous faire des confidences.

— Pas vraiment. Pas Lily.

— Vous avez dû sortir ensemble, boire un peu. Elle devait bien s'épancher dans ces moments-là.

— Je ne crois pas que Lily se soit jamais laissée aller, inspecteur. Elle était extrêmement maîtresse d'elle-même, concentrée. Ambitieuse, je suppose. C'était lié au milieu d'où elle venait. Elle bûchait beaucoup plus que nous autres.

— Elle n'est jamais tombée malade ?

— Rien de sérieux. Un rhume, une angine. Comme tout le monde.

— Vous ne vous êtes jamais inquiétées qu'elle puisse déprimer ? À s'isoler comme ça.

— Non. Je ne crois pas qu'elle était si seule. Simplement elle ne nous faisait pas partager le reste de sa vie.

— Où vous étiez hier soir ?

Louise répondit.

— C'était mon anniversaire. On est sorties dîner. Toute une bande.

— Et Lily ? Elle n'aurait pas dû être là ?

— Je l'avais invitée, bien sûr, mais ça ne m'a pas

étonnée qu'elle ne vienne pas. Ce n'était pas vraiment son truc.

*Pourquoi ? Vous la mettiez mal à l'aise avec vos voix pleines d'assurance et l'argent de vos parents ?*

— Elle avait un petit ami ?

Il y eut un silence. Vera les regarda l'une après l'autre.

— On pense que oui, fit enfin Emma. Certains soirs, elle ne rentrait pas à la maison. Mais il n'est jamais venu chez nous. Du moins en notre présence.

— Elle ne vous a jamais parlé de lui ?

— Non, pas à nous.

Emma fit une pause.

— Écoutez, inspecteur. Par certains côtés, Lily était une locataire modèle. Sérieuse, rangée. C'est d'abord pour ça que j'ai voulu qu'elle s'installe avec nous. Mais on n'a jamais été amies. Pas vraiment. Je ne vois pas pourquoi qui que ce soit aurait voulu la tuer. Mais je n'en sais rien. Sa vie était un mystère pour nous.

C'était l'heure du déjeuner et Vera réunit son équipe, fit livrer des sandwichs, du vrai café, des beignets. Tout pour garder les niveaux d'énergie au plus haut. Après son petit roupillon dans la voiture elle se sentait en pleine forme, mais elle savait que ses collaborateurs plus jeunes n'avaient pas son endurance. Malgré tout, ils étaient un peu plus alertes maintenant. Un deuxième cadavre. Une jeune fille radieuse. Quelque part cela rendait l'enquête plus intéressante. Ils n'avaient pas réussi à se passionner pour un garçon affligé de difficultés d'apprentissage, mais une jolie étudiante et voilà qu'ils frétillaient. Elle se dit que son cynisme risquait de lui jouer des tours.

Elle leur résuma les visites aux parents et à l'appartement de Lily tout en déambulant à l'avant de la pièce, tantôt dans l'ombre, tantôt dans la lumière qui ruisselait des fenêtres.

— Ses colocataires campent chez une voisine jusqu'à ce que les experts aient terminé. Bien sûr on leur a demandé si Lily était à l'appartement le soir où Luke Armstrong a été tué. Elle n'y était pas. Elle découchait assez fréquemment. Raison pour laquelle les filles pensent qu'elle avait un copain.

— Elles ne l'ont pas interrogée ? Elles devaient être curieuses.

La question venait de Holly Lawson. Enthousiaste, visage juvénile, apparence de lycéenne.

— Je veux dire, ce n'est pas parce qu'on prétend respecter l'intimité de quelqu'un qu'on n'a pas envie de savoir. Non ?

Elle embrassa ses collègues du regard.

— Tu as probablement raison, convint Vera. Retourne les voir et discute avec elles. Tu es plus proche de leur âge, tu arriveras peut-être à en tirer plus que nous.

Elle but une gorgée au gobelet en carton. Le café était bon au début de la réunion, mais il était déjà froid et elle sentit le marc sous sa langue. Elle le reposa sur le bureau, s'approcha des fenêtres et descendit les stores pour épargner à ses yeux le pire du soleil. La pièce parut soudain sinistre, ses occupants devenus des ombres floues.

— Je crois qu'il va falloir qu'on serre les dents et qu'on organise une conférence de presse, déclara-t-elle. Je ne veux pas que le moindre détail s'ébruite. Ni les fleurs ni la cause du décès. La dernière chose dont on ait besoin, c'est qu'un autre assassin vienne copier la mise en scène. J'ai prévenu les gens qui ont trouvé le corps que s'ils parlaient à la presse, ils auraient affaire à moi. Mais quelqu'un a bien dû voir le meurtrier transporter la morte du parking jusqu'aux rochers. Il faut traverser une étendue d'herbe et d'habitude il y a du monde. Des gens qui promènent leur chien. Des parents avec des enfants en bas âge. On va demander au service communication de mettre ça sur pied. Maintenant, qu'est-ce que vous avez pour moi ?

Vera avait atterri sur le bureau. Comme un professeur. Elle se demanda quel genre d'institutrice Lily aurait été.

— On a trouvé un universitaire pour examiner les fleurs, répondit Holly. Un certain professeur Calvert.

— Non.

— Pardon ?

— Peter Calvert. Impossible. C'est lui qui a découvert le second corps. Enfin, son fils. Il était sur les lieux tout de suite après. On ne peut pas faire appel à lui.

— Oh là là ! j'aurais dû faire le rapprochement. Je l'avais déniché hier, avant que Lily Marsh soit assassinée.

Elle rougit, bafouilla, attendit que Vera laisse fuser le sarcasme. Mais l'inspectrice était d'humeur bienveillante. Elle pensait à Peter Calvert.

Probablement une coïncidence. Pas besoin d'être botaniste pour éparpiller des fleurs sur un cadavre. Mais si le coupable était joueur, cela pouvait être pris pour une carte de visite, une signature.

— Trouve quelqu'un d'autre, conclut-elle. Pas de Newcastle. Essaie à l'université de Northumbrie ou du Sunderland. Il doit bien y avoir un autre botaniste quelque part dans la région. Et vérifie ce que faisait Calvert le soir où Luke a été tué. Juste pour montrer qu'on balise bien tout.

Vera se rappela le dîner sous le portique qu'elle avait interrompu la veille au soir. Quatre hommes autour de la table. Une femme. À peu près le même âge qu'elle, mais élégante, maquillée. Désirée. Un groupe intéressant, songea-t-elle à nouveau.

— Après réflexion, je m'occuperai de Calvert moi-même.

Ça lui fournirait un prétexte pour retourner là-bas.

— On peut pas vous faire confiance avec la bonne société.

Ils sourirent, absolument pas vexés. Un boulot en moins pour eux, et puis avait-on jamais entendu parler d'un universitaire assassin ?

Elle reprit à l'intention de tous :

— Qui a vérifié l'alibi de Geoff Armstrong ?

— Moi.

Charlie Robson. Charlie était plus vieux qu'elle, sans doute pas loin de la retraite. Il n'aimait pas travailler pour une femme, mais c'était comme ça.

— Alors ?

— D'abord je suis allé voir le type pour qui il bosse le plus souvent. Barry Middleton. Petit entrepreneur. Il fait des cuisines, des salles de bains, des aménagements de grenier. Il connaît Armstrong depuis des années, bien avant de commencer à lui refiler du boulot. Il dit qu'il a toujours été soupe au lait. Un gars capable de sortir de ses gonds si vous le regardiez pas comme il fallait. Il y a eu une ou deux bagarres. Geoff s'en est pris à un chef de chantier quand il bossait à Londres. C'est pour ça qu'il est revenu ici chômeur. Mais apparemment il a changé du tout au tout depuis qu'il s'est remarié. Maintenant c'est un vrai père de famille, d'après Barry. Complètement dévoué à Kath et à la petite. Il avait même commencé à essayer de renouer avec Julie.

— C'est ce qu'il m'a dit.

Mais est-ce que je le crois ? s'interrogea Vera. Est-ce que je crois que les gens changent si facilement ?

— Je suis passé au lotissement ce matin, poursuivait Charlie. La petite famille s'en allait quand je suis arrivé. Un tour à la plage, apparemment. Ils avaient des serviettes, un pique-nique.

— Très popote, commenta Vera.

— Ils ne m'ont pas vu. J'ai discuté avec les voisins. Tout le monde m'a dit la même chose. C'est une famille charmante. Lui est un peu renfermé. Il ne fréquente ni le pub ni le club. Il s'occupe de la petiote pendant que sa femme travaille. Personne n'avait rien à dire contre lui.

— Et mercredi soir ? Quelqu'un l'a vu s'en aller ?

— Non, et un couple est certain qu'il l'aurait entendu s'il avait pris sa voiture. Ils recevaient quelques amis pour un barbecue. Ils avaient même invité Geoff. Ils n'habitent qu'à deux maisons d'écart, alors ils s'étaient dit qu'il pourrait aller jeter un coup d'œil à la petite régulièrement. Finalement Geoff a décliné, il a dit qu'il n'aimait pas laisser Rebecca toute seule. Mais ils ont passé la soirée dans le jardin. C'est au coin de la rue et s'il s'était absenté, ils l'auraient vu. C'est ce qu'ils disent.

Vera était contente de pouvoir éliminer Geoff des suspects. Elle imaginait la petite famille quelque part sur une plage. À Tynemouth, peut-être. Kath rattrapant son sommeil en retard étendue sur une serviette, Geoff jouant avec la petite, lui tenant la main pendant qu'elle sautait dans les vagues, construisant des châteaux de sable, achetant une glace. Vera devait se ramollir avec l'âge. Elle trouvait qu'il méritait une seconde chance.

Elle s'aperçut que ses hommes attendaient après elle.

— Bon, alors on laisse tomber Geoff Armstrong. Sauf si de nouveaux éléments surviennent. Je veux que quelqu'un aille interroger le psychiatre de Luke. Il faut qu'on sache si Lily Marsh a aussi fréquenté St George. Elle n'a pas dû y séjourner en interne, ses colocataires l'auraient su. Mais elle a pu s'y rendre à des consultations externes. Son père a des antécédents. C'est très improbable mais ça vaut le coup de vérifier. Et j'aimerais que vous examiniez les finances de la demoiselle. Compte en banque, cartes de crédit. Tout ça. À vue de nez, elle vivait nettement au-dessus de ses moyens. Est-ce qu'elle avait d'autres sources de revenus ? Un amant fortuné, peut-être. Et il faut qu'on retrouve le garçon dont elle était amoureuse au lycée. Il s'appelle Ben Craven. Il se peut qu'il vive encore par ici.

Elle se dit que le blabla suffisait comme ça. Ils aimaient tous la parlotte. Les bavardages, le café et les petits pains leur évitaient d'avoir à sortir se colleter avec des gens bien réels.

Elle se leva, s'assura qu'ils étaient tout ouïe.

— La priorité est d'établir un lien entre les victimes. Quelque chose qui les rapproche, une personne qu'ils auraient en commun.

Ils la regardaient fixement.

— Eh ben, secouez-vous ! s'écria-t-elle un ton plus haut, à nouveau professorale. C'est pas ici que vous allez le trouver, non ?

# 16

C'était samedi et le soleil brillait toujours, mais à Fox Mill on ne se préparait pas au pique-nique que Felicity avait prévu comme activité supplémentaire pour l'anniversaire de Peter. Les invités étaient restés pour la nuit et tout le monde prit un petit déjeuner tardif et maussade dans la cuisine. Les quatre hommes paraissaient préoccupés, groggy. Peut-être souffraient-ils d'une gueule de bois collective. Même James était inhabituellement silencieux. Il se traîna jusqu'à sa chambre pour regarder les programmes pour enfants à la télévision.

Felicity fut soulagée lorsque les garçons prirent congé avant le déjeuner. Peter essaya bien de les persuader de rester, mais ils devaient sentir qu'elle voulait qu'ils disparaissent. Aujourd'hui, même Samuel n'était d'aucun réconfort. Au cours de l'après-midi Peter s'enferma dans son bureau. Il avait un grand projet. Un ouvrage consacré à l'effet des conditions météo sur le déplacement des oiseaux marins. L'un des plus grands éditeurs en histoire naturelle avait vaguement manifesté un intérêt poli, mais sans avancer aucune offre ferme. Il faudrait voir le travail terminé, disait-il. Les théories de Peter s'étaient complexifiées à mesure qu'il analysait le matériau. Certains jours Felicity se disait qu'elle ne verrait jamais le livre achevé.

Elle se rendit au jardin et entreprit de désherber les plates-bandes devant la maison. Elle aimait cette activité méthodique, machinale, son résultat immédiat. Elle entendit une voiture sur le chemin. D'abord elle n'y prêta pas attention. Des promeneurs se garaient parfois sur le bas-côté avant de rejoindre la mer à pied. Puis elle s'aperçut que le véhicule avait tourné dans l'allée et elle se redressa, ôta ses gants, renfonça sa chemise dans son jean pour accueillir le visiteur. Ce pourrait être Samuel, qui se serait rendu compte qu'elle était chamboulée. C'était bien son genre de repenser à tout ça et de revenir vérifier qu'elle allait mieux. Elle préparait déjà les mots qu'elle lui dirait, les excuses pour s'être montrée si grincheuse, si peu accueillante. Le mensonge. *Tu sais bien que ce n'était pas ta présence qui me dérangeait. Mais les autres. Ça faisait trop.*

Mais ce n'était pas Samuel. C'était une voiture qu'elle ne reconnut pas. Elle éprouva une soudaine inquiétude, puis vit la grosse inspectrice de la veille s'extirper du siège conducteur. Il y eut cet instant de supériorité muette qu'elle ressentait toujours devant une femme de son âge qui se laissait aller. Le visage de la policière aurait même pu être séduisant si elle y avait mis un peu du sien. Vêtements informes, cheveux mal coupés. N'avait-elle donc vraiment rien à faire de son apparence ? Felicity n'arrivait pas à le comprendre. D'une certaine manière, cela rendait Vera Stanhope invulnérable. Felicity avait toujours aimé être admirée. Elle ne pouvait pas imaginer se ficher du regard des autres.

— Inspecteur.

Elle vérifia que sa main était propre et la lui tendit. Vera la serra brièvement, d'un geste vif, mais elle s'intéressait au jardin.

— C'est ravissant. Ça doit demander beaucoup de travail.

— Oh…

Felicity savait que c'était pure flatterie, mais cela lui fit plaisir tout de même.

— On a quelqu'un pour nous aider, bien entendu. Un vieil homme du village.

— Bien entendu.

Felicity perçut le sarcasme, se demanda comment réagir.

— Qu'est-ce que je peux faire pour vous ?

— J'ai encore quelques questions. Vous savez ce que c'est. On découvre des choses.

Comment pourrais-je savoir ce que c'est ? se dit

Felicity. C'est la première fois que je trouve un cadavre.

— Vos amis sont partis ?

— Oui, ils ont dû s'en aller. Je crois que Gary travaille ce soir.

Elle se sentait mal à l'aise, dans le jardin, négligée et prise au dépourvu.

— Qu'est-ce qu'ils font ? Gary nous l'a dit, mais les autres ?

Vera s'était déportée dans l'ombre de la maison et Felicity la suivit.

— Samuel est bibliothécaire. Et c'est aussi un excellent écrivain. Nouvelliste, principalement. Clive est assistant au Hancock Museum. Département d'histoire naturelle.

— Ah oui ? J'adorais ce musée quand j'étais petite. Mon père m'y emmenait souvent. Il avait une odeur bien à lui. Je n'y ai pas remis les pieds depuis des années.

Vera parut un moment perdue dans ses souvenirs.

— Votre mari est là ?

— Dans son bureau. Suivez-moi.

— Il travaille ?

— À ses recherches, oui.

— J'ai cru comprendre qu'il était botaniste. Ce doit être bien pratique pour le jardin.

Le ton était gai, impressionné. Felicity fut déroutée. Elle choisit de ne pas expliquer qu'il s'agissait d'un ouvrage sur les oiseaux de mer. Cela aurait pu être considéré comme un passe-temps, pas du tout un travail, et elle tenait à ce que Vera prenne son mari au sérieux.

— On fait souvent une pause thé vers cette heure-ci. Vous voulez vous joindre à nous ? Je vais appeler Peter.

Felicity n'aurait pas été étonnée que l'inspectrice insiste pour déranger Peter dans son bureau, mais apparemment elle avait décidé de se montrer conciliante.

— Pourquoi pas ? Je meurs de soif.

— On pourrait s'installer dehors, profiter du soleil.

— J'aimerais autant pas, mon chou. Je suis allergique. Au soleil en direct. Je me couvre de pustules et de taches.

Elles s'assirent donc dans la cuisine. Felicity s'apprêtait à tout disposer sur un plateau pour l'emporter au séjour, mais Vera lui toucha le bras pour l'arrêter.

— Hé, vous compliquez pas la vie ! Je suis plus une employée en extra qu'une visiteuse de la haute.

Felicity savait que l'inspectrice jouait avec elle et se demanda comment le prendre. Elle se contenta d'opiner du chef, coupa les scones sortis la veille du congélateur et versa de la confiture maison dans un pot. Quand Peter émergea de son bureau, Vera avait la bouche pleine et crachait des miettes sur la table en essayant de parler. Felicity aurait voulu pouvoir dire à son mari : *Ne te laisse pas avoir. Elle veut que tu la prennes pour un clown. Elle est plus maligne qu'elle n'en a l'air.* Mais elle comprit qu'il l'avait déjà classée parmi les imbéciles. La voyant s'étouffer, tousser et boire avidement son thé, il leva les yeux au plafond.

Enfin la pantomime fut terminée et Vera se mit à parler.

— J'ai été interrompue hier soir. Il reste quelques questions. Vous comprendrez. Des formalités.

— Bien sûr.

— Vous travaillez à l'université, professeur Calvert ? Mlle Marsh y était étudiante. Troisième cycle. Vous êtes sûr que vous ne la connaissiez pas ?

— Elle avait obtenu sa licence en quelle matière ?

— Lettres. À Newcastle aussi.

— Pourtant, je ne la connaissais pas, inspecteur. Je suis botaniste. Nos chemins ne se sont jamais croisés. J'ai bien peur que tout ne soit que pure coïncidence. Qu'elle donne des cours à notre fils, qu'elle vienne se renseigner sur le cottage, puis que nous la trouvions ainsi sur le rivage.

Hasard, songea Felicity. Comme l'observation des oiseaux de mer. Comme quand ils passent juste à l'instant où vous êtes là pour les voir. Sauf que bien sûr il n'y avait rien de fortuit si les observateurs se rapprochaient des oiseaux. Comme Peter l'avait dit dans la tour la veille au soir, ils faisaient leur possible pour se trouver là au bon moment. Ils écoutaient la météo marine tous les soirs pour savoir dans quel sens soufflerait le vent. Ils consultaient les horaires des marées.

— La fille a été assassinée, lança soudain Vera. Étranglée. Mais vous le savez déjà. Je vous l'ai dit hier soir. Un meurtre aussi élaboré, mis en scène, on se dit que le coupable devrait être facile à retrouver. Qu'il a dû laisser des traces. Un amant éconduit, peut-être.

Elle marqua une pause, puis :

— *Éconduit.* Un peu désuet comme mot. Le crime aussi paraît un peu désuet, au premier abord. Comme venu d'un âge plus noble. Elle avait l'air paisible, pas vrai, étendue là... les fleurs. Mais il n'y a rien eu de paisible dans sa mort. Je ne peux pas croire qu'elle voulait disparaître.

Felicity sentit les larmes lui monter aux yeux. Comme si, quelque part, on la tenait pour responsable. Elle fut contente de voir que Peter semblait ému lui aussi, qu'il se taisait.

L'inspectrice continuait.

— Et il y a des complications. Une autre victime. Un garçon a été assassiné il y a deux jours. Luke Armstrong.

Elle les regarda tous les deux.

— Vous êtes sûrs que ce nom ne vous dit rien ?

— Vous nous en avez déjà parlé, répondit Felicity. Et j'ai entendu ça aux nouvelles régionales. Il venait de Seaton.

— Ce que je n'ai pas précisé, c'est qu'on l'a déposé dans un bain. Couvert de fleurs. Comme je disais hier soir, si une info pareille venait à se répandre, ça pourrait entraver notre enquête. Mais vous comprenez très bien ce que je veux dire. L'affaire n'est plus si simple. Un amant éconduit ne va pas tuer un garçon de seize ans à titre de galop d'essai. Pourquoi prendre un tel risque ? Bien trop compliqué. Je cherche ce qui pourrait rapprocher les victimes. Le nom de la mère est Julie. Julie Armstrong.

— Cette femme dont Gary n'arrêtait pas de parler, elle ne s'appelait pas Julie ?

Sitôt les mots sortis de sa bouche, Felicity les regretta. C'était complètement idiot d'avoir dit ça. Pourquoi pointer du doigt Gary, qui ne ferait pas de mal à une mouche ? Elle sentit que Peter la fusillait du regard et essaya de se rattraper.

— Enfin, c'est un prénom courant. Je suis sûre que ça ne veut pas dire…

— Si vous développiez quand même, mon chou ?

— Il a rencontré cette femme, c'est tout. Après un concert dont il réglait le son. Un groupe du coin dans un pub de North Shields. Cette salle qui donne sur la Tyne. Ils se sont croisés au bar. En discutant, ils se sont aperçus qu'ils avaient été à l'école ensemble. Vous savez ce que c'est.

— Je suis pas sûre, non. Expliquez-moi donc.

— Il roule des mécaniques, Gary. Je veux dire, à l'entendre, on croirait qu'il a une femme dans chaque port. Mais depuis que sa fiancée l'a quitté, je ne crois pas qu'il ait eu une seule véritable relation. Il aimait Emily, profondément. Quand elle l'a quitté pour un autre, ça l'a dévasté. J'ai juste eu l'impression que ça avait bien collé avec cette Julie. Il espérait la revoir.

— Est-ce qu'il vous en a dit plus sur elle ? Si elle avait des enfants, par exemple ?

— Non, du tout.

— Et à vous, professeur Calvert ? Il vous a parlé de cette femme ?

— Désolé, inspecteur. Les hommes ne parlent pas vraiment de ce genre de choses.

— Ah bon ?

Elle l'avait lancé comme si elle était sincèrement surprise.

— Bon, je peux toujours demander à Gary, pas vrai ? L'entendre directement de la bouche de l'intéressé.

Felicity pensa alors que le supplice était terminé. Vera Stanhope se lécha le doigt, ramassa les miettes de scone restées dans son assiette, engloutit sa tasse de thé.

— Qu'est-ce que vous faisiez tous les deux mercredi soir ? Tard. Entre vingt-deux heures et minuit.

Felicity regarda Peter, attendant qu'il réponde le premier.

— Je suis resté ici. Je travaillais.

Il regarda sa montre, puis son épouse :

— J'étais toujours dans mon bureau, n'est-ce pas, quand tu es rentrée ?

— Et qu'est-ce que vous faisiez, madame Calvert ?

— Je suis allée au théâtre. Au Live, sur les quais. Voir une pièce d'un jeune dramaturge de la région. J'avais déjà vu certaines de ses œuvres. Très évocatrices. Je trouve important de soutenir les jeunes auteurs.

Elle s'interrompit, se rendant compte qu'elle en disait trop.

— Vous étiez seule ?

— Non, avec un ami. Peter n'aime pas tellement le théâtre. Pas ce genre de pièce en tout cas. J'y suis allée avec Samuel Parr. Vous l'avez vu hier soir.

— Bien sûr, fit Vera. Samuel le bibliothécaire.

Felicity s'attendait à quelque sarcasme, mais rien ne vint.

— Vous êtes rentrée à quelle heure ?

— Il ne devait pas être loin de minuit. On est allés dîner après le spectacle et il faut un certain temps pour revenir de Newcastle.

— Eh bien, merci.

Cette fois Vera se leva.

— Je suis sûre que vous comprenez pourquoi je devais vous poser cette question. Je vous laisse reprendre votre travail, professeur Calvert.

La maîtresse de maison raccompagna l'inspectrice à sa voiture. Le soleil était voilé par une fine couche de brume, mais la pluie ne semblait pas menacer. Jardiner serait plus agréable maintenant qu'il faisait un peu plus frais. Cependant, Felicity ne pensait pas s'y remettre. Un bain, se dit-elle. Voilà qui la détendrait. Puis elle se rappela ce que l'inspectrice avait dit, que Luke Armstrong avait été retrouvé dans un bain, et l'image d'un corps couvert de fleurs passa devant ses yeux.

Vera se tenait à côté de sa voiture. Felicity commença à rebrousser chemin.

— Une dernière chose, madame Calvert. Ça vous ennuierait de me montrer le cottage ? L'endroit que vous avez fait visiter à Lily Marsh la veille de sa mort.

Felicity ressentit un instant de révulsion. Elle ne voulait pas se retrouver dans l'espace où elle avait côtoyé Lily Marsh de si près, assez pour distinguer la couture de l'ourlet de sa jupe pendant qu'elle gravissait l'escalier devant elle. Puis elle se raisonna. Il faudrait bien qu'elle y retourne un jour ou l'autre. Pourquoi pas maintenant ? Mieux valait, sûrement, satisfaire à la demande de l'inspectrice plutôt que la contrarier.

— Bien sûr. Je vais chercher la clef.

Elles traversèrent le pré en direction du cottage. À l'intérieur, tout était comme lors de sa dernière visite hormis les roses de la chambre, fanées. Felicity les tira du vase pour les emporter au compost, les tenant avec précaution à cause des épines. Vera redescendit les marches derrière elle, mais arrivée en bas elle sembla ne plus vouloir s'en aller.

— C'est ici qu'elle a été vue en vie pour la dernière fois. Autant qu'on sache, en tout cas. Elle n'est pas allée à l'école vendredi. On a enfin réussi à mettre la main sur la directrice pour l'interroger.

Elle jeta un regard sévère à Felicity.

— Et cette info non plus, elle est pas pour la consommation des masses.

Elle regarda par la fenêtre.

— C'est un endroit magnifique. Elle aurait dû sauter sur une occasion de vivre ici.

— Je me suis demandé si elle n'avait pas estimé qu'elle ne pourrait pas se le permettre.

— Vous comptiez lui demander combien ?

— Je ne sais pas. Je n'y avais pas vraiment réfléchi.

— Elle n'a pas posé la question ?

— Non. Elle a juste dit qu'elle allait y penser. Et puis elle est partie sans demander son reste.

# 17

Julie avait réintégré sa propre maison. Ce fut sa mère qui ouvrit la porte à Vera, l'attira pour lui chuchoter à l'oreille d'un air conspirateur.

— On lui a proposé de s'installer un moment chez nous, mais elle dit qu'elle ne pourra jamais affronter le retour. Alors je suis venue garder un œil sur elle. Juste une semaine ou deux.

Vera hocha la tête, passa le seuil, répondit également à voix basse.

— Et Laura, madame Richardson ? Comment elle va ?

— Euh, je ne sais pas. Elle ne mange pas. Elle reste dans son coin. Je lui ai demandé si elle voulait voir ses amis, mais elle dit non.

— Elle est là ?

— Oui, dans sa chambre.

— Je vais lui dire un mot. J'irai voir Julie après, si vous êtes d'accord. Vous voulez bien l'avertir que je suis là ?

Laura était allongée sur son lit, lovée sur le flanc, un magazine à côté d'elle. Il était ouvert mais elle n'avait pas l'air en train de le lire. La fenêtre était fermée et il faisait chaud. Située à l'arrière de la maison, la chambre donnait sur un enclos où deux poneys fatigués broutaient l'herbe desséchée, puis au-delà, un champ. Vera avait frappé et était entrée sans attendre la réponse.

L'adolescente leva la tête.

— Qu'est-ce que vous voulez ?

Elle était osseuse, anguleuse. Quatorze ans mais pas de formes à proprement parler. Elle avait les cheveux courts et hirsutes. Un regard furieux. Une explosion de taches de rousseur lui barrait le nez, lui donnant l'air plus jeune qu'elle n'était. Bientôt, se dit Vera, elle pourrait bien devenir une beauté intéressante. Pour l'instant elle était maussade, malheureuse, seule. Fut un temps où Vera voulait à tout prix des enfants. Le désir lui était venu sans crier gare, sur la fin de la trentaine, déstabilisant par son intensité. Il était plus puissant que ses rêves d'hommes et de sexe. Heureusement que ce n'était jamais arrivé, se félicita-t-elle. J'aurais jamais supporté quelqu'un comme ça.

— Je voudrais juste discuter un peu avec toi. Maintenant que tu as eu le temps de réfléchir à tout ça.

— Je sais pas ce qui s'est passé ce soir-là. Je dormais.

— C'est justement de ça que je voulais te parler, mon chou. Tu es sûre que tu n'as rien entendu ? Quelqu'un qui frappait à la porte ? Des voix, une bagarre ? Tu aurais pu croire que c'étaient Luke et ses copains qui faisaient les fous. Pas de quoi culpabiliser si c'est le cas.

— Je culpabilise pas.

— Parce que j'ai du mal à croire que tu aies pu dormir tout du long sans broncher.

— J'ai un sommeil de plomb. Demandez à maman.

Elle regardait Vera d'un air furibond, à tel point que l'inspectrice se sentit dépassée. Elle n'aurait pas pris de gants avec un autre témoin, mais là, c'était une gosse qui venait de perdre son frère.

— Soit, reprit-elle. Tu peux peut-être nous aider quand même. J'ai besoin d'en savoir davantage sur les copains de Luke, ce qu'il faisait, avec qui il traînait. Tu dois être plus au courant que ta mère.

— Certainement pas.

Agressive. Comme si Vera était folle rien que de le penser.

— Il ne te racontait rien ?

— Nan.

Encore ce ton. Celui que prennent les adolescents quand ils veulent vous pousser à bout. Sarcastique. La voix qui donne envie de les gifler.

— Je voulais pas qu'il me parle.

— Vous ne vous entendiez pas bien ?

Laura se hissa sur le coude.

— J'ai eu droit à tous les sermons, OK ? De la part de maman, de mamie, des profs. Je sais que c'était pas sa faute s'il avait un trouble de l'apprentissage. Je sais que je suis qu'une peste. Mais je le supportais pas. Tout le monde me montrait du doigt, tout le monde savait que j'étais sa sœur. Ils ricanaient dans mon dos quand il faisait une connerie. Comme si j'y pouvais quelque chose. C'est pas qu'on s'entendait pas. C'est que je voulais qu'il sorte de ma vie, point.

Laura se rendit compte de ce que sous-entendait ce qu'elle venait de dire à l'instant où elle proféra les mots, mais elle n'allait certainement pas montrer qu'elle s'en repentait. Elle se laissa retomber sur le lit et tourna le dos à Vera. Laquelle comprenait un peu ce qu'elle vivait. Quand elle était enfant, les gens se moquaient d'elle aussi. Elle vivait seule avec un père dément. Pas de mère. Personne pour repasser son uniforme scolaire ou préparer des gâteaux le jour des compétitions sportives. Personne pour l'emmener chez le coiffeur ou lui expliquer l'arrivée des menstruations. Seulement Hector, qui passait tout son temps libre à marauder en quête de nids de rapaces, qui semblait porter plus d'intérêt à ses amis collectionneurs d'œufs qu'à son laideron de fille. Mais en parler à Laura ne servirait à rien. Les jeunes voyaient les adultes comme une espèce différente. Comment l'expérience de Vera pourrait-elle signifier quoi que ce soit aux yeux de la malheureuse adolescente étendue sur le lit ?

L'inspectrice tendit la main et la posa sur l'épaule de la jeune fille.

— Hé, mon chou, c'est pas ta faute. Et tu peux nous aider sans même t'en rendre compte.

La jeune fille se remit sur le dos, fixa le plafond.

— Je connais aucun de ses copains.

— Et Thomas Sharp ?

— Il est mort.

Vera garda une voix égale. Son équipe à Kimmerston aurait été étonnée, songea-t-elle, de la voir aussi patiente.

— Mais tu as dû le rencontrer quand il venait ici.

— Des fois.

— Comment tu le trouvais ?

Il y eut un silence. Vera se demanda si elle avait poussé trop loin.

— Sympa, fit enfin Laura. Mieux que les autres avec qui Luke avait traîné. Marrant.

Elle l'aimait bien, songea Vera. Avait même un petit faible pour lui. S'était-il passé quelque chose entre eux ? Des pelotages furtifs à l'insu de sa mère ? Qu'est-ce que Luke en avait pensé ?

— Ç'a dû être un choc quand il est mort.

— C'était horrible.

— Tu es allée à son enterrement ?

Elle secoua la tête.

— Maman n'a pas voulu que je manque un jour d'école. Elle dit que je suis le seul cerveau de la famille, alors il faut qu'il travaille.

Elle fit une pause.

— Mais je les ai accompagnés au fleuve, quand ils ont jeté les fleurs.

— Luke t'a raconté ce qui s'était passé quand Thomas s'est noyé ?

— Il m'a dit qu'il aurait dû le sauver.

Cette fois le ton était violent, en colère.

— Tu crois qu'il aurait pu ?

— Je sais pas. Peut-être. S'il avait pas été si con. S'il avait fait plus d'efforts.

Elle se mit à pleurer. Pas pour son frère, mais pour son ami.

— Tu connais une certaine Lily Marsh ?

— Je connais pas de vieilles dames.

— Pourquoi tu penses que c'est une vieille dame ?

— C'est un nom de vieille, non ? Lily.

C'est un nom de fleur, pensa soudain Vera et elle se demanda pourquoi elle ne s'en était pas aperçue avant. Le lys. Faut-il y voir un sens ? Luke avait-il un deuxième prénom ? Quelque chose de floral ? Existait-il des noms masculins liés aux fleurs ?

Laura s'agitait, sa curiosité piquée malgré elle.

— C'est qui, d'abord ?

— Pas une vieille dame. Une institutrice stagiaire. Elle n'a jamais travaillé dans ton école ?

— Nan.

Laura attrapa le magazine et fit mine de se plonger dans la lecture. Vera comprit qu'elle n'en tirerait plus rien aujourd'hui.

— Je dois aller parler à ta mère, maintenant. Si tu repenses à quoi que ce soit, appelle-moi. Je te laisse ma carte ici, sur le rebord de la fenêtre.

Julie était au salon, elle regardait l'écran du téléviseur d'un air absent. Samedi après-midi. Des célébrités imbéciles poussaient des familles à faire des trucs imbéciles. Malgré la chaleur elle était en jogging. Quand elle vit Vera, elle se redressa d'un bond et éteignit la télévision, gênée peut-être d'être surprise en train de vaquer à une activité aussi normale. La pièce était de la même taille que celle de Sal, la voisine, mais plus en désordre. Il devait y avoir des souvenirs de Luke partout - ses vêtements toujours dans le panier de linge sale à côté de la table à repasser, sa vidéo préférée dans la pile par terre.

— Désolée pour le bazar, s'excusa Julie. Vous savez…

Vera hocha la tête, acceptant volontiers l'explication, mais sachant qu'ici le capharnaüm devait être permanent. Et probablement pire d'ordinaire, parce que aujourd'hui Mme Richardson était là pour veiller au grain. Julie n'était pas du genre à avoir une maison rangée. Pas comme Kath dans l'impeccable lotissement de Wallsend.

Mme Richardson hésitait sur le pas de la porte.

— Thé, inspecteur ?

— Épatant.

Si je bois encore un seul thé, je me noie, songea l'inspectrice, mais elle ne voulait pas que la mère entende leur conversation. Elle prit place dans un fauteuil recouvert d'un jeté marron en chenille, fit signe à Julie de se rasseoir.

— C'est au sujet de Gary, lança-t-elle. Gary Wright.

Julie tourna très lentement la tête jusqu'à la regarder dans les yeux.

— Qu'est-ce qu'il y a ?

— Donc vous le connaissez ?

— Pas vraiment.

— Racontez-moi.

— J'étais avec lui le soir où Luke a été tué. Enfin, pas *avec* lui, pas dans ce sens-là. On n'a pas quitté la boîte. Mais on dansait ensemble, on s'amusait.

Elle referma la bouche d'un coup comme si elle pensait que s'amuser était obscène.

— Ce n'était pas la première fois que vous le voyiez ?

— Non, il y a quelques semaines je suis allée à la Harbour Bell avec mes parents. Dimanche après-midi. Juste avant que Luke sorte de l'hôpital. Laura passait la journée chez une copine. Papa adore la musique. Si vous ne l'arrêtez pas, il peut vous bassiner pendant des heures sur le bon vieux temps. Les Animals. Les clubs en ville où il sortait dans les années soixante. La Bell organise des concerts le dimanche après-midi et il y avait un groupe qu'il voulait voir. J'avais déjeuné chez eux, je les ai accompagnés. J'ai passé un bon moment. Gary était à la sono.

La voix de Julie s'étrangla. Elle regarda Vera droit dans les yeux.

— Vous savez, ç'aurait pu être il y a des mois. Des années. J'ai l'impression que tout a changé. C'est de moi que je parle mais c'est comme si je décrivais quelqu'un d'autre.

— Je comprends, la rassura Vera.

— Gary m'a fait rire, reprit Julie. Au début je voyais bien qu'il faisait l'avantageux. Il parlait de son boulot. Les musiciens avec qui il avait travaillé. Ça crevait les yeux qu'il répétait les mêmes choses à tout le monde. Du moins à toutes les femmes entre quinze et cinquante ans.

Même à moi ? s'interrogea Vera.

— Et puis tout à coup ça a fait tilt. On s'est aperçus qu'on était en primaire ensemble, on s'est mis à parler des gens dont on se souvenait. Il a fallu que maman vienne me chercher, à la fin. Elle m'accompagnait voir Luke et elle avait peur qu'on rate les horaires de visite à l'hôpital.

— Alors vous vous êtes donné rendez-vous en ville ?

— Non. Enfin, pas un rendez-vous ferme.

Mais Vera sentit qu'il était tout ce qu'il y avait de plus ferme pour Julie.

— Il m'a juste demandé si je sortais en ville de temps en temps, et j'ai répondu que quasiment jamais. Et puis je me suis rappelé l'anniversaire de Jan. Les filles m'avaient demandé de les accompagner. Alors j'ai dit que j'y serais, ce soir-là.

Vera imaginait très bien comment ça s'était passé.

Les oreilles indiscrètes de la mère. Julie gardant une voix désinvolte mais s'assurant de bien indiquer la date et les endroits où les filles se retrouvaient. *Pas à Bigg Market. On est un peu trop vieilles pour ce quartier-là.* Elle avait dû le chercher du regard toute la soirée. Enfin il était apparu. Elle s'était sentie comme une adolescente, frivole, triomphante. Et elle était rentrée chez elle pour trouver son fils étranglé, recouvert de fleurs.

Mme Richardson émergea de la cuisine, un mug dans chaque main. Vera accepta le sien, puis le vida presque intégralement dans la terre d'une ombelle lorsque la mère repartit chercher des biscuits. Les yeux sur l'écran noir du téléviseur, Julie ne remarqua rien.

— Une bonne tasse de thé, lança Vera en aspirant le fond de son mug. Pile ce dont j'avais besoin.

À présent mère et fille étaient assises et la regardaient. Peut-être sentaient-elles qu'elle avait autre chose à dire.

— Il y a eu un autre meurtre. Une jeune femme. Une étudiante. Elle s'appelait Lily Marsh. Ce nom vous dit quelque chose ?

Elles secouèrent la tête. La mort d'une inconnue ne les émouvait guère. Seul Luke comptait à leurs yeux. Vera trouva un coin sur la table basse pour reposer son mug.

— Je voulais vous tenir au courant. Les journaux vont en parler. Et ça pourrait nous aider à retrouver l'assassin de Luke. Nous donner plus de grain à moudre.

Du moins en théorie. Elle se leva.

— Je m'en vais, maintenant, madame

Richardson. S'il y a du neuf, je vous tiendrai au courant.

Julie se leva aussi.

— Pourquoi vous vous intéressez à Gary et moi ?

— Sans raison, mon chou. La routine.

À la porte, Vera s'arrêta.

— Est-ce que Luke avait un deuxième prénom ?

— Geoffrey, fit Julie. Comme son père.

*Rien de floral, alors. Pas de lien de ce côté-là.*

Dans la rue, Vera sentit des yeux derrières les voilages ; dès qu'elle aurait disparu, les voisins se rueraient sur leur téléphone pour échanger les derniers potins.

## 18

Fut un temps où Gary n'aurait jamais reconnu qu'il habitait North Shields. Surtout pas s'il baratinait une femme, s'il essayait de l'impressionner. Les gens de l'extérieur en avaient une certaine image. Rien que des boutiques de bonnes œuvres et des bâtiments aux fenêtres condamnées, les seuls supermarchés rentables étant les discounters. Aujourd'hui encore, on y partageait le quai du métro avec des mères adolescentes et des bandes de gosses qui s'esbignaient du train dès que le contrôleur pointait le bout de son nez. Mais les choses changeaient. Maintenant, quand il disait qu'il vivait à Shields, ses interlocuteurs hochaient la tête, ils comprenaient. C'était le genre d'endroit qui pouvait correspondre aux gens de son milieu. Toujours pas totalement respectable, mais intéressant. Il y avait de nouveaux immeubles, des bars et des restaurants sur Fish Quay, le quai aux poissons. Un ou deux écrivains s'y étaient installés. Les prix de l'immobilier à Tynemouth étaient si élevés que les acheteurs avaient traversé la ligne, brouillant les cartes. Il n'y avait plus de honte à habiter Shields. La soirée quizz du dimanche soir au pub Maggie Bank regorgeait de profs de fac et de travailleurs sociaux. Gary en était un fidèle autrefois, mais il ne se donnait plus la peine d'y aller que pour retrouver de vieux copains. Même s'il pouvait marquer des points en musique, il n'avait aucune chance de gagner.

Il vivait dans un immeuble relativement récent sur l'une des rues en pente raide qui partaient de Fish Quay, un bloc de quatre étages flanqué d'une chapelle méthodiste gothique d'un côté et d'un entrepôt de moquettes de l'autre. L'ingénieur avait acheté l'appartement peu de temps après sa séparation d'avec Emily ; en y repensant, il ne se rappelait pas grand-chose de son déménagement. Il était bourré lors de la signature du contrat, avait injurié l'agent immobilier parce que quelque chose l'avait énervé. Clive était venu l'aider à monter les quelques meubles qui n'entraient pas dans l'ascenseur, avait contacté Northern Electric pour faire ouvrir l'électricité, avait même préparé du thé. Voilà le genre d'ami qu'il était. Il ne se faisait jamais prier et répondait toujours présent quand on avait besoin de lui. Gary espérait réagir de même si les circonstances venaient à s'inverser, mais il n'en était pas sûr. Aujourd'hui, il se sentait davantage chez lui dans cet appartement que nulle part ailleurs depuis son enfance. Ce serait un déchirement de le quitter.

Ce matin-là, il avait ramené Clive de Fox Mill. En voiture, ils avaient parlé de la morte de la crevasse, réglé la radio sur la BBC locale au cas où les journalistes en parleraient. Gary avait monopolisé la conversation. Clive n'avait presque pas ouvert la bouche, mais de toute façon il ne l'ouvrait jamais beaucoup. Peut-être que c'était pour ça qu'ils s'entendaient si bien : Gary aimait avoir un auditoire à disposition. Au collège, Clive était solitaire. Aujourd'hui encore, il n'avait pas d'autres amis. Que Gary, Samuel et Peter. La jeune morte avait fait l'ouverture du journal radio, mais sans aucun détail. Rien sur sa découverte ni sur les fleurs. Même pas son nom.

Gary sortit sur le balcon et regarda le fleuve en contrebas. Vers l'amont le ferry s'éloignait paisiblement de l'embarcadère de South Shields. L'ingénieur avait son portable avec lui et il s'accouda à la balustrade pour téléphoner. Il vivait au dernier étage, le bruit de la rue était étouffé. Il allait composer le numéro quand la sonnerie de l'Interphone retentit. Il alla répondre, pas mécontent de devoir repousser son appel. Il ne savait encore pas très bien ce qu'il allait dire.

— C'est moi, mon chou. Vera Stanhope.

L'inspectrice de la veille. Gary croyant avoir répondu à toutes ses questions, sa venue le désarçonna. Jadis il l'aurait prise comme elle venait. Il était assez sûr de lui pour faire front en toute circonstance, se tirer de n'importe quel embarras. Aujourd'hui, ce n'était plus si facile. Mais il ne pouvait pas la planter là.

— Montez, lança-t-il d'une voix légère, pour montrer qu'il n'avait rien à cacher.

Il vérifia de quoi il avait l'air dans le miroir en pied. Pur automatisme. Pour se rassurer. Comme de dépenser une fortune pour la coupe de cheveux idoine, une paire de chaussures convenable. Puis il ouvrit la porte de l'appartement et attendit la policière. N'entendant pas l'ascenseur, il commençait à se demander si d'autres impératifs l'avaient appelée ailleurs lorsqu'elle apparut au sommet de l'escalier, haletante, essoufflée.

— J'aime pas les ascenseurs.

Les mots sortirent en un ahanement rapide et accusateur, comme si elle lui reprochait d'habiter si haut.

— Je suis jamais sûre qu'ils vont supporter mon poids.

Et il s'aperçut que son apparence était un point sensible. On avait dû la malmener à l'école et la seule parade qu'elle ait trouvée consistait à se railler la première. Surpris d'avoir été intimidé la veille au soir, Gary s'adossa à la porte et l'invita à passer.

À l'intérieur, il la regarda examiner les lieux, les vit à travers ses yeux à elle. L'inspectrice devait s'attendre à davantage de bazar. Gary avait beaucoup de matériel mais tout était rangé dans des boîtes entassées sur des étagères le long d'un mur. Un peu de désordre ne le dérangeait pas mais il détestait le foutoir. Contre le même mûr s'adossait un long bureau avec un PC et une imprimante, des écouteurs, une pile de magazines spécialisés dans le son. Au milieu de la pièce un canapé et une table basse. Dans l'angle un téléviseur et un lecteur de DVD. Quelques photos noir et blanc grand format au mur. L'une de la Tyne au centre-ville. Crépuscule. Enfilade des ponts de Newcastle jusqu'au dernier en date, le Millenium – ou Blinking Eye, le clin d'œil, comme on l'appelait par ici. Mais rien de vraiment personnel, songea-t-il. Rien qui révèle qui il était. Il s'était autorisé à conserver une photo d'Emily, mais elle était sur son bureau, petite, pas du tout voyante. L'inspectrice ne la remarquerait pas.

— Asseyez-vous, proposa-t-il. Thé ? Café ?

Elle était toute rouge d'avoir monté les quatre étages. Gary n'empruntait pas non plus l'ascenseur, sauf quand il transportait du matériel lourd, mais il n'avait pas à reprendre son souffle en arrivant sur son palier. Il s'exhorta à moins de suffisance. Elle était âgée et en surpoids. Pas de quoi comparer.

— Vous n'auriez pas une bière, des fois ? répondit-elle. Je suis pas difficile, mon chou. Donnez-moi ce que vous avez au frais.

Il se surprit à sourire. C'était plus fort que lui, elle lui était sympathique. Il revint avec deux cannettes de bière blonde, un verre pour elle. Elle s'assit doucement dans le canapé. Il s'installa par terre, jambes tendues, sentit qu'elle le jaugeait.

— Si j'en crois votre fiche, vous avez trente-cinq

ans. Vous vieillissez bien. Si on me demandait, je vous en donnerais cinq de moins.

— Merci.

Il se sentit flatté et ça l'agaça. C'était un drôle de commentaire, une drôle d'impression que de la sentir le reluquer. Il songea soudain que ce qu'il ressentait là, elle devait l'éprouver en permanence.

— Cet appartement doit vous avoir mis sur la paille. Une vue pareille…

— Pas vraiment. Je l'ai acheté neuf il y a six ans. Tout le monde disait que j'étais fou de m'installer à Shields. Je ferais une jolie plus-value si je le revendais maintenant.

— Vous habitez seul ?

— Oui.

Je ne suis pas malheureux, eut-il envie d'ajouter. Pas *vraiment* malheureux comme Clive. J'ai été fiancé dans le temps. À Emily. L'amour de ma vie. On devait vivre ensemble dans un chouette appartement à Jesmond. Et depuis il y a eu des femmes. Pas qui se soient installées, peut-être. Pas des fiancées sérieuses. Mais je ne suis jamais resté seul bien longtemps. Et maintenant il y a Julie.

Elle tira sur l'anneau de sa cannette. Il jeta un coup d'œil furtif à sa montre. Toujours ce coup de fil à passer.

— Vous attendez quelqu'un ? s'enquit-elle.

— Non, se hâta-t-il de répondre. Ce n'est pas ça. Vous êtes là pour cette étudiante qui est morte ? Je pensais que vous en aviez terminé avec moi hier soir.

Elle le fit attendre le temps de boire une gorgée, directement à la cannette, sans prendre la peine d'utiliser le verre qu'il avait déposé sur la table devant elle.

— Je vais vous poser une question. Vous l'avez déjà entendue. Cette fois je veux que vous réfléchissiez.

Il allait l'interrompre pour lui dire qu'elle perdait son temps, qu'il n'était au courant de rien. Mais d'un geste de la cannette elle lui intima le silence et il obéit. Elle savait obtenir ce qu'elle voulait. À nouveau elle attendit d'être sûre d'avoir toute son attention.

— Est-ce que le nom de Luke Armstrong vous dit quelque chose ?

— Non. Je vous l'ai dit hier soir.

— Je vous ai demandé de réfléchir.

Ils se regardèrent en silence. Gary secoua la tête.

— Il a une mère prénommée Julie. Une sœur qui s'appelle Laura. Ça vous rafraîchit la mémoire ?

Il se figea, la cannette presque à la bouche.

— Le fils de Julie, déclara-t-il enfin.

— Oui, le fils de Julie. Le garçon qui était malade.

— Je ne voulais pas vous induire en erreur, inspecteur.

— C'est pourtant ce que vous avez fait.

— Je ne l'ai jamais vu. Julie m'a parlé de lui. Je sais qu'il était dans une mauvaise passe. Mais le nom ne me disait rien. Pour moi, Julie s'appelle toujours Julie Richardson.

Il leva la tête.

— Il est mort ?

— Assassiné. Vous ne l'avez pas vu dans la presse ?

— Je ne lis pas beaucoup les journaux. J'ai écouté la radio en rentrant de chez Peter ce matin. Ils ont parlé de Lily Marsh mais pas du garçon.

— On ne pousse pas les médias à faire le rapprochement.

— Et il a été tué de la même manière que Lily Marsh ?

— Pas exactement. Mais il y a des similitudes.

— Mon Dieu... Julie doit être sens dessus dessous. Elle m'a expliqué qu'il était difficile, mais j'ai bien senti qu'elle adorait cet enfant. Enfin, bien sûr, elle m'a dit qu'elle aimait ses deux enfants, mais Luke était spécial. Il avait davantage besoin d'elle. Je ne sais pas quoi faire. J'étais sur le point de l'appeler quand vous êtes arrivée. Je pensais qu'elle me contacterait. C'est ce qu'elle m'avait dit. J'ai cru qu'elle avait changé d'avis et ne voulait plus me revoir. Maintenant je comprends.

Il fit une pause.

— J'imagine qu'elle a autre chose que moi en tête en ce moment.

— Typiquement masculin, commenta Vera pour elle-même. Une mère vient de perdre son fils et lui, il ne pense qu'à s'envoyer en l'air.

— Non ! Ce n'est pas ce que je voulais dire. Je voulais dire qu'elle devait avoir grand besoin d'amis, mais probablement pas de moi. Qu'elle serait mieux entourée de gens qui la connaissent de longue date, non ? Moi, je ne ferais que la gêner. Qu'est-ce que vous en pensez ?

— Hé, mon chou, je suis inspectrice, pas conseillère conjugale.

Il la regarda droit dans les yeux.

— Comment va Julie ?

— Son fils vient d'être assassiné. À votre avis ?

Il se leva et alla sur le balcon. La fenêtre était toujours ouverte. Deux goélands argentés pleuraient et se prenaient le bec. Il savait que c'était minable, mais c'était son propre sort qui l'attristait. En fait, il ne pensait pas du tout à Julie.

Vera se hissa sur ses jambes et le rejoignit.

— Vous savez qu'on l'a tué pendant qu'elle était avec vous ?

Gary se tourna, apparemment horrifié.

— Mercredi ?

— Oui. Elle l'a trouvé en rentrant de sa soirée en ville.

L'inspectrice s'arrêta, plissa les yeux.

— D'aucuns pourraient y voir une sacrée coïncidence. Vous draguiez sa mère pendant qu'on assassinait la première victime et vous découvrez la deuxième peu de temps après.

— Je ne connaissais ni l'un ni l'autre. Sincèrement.

— Racontez-moi comment vous avez rencontré Julie. Je veux dire, c'était un rendez-vous organisé ? Un de vos amis, peut-être, qui s'est dit que vous étiez son type. Quelqu'un a tiré les ficelles ?

— Non, rien de tout ça. Pourquoi ?

— Probablement pour rien. Je cherche un lien. Il m'a traversé l'esprit que c'était un moyen d'être au courant de ses faits et gestes. La personne qui vous aurait rapprochés aurait eu des informations de première main. Mais je n'ai jamais été très douée pour les théories de la conspiration.

Malgré tout, Gary se retrouva en train de narrer

leur rencontre à l'inspectrice. Il en avait envie. C'était comme une de ces histoires qui entrent dans la légende familiale, que l'on raconte aux petits-enfants. Tous deux accoudés à la balustrade du balcon, ils regardaient la rue.

— On s'est croisés par hasard. Pur hasard. Je l'ai vue dans un bar. Ou pour être précis, je l'ai d'abord entendue, entendue s'esclaffer. Elle a un de ces rires ! Vous savez : contagieux. Et puis elle avait quelque chose de familier. Je l'avais pas vue depuis la fin de la primaire, mais je l'ai reconnue. Incroyable, franchement, après si longtemps. Et tout à coup ç'a été comme une évidence. Voilà ce que je voulais. Être avec une fille comme ça. Capable de rire de cette façon-là. J'ai toujours craqué pour les femmes plus jeunes. Canon. Mais ça n'a jamais duré. Envisager de s'installer avec quelqu'un, je suppose que c'est un des effets de l'âge. Comme d'accepter un poste salarié au Sage après avoir juré que je resterais indépendant jusqu'à la fin de mes jours.

Vera l'écoutait, imperturbable.

— Oui, dit-elle. Julie m'a raconté la même chose. Mais en s'en tenant aux faits. En omettant les passages à l'eau de rose.

— Julie vous a parlé de moi ?

Vera laissa la question sans réponse.

— Est-ce que vous avez dit à quelqu'un que vous deviez la retrouver ce soir-là ?

Il ne put s'empêcher de sourire.

— À tous mes amis proches. Je ne suis pas très doué pour le secret.

— Toutes les personnes qui étaient avec vous

quand vous avez découvert le corps de Lily Marsh savaient que vous aviez rendez-vous avec la mère de Luke mercredi soir ?

— Probablement. J'ai parlé de Julie à Felicity. Et puis il y a eu une réunion du club ornitho lundi soir. Tous les gars y étaient. On est allés boire une bière après. Je voulais leur avis – savoir quelle stratégie adopter avec elle. J'ai dû les saouler à mort.

— Je ne pensais pas que les hommes parlaient de ce genre de choses.

— Ouais, eh ben… J'ai jamais été le gros dur taciturne.

— Et les autres ? Il leur arrive de faire pareil ?

— On est proches.

Gary se fit soudain sérieux.

— Il y a pas de mal à ça.

— Il faut que j'y aille, déclara Vera, mais elle ne bougea pas.

Gary vit qu'elle était attirée comme un aimant par la vue du balcon.

— Est-ce que Julie vous a dit ce qui avait déclenché la maladie de Luke ? reprit-elle.

— Un de ses copains s'est noyé…

— Là-bas. Juste devant Fish Quay. Vous n'en avez pas entendu parler ?

Il secoua la tête.

Elle rentra nonchalamment dans la pièce, s'arrêta à hauteur du bureau, hocha la tête devant le portrait d'Emily.

— Qui c'est, ça ?

Il se sentit rougir, ne put s'en empêcher, et songea que Vera devait être une sorte de sorcière pour aller droit sur la photo.

— Une vieille amie.

Elle resta un moment à regarder le cliché.

— Drôle de fille, commenta-t-elle presque pour elle-même. Pas mal, si on aime les anorexiques.

Elle passait la porte quand il la rappela.

— À votre avis, qu'est-ce que je devrais faire pour Julie ? Je lui téléphone ?

Elle ne s'arrêta qu'une seconde.

— À vous de décider, mon chou.

## 19

Lundi matin, Gary fut réveillé par son bip. Il l'avait programmé pour ne sonner qu'en cas de méga-alerte, lorsqu'un oiseau exceptionnellement rare avait été repéré quelque part dans le pays. Il était six heures, mais à cette période de l'année et si loin au nord il faisait déjà jour depuis plus d'une heure. Il tâtonna pour trouver l'appareil au pied de son lit, tripota les boutons, plissa les yeux pour déchiffrer le message. S'il ne traversait plus tout le pays pour voir des oiseaux rares, il sentait toujours la poussée d'adrénaline.

Il lui fallut un moment avant d'enregistrer l'information. *Fauvette sarde. Réserve naturelle de Deepden, Northumberland.* Son domaine. Le site où Clive et lui avaient appris à baguer avec Peter et Samuel. Le seul endroit qui lui avait permis de penser à autre chose qu'à Emily. Puis il éprouva un intense pincement de jalousie. *Ç'aurait dû être moi. C'est moi qui aurais dû la voir. Ou au moins un des gars.* En réalité, ç'aurait dû être Clive, rectifia-t-il. *C'est plus important pour lui que pour aucun de nous.* Clive ne parlait jamais vraiment de sa mère, mais il était évident que seuls ses week-ends à Deepden l'avaient empêché de sombrer dans la folie. Il avait continué à soutenir la réserve bien plus longtemps qu'eux.

Tandis que ces pensées lui trottaient dans la tête, il était déjà debout, portable à la main. Gary était le seul à avoir un bip. Les autres affectaient de mépriser l'idée même. Ils aimaient l'histoire naturelle, pas les palmarès d'oiseaux rares. Il composa d'abord le numéro de Peter. S'ils formaient une bande, Peter en était le chef et, bien qu'il se prétende trop noble pour tenir des listes, il ne voudrait pas manquer ça. Il avait fait partie du groupe qui avait fondé Deepden dans les années 1960.

Peter écouta les bafouillages de Gary puis jura dans sa barbe.

— J'ai une conférence à dix heures. Mais bon, si on la voit bien et que j'arrive à la repérer tout de suite…

Et Gary sut qu'il viendrait, conférence ou pas.

— J'appelle Sam, poursuivit Peter. Il devrait avoir le temps d'y passer avant d'aller travailler.

Gary songea que Peter était le seul d'entre eux qui puisse se permettre d'appeler Sam l'écrivain.

Il raccrocha puis appela Clive. Aucun doute que Clive irait. Il se ferait porter pâle s'il le fallait, passerait la nuit à l'observatoire et chercherait encore le lendemain matin. Mais il lui fallait quelqu'un pour l'emmener. Quand Clive répondit, à voix basse à cause de son horrible mère qui dormait dans la chambre voisine, Gary avait ses jumelles autour du cou, sa longue-vue à l'épaule, et il était déjà dans le hall.

Gary avait entendu des centaines de fois la légende de la fondation de Deepden. Quand il était gosse et qu'ils y allaient tous les week-ends, les plus vieux la lui avaient racontée. Assis au coin du feu après une journée à baguer, sirotant un whisky ou une bière, ils revivaient les heures triomphales de la levée des fonds pour acheter la bicoque à la vieille dame qui en était propriétaire, de l'aménagement du jardin, de l'excavation de l'étang, du débroussaillage de la zone où poser les filets japonais. L'inauguration en grande pompe avait attiré tous les naturalistes un tant soit peu importants. Peut-être qu'une fois tous les travaux réalisés l'enthousiasme était retombé, parce que à l'époque déjà ils passaient plus de temps à boire du thé dans la maison qu'à crapahuter sur le terrain. Aujourd'hui c'était une nouvelle génération d'observateurs qui campait dans les deux chambres, rentrait en titubant dans la nuit noire après plusieurs heures d'enfermement au pub du village et trouvait les oiseaux rares.

Tous les quatre, ils avaient cessé d'y aller régulièrement quelques années plus tôt. Ç'avait été une déclaration. Une prise de position. Déjà Gary se sentait davantage attiré par l'observation des oiseaux de mer et n'était plus qu'un visiteur occasionnel. Il ne se rappelait pas très bien l'origine du différend. Quelque question politique au sein du conseil d'administration de l'observatoire. Ou bien Peter qui avait eu le sentiment de n'être pas traité avec le respect qu'il méritait. Toujours est-il que Peter avait démissionné de son poste de président et que les trois autres l'avaient soutenu. Le rituel consistant à passer le week-end à la réserve avait brutalement pris fin. Ç'avait été plus douloureux pour Clive que pour les autres. Il n'avait pas de vie. À moins qu'il n'en mène une secrète en parallèle, et Gary l'en croyait bien capable. Ils se rendaient toujours à Deepden, bien sûr, mais c'était bizarre d'y évoluer en étrangers.

Clive attendait déjà sur le trottoir devant chez sa mère.

— On aurait dû y aller hier, en rentrant de Fox Mill.

Ses premiers mots, avant même de dire bonjour, avant de monter dans la camionnette. Et pendant tout le trajet vers le nord il fut tendu, voûté sur le siège passager, épaules rigides. Gary parla de Julie, raconta son fils assassiné. Ils se confiaient tous à Clive parce qu'ils savaient qu'il gardait leurs secrets.

— Elle doit vivre un cauchemar, lança Gary. Imagine ce que ça doit faire de perdre son fils comme ça ! Et pour sa fille. Elle dormait dans la chambre d'à côté quand ça s'est passé.

Clive ne pipait pas. Il ne broncha que lorsque le voyant rouge du bip de Gary se mit à clignoter ; alors il lut à haute voix les dernières nouvelles de la fauvette.

L'observatoire se trouvait à une cinquantaine de mètres à l'intérieur des terres, la première aire de repos des oiseaux migrateurs une fois qu'ils avaient atteint la côte. Le gîte était une petite bicoque basse, bâtie avant la guerre pour servir de maison de vacances et dont le jardin d'un demi-hectare formait aujourd'hui la réserve. C'était sa situation géographique qui l'avait rendue si particulière. La bicoque elle-même n'aurait pas été déplacée dans quelque cité balnéaire : c'était un bâtiment trapu, en brique et stuc blanc, assez laid quoique légèrement embelli à présent par la clématite qui grimpait sur le porche et commençait tout juste à fleurir.

Ils avaient bifurqué vers l'est depuis l'A1, emprunté une étroite route de terre, le soleil levant dans l'œil, traversé un vilain bourg puis descendu un chemin cahoteux. L'observatoire se trouvait à l'extrémité de ce chemin et quand ils arrivèrent une demi-douzaine de véhicules étaient déjà garés sur le bas-côté. Gary reconnut la Volvo de Peter et la petite Volkswagen sportive que Samuel s'était récemment offerte. Il n'avait pas coupé le moteur que déjà Clive était dehors, passait le portail en bois, lui laissant le soin de suivre et de refermer derrière lui. Le jardin était une véritable oasis au milieu de la plaine désolée qui entourait la maison. Un peu plus à l'intérieur des terres s'étendait une vaste zone de carrières à ciel ouvert, paysage lunaire de crêtes et de crevasses ; déjà d'énormes camions aux larges pneus y rampaient. Entre la bicoque et la rangée de dunes qui marquait la côte, des vaches paissaient dans un champ tout en longueur.

Le jardin avait été aménagé pour attirer les oiseaux et les insectes. Un étang était venu remplacer la pelouse. Aujourd'hui la végétation avait si bien poussé tout autour et au-dessus que l'eau était à peine visible. Il y avait les grandes feuilles plates et brillantes des nénuphars, un banc de roseaux. Là où s'alignaient auparavant des plates-bandes de plantes herbacées se dressaient à présent les grandes piques fleuries des buddleias pour les papillons ainsi que des buissons qui à l'automne produisaient des baies pour attirer les grives.

Les filets japonais étaient déployés, ce qui signifiait qu'un groupe de bagueurs logeait sur place. Ils devaient avoir découvert la fauvette sarde lors de leur première inspection matinale. Derrière la maison, un petit verger avait été planté lors de la construction et c'est là que se trouvait le groupe d'observateurs.

On avait repéré la fauvette au sommet d'une haie d'aubépine qui marquait la limite de la réserve. Les ornithologues se tenaient dans l'ombre mouchetée des pommiers, jumelles pointées, aux aguets. De loin il était impossible de dire s'ils voyaient l'oiseau ou s'ils le cherchaient. Quand Gary arriva, Clive avait déplié son trépied et regardait dans la longue-vue.

— Elle a disparu dans les buissons il y a dix minutes, expliqua-t-il. Personne ne peut me dire exactement où elle est allée.

Le ton était assassin.

Gary se dit qu'ils devaient tous être en train de bavarder quand la fauvette s'était envolée. De l'autre côté du groupe il reconnut Peter et Samuel, souriants, en train de discuter. Une fois que l'on avait vu l'oiseau rare, tension et concentration se relâchaient. Gary scruta la haie, sentit ses tripes se nouer, durcir sous l'angoisse. Il n'aimait pas ce genre de situation. L'attente était trop stressante, savoir que l'oiseau avait été là et ignorer s'il y était toujours. Depuis Emily, Gary ne savait plus faire face au stress. Il préférait observer la mer. Il ne connaissait rien de plus relaxant, assis dans la tour au bord de l'eau. Il n'y avait rien à faire pour attirer les oiseaux, donc aucune raison de s'affoler. Ici, sentant son cœur s'accélérer, il essaya de maîtriser sa respiration et se demanda s'il avait bien fait de venir.

— La voilà.

Clive, toujours penché sur son télescope, avait parlé si bas que seul Gary l'entendit.

— Environ quatre mètres avant la barrière, sur la branche nue juste sous la cime.

Puis Gary fut dessus et elle remplit ses jumelles. Il vit l'intérieur de son bec lorsqu'elle se mit à zinzinuler et aussi la couleur de ses yeux. Hallucinant. Seulement la sixième observation d'une fauvette sarde en Grande-Bretagne et c'était ici, à Deepden. Ça justifiait amplement le réveil à six heures du matin et la tension du trajet.

Autour de lui d'autres gens avaient perçu son excitation et la regardaient également. Puis le passereau disparut à nouveau derrière la haie et tout le monde resta là, sourire jusqu'aux oreilles. Certains commencèrent à s'éloigner, à parler sandwichs au bacon et travail. Cependant Clive restait concentré et lorsque l'oiseau reparut plus loin, sur un arbre mort près du chemin, ce fut lui qui le remarqua.

Peter Calvert se rengorgeait. On aurait dit qu'il avait lui-même découvert la fauvette.

— Tous les ans on accueille au moins un oiseau rare. Une réserve si petite… Et dire que quand on a commencé ils nous serinaient tous qu'on perdait notre temps.

Gary songea avec amusement que son ami s'attribuait toujours le mérite d'une fondation vieille d'une quarantaine d'années. Ça ne le dérangeait pas, mais il comprenait que le bonhomme puisse taper sur les nerfs de certains.

— Il faut que j'y aille, fit Peter. J'ai cours ce matin. Je ne veux pas décevoir mes étudiants. Je te ramène en ville, Clive ?

Et alors même que tout en lui criait qu'il aurait aimé passer un peu plus de temps avec la fauvette, Clive replia son trépied et suivit Peter jusqu'à la voiture. Le professeur était toujours son héros. Gary se fit la réflexion qu'il se serait précipité dans une maison en flammes si Peter le lui avait demandé. À l'extérieur de nouvelles voitures arrivaient encore. Posté devant le portail, l'un des membres du conseil d'administration tendait une sébile, demandant une obole pour laisser passer les curieux.

Samuel et Gary entrèrent dans la maison. Ils étaient toujours adhérents, si bien que personne ne pouvait les en empêcher. À l'intérieur, Gary se sentit ramené à l'époque où tous les quatre fréquentaient assidûment les lieux. Ça fleurait toujours le feu de bois, même si personne n'avait dû faire de flambée depuis des mois. Le feu de bois et l'huile imperméabilisante dont on frottait les vestes

Barbour et les bottes en cuir. Ils préparèrent du thé, dérobèrent quelques biscuits dans la boîte rangée dans le placard et s'installèrent au bord de l'étang sur des chaises en fer forgé rouillé.

— Qu'est-ce que tu as pensé de cette histoire de vendredi soir ? demanda Samuel.

Il fallut un moment à Gary pour comprendre qu'il parlait de la morte trouvée près du phare. « Cette histoire » lui semblait une drôle de façon de décrire la découverte d'un cadavre.

— Je ne sais pas. La police s'est pointée chez moi samedi. La grosse inspectrice qu'on a vue à Fox Mill. Le garçon mort à Seaton était le fils de Julie. Elle était avec moi mercredi soir, elle l'a trouvé en rentrant chez elle. Ça doit passer pour une sacrée coïncidence mais l'inspectrice a eu l'air de me croire quand je lui ai dit que je ne connaissais la fille ni d'Ève ni d'Adam.

Samuel ne répondit pas tout de suite. Gary avait lu quelques-unes de ses nouvelles. Ça le surprenait toujours que cet homme, si jovial, si ordinaire, puisse écrire des choses pareilles. Des choses qui vous hantaient au point de vous réveiller la nuit avec les images dans la tête. C'était impressionnant, mais aussi un peu effrayant.

— Tu ne connaissais pas Lily Marsh, hein ? demanda enfin Samuel.

— Non ! Je ne l'avais jamais vue.

Samuel parut satisfait de la réponse.

— Peut-être qu'on devrait revenir plus régulièrement, fit-il. Pour leur montrer comment s'y prendre.

Mais Deepden était trop plein de souvenirs pour

Gary. Il avait eu besoin de cet endroit et de ses trois amis pour ne pas sombrer. Maintenant, il était temps d'aller de l'avant. On ne l'attendait pas au Sage avant l'après-midi, pourtant il dit à Samuel qu'il devait aller travailler. Il retourna déposer son mug à la bicoque, puis rejoignit sa camionnette. Le chemin était si encombré de voitures qu'il lui fallut près d'une demi-heure pour faire demi-tour.

## 20

Lundi matin. Vera se réveilla, comme lui semblait-il tous les jours ces temps-ci, avec une légère gueule de bois, le sentiment de ne pas avoir bien dormi. Sa fenêtre était ouverte et le coquelet de ses voisins couvrait tout autre bruit, comme posté juste derrière ses yeux. Elle savait qu'elle intriguait les propriétaires de la petite ferme d'à côté. Ils avaient quitté la ville pour s'installer ici et s'étaient efforcés de bien s'entendre avec elle, pénétrés de cette idée ridicule que les gens de la campagne ont un sens inné de la nature, la considèrent presque comme mystique. Puis ils avaient découvert que Vera était flic et elle avait senti qu'ils se croyaient obligés de réprouver. Ils avaient participé à des manifestations, voyaient la police comme l'ennemi. Vera s'en fichait éperdument. Sauf que parfois elle rêvait d'étrangler le coquelet.

Elle ferma la fenêtre et gagna la cuisine pour se faire du thé, feignant de ne pas voir la pile d'assiettes sales dans l'évier. À la première gorgée de liquide elle était déjà obnubilée par l'affaire, la tête bourdonnant d'idées. Oubliée la culpabilité d'avoir bu. Évacué le coquelet. Elle était faite pour ce métier.

Aujourd'hui elle prévoyait de se rendre à Newcastle, la grande ville. C'est ainsi qu'elle la voyait quand elle était petite et aujourd'hui encore elle considérait une visite en ville comme une aventure. En chemin elle passa prendre Joe Ashworth chez lui. Elle savait qu'elle n'était pas de taille à être lâchée seule dans le monde universitaire. Elle était trop grande gueule et trop impertinente, elle finirait par vexer quelqu'un.

Joe vivait dans un petit lotissement en lisière de Kimmerston. Lui aussi avait grandi en ville et son foyer était tout ce dont il avait rêvé : une maison neuve, des voisins comme il faut, une famille. Sa femme était à nouveau enceinte, neuf mois et pas vaillante. Quand Vera arriva elle venait de se lever, gros ventre et seins gonflés enveloppés dans une robe de chambre en coton, petits yeux. Joe donnait le petit déjeuner à sa fille sur fond de Radio 2. La fillette était assise dans la chaise haute, sourire épanoui, tandis que Joe lui enfournait des cuillerées de petit pot. Encore une famille heureuse, se dit Vera. On n'arrêtait pas de parler de la crise de la famille, mais partout où elle allait des gens tentaient le coup. En face de quoi elle se sentait inadaptée et déprimée.

Elle avait appelé Peter Calvert chez lui le

dimanche soir pour lui fixer rendez-vous à l'université. Elle voulait le voir en dehors de ses pénates idéaux et de son épouse idéale. Elle avait pris les fleurs pour prétexte.

— Il nous serait utile de savoir d'où elles pourraient provenir. Le labo ne va pas nous les rendre tout de suite. Vous les avez vues, au moins sur le lieu du second crime. Ça pourrait nous donner une longueur d'avance…

Et il avait été ravi d'être sollicité. Elle l'avait senti.

— J'ai cru comprendre que vous étiez un éminent spécialiste, avait-elle ajouté et elle l'avait presque entendu ronronner.

Ils arrivèrent un peu en avance à l'université, Peter terminait son cours. Ils prirent place au fond de l'amphithéâtre et écoutèrent. Vera ne chercha pas à comprendre ce qu'il racontait, se contenta d'étudier sa prestation. Elle avait suivi un stage, une fois. Langage corporel. Elle essaya de se rappeler ce que le psychologue avait dit, mais rien ne lui revint. Ce qu'elle remarqua c'était que Peter Calvert aimait bien les jeunes femmes. Il y avait quelques jolies filles dans les premiers rangs. Elles portaient des jupes froufroutantes en mousseline et des hauts en dentelle presque transparents, et le professeur semblait s'adresser directement à elles. Lorsque l'une d'elles posa une question, il la complimenta d'avoir soulevé un point intéressant et fronça légèrement les sourcils pour montrer qu'il la prenait au sérieux. Mais peut-être tous les sexagénaires se comportaient-ils de la même manière, raisonna Vera. Pas de mal à regarder – même si, certes, on se ridiculisait. Elle-même ne se gênait pas pour reluquer les jeunes gens, tout en essayant de se montrer discrète.

Calvert paraissait de belle humeur lorsqu'il les conduisit à son bureau. Il trifouilla une cafetière électrique posée sur l'appui de la fenêtre.

— Je ne peux vous offrir que du café noir, malheureusement. Je ne prends pas de lait. Cela dit, je dois pouvoir en emprunter à un collègue. Vous vouliez me poser des questions sur les fleurs ?

— À titre officieux, précisa aussitôt Vera. Pas en tant qu'expert assermenté. On s'occupera de ça plus tard si besoin est. Mais chaque minute compte à ce stade de l'enquête.

— Bien sûr.

— Vous avez bien vu les fleurs quand votre fils a trouvé le corps ?

— Oui. Enfin, ma priorité a été d'éloigner James. Il était bien assez secoué comme ça. C'était déjà suffisamment pénible de tomber sur une scène pareille. Pire encore quand on s'est rendu compte qu'il connaissait la victime. Alors je n'ai pas eu le temps d'étudier les fleurs en détail, mais bien sûr je les ai remarquées.

— Votre impression ?

— À première vue, il y avait un mélange. Des fleurs sauvages, comme on en trouve dans les prés. Coquelicots, marguerites, boutons-d'or. Le reste était des fleurs cultivées. Vivaces. Je n'ai rien vu d'exotique ou d'inhabituel.

— Pas le genre de chose qu'on achète chez le fleuriste, donc ?

— Oh, non ! Absolument pas. Cueillies. Et assez

récemment. Ou conservées dans de l'eau fraîche. Elles n'étaient pas flétries. Du moins je ne me rappelle pas qu'elles aient paru sèches ni même un peu fatiguées.

— Est-ce que vous avez certaines de ces variétés dans votre jardin ? Je pensais que vous pourriez nous montrer. On peut toujours regarder dans un livre, mais ce ne serait pas pareil. Et ça pourrait vous rafraîchir la mémoire.

— Je n'en sais rien, fit-il avec décontraction. Vous allez trouver ça bizarre, mais c'est Felicity la jardinière. N'hésitez surtout pas à venir jeter un coup d'œil. N'importe quel soir. D'ordinaire nous sommes là tous les deux.

— Et vous êtes sûr que vous ne pouvez rien nous dire sur Lily Marsh ?

— Certain, inspecteur. Vous avez pu le constater, l'université est vaste. Nos chemins ne se sont jamais croisés.

On frappa à la porte. Un jeune homme passa la tête.

— Vous vouliez me voir aujourd'hui, professeur Calvert. Le moment est mal choisi ?

— Ah, Tim ! Accordez-moi juste une minute. Si vous avez terminé, inspecteur… Si près de la fin de l'année, tout est assez agité. J'ai des étudiants à recevoir.

Vera songea que ça tombait trop bien. Elle n'aurait pas été étonnée que Peter Calvert ait pris rendez-vous avec l'étudiant pour écourter son entrevue avec la police. Ce qui ne voulait pas dire qu'il avait quoi que ce soit à cacher, naturellement. Il pouvait n'être qu'un connard arrogant qui estimait son temps trop précieux pour le perdre à essayer d'arrêter un assassin. Elle sourit gentiment et entraîna Ashworth.

Le long du couloir s'étirait un grand bureau où trois femmes d'âge mûr étaient assises devant des écrans d'ordinateur. Il y avait des plantes sur les étagères, des photos de petits-enfants. Ces dames semblaient plongées dans une grande conversation qui n'avait rien à voir avec l'université. Vera pensa que peut-être, elles aimaient les potins autant qu'elle. Elle frappa à la porte ouverte et entra, laissant Ashworth rôder dans le couloir. Le silence se fit dans la pièce, mais elle sentit qu'elles étaient curieuses, pas hostiles.

— Je me demandais si vous pouviez m'aider. Je m'appelle Vera Stanhope. Je dirige l'enquête sur le meurtre d'une de vos étudiantes.

Avec ça elles étaient accrochées, comme l'inspectrice s'y attendait. De quoi entretenir les conversations jusqu'au déjeuner.

— Le professeur Calvert nous a donné quelques renseignements d'expert. Il est avec un étudiant et je ne veux pas le déranger. Je me demandais si l'une de vous s'occupait de son agenda. J'aurais besoin de vérifier une ou deux dates, pour prendre un autre rendez-vous.

Une femme grassouillette, maternelle et grisonnante secoua la main, comme une enfant excitée qui, au fond de la classe, connaît la réponse à une question difficile.

— C'est ma pénitence. Marjorie. Marjorie Beckwith.

Vera eut un large sourire.

— Il a un agenda informatique, je suppose.

— En théorie, déclara Marjorie avec indulgence. Pour que le reste du département sache où le trouver. Mais il n'est pas du genre à suivre les directives.

Et elle attrapa derrière elle un volume noir à couverture rigide qu'elle tendit à la policière. Pas plus compliqué que ça. Vera l'emporta jusqu'à une table vide, s'assit de manière à tourner le dos à la pièce et entreprit de feuilleter les pages. Le matin de la mort de Luke, Peter Calvert avait eu une réunion de département. À dix-sept heures il avait prévu une séance de travail avec deux étudiants. Pas de noms, seulement des initiales. Le rendez-vous avait été biffé de deux lignes entre lesquelles on avait soigneusement noté *annulé.* Le vendredi suivant – jour de l'assassinat de Lily –, il avait un déjeuner. Toujours pas de nom. Juste *12 h 30-14 h déjeuner, occupé.* Vraisemblablement à l'intention de Marjorie. Le reste du vendredi était libre. Vera consulta les semaines précédentes. Apparemment ce déjeuner était une habitude hebdomadaire.

— Je pensais essayer de le voir vendredi après-midi, lança Vera en constatant que la page de la semaine suivante était vierge. Il n'a rien. Pas d'impératif régulier ? Un cours ?

Marjorie leva la tête, empressée.

— Non, non. Le professeur Calvert n'a jamais cours le vendredi. Vous voulez que je note un rendez-vous conditionnel ?

— Non, merci, mon chou. Je le rappellerai si j'ai besoin de son aide.

Vera replaça le cahier dans l'étagère, fit un petit

signe aux trois femmes et retrouva Joe qui montait toujours la garde dans le couloir.

— Alors ?

— Il était libre les deux après-midi en question, le mercredi de la mort de Luke et le vendredi de celle de Lily. Le mercredi, il a annulé une réunion de travail avec des étudiants à dix-sept heures.

— Donc il *pourrait* les avoir tués, concéda Ashworth. Comme cinquante pour cent de la population du nord-est de l'Angleterre. Sauf qu'il n'a pas de mobile. Pire : pas de lien. Autant qu'on sache il n'avait jamais rencontré les victimes.

Vera faillit dire qu'elle s'en foutait, elle n'aimait pas ce type. Mais comme elle n'aurait pas supporté une leçon de morale d'Ashworth sur le détachement et l'objectivité, elle laissa couler.

Dehors il faisait toujours une chaleur écrasante. Des étudiants lézardaient sur l'herbe ou flânaient en ville dans l'ombre des bâtiments gothiques. Les policiers avaient plus d'une heure à tuer avant leur prochain rendez-vous et Vera sentait les minutes s'écouler, le temps perdu, inutile. Elle appela Kimmerston mais il n'y avait rien de neuf. Holly avait pris rendez-vous avec les colocataires de Lily plus tard dans l'après-midi et Charlie essayait d'arracher des informations à la banque de la jeune femme. Une conférence de presse était prévue pour le lendemain et les poulets du coin seraient au phare dans l'après-midi pour demander aux promeneurs habituels s'ils avaient vu quelque chose. Vera était satisfaite. Dans ces occasions elle se sentait toujours comme un ours de cirque. Elle éteignit le téléphone.

— Un café, réclama Ashworth. Et un petit pain. Je n'ai pas eu le temps de prendre mon petit déj.

Il sentait son énervement, savait que manger pourrait la calmer un moment. Vera se dit qu'il la maniait comme sa fille : il la distrayait avant qu'elle pique une crise.

Il l'installa dans l'ombre d'un parasol, en terrasse, pendant qu'il entrait dans le café. À deux pas de l'université, l'endroit semblait rempli d'étudiants. Deux jeunes femmes s'approchèrent de la table et elle leur décocha un regard furieux, espérant les décourager. Puis elle les reconnut. C'étaient les gamines de l'amphithéâtre, celles pour qui Peter Calvert avait fait le beau.

— Désolée, rectifia-t-elle. Pas de problème, vous pouvez vous joindre à nous. Je vais pousser mon sac.

Elles la regardèrent d'un air hésitant. Comme un chien dangereux, songea Vera. On n'inculquait donc plus les bonnes manières aux jeunes de nos jours ? Ne savaient-elles pas qu'elles étaient censées se montrer polies avec leurs aînés ? Enfin Ashworth revint, tout sourire et mots doux, et elle comprit ce qui l'avait poussée à lui faire une telle confiance.

— Laissez-moi vous offrir un café, lança-t-il. Vous êtes à la fac, pas vrai ? Je sais ce que c'est. Surtout à la fin de l'année, quand il ne reste plus rien du prêt étudiant.

L'une d'elles éclata de rire.

— Le mien était épuisé une semaine après la rentrée.

— Je vais vous les chercher, proposa Vera et elle

partit commander les boissons supplémentaires, afin de laisser Joe libre de leur raconter une histoire qui les gagnerait à sa cause.

Lorsqu'elle revint avec le plateau, ils riaient comme de bons copains. Il aurait pu être étudiant, même si Vera savait pertinemment qu'il n'avait jamais mis les pieds dans une université.

Les deux jeunes femmes se présentèrent. Noms du Sud, classe, que Vera avait oubliés cinq minutes plus tard. Camilla ? Amelia ? Jemima ? Aucune importance. Ashworth en aurait pris bonne note.

— Et je vous présente Vera, fit-il. Ma tante.

Elles sirotèrent leur café mousseux et le regardèrent avec compassion. Jour de BA. Il la sortait pour son anniversaire. Ou bien il l'emmenait en consultation externe au Royal Victoria. Vera serra les dents et le laissa continuer.

— Alors comme ça, vous étudiez la botanique, reprit-il. J'ai un copain qui a fait ça il y a quelques années. Comment il s'appelle, ce prof célèbre ? Calvin ?

— Peter Calvert. Il se croit célèbre, mais ça fait des années qu'il n'a rien publié.

— Vous l'aimez pas ?

— Il est répugnant. Genre, il est *super* vieux, mais ça l'empêche pas de draguer les petites étudiantes.

— Ouais, et tout le monde sait qu'il a une femme et quatre enfants. Je veux dire, un type dans sa situation, il pourrait avoir un peu plus de dignité. Tout l'UFR sait à quoi s'en tenir. Mais il y a des filles qui veulent bien jouer son jeu. Tu sais, qui sont prêtes à flirter pour améliorer leurs notes.

— Juste flirter ? renchérit Ashworth d'un ton badin, comme par plaisanterie.

— Bon Dieu, il faudrait *vraiment* être désespérée pour aller plus loin. Tu l'imagines te toucher ? Beurk, c'est à vomir.

— Il y a eu une rumeur, intervint l'autre. Tu te souviens, au début de l'année. Quelqu'un l'a vu en ville avec une femme beaucoup plus jeune que lui. Le bruit a couru qu'il avait une aventure avec une étudiante.

— Oh ? fit Ashworth.

Pas vraiment intéressé. Par politesse.

Je t'ai bien formé, se félicita Vera.

— C'était sans doute qu'une rumeur, répondit la jeune femme. Personne n'a eu aucun détail. Et on a tout essayé pour découvrir ce qui se passait. En fin de compte, ça aurait pu être n'importe qui. Peut-être même sa fille. En tout cas, une chose est sûre : c'était pas une botaniste.

Et la conversation se perdit dans le cliquetis des bracelets sur les bras bronzés et le bruissement des voix.

# 21

Joe paraissait content de rester assis au soleil, à siroter son petit crème, jusqu'à l'heure du rendez-vous avec Clive Stringer. Mais Vera bouillonnait, fébrile.

— Je vais essayer de mettre la main sur Annie Slater, la femme qui a hébergé les colocataires de Lily le soir de sa mort. C'était une de ses tutrices. Et elles habitaient la même rue. Je te retrouve au musée.

Avant qu'il ait pu protester ou proposer de l'accompagner, elle était partie. Elle en avait par-dessus la tête d'être chaperonnée par Joe Ashworth. Elle se sentait comme une sale gosse faisant l'école buissonnière et se demanda s'il arrivait à ses collègues masculins d'avoir la même réaction.

L'inspectrice trouva Annie dans une salle des professeurs, en train d'éplucher une pile de courrier devant les casiers. Les colocataires de Lily avaient parlé d'un enfant ; Vera se dit qu'elle avait repoussé la maternité jusqu'à la dernière minute. Dans les quarante-cinq ans, elle était plutôt bien conservée. Ses cheveux très noirs étaient coupés en un carré sévère et son rouge à lèvres, rouge vif. Elle conduisit Vera dans un petit bureau et fronça les sourcils à son intention.

— Je n'ai pas beaucoup de temps. Une réunion dans dix minutes.

— Ça ne devrait pas être long. Juste quelques questions concernant Lily Marsh.

— Oui. Pauvre Lily. Ça m'a fait un choc. On sait que ce genre de drame arrive, mais rarement à quelqu'un qu'on connaît.

Vera trouva que le choc était fichtrement bien caché. L'enseignante était toujours absorbée par les documents qu'elle tenait à la main.

— Elle aurait fait une bonne institutrice ?

Annie hésita un moment, enfin concentrée sur la conversation.

— Je la décrirais comme quelqu'un de compétent mais peu inspiré. Et c'est plus que je ne peux en dire de la plupart de ses camarades. Elle travaillait très dur, préparait ses cours, avait un bon contact avec les enfants, mais je ne la sentais pas passionnée. Je ne la voyais pas être toujours institutrice dans vingt ans.

— Elle ne vous a jamais paru déprimée ou angoissée ?

— Je n'ai rien remarqué, mais ça ne veut rien dire. La formation est brève et il y a peu de temps pour établir le contact. Vous devriez interroger ses amis.

*Je voudrais bien, mon chou. Mais je suis pas sûre qu'elle en avait.*

— Comment est-ce qu'elle s'est retrouvée en stage à Hepworth ?

— C'est elle qui l'a demandé. Elle avait lu le rapport de l'Ofsted, le bureau des normes éducatives, sur Hepworth, et elle pensait avoir beaucoup à apprendre d'un stage dans cette école. J'étais contente de la voir manifester un peu d'ardeur à enseigner, alors je me suis débrouillée pour le lui obtenir.

— Et ça se passait bien ?

— Oui. J'ai abordé son cas avec la directrice il y a une quinzaine de jours. Elle m'a dit que Lily faisait de gros efforts pour tisser des liens avec les enfants. Avant, j'avais l'impression qu'elle enseignait de manière un peu mécanique. Ça m'a fait plaisir.

— Vous étiez au courant de sa vie privée ?

Annie Slater leva la tête, apparemment surprise à cette idée.

— Bien sûr que non. Nous n'avons jamais été amies.

— Vous habitiez dans la même rue, voyiez ses colocataires.

— Ça n'a rien à voir. Emma et moi sommes parentes.

*Vous ne fréquentiez pas les mêmes cercles.* Vera avait tant souffert du snobisme qu'elle était capable de le flairer à des kilomètres. Peut-être fut-ce ce qui la poussa à insister.

— Donc vous n'avez pas eu vent de rumeurs d'une liaison entre Lily et un de vos collègues universitaires ?

— Je n'écoute pas les ragots, inspecteur.

Ce qui n'était absolument pas une réponse. Elle reporta son attention sur son courrier et laissa l'inspectrice sortir seule.

Vera retrouva Joe devant le Hancock Museum. Ils durent attendre qu'une équipe d'instituteurs et de parents ait canalisé à l'intérieur un flot d'écoliers. Le musée proposait une exposition sur les dinosaures – squelettes reconstitués, modèles réduits animés. La publicité s'était étalée dans toute la ville : des tyrannosaures lorgnaient méchamment les passants depuis les ailes des autobus, les murs du métro et les vitrines des magasins. Les chérubins étaient singulièrement silencieux, intimidés par le bâtiment et par l'idée de voir les énormes bêtes. *Jurassic Park* à Newcastle.

Vera et Ashworth les suivirent à l'intérieur et savouraient la fraîcheur du hall du musée quand Clive Stringer vint les chercher.

— Génial, non ? s'écria Ashworth en regardant le groupe scolaire disparaître dans la galerie. Accrocher les enfants dès le plus jeune âge.

Un an ou deux, songea Vera, et il amènerait sa propre fille.

— Je ne sais pas.

Clive plissait les yeux, hésitant, derrière d'épaisses lunettes rondes.

— Je n'ai pas vraiment de contact avec le public.

Son royaume s'étendait derrière une porte en bois à ouverture magnétique qui donnait sur une succession de salles au plafond haut et de rangées de vitrines poussiéreuses. Apparemment, peu d'autres employés étaient présents. Clive les conduisit jusqu'à une salle de travail qui rappela à Vera celle du centre hospitalier de la Wansbeck où John Keating avait autopsié le corps de Lily Marsh. Il y avait une longue table au milieu, de grands éviers contre un mur, une odeur de produits chimiques et de mort. Sauf qu'ici tout était plus vieux, bois et émail en lieu et place de l'acier inoxydable, sans cette impression de propreté aseptisée.

Les fenêtres étaient si sales qu'elles semblaient filtrer la lumière.

Sur une table gisait le corps d'un oiseau blanc et noir. À côté, un scalpel, des tampons d'ouate, de petits bols en métal. Un autre type d'autopsie.

— Ce n'est pas un mergule nain ?

— Si. Premier hiver. Les tempêtes de novembre l'ont poussé à l'intérieur des terres et il a été retrouvé mort dans un jardin à Cramlington. Le propriétaire nous l'a apporté. Je l'avais conservé au congélateur, mais je veux le mettre en peau.

Il regarda Ashworth, vit qu'il ne comprenait pas.

— On garde la peau pour la recherche, pas pour l'exposer. Le muséum la conserve à titre de ressource pour les chercheurs et les étudiants.

Le père de Vera, Hector, était taxidermiste amateur. Il travaillait sur la table de la cuisine de l'ancienne maison du chef de gare. Pourtant il n'avait jamais réalisé de « mise en peau ». Il affirmait y prendre un intérêt tout scientifique, mais Vera avait su très vite qu'il se mentait à lui-même. Il naturalisait des oiseaux, toujours des espèces de la lande. Généralement l'objet de ses soins était un oiseau de proie, un trophée pour tel garde-chasse qui l'avait abattu. C'était aussi de l'art, d'une certaine manière, pensait-elle. À la fin de sa carrière cette pratique était devenue illégale, mais cela ne dérangeait pas du tout Hector. Au mieux, ç'avait même accru son plaisir et son excitation. Il collectionnait également les œufs. À sa mort Vera avait mis le feu à toute la collection. Une grande flambée dans le jardin. Elle avait bu son whisky pur malt préféré et s'était aperçue qu'elle n'éprouvait pas de peine. Elle se sentait juste soulagée qu'il soit parti.

— Vous travaillez ici depuis longtemps ? demandait Ashworth à Stringer.

— Depuis le bac.

— Il n'y a pas besoin de diplôme pour exercer votre profession ?

— J'ai commencé comme stagiaire.

Il fit une pause.

— J'ai eu de la chance. Peter connaissait le conservateur et il a intercédé en ma faveur.

— Vous voulez dire le professeur Calvert ?

— Oui.

— Vous le connaissez depuis longtemps ?

— Oui, c'est lui qui m'a appris à baguer. J'avais quinze ans.

— « Baguer » ?

— Pour étudier la migration. On attrape les oiseaux dans des filets ou des pièges et on leur fixe de petites bagues métalliques aux pattes. Si par la suite ils sont capturés ou retrouvés morts, ça nous permet de savoir où et quand ils ont été bagués pour la première fois.

— Et MM. Parr et Wright sont bagueurs aussi ? C'est comme ça que vous vous êtes connus ?

— On ne bague plus beaucoup maintenant. Je suis le seul à aller régulièrement à l'observatoire de Deepden, et encore, pas très souvent. Les autres ont leur vie. Plus passionnante que la mienne. Mais on est toujours amis. On observe toujours les oiseaux ensemble.

— Sur la côte ? intervint Vera, qui se joignait à la conversation pour la première fois.

Clive offrit quelque chose qui ressemblait à un sourire.

— C'est Gary, le fanatique des oiseaux de mer. En haute saison, il peut passer des heures dans la salle de guet. Moi, je dis que c'est parce qu'il a plein de temps. Ça ne le dérange pas d'attendre. Lui, il prétend que c'est une forme de méditation.

— Ç'a dû vous faire un choc de tomber sur le corps vendredi soir.

— Évidemment.

— Mais peut-être pas autant à vous qu'aux autres. Vous côtoyez des cadavres tous les jours.

— D'oiseaux et d'animaux. Pas des cadavres de jeunes femmes.

— Non. Pas des cadavres de belles jeunes femmes.

Elle marqua un temps.

— Vous avez une petite amie, monsieur Stringer ?

Quand elle l'avait vu la première fois à Fox Mill, elle lui avait trouvé un air d'écolier monté en graine, atteint d'alopécie précoce. À présent il rougissait furieusement et l'image lui revint à l'esprit. Elle le plaignit presque.

— Non, fit-il. Je n'ai pas de petite amie.

— Vous êtes gay ?

— Non.

Elle le regarda, attendit qu'il poursuive.

— J'ai du mal à aborder les femmes, déclara-t-il enfin. Timidité, j'imagine. Et je ne suis pas très sociable. J'habite avec ma mère. Elle est devenue veuve quand j'étais bébé et elle n'est plus en très bonne santé aujourd'hui. Elle n'a que moi.

Vera avait envie de lui dire de sortir et de vivre tant qu'il en était encore temps. Mais ce n'était pas son rôle.

— Et le professeur, il a une petite amie ?

Clive la regarda horrifié.

— Qu'est-ce que vous voulez dire ?

— Une liaison. Une maîtresse.

— Bien sûr que non. Il est marié à Felicity.

— Vous serez peut-être surpris, mon chou, mais certains hommes mariés commettent l'adultère.

— Pas Peter. Vous les avez vus ensemble. Ils sont heureux.

*Ils donnent bien le change*, rectifia Vera. *Ça n'a rien à voir.* Mais elle lui sourit.

— Oui. Vous avez peut-être raison.

D'un signe de tête elle convia Ashworth à reprendre l'interrogatoire.

— Est-ce que vous travailliez mercredi dernier ?

— Oui, jusqu'à seize heures trente. Je commence à huit heures et je suis censé quitter à quatre, mais en général je ne pars pas avant la demie.

— Qu'est-ce que vous avez fait, ensuite ?

— Je suis rentré chez moi. J'ai fait un saut au supermarché en chemin. J'ai dîné avec ma mère. En général elle se couche tôt. Vers neuf heures. Après, j'ai regardé la télévision. J'avais enregistré un documentaire sur la forêt tropicale humide. Ma mère a tendance à parler pendant les émissions qui ne l'intéressent pas.

— Vous n'êtes pas sorti ?

— Non.

— Vous avez l'air d'avoir une excellente

mémoire de ce que vous avez fait ce soir-là, s'étonna Vera.

— J'ai très bonne mémoire en effet. Je vous l'ai dit vendredi soir, je suis doué pour les détails.

— Vous avez le permis ?

— Oui. J'ai le permis, mais je n'aime pas conduire. Je suis toujours conscient des dangers potentiels. Et je suis sensible à l'environnement. Les gaz à effet de serre. Il y a deux ou trois ans, j'ai décidé de me passer de voiture. Les transports publics sont assez efficaces pour rejoindre le centre-ville. Et j'ai un vélo.

Vera se rendait compte que Clive était mal à l'aise. Malgré l'obscurité et la fraîcheur du bâtiment, il avait commencé à transpirer. Il tripotait le scalpel posé devant lui sur la table. Elle s'interdit de trop décrypter ces éléments. C'était probablement la conversation la plus longue qu'il ait eue avec quelqu'un d'autre que sa mère depuis des années. Quand il était avec ses amis, il devait écouter et non parler. L'inspectrice prit une voix décontractée, cancanière. Sa mère devait adorer les potins.

— Gary vous a parlé de sa nouvelle conquête ?

Apparemment, le changement de ton le surprit car il lui fallut un moment avant de répondre.

— Il en a parlé à tout le monde.

Il fit une pause.

— Ça n'a rien d'inhabituel. Il y a toujours une nouvelle femme dans sa vie. À chaque fois, il est fou amoureux. Pendant une semaine. Aucune d'elles ne reste.

— Il a l'air de dire que celle-ci, c'est différent.

Clive sourit à nouveau. Comme si sourire était

une activité qu'il pratiquait une fois tous les six mois environ.

— C'est ce qu'il dit toujours. Depuis qu'Emily l'a quitté, il cherche quelqu'un pour la remplacer.

— Emily ?

— Ils étaient fiancés. Elle l'a plaqué.

— Vous connaissez Julie, sa dernière copine en date ?

— Non. Il ne m'emmène pas à ses rendez-vous galants.

— C'est son fils qui a été assassiné. Étranglé. Comme Lily Marsh.

— Je suis désolé.

— J'imagine que vous ne connaissez pas une famille Sharp ? poursuivit Vera, sans réellement attendre de réponse.

— Davy Sharp habite dans notre rue. Quand il n'est pas en prison.

— Et son fils, Thomas ?

— Je le voyais souvent. Il arrivait que ma mère le garde quand il était bébé. Elle s'était toquée de lui. Parfois il était à la maison quand je rentrais du travail. Pas récemment, bien sûr. Pas depuis qu'il était assez grand pour se débrouiller tout seul.

— Elle a dû être bouleversée par sa mort.

— Oui, on est allés sur le quai. Elle avait vu les fleurs jetées sur l'eau aux actualités et elle voulait les contempler en vrai. Lui rendre un dernier hommage.

Il marqua un arrêt.

— Il n'y avait plus grand-chose à voir quand on est arrivés. La marée descendait. Elle avait emporté les fleurs vers la mer.

Ils se turent. Par une fenêtre ouverte entrèrent le hululement d'une sirène, des cris.

— Parlez-moi de vos amis, lança enfin Vera. Gary, Peter et Samuel. Ce sont vos amis ? Parce que vous ne semblez pas avoir grand-chose en commun. À part les oiseaux.

— On est très proches. Comme une famille.

— Avec vous et Gary dans le rôle des frères et Peter et Samuel dans ceux de papa et maman ?

— Ne soyez pas ridicule !

Elle savait qu'elle le poussait dans ses retranchements, voulait voir s'il lui arrivait de perdre son sang-froid. Il était écarlate.

— Soit, concéda-t-elle. Donc ce n'est pas vraiment comme une famille. Alors expliquez-moi pourquoi vous vous entendez si bien tous les quatre, ce qui vous soude depuis tant d'années.

Elle n'était pas vraiment intéressée, et ça se voyait. L'amitié la laissait perplexe. Elle avait bien des collègues, les gens avec qui elle avait grandi et qui habitaient non loin de chez elle dans la vallée. Mais personne envers qui elle se sente des obligations, personne pour qui elle se serait mise en quatre. Elle estimait que ça pouvait être une arme à double tranchant, l'amitié. On finissait par donner plus que l'on ne recevait.

— En partie l'ornithologie, répondit Clive. Les gens qui y sont étrangers ne comprennent pas. Ils croient qu'on est obsédés, bizarres. Mais ça va bien au-delà. On a beau être très différents, on se fait confiance. Je me sens soutenu par eux.

Elle poussa un gloussement.

— Hé, mon chou, je suis perdue, là. On dirait une remarque de magazine féminin.

Il haussa les épaules.

— Ça ne m'étonne pas, vous ne pouvez pas comprendre.

— Si on revenait à vendredi ? intervint Ashworth.

Il donnait l'impression d'être irrité lui aussi par les questions et les commentaires de Vera. Comme s'il ne voulait pas y passer la journée.

— Qu'est-ce que vous avez fait avant le dîner à Fox Mill ?

— J'ai déjeuné avec Peter.

— Aussi pour fêter son anniversaire ?

— Non, pas du tout. On se voit presque tous les vendredis. Rien qu'une bière et un sandwich. Quand on était plus actifs dans le baguage, ça marquait le début du week-end. J'ai des horaires flexibles, alors je pouvais prendre mon après-midi. On déjeunait, puis Peter me conduisait à l'observatoire. Les autres nous retrouvaient plus tard. On n'y va plus aussi souvent maintenant, mais on déjeune encore ensemble quand on peut.

Vera pensa avec tristesse que ce devait être le moment fort de sa semaine. Un déjeuner avec un homme vieillissant et égocentrique qui avait besoin d'un admirateur.

— Comment était le professeur Calvert ?

— Bien. Comme toujours. Il se faisait une joie du week-end à venir.

— De quoi vous avez parlé ?

— Je ne sais pas…

— Vous devez bien vous rappeler. Vous avez une excellente mémoire. Les détails. C'est votre truc.

— Il écrit un livre. On a parlé de ça.

— Et après le déjeuner ?

— Je suis rentré passer quelques heures avec ma mère.

— Et le professeur Calvert ? Qu'est-ce qu'il a fait ?

— Il est retourné à la fac. Du moins, je suppose. Il ne me l'a pas dit, mais il est parti dans cette direction.

— Comment est-ce que vous êtes allé à Fox Mill ?

— C'est Gary qui m'a emmené.

— Il est passé vous prendre chez vous ?

— Non. Il travaillait tard et partait directement du Sage, alors on s'est donné rendez-vous en ville. J'ai pris le métro.

Il reprit le scalpel, retourna l'oiseau mort, fit courir un doigt sur son crâne.

— Vraiment, il faut que je m'y remette. Je ne comprends pas la nécessité de toutes ces questions. J'étais là quand le corps a été trouvé. C'est tout. Je ne connaissais aucune des deux victimes.

Vera jeta un coup d'œil à Ashworth pour voir s'il avait quelque chose à ajouter. Il secoua la tête.

— Bon, alors on va en rester là, lança-t-elle. Pour le moment.

— Je vous raccompagne.

Clive s'arracha au mergule nain, les guida dans les couloirs, au milieu de la poussière prisonnière des rayons de lumière qui coulaient des longues fenêtres. Il ouvrit la porte qui séparait des espaces publics le territoire réservé au personnel et hésita, comme s'il renâclait à aller plus loin. Vera s'arrêta à son tour et le regarda en face.

— Est-ce que vous nous le diriez, si vous soupçonniez un de vos amis d'avoir commis ces meurtres ?

Il répondit sans hésiter.

— Certainement pas. Je leur fais confiance. Je sais que s'ils avaient commis un acte aussi effroyable, ils auraient forcément de bonnes raisons.

Il tourna les talons et planta là Vera et Joe, qui le regardèrent s'éloigner.

## 22

Felicity rentra tranquillement du jardin. Elle portait une passoire de haricots pour le souper. Trop, s'aperçut-elle. Ils ne seraient que tous les deux ce soir ; James avait demandé la permission de dormir chez un copain. Dans la cuisine elle éprouva un moment de malaise en s'imaginant avec Peter, chacun à une extrémité de la table, en train de dîner. Elle se demandait ce qu'ils allaient se dire. Elle voyait Lily Marsh avec eux. Un fantôme magnifique, qui venait se mettre en travers de leur couple.

C'était ridicule, l'effet que la mort d'une inconnue produisait sur elle. Elle se somma de ne pas être hystérique. Mais cette vie qu'elle avait mis des années à construire – la maison, le jardin, la famille heureuse – paraissait soudain très fragile. Elle avait une vision de Vera Stanhope qui la pulvérisait de sa grosse voix indiscrète, de ses gros pieds, de ses lourdes mains frappées contre la table. De ses questions, Vera pouvait tout démolir.

Elle regarda l'horloge murale. Des oiseaux remplaçaient les nombres et leur cri sonnait les heures. Clin d'œil de Clive pour l'un des anniversaires de Peter. Felicity détestait cette pendule mais son époux avait insisté pour l'accrocher. Bientôt deux heures. Il restait au moins quatre heures avant le retour de Peter. Elle courut à l'étage, troqua son pantalon contre une jupe, mit du rouge à lèvres et s'aspergea d'une pointe de parfum. Le troglodyte achevait son chant lorsqu'elle prit les clefs de voiture sur la table de l'entrée et se rua presque au-dehors.

Elle n'était jamais allée trouver Samuel au travail. Elle ne savait même pas très bien où il serait. Certainement désapprouverait-il cette visite impromptue. Il prenait soin de bien cloisonner sa vie. Mais elle ne pouvait pas rester chez elle à se ronger les sangs. Elle ne lui avait jamais rien demandé auparavant. Il comprendrait qu'elle subissait une pression insoutenable.

Elle filait sur les longues routes étroites, impatiente quand un tracteur l'obligeait à ralentir. C'était une vieille voiture sans climatisation et elle roulait vitres ouvertes. Le soleil lui brûlait le bras et l'épaule. Arrivée en ville, elle se gara dans une rue voisine de la bibliothèque. Là, elle resta un moment sans bouger et songea à nouveau que cette visite était une terrible erreur. Samuel était un homme intelligent. S'il avait jugé bon qu'ils se voient, qu'ils mettent au point une stratégie, il l'aurait suggéré. Le geste de Felicity lui paraîtrait idiot, imprudent. En fin de compte, son désir de le voir triompha des raisonnements. Elle remonta les vitres et descendit de voiture. Elle était inscrite à la bibliothèque, après tout. Elle avait parfaitement le droit d'être là.

À l'intérieur il faisait plus frais. Deux étudiants et un homme âgé étaient voûtés sur les ordinateurs en accès libre. Derrière la banque de prêt se tenait une jeune femme mince, assez négligée, en pantalon de lin froissé et chemisier de coton blanc. Elle accrocha le regard de Felicity et lui sourit. Il y avait en elle quelque chose de familier. Felicity pensa confusément que c'était peut-être la fille de l'une de ses amies du club de lecture.

C'était cette activité qui l'avait rapprochée de Samuel. Elle adorait la compagnie du club, l'exaltation de se lancer dans un livre inconnu. Au bout d'un an de participation, elle avait convaincu Sam de venir donner une causerie. Un vrai auteur publié. Les participantes avaient lu son dernier recueil et s'en étaient trouvées déroutées. Les nouvelles étaient déprimantes, disaient les lectrices. Bien construites, mais tordues et assez horribles. L'une d'elles avait même dit en avoir fait des cauchemars. En règle générale elles préféraient les fins heureuses. En sa présence cependant, elles s'étaient montrées plus positives. Elles l'avaient installé dans un grand fauteuil devant la cheminée. Pour cette séance, elles se retrouvaient chez une femme forte, compétente, kinésithérapeute de profession et mariée à un chirurgien. Le salon était assez majestueux. Murs verts couverts de tableaux, vieux meubles imposants. C'était en février, au cœur de l'hiver et les rideaux étaient tirés pour repousser le froid glacial de l'extérieur. L'auditoire était intégralement féminin. On buvait du vin blanc dans des flûtes. Samuel les avait ensorcelées, s'exprimant comme si leur avis était important à ses yeux. Il avait parlé de la structure de ses nouvelles. De nos jours, les gens étaient obsédés par les personnages, expliqua-t-il. Bien entendu, les personnages comptaient énormément, mais n'importe qui était capable de décrire fidèlement ses proches ou des connaissances. Lui s'intéressait davantage aux idées. Les thèmes se reflétaient dans la construction de ses intrigues. Il ne cherchait pas tant à peindre la réalité qu'à créer un monde où les événements les plus improbables étaient possibles.

— C'est le seul moyen de jouer à Dieu, avait-il ajouté.

Une dame lui avait demandé si cette approche ne faisait pas de lui davantage un poète qu'un romancier. Il avait souri, aux anges, et admis que oui, peut-être. Felicity s'était sentie largement dépassée. Elle s'était inquiétée de ce qu'elle pourrait bien lui dire quand ils se retrouveraient seuls.

— Mais vous ne gagneriez pas plus d'argent en écrivant de vrais livres, des romans ?

La question avait été posée par une agricultrice qui lisait voracement mais ne comprenait rien au snobisme littéraire. Elle ne tenait jamais compte des critiques ni des prix décernés. Il y eut un moment de silence. Les autres participantes craignirent que Samuel ne soit vexé. Mais apparemment, cette question lui plaisait aussi.

— Si j'écrivais un roman, je me ferais prendre la main dans le sac. Je ne suis pas un très bon auteur. Je ne tiens pas la distance sur plus de cinq mille mots.

Il se tourna vers Felicity et lui offrit un regard complice. La lumière du feu éclaira son visage. Les lectrices du club éclatèrent de rire. Felicity sentit que toutes admiraient Samuel.

C'était elle qui l'avait conduit à la réunion et il était convenu qu'elle le raccompagnerait chez lui. En chemin il avait proposé d'aller boire un verre et elle avait accepté. C'était le moins qu'elle puisse faire. Grâce à lui elle avait acquis un nouveau statut dans le club.

Le pub était bondé et bruyant, le genre d'endroit que ni l'un ni l'autre n'auraient choisi en temps normal. Peut-être y avaient-ils échoué parce qu'il était anonyme. Ils bénéficiaient d'une petite table pour eux tout seuls, serrée dans un coin.

La déclaration était tombée du ciel. Il avait pris sa main dans les siennes et dit qu'il pensait qu'il l'aimait. D'abord elle n'arriva pas à croire qu'il était sérieux. C'était une plaisanterie. Sam était très joueur. Ça ne pouvait rien donner, avait-il ajouté. Il était l'ami de Peter. Alors elle vit qu'il était on ne peut plus sérieux et en fut touchée, honorée. Comme il était noble et chevaleresque ! Dans le parking du pub, qui donnait sur un coteau dépouillé, ouvert, elle s'était hissée sur la pointe des pieds pour l'embrasser. Des gouttelettes de brume s'accrochaient à ses cheveux et à sa veste.

Plus tard, une fois chez lui, elle avait demandé :

— Tu ne m'invites pas à boire un café ?

Elle savait très bien ce qu'elle faisait, avait déjà réfléchi aux sous-vêtements qu'elle portait, s'était souvenue de s'être rasé les jambes le matin. Il avait hésité plus longtemps qu'elle ne s'y attendait. Peut-être son amitié pour Peter était-elle si forte qu'il refuserait. Mais il avait fini par hocher la tête, lui avait tenu la porte et pris la main une fois entrés. Il y avait cinq ans de cela. Depuis lors, ils étaient amants. Très discrets. Il n'y avait jamais eu un coup de fil qui n'aurait pu être surpris, pas un courrier électronique qui n'aurait pu être lu par un tiers. Ils se retrouvaient une ou deux fois par mois, généralement dans le petit nid impeccable de Sam à Morpeth. Là, tout était fort différent de l'amitié affichée en public – les soirées au théâtre ou au ballet. Rien d'intime ne se produisait jamais lors de ces sorties.

Au bout de tout ce temps, elle ne voyait toujours pas leur relation comme une liaison. Il n'y avait rien de romantique – pas de fleurs, de cadeaux ou de dîners aux chandelles. Felicity savait que Samuel culpabilisait en permanence. Il n'avait plus reparlé d'amour après cette première occasion. Et elle n'avait jamais envisagé, pas même une fois, de quitter son mari. Peter avait besoin d'elle. Elle considérait les délices et le frisson que lui apportait Samuel comme une rétribution, son dû pour mener une vie conjugale aussi ennuyeuse et rangée, pour faire tourner le show Calvert. Elle savait que d'ordinaire les femmes ne concevaient pas les choses de cette manière, mais elle ne voyait pas pourquoi ils ne pourraient pas tous entretenir une amitié civilisée. Du moins c'est ce qu'elle croyait jusqu'à l'intrusion de Vera avec ses gros sabots et ses questions.

À présent Felicity flânait au milieu des rayonnages de la bibliothèque comme si elle avait du mal à faire son choix. Elle ne voyait pas Samuel, mais cela ne signifiait pas qu'il était absent. Le directeur devait avoir un bureau quelque part derrière la porte marquée RÉSERVÉ AU PERSONNEL. C'est là qu'il serait, ou bien en réunion avec ses agents, ou encore complètement ailleurs, parti choisir des livres chez un fournisseur. Dans la petite maison de Morpeth où ils buvaient le thé ensemble avant de se séparer, elle l'encourageait à parler de son travail. La vie professionnelle des autres la fascinait toujours. L'après-midi, étendue dans son bain, elle l'imaginait derrière son grand bureau ou présidant une réunion avec la précision et l'autorité qui le caractérisaient. Ça l'excitait qu'aucun de ses agents ne devine ce qu'il faisait de ses jours de congé.

Elle s'apprêtait à demander au bureau si M. Parr était là lorsqu'il apparut par la porte RÉSERVÉ AU PERSONNEL. Muni d'un porte-documents, il semblait se diriger vers la sortie. Il était vêtu d'une chemise à col ouvert et d'une veste en lin de couleur claire – concession, supposa-t-elle, à l'été. D'ordinaire lorsqu'ils se retrouvaient, s'il venait directement du travail, il portait une cravate. Il était élégant et prenait soin de son apparence. D'abord il ne la vit pas. Il souriait à la jeune fille du bureau de prêt.

Felicity fut prise d'une bouffée de malaise qu'elle identifia comme de la jalousie. Elle se demanda s'il emmenait d'autres femmes chez lui pendant ses après-midi libres.

Puis il se retourna et la vit. Il ne laissa en rien paraître qu'ils se connaissaient. À la jeune femme il précisa :

— Je vais à Berwick pour le reste de l'après-midi. Si quelqu'un cherche à me joindre, dites-lui de rappeler demain. C'est une réunion importante. Je ne veux pas être dérangé.

Felicity le rattrapa dehors. Il longeait le trottoir en direction de sa voiture. Si elle n'avait pas pressé le pas, peut-être aurait-il démarré sans lui laisser l'occasion de lui parler.

— Je suis désolée, Samuel. Il faut que je te parle.

Il avait dû entendre le bruit de ses pas, pourtant il affecta la surprise.

— J'ai vraiment une réunion à Berwick, fit-il en fronçant les sourcils, apparemment plus nerveux que mécontent. Je peux t'accorder dix minutes.

Maintenant qu'elle était là, elle ne savait pas trop ce qu'elle attendait de lui. L'assurance, supposait-elle, que tout continuerait comme avant.

Il accepta de la retrouver au Little Chef, sur l'A1, et lorsqu'elle arriva il s'y trouvait déjà, apparemment plongé dans le menu. Avant même de l'avoir rejoint elle sentit qu'il avait peur, que plus qu'elle encore il avait besoin d'être rassuré.

L'endroit était presque désert. Par les fenêtres grandes ouvertes le bruit de la circulation se déversait à l'intérieur. Ils commandèrent du thé à un jeunot en sueur, se regardèrent dans le blanc des yeux.

— Tu sais quelque chose, s'écria-t-elle soudain. Sur la fille. Lily. Tu la connaissais ?

— Non. Pas du tout.

Mais il fanfaronnait, dépourvu de sa maîtrise habituelle. Ce n'était pas comme avec ses nouvelles. Il ne pouvait pas manipuler l'intrigue pour la faire fonctionner.

— Le garçon alors. Luke Armstrong. Tu avais entendu parler de lui ?

— Je crois que Gary sortait avec sa mère. Cette femme dont il parlait, elle s'appelait Armstrong. Je suis sûr qu'elle avait un fils. C'est un lien.

— J'ai dit à l'inspectrice que Gary voyait une dénommée Julie. Mais il ne ferait pas de mal à une mouche !

— Bien sûr que non. Mais les flics ne croient pas aux coïncidences.

Le lien paraissait bien ténu aux yeux de Felicity. Une femme du nom d'Armstrong qui avait un fils. Combien d'Armstrong y avait-il dans l'annuaire ? Samuel devait en savoir plus qu'il ne le disait.

Le serveur revint avec un plateau. Comme il le posait sur la table, un peu de thé se renversa. Il s'arrêta, s'attendant à une réaction de leur part, colère ou récrimination, mais ils ne mouftèrent pas jusqu'à son départ.

— J'avais peur que l'inspectrice ne nous démasque, dit Felicity.

— Je ne vois pas comment.

Mais elle vit qu'il avait eu la même idée, lui aussi. Peut-être était-ce pour cela qu'il était si mal à l'aise, si dépouillé de sa courtoisie et de son assurance coutumières.

— Je me demandais si on ne devrait pas lui dire, discrètement, insista-t-elle. Comme ça, elle saurait que ça n'a rien à voir avec le meurtre de la jeune fille.

— Évidemment que ça n'a rien à voir !

Le ton était impatient. Peut-être était-ce ainsi qu'il s'adressait à ses assistants un peu niais. Elle sentit des larmes lui monter aux yeux.

— *Nous*, nous le savons, expliqua-t-elle en essayant de prendre la voix de la raison. Mais Lily Marsh est venue à Fox Mill la veille de son assassinat. Tu imagines bien que la police va tirer des conclusions, échafauder des scénarios. Et si on avait été ensemble cet après-midi-là et qu'elle nous ait vus ? Ça pourrait nous donner un mobile pour la tuer.

Elle attendit, craignant une nouvelle réponse rageuse, mais il sourit.

— Tu devrais écrire des romans. Une imagination créative comme ça. On n'était pas ensemble, non ? Pas dans l'après-midi. J'ai passé toute la journée à la bibliothèque, mercredi. Choix de livres, puis réunion de l'équipe de direction. Je peux le prouver. On ne s'est retrouvés que le soir pour aller au théâtre. En plus, James était avec toi quand la demoiselle est venue chez vous.

— Oui. Tu as raison.

Il jeta un regard circulaire sur la pièce. Il n'y avait plus d'autres clients. Au comptoir, le personnel était en grande conversation. Samuel tendit la main pour prendre celle de Felicity.

— Comment veux-tu que quelqu'un soit au courant ? On a fait tellement attention... Je ne supporterais pas que ça se sache. Ça paraîtrait tellement sordide. Comment les gens pourraient-ils comprendre ?

Il se libéra et s'adossa à sa chaise. Sa voix était toujours très basse et elle dut tendre l'oreille pour l'entendre.

— Si Peter l'apprenait, j'en mourrais.

# 23

Quand ils en eurent terminé avec Clive Stringer, Vera ramena Joe chez lui. Elle sentait qu'il se faisait du souci pour sa femme enceinte et sa fille. Mais elle ne pouvait se résoudre à rentrer. Elle passa au commissariat de Kimmerston et se déchaîna dans le bâtiment, exigeant de l'action et des réponses. Holly était partie, mais Charlie, penché sur son bureau, fixait son moniteur. Sa corbeille débordait de cannettes vides, boîtes de hamburgers et papiers gras de frites. Vera se rappela avoir entendu dire que sa femme l'avait récemment quitté pour un homme plus jeune. Comme elle, Charlie n'avait probablement pas grand-chose qui l'attende chez lui.

— Rien d'anormal dans le compte de Lily Marsh, lui apprit-il. Elle avait un peu plus d'argent cette année parce qu'il y a une bourse pour les élèves-enseignants en troisième cycle, mais elle dépensait toujours à peu près tout son découvert autorisé. Pas de mystérieux versements trahissant un petit ami friqué. Le magasin où elle bossait la payait par virement, mais pas une fortune. À peine plus que le salaire minimum.

Il fit une pause.

— Il y a quand même quelque chose de bizarre. Je ne comprends pas comment elle payait son loyer. Ni par chèque ni par virement. Et pas de retraits réguliers de liquide non plus.

— Elle avait peut-être un autre compte. Dans une société de crédit immobilier, une banque Internet. Il pourrait y avoir une trace dans les documents qu'on a récupérés chez elle. Fouille, Charlie. Elle vivait au-dessus de ses moyens. Elle aurait dû être endettée jusqu'au cou, mais elle ne l'était pas. Il y a quelque chose qui cloche.

Et elle s'éloigna en tapant du pied sans lui laisser l'heur de se plaindre.

Elle prit alors le chemin du retour, mais elle savait qu'elle ne ferait que se mettre à boire à peine arrivée. Elle était dans ce genre d'humeur. Un grand whisky avant de se bricoler à dîner et de là, la dégringolade. À l'embranchement pour Morpeth, elle décida d'aller rendre visite à Samuel Parr. Comme ça elle les aurait tous vus. Le groupe complet. Les quatre ornithologues amateurs qui soutenaient n'avoir aucun rapport avec les meurtres hormis leur présence lors de la découverte du second corps, mais qui semblaient tout de même empêtrés dans l'affaire. Gary, tombé amoureux de la mère de Luke Armstrong. Clive, qui, enfant, avait connu le meilleur ami du même Luke Armstrong. Peter Calvert, qui travaillait à l'université où Lily Marsh était étudiante. Dans le nord-est de l'Angleterre il y avait beaucoup de petites communautés, toutes interconnectées. On trouverait toujours des liens. Peut-être qu'ils n'avaient aucune importance, mais elle ne pouvait pas passer outre. Et où était la place de Samuel Parr dans tout ça ?

Manifestement il n'y avait pas longtemps qu'il était rentré. Lorsqu'elle sonna à la petite maison de pierre, la porte s'ouvrit aussitôt. Il était dans l'entrée. Peut-être venait-il tout juste d'arriver. Il y avait une serviette au pied de l'escalier. Il portait une veste en lin, légèrement fripée.

— Je vous dérange ? s'enquit-elle.

Samuel Parr était une petite célébrité locale. Vera s'était renseignée sur lui. On avait lu certaines de ses nouvelles sur Radio 4. Il avait reçu la dignité d'officier de l'ordre de l'Empire britannique pour ses services rendus aux bibliothèques. Elle avait intérêt à lui montrer un peu de respect. Au début, du moins.

— Pas du tout, inspecteur. Entrez. Ce doit être au sujet de cette histoire de vendredi soir. Atroce.

Il ôta sa veste et l'accrocha à la rampe d'escalier.

— Je suis rentré tard. Une réunion à Berwick. La circulation sur l'A1 était terrible.

Il était grand, osseux et avait les cheveux très courts.

Elle se rappela avoir entendu une de ses nouvelles. Elle n'avait jamais beaucoup aimé la télévision, mais chez elle la radio était allumée en permanence. C'était une intrigue conjugale. Un homme et une femme mariés sans amour. Un nouveau venu en ville qui devenait l'amant. La fin était horrible et assez inattendue. Le couple s'associait pour tuer le galant. Ils avaient davantage besoin de la stabilité et de la routine de leur vie conjugale que de l'exaltation de l'amour ou de la perte. Vera essaya de se rappeler ce qu'ils faisaient subir à leur victime. Elle savait que c'était perturbant. Pas explicite dans la description de la violence, mais si effrayant que ça l'avait hantée pendant des jours. Si effrayant, peut-être, qu'elle avait rejeté la scène de sa mémoire et que les détails ne reviendraient pas. À présent, face à ce sobre quinquagénaire, elle avait du mal à croire qu'il ait imaginé ce récit. Elle devrait emprunter un recueil à la bibliothèque. Pour voir comment se terminait cette nouvelle.

— Je m'offre toujours un verre de vin à cette heure de la journée. Puis-je vous tenter ?

Elle se dit qu'il jouait sur le stéréotype du bibliothécaire. Sûrement il ne parlait pas comme ça dans la tour de guet, quand les labbes passaient, planant sur un grand vent du nord. Alors, il devait crier et jurer comme les autres.

— Volontiers, acquiesça-t-elle.

— Je n'ai que du rouge, hélas ! Je vis seul, alors j'achète ce qui me plaît.

— Vous n'avez jamais été marié, monsieur Parr ?

— Je suis veuf.

Il y eut une pause.

— Claire, mon épouse, s'est suicidée.

— Je suis désolée.

Elle avait toujours trouvé que le suicide était le summum de l'égoïsme.

— Elle souffrait de dépression depuis longtemps, avant notre rencontre déjà. Je n'ai pas compris à quel point elle était désespérée. Bien sûr, je m'en voudrai toujours.

Il la conduisit dans une longue pièce qui s'étirait sur toute la largeur de la maison. En ouvrant une fenêtre il laissa entrer le chant d'un merle, une odeur d'herbe tondue. Posté devant un buffet victorien, il lui tourna le dos le temps de déboucher la bouteille. Vera n'arrivait pas à savoir s'il était aussi calme qu'il le paraissait. Elle eut envie de lui demander comment sa femme s'était tuée. S'était-elle noyée ? Mais ce n'était pas une question à poser autour d'un verre de shiraz australien et de toute façon, elle pourrait le découvrir par elle-même. Il devait y avoir eu autopsie. Et où était-elle traitée pour sa dépression ? Au mur s'affichait la photographie d'une femme, tête en arrière, en train de rire. Claire ? Il ne semblait pas y avoir d'autre trace d'elle dans la pièce.

Enfin Sam se tourna et tendit à Vera un grand verre de vin. Elle désigna la photo de la tête.

— Elle était très belle.

Il ne répondit pas.

Elle prit le verre, s'assit dans un canapé en cuir tout éraflé et attendit qu'il parle. Il faisait profession de raconter des histoires. À lui de commencer.

— Ç'a été un choc terrible de trouver le corps de la jeune femme, déclara-t-il. Quand James s'est mis à hurler, ça m'a d'abord irrité. Je n'ai jamais ressenti le désir d'être père, même du vivant de Claire. Je sais qu'on est censé encourager les enfants à fréquenter les bibliothèques, mais sincèrement, je n'y mets guère d'enthousiasme. Ils sont tellement bruyants, tellement casse-pieds... Et puis on a vu cette jeune femme. Ses cheveux qui flottaient à la surface, sa robe... ça m'a rappelé un tableau préraphaélite. Les couleurs assourdies dans l'ombre. Peut-être parce qu'on la regardait d'en haut, de loin.

— Ça paraissait mis en scène, intervint Vera. Composé, comme un modèle pour un artiste ?

— Oui.

Il leva les yeux, surpris qu'elle l'ait compris si facilement.

— Ce n'était pas seulement que l'on voulait sa mort, c'était une déclaration.

— Vous ne l'avez pas reconnue ?

— Non.

— Et maintenant que vous avez eu le temps d'y réfléchir, vous êtes sûr de ne l'avoir jamais rencontrée ?

— Elle n'avait pas l'air d'une vraie femme. Je ne peux pas en être certain à cent pour cent. Mais son nom ne me dit absolument rien.

— On a retrouvé une carte des bibliothèques du Northumberland dans ses affaires.

— Je ne connais pas tous nos lecteurs, inspecteur.

— Pourquoi s'inscrire sur ce réseau alors qu'elle habitait Newcastle ?

— Si elle travaillait à Hepworth, elle trouvait peut-être notre branche locale plus pratique que la bibliothèque de la ville. Elle n'est ouverte que quelques heures par semaine, mais c'est tout près de l'école. Peut-être que ce n'était que pour consulter son courrier électronique.

— Vous seriez en mesure de nous dire ce qu'elle a emprunté récemment ?

— C'est important ?

— Probablement pas. Mais ça m'intéresse. La curiosité…

Elle lui sourit.

— … est probablement un point commun aux écrivains et aux policiers.

— Je ne pourrais pas vous renseigner tout de suite, même si je retournais à la bibliothèque. À cette heure, le système est éteint. Je peux regarder demain et vous dire s'il y a des ouvrages en attente sur sa carte. C'est tout ce que je peux faire.

— Vous croyez qu'on peut savoir qui sont les gens en fonction de leurs lectures ?

Il éclata de rire.

— Pas du tout. Beaucoup de nos lecteurs sont d'adorables vieilles dames qui adorent les pires thrillers américains.

Vera s'aperçut qu'elle passait un bon moment. Le vin aidait, mais le bibliothécaire était d'agréable compagnie. Facile. Elle s'était attendue à quelqu'un de mesuré et d'ennuyeux, mais il semblait maintenant plus détendu lui aussi.

— Qu'est-ce qui vous a poussé vers l'ornithologie ?

— Un bon prof. Il nous a emmenés en excursion. J'ai grandi en banlieue et ç'a été une vraie révélation de découvrir les collines. Je suppose que j'ai une attitude plus romantique que scientifique face à l'histoire naturelle. J'aime les belles choses.

— L'approche scientifique, c'est le professeur Calvert ?

— Oui. On était à l'école ensemble. Il est un peu plus âgé que moi, mais on se retrouvait au club d'histoire naturelle. On a pris des voies différentes à la fac, mais sans jamais cesser d'être amis. Il était mordu de science ; j'adorais lire.

— Pourquoi est-ce qu'il a choisi la botanique ? Pourquoi pas la zoologie ?

— Il dit qu'il préfère que l'ornithologie reste un plaisir, pas une obligation.

— Vous saviez que Gary avait une nouvelle petite amie ?

Le changement soudain de sujet ne parut pas le désarçonner.

— Je sais qu'il est tombé amoureux de quelqu'un.

Il fit une pause.

— Ça ne pouvait pas être la victime, vous savez. Mlle Marsh était tout à fait le genre de femme pour laquelle il craquait en temps normal. Mais sa dernière conquête est différente, je crois. Quelqu'un de plus âgé, avec qui il est allé à l'école. On s'est moqués de lui, on lui a demandé s'il grandissait enfin. Il a beau approcher de la quarantaine, il a toujours joué le rôle de l'adolescent foufou dans notre groupe.

— La nouvelle femme de sa vie s'appelle Julie Armstrong. C'est la mère du garçon qui a été étranglé à Seaton deux jours avant la mort de Lily Marsh.

Elle leva la tête.

— Vous ne le saviez pas ? Vous êtes si proches, j'aurais cru qu'ils vous auraient prévenu. Les autres sont au courant.

— Ils ont peut-être essayé de me joindre. J'ai passé la journée en réunion et je viens à peine de rentrer.

— Si Gary est l'adolescent foufou, quel rôle joue Clive ?

Elle s'aperçut qu'elle avait terminé son vin et reposa le verre sur la table. Elle se demanda s'il lui en proposerait un autre, si elle pourrait l'accepter sans dépasser la limite réglementaire.

Samuel réfléchit un moment.

— Clive est obsessionnel. C'est un brillant observateur. Le meilleur d'entre nous, et de loin. Il lit les guides comme je lis des romans, sauf qu'il se rappelle le moindre mot. Ce n'est pas un excellent compagnon de pub. Il ne nous fait pas rire. Pas comme Gary. Pas comme Peter, même, quand il est en forme. Mais il trouve les oiseaux pour nous. Il nous rappelle ce qui nous a réunis.

— Où étiez-vous vendredi avant d'arriver à Fox Mill ?

Il la regarda par-dessus son verre.

— Est-ce que je fais partie des suspects, inspecteur ?

Il n'était pas en colère. L'idée avait l'air de l'amuser.

— J'ai besoin d'éliminer toutes les personnes liées à la victime, même de façon périphérique.

— Je n'étais pas lié à la victime. Pas de son vivant.

Il reposa son verre.

— Excusez-moi, inspecteur, je ne devrais pas prendre tout ça à la légère. Vos questions sont légitimes. Vendredi après-midi je travaillais à la bibliothèque de Morpeth. J'ai rattrapé quelques heures et suis parti assez tôt. Vers quatre heures. Pour rentrer chez moi. Je reprenais une nouvelle. Je voulais la terminer pour l'emporter avec moi le soir.

— Un cadeau pour le professeur Calvert ? Une œuvre écrite spécialement pour son anniversaire ?

— Pas du tout. Peter ne lit jamais de fiction. Felicity aime bien mon travail. Et son avis compte beaucoup pour moi. Je voulais qu'elle la lise avant de l'envoyer à mon agent.

Vera avait envie de lui demander de quoi traitait la nouvelle, mais elle se rendait compte que cela n'avait probablement aucune importance. Peut-être voulait-elle simplement prolonger l'entrevue pour ne pas avoir à regagner sa maison vide.

— Quelqu'un peut confirmer que vous étiez ici ? Vous avez reçu des appels, des visites ?

— Malheureusement, non. Et je ne réponds jamais au téléphone quand j'écris.

— Peut-être qu'un voisin vous a vu partir pour la fête.

— Vous pouvez vérifier, mais ça me surprendrait. Les gens du quartier sont respectueux de la vie privée.

Il sourit.

— Encore un peu de vin, inspecteur ? Un demi-verre seulement, je sais que vous conduisez.

Bien que tentée, Vera secoua la tête et se leva. Elle se demanda pourquoi il se montrait si aimable avec elle. Les hommes se donnaient rarement la peine de la traiter avec des égards et Samuel n'était pas tout à fait en train de flirter, mais il voulait gagner sa sympathie. Habitude ? Il travaillait avec des quinquagénaires excentriques. Peut-être avait-il adopté cette attitude comme un style de direction. Ou avait-il une autre raison pour la vouloir de son côté ?

Il la raccompagna à la porte, lui serra la main et attendit au pied du perron pendant qu'elle ouvrait la porte de sa voiture. En s'éloignant elle se rendit compte qu'elle s'était un petit peu laissé séduire. Il avait dominé la conversation. Les choses s'étaient déroulées exactement comme il l'avait voulu.

## 24

Toute la journée Gary avait pensé à aller voir Julie. L'idée lui était entrée dans le crâne et il n'arrivait pas à s'en débarrasser. Un peu comme ces insupportables passages musicaux qui vous tournent en boucle dans la tête. Cette chanson de l'organisation caritative Comic Relief d'il y avait quelques années, par exemple. On essaie de la remplacer par quelque chose de mieux, mais ça ne fait qu'empirer les choses et la sale ritournelle ne cesse de s'amplifier, au point qu'on n'arrive presque plus à réfléchir.

Il avait fait une balance technique au Sage, dans la petite salle. Il travaillait depuis la cabine intégrée au bâtiment. L'artiste était une poétesse qui récitait et parfois chantait avec un groupe derrière elle. D'ordinaire quand il travaillait, il n'était capable de penser à rien d'autre qu'à obtenir le meilleur son. Le Sage était génial pour les grands orchestres, mais pour une formation réduite et intime comme celle-là, l'équilibre était délicat à trouver. Le groupe était bon, bluesy et sombre, et Gary voulait lui rendre justice. Bien que la poésie ne soit pas sa tasse de thé, il se surprit à prêter attention aux textes. Peut-être parce que l'artiste lui rappelait Julie. Elle ne lui ressemblait pas – elle était noire, d'abord, et puis plus jeune – mais elle dégageait quelque chose de chaleureux, elle était généreuse et riait beaucoup. Donc toute la journée il s'était demandé comment allait Julie, comment il pourrait la contacter, si ce serait une bonne idée ou tout simplement mal élevé.

Il avait quelques heures de libres entre la balance et le spectacle. Ce serait un concert tardif, qui attirerait les clients les plus relax du bar et la clique pseudo-bohème qui n'avait pas à se lever le matin. Il descendit jusqu'au fleuve, étourdi par la chaleur au sortir du bâtiment climatisé. On ne croirait pas qu'il puisse faire aussi chaud à Gateshead, songea-t-il. Gateshead, ça devrait être du vent d'est mordant et de la neige fondue. En haut du quai la grande roue tournait lentement. En se retournant, Gary vit le Sage tout éclairé, révélant les deux salles sous son enveloppe de verre. Elles lui évoquèrent deux larges navires. La grande ressemblait à un paquebot, avec des rangs de clins, la petite à un remorqueur au nez camus. Il comptait traverser la passerelle et se chercher à manger au hasard des rues, mais soudain il changea d'avis.

Il remonta les marches quatre à quatre, courut jusqu'au parking et se retrouva dans sa camionnette, moteur en marche, en route vers le nord. Il voulait voir sa maison. Ça n'impliquait pas qu'il avait tranché la question de la voir, *elle*. Il pouvait très bien parcourir la rue, faire demi-tour et repartir aussitôt. Mais ce serait mieux que rien.

Puis il se revit au pub avec les gars après le club ornitho, lui en train de parler de Julie et Peter qui le taquinait. *Mon Dieu, ce que les jeunes sont romantiques, aujourd'hui. Tout clair de lune et petites fleurs.* Et alors qu'il coupait par Heaton pour éviter le gros de la circulation, Gary sut que c'était exactement ce qui attendait Julie le soir de la mort de son fils. Clair de lune et petites fleurs. Voilà ce que voulait dire l'inspectrice quand elle avait parlé de similitudes entre le meurtre de Luke et celui de Lily. C'était la même mise en scène.

Il connaissait l'adresse de Julie. Il l'avait cherchée dans l'annuaire. Ce n'était qu'à cinq cents mètres de l'endroit où elle habitait dans son enfance. Lui aussi avait grandi au village, quoique de l'autre côté, dans le nouveau lotissement privé qui n'avait plus rien de nouveau. Sensation étrange que de revenir. Il avait descendu la grand-route depuis Whitley tous les jours en car scolaire quand il allait au collège. Les souvenirs affluaient, refoulant enfin ses craintes sur la réaction de Julie devant sa visite inopinée. Des garçons tapageurs qui se chamaillaient à l'étage de l'autobus et chahutaient à coups de cartable. Lui qui enlaçait doucement les épaules de Lindsay Waugh, lui mordillait le lobe tandis qu'elle devenait rouge écarlate et que s'élevait une clameur générale. Lui encore, assis à côté de Clive pour aller voir une sarcelle à ailes vertes sur la Blyth, faisant mine de ne pas le connaître parce qu'il était trop craignos et obsédé, et que penseraient Lindsay et les autres s'ils savaient que Gary aimait les oiseaux lui aussi ?

Sans s'en rendre compte, il était arrivé au village et tournait dans la rue de Julie. Dix-huit heures, les enfants jouaient dehors. Deux mères les surveillaient, assises sur le pas de la porte. Gary supposa que c'était comme ça depuis la mort de Luke. Il sentit qu'elles l'examinaient. Un étranger dans la rue. Sans elles il serait sans doute allé jusqu'au bout de la voie, resté assis dans la voiture, puis il aurait perdu courage et pris la clef des champs. Mais leurs regards le rendirent combatif. Et prudent. Il était l'ami de Julie. Quel était le problème, d'aller lui présenter ses respects ? En plus, l'une d'elles avait probablement enregistré son numéro d'immatriculation, maintenant. S'il passait sans s'arrêter, elles se précipiteraient pour signaler à la police un individu suspect qu'elles prétendraient avoir mis en fuite.

Il se gara donc juste devant la maison et sans regarder les femmes, il traversa le jardinet et frappa à la porte. Une fois là, il se dit qu'il aurait dû apporter quelque chose. Un geste. Mais quoi ? Pas des fleurs, quelle indélicatesse ! Du vin, peut-être. Mais ça aurait donné l'impression qu'il s'incrustait à une fête. Il resta là, les mains dans les poches de son jean parce qu'il ne savait pas quoi en faire d'autre. Parfois, après une soirée trop arrosée et un vindaloo, il faisait ce cauchemar : sur la scène du City Hall devant un parterre bondé, il tripotait un micro dont le son était complètement foiré. Nu comme un ver. Il se sentait exactement dans cette situation en ce moment.

La porte s'ouvrit. C'était une jeune fille en uniforme scolaire. Ou en espèce d'uniforme. Chemise blanche, jupette noire. Pas de cravate. Il se demanda s'il s'était trompé d'adresse, puis se rappela que Julie avait un autre enfant, une fille. Il se creusa la tête pour retrouver son nom. Laura. Mais avant qu'il ait pu l'utiliser, une femme âgée accourut derrière elle. Une paire de maniques suspendue dans une main, elle avait l'air d'un videur inefficace.

— Laura, ma chérie, je t'ai dit de me laisser ouvrir la porte.

La petite fixa Gary un moment, puis haussa les épaules et disparut à l'étage.

La femme se tourna vers lui, plus agressive à présent.

— Qui vous êtes ? On parle pas aux journalistes. La police sera de retour dans une minute.

— Je ne suis pas un journaliste. Je suis un ami de Julie.

Elle le dévisagea. Ses yeux étaient tout petits, féroces.

— Julie n'est pas en état de recevoir qui que ce soit.

Il s'apprêtait à laisser tomber, presque soulagé. Il

pouvait laisser un message. Au moins, ainsi, Julie saurait qu'il pensait à elle. Et puis une voix s'éleva, à peine reconnaissable.

— Maman, laisse-le entrer. Je veux le voir.

La femme hésita un instant puis fit un pas de côté. Une fois Gary entré, elle claqua la porte sur les voisins trop curieux.

Il gagna le salon, remarqua le désordre au passage, se demanda s'il en allait toujours de même – et, l'espace d'un instant, s'il serait capable de vivre dans un tel capharnaüm. L'endroit n'avait certes rien à voir avec Fox Mill, depuis toujours sa maison idéale. Les fenêtres étaient parées de fins stores blancs qui repoussaient le plus fort du soleil et les regards indiscrets. Ils plongeaient la pièce dans la pénombre. Difficile de distinguer les détails. Puis il vit Julie, lovée sur le canapé. Il s'assit à côté d'elle, lui prit la main. La femme plus âgée était restée sur le pas de la porte, anxieuse et protectrice.

— Le dîner est bientôt prêt, lança-t-elle.

Elle grondait presque, les mots venant du fond de la gorge.

— Tout va bien, maman. C'est un ami.

— Je suis dans la cuisine.

Ceci à l'intention de Gary. Un avertissement et une menace. Elle le regarda de travers et quitta la pièce.

— Désolée pour ma mère, s'excusa Julie.

— Ne t'en fais pas. Je réagirais exactement comme elle si j'étais là pour veiller sur toi.

Elle lui offrit un sourire fugace. Il lui caressa le dos de la main.

— Je suis vraiment lamentable, fit-elle. Je suis

incapable de rien. Je reste affalée ici toute la journée.

— Tu ne peux pas être lamentable. Jamais.

— Je devrais être forte pour Laura.

Gary crut percevoir l'écho de sa mère dans ces mots. Il ne savait que dire. Il ne savait que penser de Laura, maigrelette et tout en jambes. Quelque chose en elle lui rappelait Emily et cela le déconcertait. Derrière les stores, la fenêtre était ouverte. Les petiotes dans la rue sautaient à la corde en scandant une comptine. Il n'avait rien entendu de tel récemment. Ça faisait des années qu'il n'avait pas vu des fillettes jouer à la corde. Peut-être l'une des mères qui les surveillaient leur avait-elle appris cette ritournelle, l'extirpant de sa propre mémoire. Il se revit à l'école primaire de Seaton, en train de gambader dans la cour avec Julie Richardson, de jouer à la chasse aux bisous sur l'herbe pendant que tout le monde avait le dos tourné. Peut-être pensait-elle à la même chose, car elle se mit à entonner avec les enfants :

— *… dans les bois pendant que le loup n'y est pas…*

Elle s'arrêta brusquement. Dehors, la comptine continua sans elle.

*Si le loup y était…*

— Je me sens si bête, avoua-t-il. À rester assis là. Sans savoir quoi dire. Impuissant.

Elle lui pressa la main.

— Mais non. Tu me fais du bien. Je t'assure.

— Je ne savais pas si je devais venir.

Alors elle fit quelque chose d'inattendu. Elle l'attira et l'embrassa. Un vrai baiser profond, insinuant sa langue dans sa bouche, jusqu'à la gorge. Il la serra fort contre lui, sentit ses seins souples contre sa poitrine, les prémices du désir. Malgré lui. Sachant qu'il ne pouvait rien se passer. Pas avec sa mère et sa fille juste à côté. Pas tant qu'elle était si désemparée. Mais chantant au fond de lui parce qu'au bout du compte ça marcherait. Tous ces rêves qu'il avait faits depuis qu'il l'avait retrouvée. Luke ne viendrait pas les entraver.

Il la repoussa tendrement, lui caressa la joue, se pencha et l'embrassa sur la raie des cheveux, où apparaissaient les racines plus sombres. Elle pleurait.

— Oh là là ! s'écria-t-elle. Je suis désolée.

Il savait qu'il n'aurait pas dû éprouver cette joie. Il aurait dû être triste parce qu'elle était triste.

— Tu n'as pas à être désolée.

Le ton était sérieux, la voix basse. Les voix basses, c'était sexy, non ?

— Tu as envie de parler de Luke ? Je veux dire, je ne l'ai pas connu, mais si tu veux quelqu'un à qui te confier…

Dans le dos de Julie, il tourna le poignet pour regarder l'heure. Il était attendu au Sage à vingt heures trente.

— Non. Je n'ai fait que parler de lui depuis des jours. À la police, à ma mère, à mes copines. J'avais envie de l'oublier. Juste un instant. Je voulais voir si j'y arrivais.

— Et ?

— Pas vraiment.

Elle sourit. Pas précisément le bon vieux sourire de Julie.

— Mais ça m'a fait du bien d'essayer.

Il y eut un bruit à la porte. Gary s'attendait à voir la mère à nouveau mais c'était Laura. Elle se tenait sur le seuil, les yeux rivés sur eux. Il se poussa pour mettre un peu de distance entre lui et Julie.

— Laura est allée à l'école aujourd'hui, lança Julie sur un ton atrocement jovial. J'ai trouvé ça super-courageux. Comment ça s'est passé, ma puce ?

— Bien. Les profs ont été sympas. Il y a eu une réunion générale des élèves. À propos de Luke et tout. Ils ont dit que j'étais pas obligée d'y assister.

— Et tu y es allée ?

— Nan. Mais j'attendais dehors et j'ai entendu ce qu'ils racontaient. Que des conneries. Je veux dire, on aurait pas dit qu'ils parlaient de Luke. Pas moyen de deviner que c'était lui d'après ce qu'ils disaient.

— C'est quand même gentil de leur part d'évoquer son souvenir, de lui rendre hommage.

Laura parut sur le point de proférer quelque grossièreté dédaigneuse, mais elle se retint.

— Je te présente Gary, reprit Julie. C'est un vieil ami. On était en primaire ensemble.

Ce fut comme si Laura n'avait rien entendu.

— Mamie dit que le dîner est presque prêt.

Gary se leva.

— Je vais y aller.

— Tu ne veux pas rester ? Manger un morceau avec nous ?

Mais il vit que Julie avait replongé dans son état comateux. L'invitation avait été purement machinale.

— Je travaille ce soir, expliqua-t-il. Un concert au Sage.

Il se dirigea vers la sortie. Il se demanda si elle trouverait l'énergie de se lever pour l'accompagner, mais elle semblait de nouveau perdue dans ses pensées. Ce fut Laura qui lui ouvrit la porte. Les enfants suspendirent leur jeu pour tourner la tête et les mères assises sur le perron levèrent les yeux de leurs magazines. Il pensait que leurs regards intimideraient l'adolescente. Lui-même les trouvait difficilement supportables. Il avait envie de leur crier : *Qu'est-ce que vous regardez comme ça ?* Il était convaincu que Laura refermerait aussitôt la porte sur lui et se dépêcherait de rentrer. Mais ce ne fut pas le cas. Elle se tenait toujours sur le seuil quand il monta dans la camionnette et démarra.

## 25

Mardi matin. Vera avait convoqué ses hommes en réunion à la première heure. Charlie semblait avoir dormi à son bureau ; en tout cas, il ne s'était pas rasé. Joe avait des céréales sur le bas de sa chemise. Seule Holly paraissait éveillée et alerte. En la voyant, si belle et pleine de santé, Vera éprouva une jalousie terrible, destructrice. Même jeune, elle n'avait jamais été comme ça. Lorsqu'elle arriva ils étaient tous assis autour d'une table. Joe parlait de Clive Stringer.

— Qu'est-ce qu'il a, Stringer ? lança-t-elle, ayant manqué le début de la conversation.

— Si on cherche un taré, il est sacrément jeté.

Ah bon ? songea Vera. Elle avait grandi avec plusieurs jeunes types bizarres dans son genre. Des solitaires, des obsessionnels. Les acolytes de son père.

— Enfin, il passe ses journées la main dans le croupion d'un oiseau mort, il n'a pas d'amis à part le groupe de Fox Mill, pas de petite amie.

Vera se demanda si Joe la décrirait comme une tarée. Elle n'avait pas beaucoup d'amis non plus.

— Quel est son mobile ? demanda-t-elle.

— Je ne sais pas. Peut-être qu'il s'est jeté sur Lily et qu'elle l'a repoussé.

— Il nous faudrait une preuve qu'ils se connaissaient. Et ça n'explique pas Luke.

— La jalousie alors ? Ils étaient tous les deux jeunes et beaux. Peut-être qu'il ne lui en fallait pas plus.

— On n'a pas de preuve, insista-t-elle. Rien. Et il n'a pas de moyen de transport.

— Il a le permis. Il a très bien pu emprunter une voiture.

— À qui ? Tu viens toi-même de dire qu'il n'a pas d'amis.

— Il aurait pu en voler une, en louer une.

— Oui, admit-elle. Il aurait pu. Vérifie dans les agences de location. Ils se souviendront de lui.

— On devrait aussi parler à sa mère.

— Évidemment, répondit-elle en se contenant tout juste. Mais on garde l'esprit ouvert.

Cette fois Joe se tut et elle eut l'impression qu'il boudait. Il estimait qu'elle travaillait avec lui depuis suffisamment longtemps pour n'avoir pas besoin de lui rappeler ça. Bien souvent, c'était lui qui devait la remettre sur les rails.

— Bien, lança-t-elle. Qu'est-ce qu'on a d'autre ?

Sous-entendu : donnez-moi de l'utile. Pas de l'hypothèse ou du préjugé. Elle garda un ton calme. Ce n'était pas le moment de paniquer, même si à l'heure qu'il était, ils auraient dû avoir un suspect. Dans le silence elle eut à nouveau conscience du temps qui s'écoulait, du fait que ces meurtres pouvaient fort bien être aléatoires et dépourvus de mobile compréhensible, qu'il était possible qu'ils découvrent un autre jeune et beau noyé paré de fleurs.

Charlie s'agita sur sa chaise, se racla la gorge d'une manière qui rappela à Vera les ivrognes sur le pas des portes, sur le point de cracher. Elle en eut un haut-le-cœur.

— J'ai trouvé où Lily prélevait son loyer.

— Alors ?

— Un compte à son nom dans une société de crédit immobilier. La North of England. Il y avait un livret dans les affaires que les gars de l'IJ ont trouvées dans sa chambre. Elle tirait un chèque dessus une fois par mois.

— Qu'est-ce qui l'approvisionnait ? Ses salaires du magasin ?

— Non, je vous l'ai dit. Ils étaient directement virés sur son compte courant.

Il s'adossa à sa chaise. Vera eut envie de lui hurler de cracher le morceau.

— Elle déposait cinq cents livres à peu près toutes les six semaines.

Il s'arrêta à nouveau.

— En liquide.

— Où est-ce qu'elle dégotait des sommes pareilles ?

Il haussa les épaules.

— Peut-être qu'elle faisait un peu de racolage de luxe pour mettre du beurre dans les épinards. Il y a des étudiantes qui font ça. À ce qu'il paraît.

En une autre occasion peut-être y aurait-il eu des ricanements. *Et d'où tu tiens ça, Charlie ?* Mais ils devaient s'être aperçus que Vera ne trouverait pas ça drôle.

Elle revoyait la penderie de Lily, les dessous chics, les vêtements qui avaient des airs de déguisements.

— J'imagine que c'est possible. Montre sa photo aux hôtels les plus plausibles en ville. Vois si quelqu'un la reconnaît.

Holly leva la main. Une élève polie qui avait une suggestion à faire.

— Oui ?

Vera espéra que son impatience ne transpirait pas.

— Ou bien elle aurait pu avoir un amant riche…

— Des éléments dans ce sens ?

— J'ai parlé à ses colocataires.

— Elles m'ont dit qu'il n'y avait personne.

Vera perçut son ton défensif, ne put le corriger.

— Ou du moins que s'il y avait quelqu'un elles n'étaient au courant de rien.

— Elles ne voulaient pas reconnaître qu'elles avaient espionné une de ses conversations téléphoniques. Il y a un deuxième téléphone dans la cuisine. Elles crevaient d'envie de savoir ce qui se passait. J'en étais sûre. Je veux dire, rien de plus naturel, non ? Je les ai poussées un peu. Ce n'est arrivé qu'une fois. Lily était au téléphone. Elles ont décroché le poste de la cuisine et écouté.

— Et ?

— Pas de détails. Rien d'aussi utile qu'un nom. Même pas la preuve qu'elle avait une liaison avec lui. Elles pensent que Lily a dû se douter qu'elles écoutaient parce qu'elle a écourté la conversation.

— Qu'est-ce qu'elles ont appris, alors ?

— Un homme plus vieux. Cultivé, parlant bien. Un rendez-vous à dîner.

— Ç'aurait pu être n'importe qui. Un parent. Un collègue. Son patron à la boutique.

— Ça m'étonnerait que ce soit un parent, intervint Joe. S'il y avait quelqu'un comme ça dans la famille, vous pouvez être sûre que sa mère en aurait parlé. Elle s'en serait vantée.

— Je suppose qu'elles n'ont rien fait d'utile, soupira Vera, comme de la suivre pour voir à quoi il ressemblait.

Holly sourit.

— Non. Elles ont été tentées de réserver une table dans le même restaurant, mais ce sont des filles bien élevées. Elles se sont dit que ce n'était pas bien de l'espionner.

— Je déteste les filles bien élevées.

— Heureusement, ses collègues de la boutique de fringues n'ont pas autant de scrupules.

Vera sourit, lentement. Peut-être qu'elle pourrait se prendre d'amitié pour Holly, finalement.

— Qu'est-ce que tu as obtenu d'elles ?

— Rien de folichon, reconnut Holly. Enfin, rien de vraiment utile. Mais elles m'ont confirmé que ses rendez-vous avec le monsieur plus âgé n'avaient rien de familial ni de professionnel. Elle parlait un peu plus librement avec les autres vendeuses. J'imagine qu'elle se sentait plus à l'aise avec elles. Elle aimait l'idée de partager un appartement classieux à Jesmond avec deux filles de bonne famille, mais elles n'avaient pas grand-chose en commun.

— Raconte-moi.

Holly tira un petit bloc-notes, couvert de son écriture enfantine. Une petite souris roulant des mécaniques.

— Il y a environ six mois elle est arrivée au magasin avec une nouvelle bague. Opale et argent. Ancienne. Elle a dit que c'était un cadeau. Il la lui avait offerte quand ils avaient passé une journée à York. C'était la première fois qu'ils passaient la nuit ensemble.

Vera l'interrompit.

— Elle leur a donné le nom de l'hôtel ?

— Non. Mais l'une d'elles se souvenait d'une remarque de Lily : « C'est ça qui est génial quand on sort avec quelqu'un d'un peu plus âgé. Il sait faire les choses bien. » Elles lui ont demandé quel âge il avait, mais elle n'a rien voulu dire. « Vous ne comprendriez pas. » L'une d'elles a demandé s'il était assez vieux pour être son père. Elle a éclaté de rire alors elles en ont conclu que ce devait être le cas.

— Elles ne l'ont jamais vu.

— Non. Je vous l'ai dit, rien de vraiment utile.

— Oh, crois-moi, mon chou, il y a plein d'utile là-dedans ! Trouvez-moi cette bague. Charlie, est-ce qu'elle est dans les affaires rapportées par l'IJ ?

— Je ne crois pas.

— Vérifie. Je ne me rappelle pas avoir vu de bijou comme ça à l'appartement, mais il devait bien y être. Quand on l'aura, quelqu'un pourra aller s'amuser une journée à York pour écumer les antiquaires et les joailleries. À moins que son mystérieux amant ne l'ait payée cash, on a de bonnes chances de l'identifier. Et que quelqu'un se charge d'appeler tous les bons hôtels de la ville.

— C'est pourtant évident, non ? lança Joe.

— Quoi donc ? fit Vera en se tournant vers lui.

— Les étudiantes de Peter Calvert nous ont dit qu'il se tapait une jeunette.

— Elles nous ont parlé d'un bruit qui courait. Rien de sûr et aucune preuve. Et même si la rumeur se confirmait, il n'avait que l'embarras du choix parmi toutes les étudiantes belles à croquer de Newcastle. Rien ne dit que c'était Lily Marsh.

Qui plus est, poursuivit-elle en son for intérieur, Peter Calvert n'est pas le seul homme d'âge mûr à flotter en orbite de cette affaire. Il y a Samuel Parr. Lily avait une carte des bibliothèques du Northumberland. Lui aussi, elle aurait pu le rencontrer par hasard. Et si je devais choisir entre Parr et Calvert, je n'hésiterais pas une seconde. D'autant que les mises en scène recherchées étaient beaucoup plus dans le style de Parr. Mais elle ne dit rien à ses hommes. Elle garda ses soupçons pour elle. Un plaisir personnel. Une possibilité de les surprendre à la fin de l'enquête. S'il se révélait qu'elle avait vu juste.

Elle s'aperçut qu'ils la regardaient, attendant qu'elle poursuive.

— Eh bien. Quoi d'autre ?

Joe se pencha vers elle par-dessus le bureau.

— J'ai retrouvé Ben Craven.

Elle savait que ce nom aurait dû lui dire quelque chose, mais ce n'était pas le cas. Il la regarda. Elle vit qu'il était content de lui. *Tu deviens un peu suffisant à mon goût.*

— Le garçon dont elle était folle amoureuse au lycée. Celui qui l'obsédait tant qu'elle en a foiré son bac.

— Oui, oui, fit-elle comme si elle le savait depuis le début, mais sans duper personne. Qu'est-ce qu'il est devenu ?

— Il est parti faire ses études à Liverpool. Il est revenu dans la région l'été dernier. Devinez ce qu'il fait, maintenant ?

Il les regarda, savourant ce moment, avant de répondre à sa propre question.

— Il est assistant social en psychiatrie à St George. L'hôpital de Luke Armstrong.

— Il s'occupait de lui ?

Vera n'était pas d'humeur à entrer dans ses petits jeux.

— Je ne sais pas. Je n'ai pas encore réussi à lui parler.

— N'essaie plus. Pas avant que j'aie discuté avec Julie. Il ne faut pas effrayer ce jeune homme.

Pourquoi Joe ne l'avait-il pas avertie dès qu'il l'avait retrouvé ? Elle eut envie d'exiger une explication. Mais ce n'était pas le lieu. Pas devant les autres. Il devient vaniteux, se dit-elle. Effronté. Il croit qu'il peut en prendre à son aise avec moi.

Peut-être perçut-il sa colère, car il poursuivit d'un ton contrit.

— Je n'ai eu sa mère que tout à l'heure. Juste avant la réunion.

*Moi aussi, j'en prends à mon aise avec lui. Je le vois comme un parent, j'en attends plus que je ne devrais.*

— La femme de Samuel Parr s'est suicidée, déclara-t-elle. Je veux des détails, comment elle est morte. Charlie, tu peux t'en occuper ?

Il opina et griffonna quelque chose sur un bout de papier.

— Du nouveau côté phare ? Un témoin s'est rappelé avoir vu un assassin avec le corps d'une jeune femme sous le bras ?

Elle savait que ce n'était pas drôle, mais ça commençait à l'exaspérer. Le culot de ce type.

— Rien d'utile encore. Quelqu'un a dit que le service des eaux y a travaillé pendant une heure. Je vais interroger les agents.

— Bien, conclut-elle d'un ton jovial. On a tous du pain sur la planche…

Charlie se remit à toussoter. Il semblait avoir constamment une boule en travers de sa gorge.

— Il y a autre chose. Sans doute rien.

— Crache, Charlie !

Et dès que les mots eurent franchi ses lèvres elle

se dit : Mais pas littéralement, mon chou. Non, pas ça.

— J'ai trouvé ça dans les papiers que les techniciens ont rapportés de chez elle. Et avec ces histoires de fleurs, je me suis dit que, ben, c'était peut-être important.

Il tenait l'objet dans une pochette transparente. Un rectangle de papier cartonné couleur crème, format A6, avec, collée dessus, une fleur séchée. Jaune, délicate. Une sorte de vesce ? se demanda Vera. Il y avait eu une mode des fleurs séchées quand elle était petite. Lancée par un de leurs professeurs. On coinçait la fleur entre deux feuilles de buvard et on l'écrasait sous de gros livres bien lourds – il y en avait des quantités chez elle. Mais elle n'avait jamais bien compris l'intérêt. En rangeant la maison après le décès d'Hector, elle était tombée sur un de ses essais entre les pages d'un guide. Une primevère, cueillie, pressée, puis oubliée pendant plus de trente ans. La fleur avait rejoint toutes les autres saloperies dans le feu.

— Quelque chose d'écrit derrière ?

Charlie retourna le sachet. XXX à l'encre noire. Trois baisers. La carte aurait pu avoir été confectionnée par un enfant pour sa mère. Mais là, c'était autre chose, se dit Vera. Un gage d'amour ?

— Elle était dans une enveloppe ?

— Non. Juste comme ça.

— Aucune chance de trouver de l'ADN, alors.

— Ça pointe vers Peter Calvert, non ? hasarda Ashworth.

— Peut-être.

Elle avait du mal à imaginer l'arrogant professeur

se donnant la peine de réaliser cette carte. N'était-ce pas typiquement le genre de chose dont il ricanerait ?

— C'est peut-être Lily qui l'a faite et n'a pas eu le temps de l'envoyer. Ou elle l'avait préparée pour en faire un atelier à l'école. Transmets au labo. Ils trouveront peut-être quelque chose dans la colle.

Elle resta assise sur le bureau après qu'ils furent tous partis. Elle vida le fond de café de la Thermos, prit son temps pour le boire. Elle n'arrivait pas à se défaire de l'impression que quelqu'un la manipulait. Qu'elle était une pièce dans un jeu de société compliqué. Les vrais meurtres ne se passaient pas comme ça. Ils étaient brutaux et désordonnés. Imprévus en général, moches toujours. Elle s'efforça de se rappeler Julie Armstrong fixant le téléviseur dans son salon de Seaton, Dennis Marsh terré dans sa serre ; essaya de se convaincre qu'elle ne savourait pas chaque minute.

## 26

Le médecin avait prescrit à Julie des cachets pour l'aider à dormir. Chaque soir elle pensait qu'ils ne feraient aucun effet, puis le sommeil arrivait d'un coup. Comme si on l'assommait, une soudaine perte de connaissance. Pour la première fois ce matin elle se rappela avoir rêvé. Elle s'éveilla brutalement, comme toujours avec les médicaments. Il était tôt. Elle s'en aperçut au chant des oiseaux et à l'absence de circulation dans la rue. Les rideaux étaient fins et la lumière filtrait au travers ; encore une belle journée.

Sa première pensée fut pour son fils, comme tous les matins depuis sa mort. Elle revit Luke étendu dans la baignoire, l'odeur capiteuse, les gouttes de condensation roulant sur le miroir du lavabo. Mais elle sut aussi immédiatement qu'il n'avait pas été le sujet de son rêve. Ç'avait été un rêve érotique, comme ceux qu'elle avait connus après le départ de Geoff, quand elle pensait que plus jamais elle ne referait l'amour avec un homme. Gary et elle se promenaient une nuit sur la plage. La lune lourde posée sur l'horizon, le bruit des vagues. Le genre de scène qu'on lirait dans un magazine ringard, une de ces revues pour vieilles dames que sa mère emportait pour les trajets en car. Mais ensuite le rêve changeait et ils étaient dans les dunes, en train de faire l'amour. Elle se rappelait son poids sur elle, le sable qui lui râpait le dos et les épaules, la langue de Gary dans sa bouche. À présent c'était comme le souvenir d'un moment réel, pas du tout un rêve. Étendue dans son lit elle posa sa main droite sur son sein gauche et crut le sentir tout tendre encore, comme s'il avait été caressé et pincé. Elle fit glisser sa main le long de son ventre, entre ses jambes, puis s'arrêta. Il y eut un sursaut de culpabilité. Qu'est-ce qu'elle faisait ? Comment pouvait-elle ne serait-ce que penser au sexe à un moment pareil ? Quel genre de mère avait-elle été ? Elle aurait dû renvoyer Gary, hier. Qu'est-ce qui lui avait pris de le laisser entrer ?

La jeune femme regarda le réveil. Presque six heures. Elle appuya sur la télécommande et le téléviseur portable posé sur la commode s'anima. Elle somnola devant les images en mouvement, sans entendre les mots, jusqu'à ce que sa mère entre avec une tasse de thé et une pile de courrier. Elle vit qu'il y avait de nouvelles cartes. Tous ses amis lui envoyaient des mots de soutien, lui disaient combien ils avaient du chagrin. Elle savait à quoi cela ressemblerait. Des images de croix, d'églises, de fleurs. Elle qui n'avait pas mis les pieds dans une église depuis le baptême de Laura, elle se demanda ce qu'il pouvait bien y avoir dans la mort pour faire remonter la religion chez tout le monde. Elle n'avait pas encore pu se résoudre à lire le courrier ; elle ajouta les nouvelles enveloppes aux autres toujours intactes au pied du lit.

Toute la matinée elle s'efforça de repousser Gary de ses pensées. Sa mère dut sentir qu'elle était plus agitée aujourd'hui car elle essaya de la distraire. Ou peut-être que Julie s'était suffisamment morfondue comme ça et qu'il était temps pour elle de se ressaisir. Mme Richardson n'était pas très sentimentale et s'énervait facilement. Elle obligea sa fille à se lever pour le petit déjeuner, puis la pria de préparer le casse-croûte de Laura pour le collège. Lorsque l'adolescente fut partie et que Julie s'attarda à la table de la cuisine, le regard perdu dans le vide, elle lui apporta la pile de courrier.

— Il faut que tu répondes à ces cartes, Julie. Tu ne peux pas les ignorer comme ça. Ça ne se fait pas.

Julie se demandait où était Gary aujourd'hui. Elle avait son numéro, pas vrai ? Elle pouvait l'appeler. Elle imaginait qu'il viendrait la chercher, l'emmènerait avec lui à son travail. Il y aurait une salle enténébrée, des lumières mouvantes et un groupe de rock. De la musique à plein volume qui lui viderait la tête de toute autre pensée. Le rythme de la contrebasse qui vibrerait dans tout son corps. Puis la culpabilité la frappa à nouveau et, comme pour se punir, elle obéit à sa mère. Une tasse de café au lait à côté d'elle, elle entreprit d'ouvrir le courrier.

Quand la sonnette retentit, elle sentit son pouls s'emballer. Gary était revenu. Sa mère, qui faisait pourtant les lits à l'étage, cria :

— Ne bouge pas ! J'y vais !

Et Julie resta où elle était en se forçant à respirer lentement, sans cesser de se dire et de se répéter que ce n'était pas bien de penser à un homme dans un moment pareil. Puis elle perçut la voix de Vera Stanhope, si forte qu'on aurait dit que la rue entière l'avait entendue, et elle eut envie de pleurer.

Vera entra dans la cuisine et s'assit à côté d'elle.

— Désolée de vous déranger à nouveau, mon chou. J'ai juste quelques questions.

Alors elle vit ce que faisait Julie, vit la carte ouverte sur la table.

— C'est joli. C'est arrivé aujourd'hui ?

Pour la première fois Julie regarda l'image. Pas d'église cette fois. C'était une de ces cartes chic confectionnées à la main et qui coûtaient une fortune. Une fleur séchée sur un épais carton couleur crème. Comme elle allait la prendre pour lire le mot au verso, Vera l'arrêta en posant une grosse patte sur sa main.

— Faites-moi confiance, mon chou. Ça pourrait être important. Cette carte est arrivée aujourd'hui ?

— Je n'en suis pas sûre. Je n'arrivais pas à me décider à les ouvrir. Elles s'accumulent depuis vendredi.

— Vous avez toujours l'enveloppe ?

— Oui, elle est là, sur la table.

Hébétée, Julie regarda Vera prendre un stylo dans sa poche et retourner l'enveloppe d'un petit coup afin de découvrir le cachet de la poste et l'adresse. Elle ne comprenait pas ce qu'il pouvait y avoir de si important et s'en fichait un peu à vrai dire. Elle observa par la fenêtre un tracteur qui tournait et retournait au loin dans un champ.

— Ce n'était pas pour vous, entendit-elle dire à Vera. Elle était adressée à Luke.

Alors oui, elle regarda l'enveloppe. Une enveloppe blanche, pas crème, qui ne semblait pas correspondre à la carte.

L'adresse était écrite à l'encre noire, en majuscules : LUKE ARMSTRONG, 16, LAUREL WAY, SEATON, NORTHUMBERLAND. Pas de code postal.

Elle leva les yeux sur Vera.

— Il y a une erreur. Ce n'est pas Laurel Way, mais Laurel Avenue. Laurel Way, c'est à côté de l'école.

Elle ne comprenait toujours pas pourquoi toute cette histoire.

— Elle a été postée mardi, constata Vera. Timbre au tarif rapide. Sans l'erreur dans l'adresse, elle serait arrivée mercredi.

— Si elle était arrivée mercredi, c'est Luke qui l'aurait ouverte. Jamais je n'aurais ouvert son courrier. Je ne l'aurais peut-être pas fait aujourd'hui non plus si je m'en étais rendu compte. J'ai cru qu'elle m'était adressée.

Elle regarda Vera, immobile, sourcils froncés.

— Elle est forcément arrivée avec les autres vendredi. C'est important ?

— Probablement pas, mon chou. Voyons juste ce que l'expéditeur avait à dire. Vous n'auriez pas une pince à épiler ?

La jeune femme monta en chercher une à l'étage, heureuse de bouger. Sa mère était dans la salle de bains. Julie entendit le bruit de l'eau, puis le sifflement de la bombe nettoyante. Tous les jours Mme Richardson nettoyait la baignoire. Voûtée au-dessus, elle la frottait de toutes ses forces, à croire que la couleur allait déteindre sur le chiffon. Ça ne changeait rien. Julie ne se sentait toujours pas capable de s'en servir. Heureusement, la porte était fermée si bien qu'au moins, elle n'eut pas à expliquer ce qui se passait. Lorsqu'elle revint dans la cuisine, Vera attrapa soigneusement la carte à l'aide dc la pince à épiler et la retourna. Le verso était vierge.

— Peut-être une sorte de plaisanterie, suggéra Julie.

— Oui, peut-être. Mais je vais l'emporter avec moi, si ça ne vous ennuie pas. La faire examiner.

Julie éprouva un éclair de curiosité, qui s'évanouit. Au fond, qu'est-ce que ça pouvait bien lui faire, ce que fabriquait l'inspectrice ? Elle alla allumer la bouilloire pour préparer un café à Vera.

Quand elle revint une tasse à la main, carte et enveloppe avaient disparu.

— Vous aviez des questions ?

Ça ne l'intéressait pas, elle voulait juste en finir le plus vite possible. Pourquoi ? Pour pouvoir regagner son monde imaginaire peuplé de hard-rock abrutissant et d'un garçon avec qui elle avait commencé à jouer au loup à six ans dans la cour de récréation ? Elle ouvrit la boîte à biscuits et la poussa vers Vera. Laquelle prit un sablé au chocolat, le trempa dans son café et le croqua rapidement avant qu'il tombe.

— Est-ce que Luke était suivi par un assistant social ?

— On a reçu une visite quand il a commencé à avoir des problèmes à l'école. Une fouineuse.

Julie n'avait pas pensé à elle depuis des années. Une femme qui aimait les longs gilets et les chaussures plates, les collants épais aux couleurs bizarres. Elle avait un grain de beauté sur le côté du nez. Intérieurement, Julie l'avait surnommée *la sorcière*.

— Je ne me souviens pas de son nom.

— Personne, plus récemment ?

— Je n'avais pas besoin d'aide. Je m'en sortais très bien.

Elle jeta à Vera un regard soupçonneux.

— Et je n'ai pas besoin que quelqu'un vienne mettre son grain de sel maintenant. C'est déjà assez pénible d'avoir ma mère à la maison.

— Je sais que vous faites face, assura Vera de telle manière que Julie sut qu'elle était sincère. Mais on cherche des liens entre Luke et la fille qui a été tuée. Ça pourrait nous aider pour comprendre ce qui s'est passé. Vous avez rencontré un des assistants de l'hôpital ?

— Je ne crois pas. Mais c'est possible. Je veux dire, ce n'est pas comme un vrai hôpital où les uniformes permettent tout de suite de savoir qui est qui. Ils ont tous la même dégaine. Les médecins, les infirmières, les psy. Tous si jeunes qu'on les croirait à peine sortis du lycée. Ils avaient des badges à leur nom, mais je n'ai jamais pris la peine de m'y arrêter. J'étais dans un tel état que je savais que je m'en souviendrais pas. Et chaque fois que j'y allais, je voyais quelqu'un de nouveau.

— Il y avait un jeune homme. Frais émoulu de l'université. Ben Craven. Ça vous dit quelque chose ?

Julie voulait vraiment l'aider. Elle avait envie de faire sourire Vera, de lui faire plaisir, mais quand elle pensait à ces visites à l'hôpital, elle ne voyait qu'une sorte de brouillard. Tout ce qu'elle se rappelait, c'était l'odeur - relents de tabac froid et de nourriture - et les grands yeux hagards de Luke.

— Je suis désolée. C'est possible. Je n'en sais rien.

— Il n'est jamais venu chez vous ?

— Ah, non !

Ça, Julie en était à peu près sûre.

— Il n'est jamais venu ici. Du moins en ma présence.

— Si Luke avait eu de la visite pendant que vous étiez au travail, il vous l'aurait dit ?

Julie réfléchit.

— Je n'en suis pas sûre. Il ne gardait pas longtemps quelque chose en tête. Il n'arrivait pas à fixer ses idées. Sans chercher à me le cacher, il aurait pu tout simplement ne pas y penser.

— Est-ce que Laura aurait été au courant ?

— Luke se confiait moins à elle qu'à moi.

Il y eut un silence. Julie sentait que l'inspectrice voulait s'en aller, mais après avoir été contrariée par son arrivée, elle n'avait plus envie de la laisser partir.

— Si vous apprenez quelque chose, lui demanda-t-elle, vous viendrez me le dire ? Tout de suite ?

Vera se leva et alla rincer sa tasse à l'évier.

— Bien sûr. Tout de suite.

Mais elle lui avait répondu le dos tourné et Julie ne fut pas certaine de pouvoir la croire.

## 27

Felicity accompagna James jusqu'à l'arrêt du car et redescendit lentement vers Fox Mill. Depuis l'anniversaire de Peter rien de concret n'avait changé. Elle s'occupait toujours de la lessive et des courses et du dîner tous les soirs. Elle s'assurait que James faisait bien ses devoirs et pendant le souper elle demandait à Peter s'il avait passé une bonne journée au travail. Elle s'étendait à côté de lui au lit.

La veille au soir elle avait essayé de lui parler de la jeune fille morte. Par la fenêtre ouverte le jardin embaumait, mais sous l'herbe coupée et le chèvrefeuille elle croyait sentir une pointe marine. Elle s'était remémoré la tour de guet, le grand air salé, les algues et les fleurs qui flottaient sur l'eau.

— Tu crois qu'ils connaissent l'assassin, maintenant ?

Allongée sur le dos, elle regardait le plafond. Elle savait qu'il était encore éveillé, mais il avait mis si longtemps à répondre qu'elle s'était demandé s'il faisait semblant de dormir.

— Non, avait-il enfin répondu. Je crois qu'ils sont dans le noir complet. Ils sont passés me voir, aujourd'hui. L'inspectrice et un homme plus jeune.

— Qu'est-ce qu'ils voulaient ?

Elle s'était tournée vers lui, distinguait à peine le contour de son crâne. Jadis, elle aurait tendu la main pour lui caresser le front, les paupières, le cou. Les lèvres et l'intérieur de la bouche. Elle avait adoré l'intimité de sa peau sur le bout de ses doigts. Aujourd'hui, ils ne se touchaient même pas des pieds.

— Ils m'ont demandé si je pouvais identifier les fleurs. Je ne sais pas… C'était peut-être un prétexte.

— Ils ne peuvent pas croire que l'un de nous soit impliqué.

— Non, avait-il assuré d'un ton détendu. Bien sûr que non.

Et il l'avait prise dans ses bras comme il aurait pu le faire quand ils étaient jeunes mariés. Un père réconfortant son enfant. Elle était restée presque immobile, feignant d'être rassérénée.

En redescendant le chemin, dans l'ombre intermittente projetée par les sureaux, elle se dit que si en surface tout paraissait comme avant, au fond rien ne le serait plus jamais. Sitôt conçue cette idée, elle la rejeta comme une absurdité mélodramatique. Le problème, c'est qu'elle n'avait personne à qui en parler. Bien sûr elle avait raconté à ses amies la découverte du corps, en fait ces deux derniers jours elle avait même si souvent relaté l'incident – au téléphone, dans diverses cuisines autour d'un café ou d'un verre de vin – qu'elle n'était plus tout à fait sûre de la réalité. L'avait-elle légèrement enjolivée pour mieux impressionner ? Mais ce qu'elle ne pouvait pas partager, c'était le doute, jusque-là sous-jacent, qu'une personne de sa connaissance soit un assassin. Tout comme elle n'avait confié à aucune de ses amies sa liaison avec Samuel.

Dans la maison déserte elle se dit que ce qu'il lui fallait, c'était de la compagnie. L'anniversaire de Peter avait été gâché par le meurtre. Elle devrait organiser une soirée, un barbecue, réinviter les garçons pour fêter ça dignement. Mais elle savait que ce serait en désespoir de cause et que si elle mettait ce projet à exécution, le résultat serait atroce, pire que la dernière fois. Un échec. Alors elle pensa inviter ses filles à venir passer quelques jours avec leurs conjoints et enfants. Ils feraient une grande fête de famille. Au moins dans son rôle de mère elle se sentait en sécurité. Elle en parlerait à Peter dès ce soir. Ça ferait un sujet de conversation. Comblerait le silence de mort du dîner.

Lorsque Joanna, sa benjamine, leur rendait visite, son mari et elle logeaient toujours au cottage, tradition qui datait de son entrée à l'université. Elle était revenue un week-end avec un groupe d'amis et Felicity s'était dit qu'ils seraient moins gênants là-bas.

Ils pourraient passer la nuit à boire et à écouter de la musique sans déranger Peter ni empêcher James de dormir.

Felicity décida donc de préparer les lieux pour leur venue. Elle jeta des torchons, une pelle et une balayette, des chiffons à poussière et de la cire dans un seau, et traversa le pré en direction du cottage. Sa mère, à genoux sur la pierre froide de l'église pour cirer des bancs sur lesquels personne ne s'assiérait jamais, lui avait vanté les bienfaits thérapeutiques du ménage. Felicity allait mettre la théorie en pratique.

Elle n'était pas retournée au cottage depuis le week-end, quand Vera Stanhope avait demandé à le voir, et personne n'y avait logé depuis Noël.

Malgré le beau temps il sentait l'humide et le renfermé, odeur qu'elle n'avait pas perçue si forte auparavant. Peut-être cela avait-il dissuadé Lily Marsh de louer. Peut-être était-ce pour cette raison qu'elle avait pris le large sans donner de réponse. Elle cala la porte à l'aide d'un caillou et ouvrit toutes les fenêtres. Sans l'entrave de la porte le bief d'amont paraissait plus près. Tout en besognant elle entendait l'eau au-dehors.

Elle défit le lit et jeta les draps et taies d'oreiller en tas au pied de l'escalier, épousseta la commode, l'encaustiqua à la cire d'abeille. Puis elle grimpa sur une chaise et entreprit de laver les vitres de la chambre, abaissant la guillotine pour nettoyer l'extérieur. Déjà son moral remontait. Elle se surprit à fredonner quelques mesures d'une chanson que James avait apprise à l'école. Elle alla chercher un balai dans le placard de la cuisine et le passa sous le lit, entassa la poussière sur le parquet nu. Le tas ramassé dans la pelle, elle s'aperçut qu'elle n'avait pas apporté de sac-poubelle et descendit prudemment l'escalier.

Elle lessiva le carrelage de la salle de bains, récura le dessus du four et l'intérieur des placards de la cuisine, réunit un nouvel amas de poussière. Puis elle décréta qu'il lui fallait un café. Il y avait bien une boîte d'instantané et du lait en poudre au cottage, mais elle méritait mieux que ça. Laissant la cahute ouverte aux quatre vents, elle reprit le chemin de la maison. Les hautes herbes du pré étaient douces comme la plume contre ses jambes nues.

Elle alluma la bouilloire et jeta un coup d'œil au téléphone. Un message. C'était Samuel. Terne et distant comme à l'accoutumée. *Tu peux peut-être me rappeler si tu as une minute. Rien d'urgent.* Mais ce simple contact l'électrisa. Elle pensa qu'il voulait la voir, s'imagina entrant dans sa maison de Morpeth, accueillie par lui. Elle composa son numéro direct. Pas de réponse. Elle en fut déçue, mais également ravie. L'idée de réessayer plus tard lui donnerait un plaisir à anticiper. Une gratification à retardement. Felicity se servit son café dans une tasse Thermos. Elle pensait l'emporter au cottage, le boire assise sur le seuil devant la rivière. Elle reconnaissait que sa matinée avait été puérile. Mary Barnes avait dû offrir au cottage un grand ménage de printemps quelques mois plus tôt, et elle le referait si Felicity lui disait que Jo venait passer quelques jours. Ce matin elle s'était comportée comme une petite fille jouant à la maîtresse de maison. Au dernier moment elle se rappela qu'il lui fallait un sac-poubelle et alla le chercher.

En buvant son café elle pensa à Samuel, sa longue colonne osseuse et son dos élancé. Encore une attitude puérile, se dit-elle. Mais elle sourit intérieurement. Elle retourna dans le cottage et ferma les fenêtres, tira la chasse d'eau pour éliminer la Javel, ramassa la poussière avec la pelle. Tandis qu'elle la vidait dans le sac-poubelle, un éclat attira son attention. Elle se baissa pour attraper l'objet. Une bague. Très jolie. Des pierres bleu-vert sur une monture en argent ovale. Motif Arts déco. Qui lui rappelait vaguement quelque chose. Elle devait appartenir à l'une des filles, songea-t-elle, heureuse de l'avoir sauvée. À Joanna sans doute. C'était le genre de bijou qu'elle adorait. Quelle étourdie de ne même pas s'être aperçue qu'elle l'avait perdue…

Ce ne fut qu'une fois rentrée chez elle, dans leur chambre, sur le fauteuil d'osier à côté du téléphone, alors qu'elle s'apprêtait à rappeler Samuel, que Felicity se souvint où elle avait vu la bague. Au doigt de Lily Marsh. Elle l'avait remarquée au moment où Lily tendait les mains pour prendre le violon de James à la descente du car. À cet instant déjà elle l'avait secrètement convoitée. L'anneau devait être un peu grand, il avait dû glisser et tomber pendant la visite. Felicity la déposa sur le lit. Sur l'édredon en épais coton blanc, le bijou brillait de tous ses feux. Elle fut tentée de le conserver. Elle le glissa à son doigt. Il lui allait parfaitement. Qui le saurait ? Depuis son amitié avec Samuel, toutes sortes d'indignités lui semblaient possibles. Elle savoura l'idée d'agir à contre-pied, à l'inverse de ce qu'attendraient ses proches, qui l'auraient décrite comme quelqu'un de très *bien*. La bague toujours à son doigt elle composa le numéro de Samuel. Il répondit aussitôt.

— Parr.

— C'est Felicity. Tu m'as laissé un message.

Elle se présentait toujours, tout en sachant qu'il devait reconnaître sa voix. Même quand personne ne pouvait les entendre ils maintenaient l'apparence d'un lien strictement amical. Jusqu'au moment où ils se retrouvaient seuls chez lui.

— C'est gentil de me rappeler.

Il fit une pause.

— Comment vas-tu ?

— Ça va. Tu sais bien…

— Et James ?

— Oh ! il va bien aussi.

— Je me demandais si tu avais des nouvelles de la police.

— Ils sont allés trouver Peter à son bureau hier.

— L'inspectrice est aussi venue me voir. Chez moi.

Felicity éprouva un instant de dégoût. C'était presque sacrilège, ce gros laideron assis au milieu du beau salon de Samuel. Il poursuivit.

— Je ne sais pas trop ce qu'elle voulait.

Felicity ne sachant que répondre, elle se retrouva à donner l'information sans importance qui occupait toujours le premier plan de ses pensées.

— Je viens de trouver un bijou qui appartenait à Lily Marsh. Une bague. Elle était au cottage. Elle a dû la perdre quand je lui ai fait visiter.

— Tu as averti la police ?

Elle fut surprise par le ton de sa voix.

— Non, pas encore. Elle est *très* jolie.

— Tu n'envisages tout de même pas de la garder ! s'écria-t-il. Il faut leur dire. Sur-le-champ. Si tu ne le fais pas, ils vont croire que tu as quelque chose à te reprocher.

— Tout de même pas. Ils savent qu'elle est venue au cottage.

— Peu importe, riposta-t-il. Ils y verront une preuve.

— D'accord. Je plaisantais.

Elle se dit qu'il pouvait être bien noble d'esprit et bien moralisateur.

— Et moi, je pensais simplement à toi.

Jamais il ne s'était montré aussi intime au téléphone et elle en fut étrangement émue.

— Je t'en prie, insista-t-il. Appelle l'inspecteur Stanhope. Tout de suite.

— Très bien.

— Promets-le-moi.

— Je te le promets. Tu es libre, cet après-midi ?

— Non, je suis en réunion.

Elle n'arriva pas à savoir s'il disait la vérité ou s'il s'inquiétait toujours à l'idée de se retrouver ensemble. Peut-être imaginait-il l'inspectrice frappant à sa porte, insistant pour qu'on lui ouvre, alors qu'ils étaient en train de faire l'amour. Comme il détesterait cela, être surpris dans un moment où il n'était pas totalement maître de lui. Elle se fit la réflexion que sa relation avec Samuel, elle aussi, avait bien changé depuis la découverte du corps de Lily Marsh.

— Je te laisse, termina-t-il. On m'attend à l'accueil.

Il raccrocha sans un au revoir convenable.

Elle resta immobile un moment, à regarder par la fenêtre le phare miroitant dans la brume de chaleur, puis décrocha à nouveau pour appeler la police.

## 28

Vera avait pris rendez-vous avec Ben Craven dans un centre psychiatrique de jour. Il y passait une journée par semaine pour voir les patients sortis de l'hôpital. Le centre se trouvait en lisière d'une ville côtière jadis célèbre pour ses quais. Aujourd'hui, elle n'avait plus pour seul titre de gloire que celui de capitale de la drogue du nord-est de l'Angleterre.

En chemin, Vera s'arrêta à la bibliothèque du centre-ville, un bâtiment gothique en brique rouge avec un clocher et, dans le hall, une immense fresque représentant un navire toutes voiles dehors. Elle trouva un recueil de nouvelles de Samuel Parr dans un rayonnage indiqué AUTEURS RÉGIONAUX. Elle se demanda comment il prendrait ce classement. Était-ce un honneur ? Ou cela signifiait-il qu'il n'était pas assez bon pour figurer en compagnie des vrais écrivains ? Elle feuilleta le volume un moment, mais ne retrouva pas l'histoire qu'elle avait entendue à la radio. Finalement elle décida de l'emprunter tout de même. En prenant le livre et sa carte, la bibliothécaire dit :

— Il est charmant. Il a donné une lecture ici l'an dernier. C'est un collègue, bien sûr.

Ce qui rappela à Vera sa dernière conversation avec Samuel Parr. Il avait promis de lui dire ce que lisait Lily. Toujours curieuse de le savoir, mais également de la réaction de Parr à sa requête, elle décida d'insister. Assise dans sa voiture elle appela la bibliothèque de Morpeth et demanda à lui parler.

— Ah, oui, inspecteur. Laissez-moi une minute, le temps d'aller voir dans le système. Elle s'appelait ? Lily Marsh ?

À quoi tu joues ? songea-t-elle. Évidemment que tu te souviens de son nom. Tu as trouvé son corps.

— Il n'y a aucun livre en attente sur sa carte, inspecteur. J'ai bien peur de ne pas pouvoir vous aider.

Elle coupa le téléphone, sous le coup d'une déception irraisonnée.

Le centre de jour avait été une école maternelle et, en entrant, Vera eut le désagréable sentiment que tout le monde – soignants compris – avait régressé jusqu'à la petite enfance. Dans une salle se tenait un cours de dessin. Les patients étaient affublés de tabliers rouges pour se protéger des taches, ils utilisaient de grosses brosses et de la peinture acrylique de couleur vive. Dans une autre se déroulait une sorte de cours de musique avec des tambourins, des cymbales, deux métallophones. Mais partout flottait une odeur de tabac. Cela n'avait jamais vraiment dérangé l'inspectrice si d'autres voulaient se tuer, mais cette fois elle le sentit jusque dans sa gorge et dans ses poumons, et elle sut qu'il lui faudrait se changer pour se débarrasser de la puanteur. Elle dut traverser une salle commune pour trouver l'assistant. Les chaises avaient beau être disposées en petits groupes, personne n'avait l'air de se parler. Tout le monde fumait. Une femme maigre parlait dans sa barbe. Quelque longue histoire concernant l'appartement qu'elle louait et la mairie qui la harcelait. Les autres personnes présentes ne lui prêtaient aucune attention.

Craven disposait d'un petit bureau au bout du couloir. Sa porte était ouverte et Vera le vit avant qu'il ne la remarque. Assis à sa table, il frappait le clavier d'un ordinateur à une vitesse qu'elle ne maîtriserait jamais. Sa première pensée fut qu'il était beau. Le genre de jeune homme que l'on devait remarquer dans la rue, suivre des yeux pour le seul plaisir de le voir se mouvoir. Grand, blond, musclé. Un hâle pour mettre en valeur les yeux, rivés sur l'écran mais elle savait déjà qu'ils seraient bleus. Il devait avoir sa place dans les fantasmes de bon nombre de patientes. Pas étonnant que Lily Marsh se soit éprise de lui. Quel couple ils devaient faire !

Il l'entendit approcher et leva la tête.

— Oui ?

Un mot seulement, mais sur ce ton doux et condescendant qu'emploient les professionnels pour s'adresser aux fous. Un sourire pour la mettre à l'aise. Il la prenait pour une patiente. Elle se demanda si c'était comme ça qu'elle parlait aux témoins. Comme à des enfants.

— Vera Stanhope. Inspecteur de police. On a rendez-vous.

Assez brusque pour le déstabiliser. Un petit jeu idiot, à qui serait le plus fort, qu'elle méprisait en temps normal.

Il éteignit l'ordinateur, se leva dans la foulée, lui tendit la main.

— Inspecteur. Thé ? Café ?

— Non, merci.

— C'est au sujet d'un de mes patients ? Peut-être que ma chef de service devrait assister à notre conversation.

Elle ne répondit pas à cette suggestion.

— Écoutez, on ne pourrait pas aller discuter ailleurs ? Déjeuner, peut-être ?

— Les malades mentaux vous mettent mal à l'aise, inspecteur ?

— Ne dites pas de bêtises, fiston. J'ai travaillé avec plus de cinglés que vous n'avez eu de dîners dans votre vie. Et je ne parle pas seulement des délinquants.

Il sourit et elle songea qu'il était peut-être humain après tout.

— Je fais généralement une pause vers cette heure-ci.

Ils sortirent. En face s'étendait une étroite bande de dune, puis la mer. Au loin, une centrale électrique en cours de démolition. Craven l'entraîna, au bout d'une rangée de maisons jumelles à double façade de style édouardien, toujours majestueuses malgré les alentours, jusque dans un pub. The Mermaid, la Sirène. Une sculpture façon figure de proue au-dessus de la porte. La nuit on y trafiquait probablement de la drogue, comme partout ailleurs dans la ville, mais à cette heure l'endroit était calme, reposant. Deux vieux messieurs à la respiration de mineurs de fond jouaient aux dominos dans un coin. Un couple de quadras mangeait une tourte à la viande et des frites.

Craven prit un jus d'orange et un sandwich. Vera opta pour un demi de Workie Ticket et un hamburger. Debout au bar pour payer, elle le regarda, pris dans un halo de lumière poussiéreuse, jusqu'à se rendre compte qu'elle le dévisageait et alors elle se détourna.

— Luke Armstrong, lança-t-elle à peine assise. Ce nom vous dit quelque chose ?

— Ce n'est pas le garçon qui a été tué à Seaton ?

— Vous le connaissiez, donc ?

— Non. Je ne me suis jamais occupé de lui. Mais j'ai entendu des collègues en parler. Cancaner. C'est comme ça que j'ai su qu'il avait été hospitalisé à St George. Je ne crois pas qu'il ait jamais été envoyé à l'assistance sociale.

— Vous ne l'avez pas vu à l'hôpital ?

— Peut-être en passant, alors que j'allais voir un autre patient dans le service, mais je ne m'en souviens pas. Vous feriez vraiment mieux d'en parler à ma chef. Elle saura si l'assistance sociale a travaillé avec la famille.

— Et Lily Marsh ? poursuivit Vera. Elle, vous l'avez connue.

Il garda le silence complet. Aussi immobile qu'une statue. Nimbée de lumière. Une œuvre d'art qu'elle installerait chez elle n'importe quand, songea-t-elle, ne plaisantant qu'à moitié.

— Je n'ai pas vu Lily depuis mes dix-huit ans.

— Vous savez qu'elle est morte, elle aussi ?

— Ma mère m'a appelé ce week-end. Elle m'a dit qu'il y avait eu un accident. Lily s'est noyée quelque part sur la côte.

Vera se demanda si c'était l'histoire que Phyllis avait répandue dans le village en apprenant la mort de sa fille. Trouvait-elle honteux de se faire assassiner ? Pas très convenable ? Elle ne pourrait pas soutenir la fable bien longtemps.

— Lily a été étranglée. Comme Luke Armstrong.

— Vous voulez dire que les deux meurtres sont liés ?

*Et futé avec ça. Pas seulement une belle gueule.*

— On n'a pas tant de morts violentes que ça dans la région, rétorqua-t-elle, sarcastique. Pas en une même semaine en tout cas.

Puis, en le regardant dans les yeux :

— Vous ne m'avez pas l'air très secoué. C'est une sale histoire. Et vous avez été très proche d'elle, fut un temps.

— Bien sûr que je suis secoué, répondit-il avant de lever la tête vers elle. Mais pas surpris. Pas vraiment. Je ne crois pas aux victimes nées, mais elle n'était pas facile à vivre pour ses proches. Il m'est arrivé d'avoir envie de la tuer. Pas sa faute. Je m'en rendais compte, déjà à l'époque. Je voulais comprendre. C'est peut-être ce qui m'a orienté vers ce métier. Mais ça ne m'empêchait pas d'avoir envie de l'étrangler.

— Racontez-moi.

— Je l'aimais. L'obsession folle et passionnelle

qu'on ne connaît qu'à l'adolescence. Je voulais lui écrire des poèmes, passer chaque minute avec elle…

— La sauter, intervint obligeamment Vera.

Il éclata de rire.

— Oui, ça aussi, j'imagine. Mais d'une manière très élégante et romantique. On avait étudié D. H. Lawrence. J'imaginais la scène au clair de lune, sur une meule de foin. Quelque chose comme ça. Les jeunes sont d'un prétentieux, non ?

Vera pensa à Luke Armstrong et à Thomas Sharp, rapinant sur les chantiers, faisant les imbéciles sur le quai, se défendant mutuellement quand les brutalités commençaient. Pas *tous* les jeunes, songea-t-elle. Une femme grassouillette et maternelle apporta leurs assiettes. Vera attendit qu'elle soit retournée au bar avant de continuer.

— Elle a répondu à vos attentes ?

— Au début.

Elle voulut lui demander s'ils l'avaient fait dehors, comme dans son fantasme, mais se dit que c'était purement concupiscent. Elle était comme ces pauvres flics quinquagénaires qui se léchaient les babines quand on leur demandait d'éplucher un monceau de matériel pornographique qui venait d'être saisi.

Elle allait lui dire de développer, mais il le fit de son propre chef.

— C'était en automne, au début de l'année de première. Je veux dire, c'est là que j'ai trouvé le courage de l'inviter à sortir avec moi. Un groupe qu'elle aimait bien passait au City Hall. J'ai réussi à avoir des billets et lui ai demandé si elle aimerait aller les voir. Je venais d'obtenir mon permis et j'avais réussi à convaincre ma mère de me prêter la voiture pour la soirée. C'était le seul moyen pour rentrer à la maison si tard. J'étais terriblement nerveux avant de lui demander si elle voulait venir avec moi. Je me rappelle que je tremblais. On attendait le car pour aller au lycée. On était tous les deux arrivés en avance et j'ai saisi l'occasion. C'était une de ces belles journées comme on peut en avoir en octobre. Ensoleillée avec une pointe de gel matinal. Je bafouillais, j'avais l'impression d'avoir huit ans. Elle a souri. C'est là que j'ai su qu'elle dirait oui. « Je croyais que tu ne me le demanderais jamais. » C'est tout ce qu'elle a répondu. Et puis d'autres gosses nous ont rejoints.

— Quand est-ce que ça a commencé à se gâter ?

— Juste avant Noël l'année suivante. On était en contrôle continu pour le bac. C'était encore plus important pour elle que pour moi. Lily était prise à Oxford, sous réserve de ses résultats. Et tout à coup elle a eu l'air de ne plus se préoccuper des révisions. Elle voulait me voir tous les soirs, même quand on avait passé la journée ensemble au bahut. J'ai commencé à me sentir étouffer.

— Alors vous avez rompu ?

— Pas tout de suite. J'ai proposé de limiter nos sorties aux week-ends. Ça rendrait les moments qu'on passait ensemble plus intenses.

— Elle a accepté ?

Il secoua la tête.

— Je l'aimais toujours, mais elle commençait à me prendre le chou. Elle m'a accusé de voir d'autres filles.

— C'était le cas ?

— Non ! J'essayais d'obtenir une mention potable à mon bac pour pouvoir entrer à la fac.

Il marqua une pause.

— Et puis on a eu une terrible dispute. On était allés au pub de son village et je la raccompagnais chez elle. Elle avait beaucoup bu. Tout à coup elle a pété un plomb, elle s'est mise à me hurler dessus et à m'insulter. Elle disait que je ne l'avais jamais aimée, que j'avais passé toute la soirée à reluquer la serveuse, qu'elle ne supporterait pas que ça continue comme ça. Ç'a été la goutte d'eau. « Très bien, on arrête », j'ai dit. Comme elle était presque arrivée, j'ai fait demi-tour pour rentrer chez moi. Elle m'a couru après en me suppliant de changer d'avis. « Excuse-moi, Ben. Je ne peux pas m'en empêcher. Je t'aime tellement. » Il pleuvait des cordes et je me suis dit qu'elle avait vraiment l'air d'une folle, là, en larmes, avec son maquillage qui lui dégoulinait sur les joues. Je ne savais pas quoi faire. Elle était complètement retournée. Alors je l'ai prise par la taille, je l'ai ramenée jusqu'à sa porte, j'ai attendu qu'elle ait tourné la clef et je me suis tiré en vitesse.

— Un vrai gentleman.

— C'était trop lourd à porter. J'aurais dû aller voir ses parents, leur expliquer pourquoi elle était malheureuse, mais je n'arrivais pas à m'y résoudre. Ils m'avaient toujours paru très vieux. Assez collet monté. Et de toute façon, on n'abordait pas ce genre de sujet avec les parents.

Il s'arrêta, tripota son verre vide.

— Ça, c'était un vendredi. Elle n'est pas venue en cours toute la semaine suivante. Ses parents ont fait passer un mot d'excuse comme quoi elle avait une angine. J'étais soulagé de ne pas avoir à la croiser. J'ai pensé que ça s'arrêterait là. Elle reviendrait au lycée et tout recommencerait comme avant qu'on sorte ensemble. Des ruptures, il y en avait tous les jours. Pas de quoi en faire un drame.

— Sauf que c'en était un pour Lily.

— Apparemment. Sa mère m'a appelé, elle m'a demandé d'aller la voir. Elle ne dormait plus, ne mangeait plus. J'ai eu assez de bon sens pour refuser. Je savais que si je lui donnais le moindre encouragement, ce serait reparti. Quinze jours plus tard elle est revenue au lycée. Elle était extrêmement pâle et maladive. Je me suis demandé si elle ne souffrait pas d'une affection physique, j'ai fait des cauchemars dans lesquels elle avait une maladie incurable que mon attitude ne servait qu'à empirer. Au fond de moi, j'étais sûr que sa mère l'avait fait examiner. Curieusement, j'étais flatté. Faire cet effet à quelqu'un que j'avais vénéré ! Lily s'est isolée et renfermée. Elle n'avait jamais eu de vrais amis. Je n'avais pas perçu combien elle était seule avant qu'on se rapproche. Mais je continuais à penser que tout s'arrangerait. Elle avait l'air de se jeter à corps perdu dans les révisions. J'ai cru qu'elle se remettait tranquillement de notre séparation. Il n'y avait plus de scènes. Au bout d'une semaine environ, elle a même commencé à paraître plus rayonnante. Je veux dire, elle s'est remise à faire attention à son apparence, elle me parlait quand on se croisait.

— Mais ça n'a pas marché ?

— Si seulement ! Aujourd'hui, évidemment, je

me rends compte de l'état de dépression dans lequel elle devait être. Elle n'allait pas mieux du tout. Les nouvelles fringues, l'attitude expansive, tout ça faisait partie de l'illusion que j'allais la reprendre. Elle a fait une crise pendant les vacances de Pâques. Elle s'est pointée chez moi tout endimanchée, le sourire jusqu'aux oreilles. « Où est-ce que tu comptes m'emmener ? » Elle s'était mis en tête que j'avais prévu de passer la journée quelque part avec elle. Je ne savais pas quoi faire. Finalement je l'ai raccompagnée chez ses parents. Quand elle a compris, elle s'est mise à sangloter. C'était horrible. C'est à partir de là que les coups de fil ont commencé. Elle appelait des dizaines de fois par jour. Je savais qu'elle était malade et j'essayais de me montrer compréhensif, mais ça m'épuisait. Et mes parents devenaient fous. On a changé de numéro et on s'est mis sur liste rouge. Je ne sais pas si elle a été suivie ou si l'obsession s'est arrêtée toute seule. Le trimestre suivant, on a surtout révisé à la maison en vue des examens. Je ne l'ai pas beaucoup vue. Aperçue une fois ou l'autre, de loin, alors qu'elle entrait dans une classe, et je prenais soin de ne pas croiser son chemin.

— Vous l'avez revue depuis ?

— Non. Elle n'est même pas venue prendre ses résultats en même temps que tout le monde. J'imagine qu'elle s'est rendu compte qu'elle n'avait pas été très brillante et ne supportait pas l'idée de nous voir tous nous réjouir.

— Est-ce qu'elle a séjourné à St George, depuis ? Ou été suivie en consultation externe ?

— Je ne l'ai jamais vue.

— Mais vous deviez être curieux. Tout à l'heure, vous avez dit que c'était en partie à elle que vous deviez votre orientation professionnelle. Vous ne l'avez pas cherchée dans le système ? Je sais que moi, je l'aurais fait.

Il ne répondit pas immédiatement.

— Je pense toujours à elle. Ç'a été ma première vraie petite amie. Probablement la plus belle femme que j'aie jamais connue.

Puis il leva les yeux sur Vera.

— Il faudra vous renseigner auprès de l'équipe médicale pour savoir si elle a été suivie à l'hôpital. Mais vous avez raison. J'ai cherché. Et je ne l'ai pas trouvée.

La patronne vint débarrasser leur table et Ben se leva pour s'en aller. Comme Vera ne bougeait pas il s'arrêta, les yeux sur elle, comprenant qu'il y avait une autre question.

— Est-ce que le nom de Claire Parr vous dit quelque chose ? Elle avait autour de la quarantaine, dépressive. Elle s'est suicidée.

— Non.

Elle voyait bien qu'il n'avait envie que d'une chose : retourner au travail.

— Pas grave ! lança-t-elle, presque pour elle-même. J'imagine que c'était bien avant que vous arriviez.

# 29

Vera appela au domicile de Clive Stringer depuis sa voiture. Elle s'était garée derrière les dunes et contemplait la vue sur la plage. Un vieil homme se promenait sur le rivage, tête baissée. De temps à autre il se penchait pour ramasser du charbon de mer et le fourrer dans un sac en plastique. L'inspectrice songea qu'il devait habiter une résidence avec chauffage central mais que les vieilles habitudes avaient la peau dure.

Elle composa le numéro et laissa sonner longtemps, longtemps – il n'y avait pas de répondeur à l'autre bout. Elle était sur le point d'abandonner quand une femme décrocha.

— Madame Stringer.

— Oui ?

Sa voix était ténue, essoufflée. Elle était soupçonneuse, habituée aux vendeurs de tout poil. Peut-être son fils lui avait-il recommandé de raccrocher, purement et simplement, si un inconnu appelait.

— Je m'appelle Vera Stanhope, madame Stringer. Je suis de la police. Peut-être que votre fils vous a prévenue de mon appel. C'est au sujet de cette fille qu'il a retrouvée morte près du phare.

— Je ne sais pas…

— Clive est là ? Vous pourriez peut-être me le passer.

Elle croisa les doigts pleine d'espoir et le téléphone manqua lui échapper des mains. C'était le début de l'après-midi, sûrement il serait encore au musée.

— Il est au travail. Vous devriez l'appeler là-bas.

Cette fois encore Vera crut que son interlocutrice allait raccrocher.

— Écoutez, je serai dans votre quartier d'ici à une demi-heure. Je vais passer vous voir. On pourra discuter.

— Je préférerais que vous attendiez que Clive soit rentré.

Vera crut déceler une nuance de panique dans sa voix. Cela ne signifiait rien d'inquiétant. Des tas de petits vieux avaient peur quand des inconnus frappaient à leur porte. Ils connaissaient toutes les campagnes de prévention du crime.

— Vous n'avez aucune raison de vous en faire.

Vera s'entendit parler sur le ton *Vous êtes folle et je sais ce qui est le mieux pour vous* de Ben Craven ; elle grimaça.

— Je vous montrerai ma carte. Vous pouvez appeler le commissariat pour être sûre.

Sur ce, elle raccrocha avant que Mme Stringer ait le temps de protester à nouveau.

Les Stringer habitaient un pavillon d'avant-guerre à North Shields. Autrefois la rue était un axe important, bordé d'arbres et animé, avec un magasin à chaque extrémité. Mais le quartier avait été réaménagé et le nouveau plan de circulation l'avait mise en retrait. À présent Gunner's Lane s'achevait brutalement sur un mur en parpaing. Au-delà, un centre sportif en verre et béton étirait son ombre jusqu'au milieu de la rue. Vera connaissait le coin. Elle y était venue plusieurs fois pour rendre visite à Davy Sharp, étonnée qu'il habite un endroit si modeste et si respectable. Ça faisait partie de sa couverture, sa capacité à se fondre dans la masse.

Mary Stringer devait la guetter à la fenêtre. À peine Vera eut-elle frappé que la porte s'entrouvrit, juste une fente. C'était une femme miniature, les traits petits, le cou si fin qu'il semblait impossible qu'il puisse soutenir sa tête.

— J'ai appelé Clive. Il n'était pas au courant de votre visite.

Même dans de l'entrebâillement de la porte, Vera s'aperçut que la vieille dame tremblait.

Elle ne chercha pas à entrer de force, pêcha dans son sac sa carte de police.

— Vous devez bien reconnaître que c'est moi. Regardez cette photo. Il peut pas y avoir deux personnes qui aient cette tête-là dans le Nord-Est.

— Clive a dit que je n'avais pas à vous parler.

— Et il a tout à fait raison. Mais vous ne voulez pas que toute la rue nous entende, pas vrai ?

Il n'y eut pas de réponse. Vera sentit qu'elle fléchissait.

— Allons, chère madame, laissez-moi entrer. Je suis passée acheter des mille-feuilles à la boulangerie. Mettons de l'eau à chauffer et discutons comme des personnes civilisées.

Le mille-feuille sembla emporter le morceau. La main serrée relâcha la porte. Vera poussa doucement et s'avança.

L'intérieur n'avait pas dû beaucoup changer depuis que Mary Stringer y avait emménagé. Les lieux étaient assez propres et rangés, mais le mobilier était vieux, un peu décati. Vera s'arrêta juste devant la porte d'entrée, attendant que la vieille femme lui indique quoi faire. Cette dernière, ayant pris la décision d'accueillir l'inspectrice, semblait presque contente à présent d'avoir de la compagnie. Elle conduisit son invitée dans un petit salon surchargé et courut s'affairer à préparer le thé. Sur la cheminée trônait une photo de mariage. Mary en blanc traditionnel et un homme, aussi maigre qu'elle, l'air vif et content de lui dans un costume qui lui seyait mal.

La vieille dame revint avec un plateau et trouva Vera en train de regarder le cliché.

— Il est mort alors que notre Clive n'avait qu'un mois. Un accident sur le chantier naval. Ils ont été épatants, cela dit. J'ai touché une pension.

— Quand même, c'est dur. Élever votre fils toute seule. Vous aviez de la famille pour vous aider ?

— Personne dans le coin. Les voisins ont été formidables. Je ne sais pas comment je m'en serais sortie sans eux. C'était une rue chaleureuse à l'époque. Ça l'est toujours, d'ailleurs.

— Clive m'a dit que vous aviez donné un coup de main aux Sharp quand Thomas était petiot.

— C'était juste pour rendre service, s'empressa-t-elle de répondre. Je veux dire, ils me donnaient quelques livres pour le garder quand ils étaient débordés. Vous imaginez ce que ça donnait, Davy qui faisait des allers-retours en prison… Je ne voudrais pas que les gens de la pension soient au courant. Ou les services sociaux. Je n'ai jamais été officiellement enregistrée comme nourrice.

— Vous aidiez une amie en difficulté.

Vera se demanda si son anxiété n'était due qu'à ça. Mary avait transgressé quelques règles quinze ans plus tôt et cela l'affolait encore.

— Personne ne va plus revenir là-dessus, maintenant.

Et en effet Mary sembla alors se détendre, disposée à jouer les maîtresses de maison. Elle servit le thé dans de vraies tasses avec soucoupe. Il y avait des petites assiettes assorties et Vera tira les mille-feuilles gluants d'un sac en papier, en tendit un à Mary puis se lécha le doigt.

— Est-ce que vous connaissiez Luke Armstrong, l'ami de Thomas ?

Cela avait des chances de rien donner, mais la question méritait tout de même d'être posée.

— Je voyais assez peu Tom dernièrement. Jamais assez longtemps pour discuter en tout cas. Il faisait coucou quand il passait devant la maison en allant prendre le bus pour la ville, mais c'était tout. On ne peut pas le lui reprocher. Qu'est-ce qu'il aurait fait avec une vieille bonne femme comme moi ?

— Clive devait assez bien le connaître, alors ?

— Il a été épatant avec Thomas quand il était bébé. Il lui arrivait même de le changer. Pas courant de la part d'un jeune garçon, non ? Il le promenait dans sa poussette quand il était tout petit.

Vera songea qu'à l'entendre, Mary avait dû être plus qu'une baby-sitter occasionnelle pour les Sharp, pourtant elle ne moufta pas. Elle croqua dans son mille-feuille ; le glaçage était si sucré qu'elle imagina ses dents s'effriter. Écrasée entre les couches de pâte dure, indigeste, la crème à la vanille fusa. Vera la ramassa du petit doigt pour se la fourrer dans la bouche.

Mary la regardait affectueusement.

— Mon Clive adore manger, commenta-t-elle, mais il ne prend jamais un gramme. Il doit brûler toutes les calories.

— Un peu nerveux, comme garçon ?

— C'est peut-être ma faute. On s'est retrouvés tous les deux et j'ai toujours détesté la solitude. Peut-être que je l'ai un peu étouffé. Je n'aurais jamais supporté qu'il lui arrive quelque chose.

Elle fit une pause, esquissa un sourire suffisant.

— C'est un bon fils. J'ai fait une attaque il y a un moment. Rien de bien grave, mais certains enfants auraient sauté sur l'occasion pour flanquer leur mère en maison de retraite. Pas lui. Il a pris sa journée, m'a ramenée ici et s'est occupé de moi.

— Vous êtes très proches, alors ?

— Oui, très.

— Si quelque chose le tracassait, vous seriez au courant.

— Ah, ça, c'est autre chose, non ? Il n'est pas du genre à porter son cœur en bandoulière, notre Clive. Je ne sais jamais trop ce qui se passe dans sa tête.

— Il fréquente quelqu'un en ce moment ?

— Non !

La vieille dame semblait trouver l'idée inconcevable.

— On est bien, tous les deux.

Puis elle ajouta, juste pour la forme :

— Pas que ça m'inquiéterait. Enfin, ce serait

merveilleux s'il pouvait se trouver une brave fille avec qui faire sa vie. J'adorerais être grand-mère.

— Est-ce que Clive a déjà été suivi pour ses nerfs ?

— Qu'est-ce que vous insinuez ?

Elle devint soudain soupçonneuse. Jusqu'alors elle avait grignoté sa pâtisserie à petites bouchées délicates, rongeant les bords à la façon d'une souris. Maintenant elle regardait Vera d'un air farouche par-dessus le gâteau.

— Ce n'est qu'une question, mon chou. Beaucoup de gens le font.

— Il n'est pas dépressif, si c'est ce que vous voulez dire. On est très heureux, lui et moi. On n'a pas besoin que qui que ce soit vienne fourrer son nez dans nos affaires.

Vera ne releva pas, se demanda si son interlocutrice ne protestait pas un peu trop.

— Ça ne vous ennuie pas quand il passe la nuit ailleurs ?

— Il ne le fait plus guère maintenant. Fut un temps, c'était tous les week-ends. Sur la côte avec ses grands amis, là. Mais depuis mon attaque il fait plus attention. Je lui ai dit : « Comment tu te sentirais si je faisais une crise en étant toute seule ici ? »

Vera commençait à voir Mary comme une vieille sorcière nocive. Elle aurait compris que Clive ait voulu se débarrasser *d'elle*.

— Vous saviez qu'il serait absent vendredi dernier ?

— Bien sûr. Il n'aurait pas accepté sans m'en parler avant.

— Il vous a préparé à dîner ?

— Comme je vous disais, c'est un bon fils. En général, quand il est là, il fait la cuisine. Il n'a pas mangé, cela dit.

Elle renifla.

— Il allait savourer des plats raffinés à la fête.

— Et mercredi dernier ?

— Il est rentré un peu tard du travail parce qu'il est passé faire des courses en chemin. Je l'attendais. Quand on est toute seule toute la journée, on attend la compagnie avec impatience.

— Il ne conduit plus beaucoup, à ce qu'il m'a dit.

— Non.

Elle marqua un temps d'arrêt, puis :

— J'adorais nos promenades en auto, mais il n'a jamais trop aimé conduire. Quand sa voiture a été refusée au contrôle technique il y a quelques années, il n'a pas pris la peine de la faire réparer et il l'a vendue à la casse. Il dit que c'est mieux pour la planète d'utiliser les transports publics. Ça me serait pourtant bien utile, maintenant. Il pourrait m'emmener à mes rendez-vous à l'hôpital.

Elle jeta un rapide coup d'œil à l'horloge murale.

— Il y a autre chose ? Parce que mon jeu télévisé commence bientôt et c'est le grand plaisir de ma journée.

Vera décida de s'en aller avant de dire quelque chose qu'elle pourrait regretter. La mère de Clive avait confirmé ses dires. L'inspectrice n'arrivait pas à voir en lui le fou suggéré par Joe Ashworth, qui tuait des jeunes gens uniquement par jalousie envers leur beauté. Peut-être qu'il était dépressif, mais qui ne le serait pas, coincé avec une mère aussi égocentrique ?

Mary avait allumé le grand téléviseur. Au début, l'inspectrice l'avait plainte. Maintenant elle se disait que cette femme avait organisé sa vie exactement comme elle l'entendait. Vera se leva.

— Je vais y aller.

La petite vieille hocha la tête.

— Si ça ne vous ennuie pas, je ne vous raccompagne pas. Je ne tiens plus très bien sur mes jambes, depuis mon attaque.

Vera referma la porte du salon derrière elle et resta un moment dans l'entrée. L'indicatif du jeu s'acheva. L'animateur fit une plaisanterie. Mary pouffa. Vera ouvrit l'une des portes donnant sur le couloir. La pièce avait une épaisse moquette au sol. Un lit double couvert d'une courtepointe en chenille rose. Cette odeur de chemise de nuit élimée et de talc caractéristique des vieilles dames. La porte suivante était celle de la salle de bains. Toute petite, la douche dans la baignoire, un rideau bleu à motif de poissons épanouis. L'odeur ici était un rien plus masculine. Gel douche ? Après-rasage ? Elle examina les bouteilles sur l'étagère. Clive avait-il toujours soigné son apparence, dans l'espoir peut-être de trouver un jour une femme, une excuse pour quitter sa mère ?

Puis elle fut devant la chambre de Clive. La porte, fermée mais non verrouillée, s'ouvrit avec un petit clic. Les rideaux étaient tirés, si bien que Vera dut allumer la lumière. Elle s'était attendue à une pièce poussiéreuse, pleine de spécimens d'oiseaux comme l'atelier du musée, mais l'endroit était dépouillé, anonyme. Un lit simple, une armoire en pin et la commode assortie. Une bibliothèque pleine de guides ornithologiques ordinaires. Dans un coin un filet japonais roulé dans un sac en toile. Clive devait donc toujours pratiquer le baguage. Quelques romans de fantasy, un livre posé à l'envers sur la table de chevet. Un bureau surmonté de l'inévitable PC. Un échiquier. Rien au mur. Comme si, sachant que sa mère avait accès à sa chambre, il ne voulait rien livrer de lui-même. Une seule photo trônait, sur la table de nuit, là où l'on s'attend à trouver celle de la petite amie ou de la bien-aimée. C'était un portrait des quatre compères – Clive l'air timide et mal à l'aise, Gary en train de rire et, de chaque côté, Peter Calvert et Samuel Parr. La photo avait été prise au phare et ils regardaient tous la mer.

Vera rejoignit le couloir. Le public du studio de télévision éclata de rire. Elle profita du brouhaha pour refermer la porte d'entrée derrière elle et gagner le trottoir.

Elle attendit un moment puis descendit la rue jusqu'à la maison des Sharp, trois numéros plus bas. Puisqu'elle était là, autant en profiter pour aller parler à la femme de Davy.

# 30

Vera vit que Diane Sharp sut qui elle était dès que la porte s'ouvrit – pas son nom ni d'où elle venait, mais le fait qu'elle appartenait à la police. Elle avait dû acquérir une sorte de sixième sens après des années de pratique. C'était une femme dodue qui approchait la cinquantaine, avec de très jolis traits et des cheveux qui semblaient mis en plis par le coiffeur une fois par semaine. Elle portait un corsage rose et une jupe en lin blanche.

— Vous perdez votre temps, fit-elle. Davy est au trou. Acklington.

— Je sais. Je suis allée le voir la semaine dernière.

Vera essaya de se rappeler si elle avait déjà rencontré la femme de Davy, conclut que probablement pas.

— Et Brian n'habite plus ici. Il a son appartement à lui en ville.

— C'est à vous que je suis venue parler.

La femme parut surprise à ces mots, si surprise qu'elle se poussa pour laisser passer Vera.

— Je ne me mêle pas de leurs affaires.

Tout en parlant elle conduisit Vera vers l'arrière de la maison. Tout était très propre, très respectable. Elle ouvrit une porte et soudain la lumière coula à flots. Un jardin d'hiver de la largeur du bâtiment donnait sur un minuscule carré de pelouse.

— Davy a fait faire ça lors de son dernier séjour à la maison, expliqua Mme Sharp.

Elle s'installa dans un fauteuil en osier, fit signe à Vera de l'imiter.

— Je ne suis pas venue vous parler des trafics de vos hommes, dit cette dernière. J'ai été très attristée d'apprendre ce qui est arrivé à Thomas.

La femme resta immobile avant de répondre.

— C'était un accident. Pas de quoi vous mettre en peine.

— Vous en êtes sûre, madame Sharp ?

— Oui. Ç'aurait été plus facile si on avait pu s'en prendre à quelqu'un, mais ce n'était qu'un chahut de gosses qui a mal tourné.

— Vous avez dû voir aux nouvelles que Luke Armstrong a été assassiné ?

— Oui. C'était un chouette gamin. Tom passait beaucoup de temps chez lui.

— Et Luke, il venait ici ?

— Pas souvent. Brian habitait encore avec nous. Il y avait du trafic. Je ne voulais pas que Tom y soit mêlé.

— Quel genre de trafic ?

La femme hésita, choisit soigneusement ses mots.

— Brian fraye avec des voyous.

Elle aurait pu parler d'un enfant de cinq ans qui avait de mauvaises fréquentations à l'école.

Vera savait qu'un des voyous en question avait été reconnu coupable de tentative de meurtre – une agression à l'arme blanche dans un pub du centre-ville – mais elle n'en dit rien.

— Parlez-moi de la cérémonie qui a eu lieu à la mémoire de votre fils. Les fleurs sur la Tyne. C'était une idée de qui ?

— Je ne sais pas très bien.

Diane regardait la pelouse bien taillée derrière la vitre.

— Quelqu'un de notre rue, probablement. Tout le monde ici aimait beaucoup Tom. Je ne crois pas que ça ait été véritablement organisé. Au début quelqu'un a lancé un bouquet. Et puis tout le monde a suivi le mouvement.

— Est-ce que quelqu'un tenait Luke pour responsable de la mort de Tom ?

La femme leva les yeux.

— Vous pensez à Brian ? Pour se venger ?

— Votre petit frère se noie, vous voulez rejeter la faute sur quelqu'un. Comme vous le disiez, c'est plus facile.

Diane secoua la tête.

— Ce n'était pas Brian. Je l'aurais su.

Vera pensa que c'était sans doute vrai. Et qu'en plus Brian Sharp aurait enfoncé la porte des Armstrong, roué Luke de coups de poing et de botte. Il ne l'aurait pas amadoué avec des fleurs pour se faire ouvrir.

— Parlez-moi des Stringer, reprit-elle. Vos voisins.

Diane parut surprise par le brusque changement de sujet.

— Pourquoi vous vous intéressez à eux ?

— Clive est témoin dans une autre enquête. Je suis curieuse, c'est tout.

— Mary Stringer a été comme une mère pour moi quand on s'est installés ici. Davy n'était pas souvent là et j'étais enceinte de Tom. Mary vivait seule avec Clive. Elle a perdu son mari dans un accident. Clive n'était pas comme mes hommes. Calme.

Toujours le nez dans un bouquin. Il ne causait pas d'ennuis. Pas vraiment. Les autres gosses l'ont un peu charrié quand il était enfant, mais Brian y a rapidement remédié. On était presque comme une seule grande famille. Mary a gardé Tom presque tous les jours jusqu'à ce qu'il entre en maternelle. Brian me donnait du fil à retordre et elle n'avait que sa pension de veuvage. Elle avait besoin d'argent et j'étais ravie de lui glisser quelques livres. Clive adorait s'occuper de Tom. La plupart des garçons ne se seraient pas intéressés à un bébé, mais pendant quelques années ils ont été comme frères.

— Est-ce que Clive a connu Luke Armstrong ?

— C'est possible. Tom ne m'en a jamais parlé.

L'inspectrice ne voyait rien d'autre à demander. Elle se leva pour partir et Diane referma fermement la porte sur elle.

Dehors, Clive Stringer se tenait à côté de la voiture de Vera. Il avait dû quitter le musée en toute hâte après le coup de fil de sa mère. Il était en jean noir, polo noir, tennis noires. Il avait un teint à prendre facilement des coups de soleil et son visage était rouge, luisant de sueur. Vera comprit qu'il l'avait attendue, s'échauffant et bouillonnant un peu plus à chaque minute écoulée.

— Vous n'aviez pas le droit d'aller tourmenter ma mère.

— Ça n'a pas eu l'air de la déranger, mon chou. On a bu un bon thé.

— Si vous avez des questions, posez-les-moi directement.

— Vous m'avez tout l'air d'avoir besoin d'une bonne tasse, vous aussi. Il y a un endroit où on peut boire un verre dans les parages ? Pour éviter de retourner embêter votre mère. Si on reste là, on ne va pas tarder à attirer la foule.

Une bande d'adolescents rentrait de l'école en traînant les pieds et déjà ils avaient commencé à les dévisager. Clive haussa les épaules.

— Il y a un café au coin.

Il démarra, laissant Vera lui emboîter le pas.

Le café avait disposé un salon de jardin sur le trottoir. Toute tentative pour créer une atmosphère continentale était anéantie par l'odeur de graillon et de tabac froid qui s'échappait de la porte ouverte, mais à cette heure le trottoir baignait dans l'ombre et ils s'y installèrent tout de même. Vera commanda un café instantané et Clive une bouteille de soda orange vif. À nouveau elle songea qu'il était resté petit garçon.

— Ça n'a pas dû être évident, fit-elle, de grandir sans père.

Sitôt les mots prononcés elle se dit qu'ils étaient condescendants, mais la courte marche semblait avoir calmé Clive.

— Ma mère n'a jamais été facile.

Il la regarda et sourit soudain comme s'il venait de faire une plaisanterie.

— Elle est dépendante ?

Vera marchait sur des œufs. Un mot de travers et elle savait qu'il se refermerait comme une huître.

— Elle n'a que moi. Aucune famille. Elle n'est pas très douée pour l'amitié. Elle exige énormément, mais refuse de faire le moindre effort en retour.

— Elle en a fait avec Diane Sharp.

— Diane la payait. Et puis maman aimait bien Tom quand il était bébé. Elle pouvait faire croire qu'il était à elle. Elle l'a moins aimé quand il a été assez grand pour lui répondre.

— Vous ne lui avez jamais répondu, vous ?

— Non. Je n'ai jamais réussi.

Elle s'attendait à le voir sourire à nouveau, mais il paraissait assez sérieux.

— Comment vous vous entendiez avec les Sharp ?

— Pendant un moment ç'a été comme ma famille, répondit-il et Vera songea que Diane avait dit presque la même chose. J'aurais facilement pu me laisser embarquer dans leurs affaires. Vous savez, leurs histoires louches. Mais l'ornithologie est arrivée et ç'a été mon exutoire.

— Ainsi qu'une autre sorte de famille.

— Oui, opina-t-il, ravi qu'elle ait l'air de comprendre.

— Vous avez une idée de ce que cachent ces meurtres ? Les fleurs. L'eau.

Plus que quiconque, elle pensait que lui pouvait avoir une idée. Il avait la tournure d'esprit capable de saisir la structure des choses. La question était sortie avant qu'elle ait eu le temps de se demander s'il était judicieux de la lui poser.

Il resta un moment immobile, cillant furieusement derrière les verres à double foyer de ses lunettes.

— Non. Bien sûr que non.

# 31

Felicity avait supposé que Vera Stanhope viendrait chercher la bague de Lily Marsh et fut un peu déconcertée de trouver un jeune homme à sa porte. Il se présenta comme Joe Ashworth et, la voyant encore hésitante, il lui montra sa carte en expliquant : « L'inspecteur Stanhope est ma patronne. » Il aurait pu être associé minoritaire dans une petite entreprise. Ashworth était bien élevé et engageant, Felicity se prit aussitôt de sympathie à son endroit. Elle s'aperçut alors qu'elle avait été folle de croire qu'un inspecteur allait se déplacer en personne pour pareil détail.

Presque aussitôt après, James arriva. Ils se tenaient encore sur le pas de la porte et il passa devant eux en courant pour se ruer dans la cuisine, chemise débraillée, lacets défaits, affamé comme toujours quand il rentrait de l'école. Même lorsqu'ils le suivirent, il ne fit pas attention à l'inconnu et continua à tirer des biscuits de la boîte en racontant la bouche pleine sa compétition sportive du jour. Felicity aurait aimé qu'il fasse meilleure impression, se montre plus poli. Mais Ashworth semblait comprendre les enfants et il lui sourit par-dessus la tête de son fils. Il s'assit et parla de choses et d'autres comme s'il avait tout son temps.

— Votre mari dit que c'est vous, la jardinière de la famille.

— Je suppose, oui. Peter est très occupé. Et il a

beau être botaniste de profession, sa véritable passion est l'ornithologie. Il préfère de loin faire le guet sur la côte.

— Ma femme et moi, on habite dans une résidence moderne. On n'a quasiment pas de jardin, mais ma femme a quand même réussi à en faire un joli petit coin. Elle regarde les émissions de déco à la télé.

Alors qu'il parlait de sa femme, de sa fille et du bébé qui allait arriver, Felicity se dit quel homme *charmant* c'était et combien elle aurait aimé que Joanna épouse quelqu'un comme lui au lieu d'Oliver, qui travaillait à la télévision et semblait à peine s'apercevoir qu'il avait un enfant.

— Dernièrement ma femme s'est lancée dans la confection de cartes de vœux, disait Ashworth. Elle a assisté à une conférence sur les fleurs séchées à l'Institut des femmes et elle s'est mise à faire pousser des fleurs qu'elle peut cueillir pour les faire sécher. Elle vend ses créations dans le village. Elle réalise des modèles uniques si on lui demande une carte pour une occasion spéciale. Ça ne rapporte pas grand-chose, mais elle couvre ses frais et elle adore ça.

— Ah là là ! comme j'aimerais arriver à attirer des femmes plus jeunes à notre institut ! La moyenne d'âge doit être aux alentours de soixante-quinze ans et je suis de loin la cadette.

— Peut-être que vous avez reçu la même conférencière ?

— Je ne crois pas. Mais tous ces exposés sur les travaux manuels se mélangent un peu dans ma tête. Ça ne me passionne pas. Je ne suis pas douée de mes mains. Dès que j'ai un peu de temps, je préfère le passer dans le jardin. Je vous y emmènerai tout à l'heure, si vous voulez.

James s'en alla en courant jouer avec les filles de la ferme, mais Felicity et Ashworth restèrent discuter dans la cuisine. Elle posa la bague sur la table entre eux.

— Elle est si jolie.

Elle sourit, avoua :

— J'ai presque été tentée de la garder.

— Vous êtes sûre qu'elle appartenait à Lily Marsh ?

— Oh, oui ! Dès que je l'ai trouvée j'ai su que je la connaissais. Ce n'est qu'en revenant à la maison que je me suis rappelé où je l'avais aperçue.

— Vous ne l'aviez pas vue tomber ?

— Si je l'avais vue, fit-elle d'un ton pincé, je la lui aurais rendue.

— Bien sûr.

Il marqua une pause. Elle se dit qu'il était plus posé que Vera Stanhope, plus lent à réfléchir et à parler.

— Je ne comprends pas bien comment elle a pu la perdre. Est-ce qu'elle est allée aux toilettes ? Elle aurait pu la retirer pour se laver les mains ?

Mentalement, elle revit la visite de la jeune femme à Fox Mill.

— Non. Non, elle est allée aux toilettes ici, dans la maison, avant qu'on aille au cottage. Peut-être que l'anneau était tout simplement devenu trop grand. Si elle avait maigri depuis qu'elle l'avait acheté…

— Oui.

Il esquissa un sourire peu convaincu.

— Dans ce cas, vous ne l'auriez pas entendue tomber ? À moins qu'il n'y ait de la moquette au sol ?

Felicity commençait à perdre patience. Elle se demanda si elle s'était trompée sur ce jeune homme. L'avait-il entortillée avec ses histoires sur sa femme et sa fille ? Essayait-il de la piéger ?

— Pas de moquette, répondit-elle plus sèchement. Carrelage en bas et parquet dans la chambre. C'est vraiment important ? La bague a dû glisser de son doigt. Je vous la rends.

— Ça pourrait être important. Si elle avait toujours sa bague en partant, ça voudrait dire qu'elle est revenue. On ne sait toujours pas où Mlle Marsh a été tuée. Vous comprenez combien ces détails comptent, maintenant ?

Felicity se sentit soudain nauséeuse. Elle avait du mal à pleinement accepter ce qu'impliquaient les propos du policier.

— Vous voulez dire qu'elle a été tuée dans notre cottage ? C'est ridicule. Impossible.

— Je ne crois pas que ce soit impossible, répliqua-t-il avec le plus grand calme.

Comme s'il parlait encore des fleurs séchées et de l'Institut des femmes.

— Ce n'est pas si loin de l'endroit où son corps a été retrouvé. On sait que cette bague était à elle. On sait qu'elle y était très attachée. Elle lui avait été offerte par quelqu'un de très proche. Si on peut prouver qu'elle était toujours en sa possession quand elle vous a quittée, ce serait lourd de sens, non ? Ça voudrait dire qu'elle est revenue. Probablement le jour même où elle a été tuée.

Il y eut un silence. Felicity s'aperçut qu'elle le fixait, qu'il attendait qu'elle parle.

— Je ne me rappelle pas si elle portait sa bague à son départ. Mais elle n'était pas d'ici. Pourquoi serait-elle revenue ? Vous croyez qu'elle avait changé d'avis pour la location du cottage ?

Ashworth ne répondit pas à la dernière question.

— Vous êtes sûre que votre mari ne la connaissait pas ?

— Certaine. Il vous l'a dit.

Mais tout en prononçant ces mots elle se demanda si c'était bien vrai. Peter ne savait rien de sa propre liaison avec Samuel. Il était parfaitement raisonnable de penser qu'elle pouvait ignorer un pan de sa vie. L'idée était effrayante. Ce n'est pas un bel exemple d'hypocrisie, ça ? se dit-elle. De quel droit je serais jalouse ou blessée ? Mais Lily était si jeune et si belle… Il était impensable qu'elle ait eu une liaison avec Peter, qu'elle devait voir comme un vieux monsieur. Cette angoisse était ridicule. Puis elle s'aperçut que le policier avait repris la parole et elle essaya de se concentrer.

— J'aimerais que les techniciens de l'Identité judiciaire viennent examiner le cottage. Juste au cas où. Vous dites que c'est là que vous avez trouvé la bague ce matin. Est-ce que quelqu'un d'autre y était allé depuis la visite de Lily ?

— J'y ai emmené l'inspecteur Stanhope ce week-end.

Il partit soudain d'un large sourire.

— Ses empreintes sont assez caractéristiques.

Ces sandales qu'elle porte… Larges comme des pattes d'éléphant. Les experts ne pourront pas se tromper.

— Ils ne trouveront aucune empreinte !

Elle ne voulait pas le provoquer, pourtant elle se rendit compte que c'était le ton qu'elle avait pris et ne put s'arrêter.

— C'est ce que je faisais quand j'ai trouvé la bague : le ménage. J'ai balayé et lessivé partout, récuré les surfaces de travail. Inutile de faire venir vos experts.

Il garda son calme et la regarda droit dans les yeux.

— Et le lit ?

— J'ai lavé les draps ce matin. Ils sèchent dehors. Je vous l'ai dit, vous perdez votre temps. Vous ne trouverez rien.

— Oh ! vous seriez étonnée de ce qu'on peut dénicher. Vous nous autorisez, je suppose, à y jeter un œil ?

— Bien sûr.

Elle savait qu'il était trop tard pour redresser la situation. Il devait être convaincu à présent qu'elle avait nettoyé le cottage pour détruire toute preuve que Lily y avait été tuée.

— Nous vous aiderons dans toute la mesure de nos moyens. Nous n'avons rien à cacher.

De la fenêtre de la cuisine elle regarda le déroulement de la scène. Ashworth se posta devant la maison pour passer son coup de fil. Il lui tournait le dos et elle ne sut pas quelle réponse il obtenait. Il alla chercher dans sa voiture un rouleau de ruban bleu et blanc. Avait-il prévu cette issue ? L'avait-il apporté tout exprès ? Il traversa le pré et fixa les scellés de part et d'autre de la porte du cottage. Elle avait envie de reconstruire la relation qu'ils avaient eue au début, à son arrivée. Devait-elle aller jusqu'à lui, lui proposer un autre thé ? Mais elle savait qu'il y verrait une intrusion. Les Calvert étaient peut-être propriétaires de la maison, mais à présent ce territoire était le sien.

Il regagna l'allée, s'assit sur le talus où au printemps fleurissaient crocus et perce-neige, et attendit. Il brossa le bas de son pantalon pour en chasser le pollen et les graines récoltées dans le pré. Son portable sonna. Felicity ne pouvait pas l'entendre depuis la maison, mais elle le vit décrocher. Soudain un sourire. Triomphant. Plus effrayant que le moment où il s'était montré si froid en discutant avec elle. Elle se dit qu'elle devrait contacter son mari, l'avertir de ce qui se passait, mais lorsqu'elle appela son poste à l'université il n'y eut pas de réponse. Le cri sonore d'un coucou retentit à l'horloge de la cuisine. Dix-huit heures. Peter devait déjà être parti. Elle se creusa la cervelle pour essayer de se souvenir de ce qu'elle avait prévu pour le dîner, mais la question lui sortit de la tête et elle se remit à regarder par la fenêtre.

James redescendait distraitement l'allée. Les fermiers devaient avoir rappelé leurs filles. En short, le garçon avait les genoux tout crasseux. Le policier lui fit un signe de main et James s'assit à côté de lui dans l'herbe. À présent il était curieux de cet inconnu. Ils bavardèrent quelques minutes. Felicity se dit qu'ils s'entendaient bien. Ils semblèrent échanger une plaisanterie. *Il doit se rendre compte qu'on n'est pas des gens à commettre un crime. On a un fils adorable. Trop à perdre. On est des gens bien, des gens respectables. Des gens exactement comme lui.*

James se releva et revint vers la maison. Elle le perdit de vue une minute puis il réapparut dans la cuisine. Elle pensa, tout en sachant que l'image était une exagération idiote : *C'est comme un espion de la guerre froide qui vient de passer de l'autre côté. Il a peut-être des informations importantes.* Mais il ouvrit le réfrigérateur et lorgna à l'intérieur comme n'importe quel autre soir.

— Je meurs de faim. Quand est-ce qu'on mange ?

— Dans pas longtemps.

Elle essaya de garder un ton égal.

— De quoi vous parliez avec M. Ashworth ?

— C'est son nom ?

Il buvait du jus d'orange directement au carton. Elle réprima une puissante envie de lui aboyer d'aller prendre un verre.

— Il m'a dit de l'appeler Joe. Il me posait des questions sur Mlle Marsh. Comment elle était comme maîtresse. Comment elle s'entendait avec les enfants de ma classe.

Sa voix se fit plus excitée.

— Ils font venir des experts pour examiner le cottage. Comme à la télé. Il pourrait rester des traces qui les aideraient à trouver qui a tué Mlle Marsh. Quand je vais dire ça à Lee Fenwick !

Lee était son meilleur ami et son rival le plus acharné. En hiver, ils jouaient aux échecs ensemble tous les soirs.

Elle entendit le léger crissement d'un véhicule

tournant dans l'allée. Elle s'attendait que ce soit Peter. *S'il te plaît, garde ton calme. S'il te plaît, reste poli. Il ne fait que son travail.* Mais c'était une camionnette blanche. Un homme et une femme en descendirent d'un bond, saluèrent Joe Ashworth à la manière d'un ami de longue date. Ils enfilèrent des combinaisons en papier comme elle en avait vu au cinéma et entreprirent de sortir du matériel de leur coffre.

James avait oublié sa faim.

— Tu crois que je peux aller regarder ?

— Non, fit-elle sèchement, puis elle regretta ce ton.

Évidemment qu'il était fasciné. Elle l'était tout autant, d'une manière horrible et effrayante.

— Tu n'aurais pas une meilleure vue depuis ta chambre ?

James se précipita à l'étage et elle se sentit soudain soulagée de ne plus avoir à faire comme si tout était normal. Quand son fils avait ouvert le réfrigérateur elle avait aperçu la bouteille de vin blanc entamée la veille au soir et s'était rendu compte qu'elle avait désespérément besoin d'un verre. Elle la prit, ôta le garde-vin et se servit largement. Sa main tremblait.

Comme elle regagnait la fenêtre, la voiture de Peter descendit l'allée. Sa place habituelle était occupée par la camionnette. Elle vit son époux descendre et s'apprêter à exiger qu'on la déplace. Puis il comprit ce qui se passait. Il remarqua les deux silhouettes toutes de blanc vêtues qui traversaient le pré, inclinées vers l'extérieur à cause de la lourde caisse métallique qu'elles transportaient.

Comme James, Peter avait vu suffisamment de séries télévisées pour comprendre ce qu'elles faisaient. Joe Ashworth vint vers lui, la main tendue, mais Peter ne l'avait pas remarqué. Il gardait les yeux rivés sur le cottage, sur les figures asexuées qui atteignaient maintenant la porte. Il avait le teint hâve, les traits inertes. Mon Dieu, songea Felicity. Il a l'air coupable. Terriblement coupable. Si j'étais Joe Ashworth, je croirais qu'il a tué la jeune fille.

Elle n'osa pas s'interroger pour savoir si elle le croyait aussi. La pensée flotta en arrière-plan et elle la repoussa, se concentrant sur le poisson qu'elle avait préparé pour le dîner et se demandant si elle devrait confectionner des sandwichs pour Ashworth et ses amis du cottage. Peter et lui étaient à présent en grande conversation. Ils revinrent ensemble vers la maison. Elle se disposa à paraître normale et accueillante, prit une profonde inspiration quand la porte s'ouvrit.

Peter lui adressa l'expression qu'il prenait quand il avait reçu de mauvaises nouvelles, un article rejeté, une homologation refusée. Contrariée. Elle savait qu'il avait envie d'être rassuré, mais elle n'eut pas le cœur de le satisfaire. Finalement ce fut Ashworth qui prit la parole.

— Le professeur Calvert a accepté de m'accompagner au commissariat de Kimmerston pour avoir une petite conversation avec l'inspecteur Stanhope. Quelques points à éclaircir. Ça ne devrait pas être long.

Elle s'efforça de sourire.

— Très bien. Je vous l'ai dit, nous sommes à votre entière disposition…

## 32

Vera pensait qu'Ashworth avait commis une erreur en ramenant Calvert. Le botaniste n'allait pas quitter le pays. Elle trouvait qu'ils abattaient trop vite leurs cartes. Peut-être n'aurait-elle pas dû appeler Ashworth pour lui apprendre qu'à York Charlie avait retrouvé le magasin d'antiquités où la bague de Lily avait été achetée. Rien ne disait que Calvert était son amant. Un homme âgé avec une séduisante jeune femme, avait dit l'antiquaire. Grand, bien conservé pour son âge. Une description qui pouvait correspondre à pas mal de monde, y compris Samuel Parr. Ils avaient déniché une photo de Calvert sur la couverture d'un de ses manuels, mais l'ouvrage datait d'une vingtaine d'années, ses cheveux étaient plus longs et plus foncés à l'époque. Pas étonnant que l'antiquaire ne l'ait pas reconnu. Si toutefois Calvert était l'acquéreur de la bague.

L'achat avait eu lieu en janvier et été réglé en liquide. Le marchand en avait tiré ses propres conclusions. « Ce n'est pas rare. Il ne voulait pas que sa femme découvre son emplette sur les relevés bancaires. » Peut-être que cette indication tendait vers Calvert. Samuel Parr n'avait plus à se méfier de la curiosité d'une épouse.

« Vous ne vous souvenez d'aucun détail ? » avait demandé Charlie. Vera l'imaginait dans la boutique chic, débraillé et déplacé. York ne devait pas être un endroit pour lui. Sauf pour les courses. Il devait se sentir assez chez lui, à l'hippodrome.

C'est alors que l'antiquaire avait fourni la seule information utile qu'il devait obtenir de lui. « Il était en ville pour je ne sais quel colloque. C'était l'heure du déjeuner et il devait y retourner l'après-midi pour une conférence. Ça ne plaisait pas du tout à la demoiselle. Elle essayait de le convaincre de ne pas y aller. Ils ne se sont pas disputés, pas à ce point. Mais ils n'étaient pas d'accord. C'est pour ça que je m'en souviens. Et parce que la fille était une vraie beauté. »

Vera aurait voulu être sûre que Calvert avait assisté à un colloque à York avant de l'affronter dans une salle d'interrogatoire. Elle avait appelé tous ses contacts, mais à cette heure tardive personne n'était plus là pour répondre. Elle avait lancé Holly sur Internet, sites d'universités, de sociétés botaniques, mais presque tous avaient été remis à jour. Il n'y avait plus aucune trace d'un événement vieux de six mois.

Elle s'assura qu'il était traité avec respect. Elle refusait de perdre du temps à écouter ses doléances et elle voulait qu'il les sous-estime. Il se trahirait davantage s'il se sentait supérieur. À la dernière minute, elle remplaça Ashworth par Holly pour mener l'interrogatoire avec elle. Peut-être Calvert éprouverait-il le besoin de faire l'avantageux devant une jolie jeune femme. Le reste de l'équipe était survolté. Ils pensaient toucher au but.

Elle fit un café pour Calvert - de sa propre réserve, pas l'infâme bouillon du distributeur automatique - et le lui apporta en salle d'interrogatoire.

— Désolée de vous avoir convoqué avant de dîner.

Elle prit le temps de s'installer, fit tomber des papiers en posant son sac par terre, le ramassa pour chercher un stylo.

— Mais ça ne devrait pas être long. Juste quelques points à éclaircir. Ça ne vous ennuie pas si on enregistre la conversation ? C'est la procédure.

Elle le regarda pour la première fois. Il paraissait relativement serein. Ashworth affirmait qu'il avait manqué s'effondrer en voyant les techniciens s'approcher du cottage et que c'était une des raisons pour lesquelles il l'avait amené. Vera présenta Holly et Calvert hocha la tête, lui offrit un sourire insidieux qui suffisait à donner la chair de poule.

— Est-ce que vous avez assisté à un colloque universitaire à York en janvier ?

Il ne s'était pas attendu à cette question et fut désarçonné. Vera vit ses rouages s'emballer. Il avait pourtant pris toutes les précautions, toujours tout réglé en liquide. Comment diable pouvaient-ils être au courant ? Ashworth avait vu juste. C'était bien l'amant de Lily.

— Professeur Calvert ?

Elle garda une voix basse, hésitante. Puis, comme il ne répondait toujours pas :

— Vous savez que nous pourrons vérifier.

Il reprit ses esprits.

— Pardonnez-moi, inspecteur. Oui, je m'y suis rendu. Simplement je ne vois pas en quoi ma participation à une conférence présente le moindre intérêt pour votre enquête.

— Vous n'étiez pas seul. Pas à la conférence, mais à York.

Cette fois sa réaction fut plus prompte.

— Ah ! Ainsi donc, mes péchés m'ont trahi.

Il lui décocha ce sourire qui se voulait charmant.

— Je pense que vous pouvez comprendre pourquoi j'ai menti, inspecteur. J'ai une épouse et une famille merveilleuses. Tellement à perdre. J'espérais m'en tirer ni vu ni connu, pour que ni Felicity ni les enfants n'aient à en souffrir.

— Vous aviez une liaison avec Lily Marsh ?

— Oui. Ou plutôt *j'avais eu.* Tout était terminé quand elle est morte. Mais vous pouvez imaginer quel choc j'ai ressenti en voyant son corps dans l'eau. Et en découvrant que mon fils la connaissait.

— Ne nous demandez pas de compatir.

— Non, fit-il précipitamment. Non. J'essaie simplement de vous expliquer pourquoi j'ai si mal géré la situation, pourquoi je n'ai pas été totalement honnête.

— Vous avez été totalement malhonnête. Il faut que ça cesse. Je ne peux pas tenir compte des susceptibilités de chacun alors que j'enquête sur un meurtre. Deux meurtres.

Elle se rendit compte qu'elle avait pris le ton d'un animateur de catéchisme, mais le professeur sembla y réagir positivement.

— Je ne peux vraiment rien vous dire

concernant le premier meurtre. Luke Armstrong. Je ne le connaissais pas.

— Mais vous saviez qui c'était. Gary Wright était tombé amoureux de sa mère. Il en a parlé au pub après la dernière réunion du club ornitho.

— Ah bon ?

Calvert paraissait sincèrement déconcerté.

— Je suis désolé, je devais avoir la tête ailleurs. Certains des propos tenus au cours de la réunion me révoltaient. Une critique sur mon article paru dans *Birding World* le mois dernier. Je sais que ça paraît futile maintenant, mais j'étais préoccupé.

— Parlez-moi de votre liaison avec Lily. Comment vous l'avez connue ?

— Tout à fait par hasard, l'été dernier. Je suis entré dans la boutique où elle travaillait pour acheter un cadeau d'anniversaire à Felicity. C'est une situation embarrassante pour un homme. Qu'est-ce qu'on y connaît en vêtements féminins ? Lily s'est montrée extrêmement serviable. On a discuté un peu et elle m'a expliqué qu'elle était étudiante. Plus tard, je l'ai croisée à l'université et je lui ai offert un café pour la remercier. À ce moment-là il n'y avait rien de plus. Je n'imaginais pas qu'elle pourrait s'intéresser à un homme comme moi. Je suppose que j'ai été flatté. Un vieil imbécile.

— Vous lui avez donné de l'argent ?

— Oui, un petit quelque chose pour son loyer. Ses parents ne pouvaient pas l'aider. Mes filles avaient terminé leurs études. Je crois que je voulais faire quelque chose. Un geste généreux. Je parie que vous vous dites que j'étais bien naïf, qu'elle ne sortait avec moi que pour l'argent.

Vera ne répondit pas. Ce n'était pas son boulot de le rassurer. Pourtant elle ne le croyait pas. Lily était obsessionnelle. L'objet de ses désirs n'avait jamais été l'argent.

— Alors vous avez commencé à la fréquenter. Où est-ce que vous vous retrouviez ?

Il y eut une légère hésitation.

— Ça paraît tellement sordide. Certains après-midi dans des hôtels bon marché. De temps à autre chez elle, quand elle savait que ses colocataires seraient absentes. Au début, je suppose que le secret faisait partie de l'excitation. Ensuite c'est devenu assez frustrant.

— Est-ce qu'elle venait parfois chez vous ?

— Pas à la maison, non. Ç'aurait été indécent.

Vera releva la formulation précise, la légère hésitation.

— Pas à la maison. Mais au cottage ?

Il hésita à nouveau.

— Oui. Il nous est arrivé de nous retrouver au cottage. Quelquefois. Quand Felicity allait à un concert ou au théâtre et que James passait la nuit chez un copain. Lily adorait cet endroit. Pour moi, c'était un peu trop près de la maison. Je ne pouvais pas me détendre totalement.

Il était perdu dans ses pensées et pour la première fois, Vera éprouva un bref moment de compréhension. Se rappelait-il une soirée en particulier ? Un jour d'hiver peut-être, le pré couvert de givre et un feu dans l'âtre. Mais sans jamais vraiment en profiter, toujours à l'affût d'un bruit de voiture dans l'allée, toujours conscient du risque d'être découverts.

— Elle avait une clef du cottage ?

— Oui. Je lui en avais donné un double. Elle ne me l'a jamais rendu.

— Qui a mis un terme à votre relation ?

Le ton était tranchant. Vera n'avait pas de place pour la compassion.

— Ni l'un ni l'autre, en fait. Nous sommes convenus qu'il fallait arrêter. Avant que ça devienne de notoriété publique.

— Lily devait s'en ficher pas mal, non ? Après tout, elle n'était pas mariée. Qu'est-ce qu'elle avait à perdre ?

— Elle a dû comprendre que notre relation menait à une impasse. Je suppose qu'elle voulait la même chose que ses amies – la vie commune, un vrai compagnon, une famille à terme. Elle aimait beaucoup les enfants. Je n'aurais jamais pu lui donner tout ça.

L'argument paraissait plausible. Sauf que Lily Marsh n'était pas comme ses amies.

— Pourquoi est-ce qu'elle est venue visiter le cottage, d'après vous ? Si vous vous étiez séparés à l'amiable, ça paraît un peu bizarre.

— Peut-être qu'elle a été frappée par la coïncidence d'avoir James dans sa classe et qu'elle a voulu revoir le cottage par nostalgie. Si ça se trouve, elle y a même vu une plaisanterie un peu douteuse. Elle devait s'attendre à ce que Felicity me fasse part de sa venue.

— C'était un hasard qu'elle ait James dans sa classe ?

— Évidemment. Qu'est-ce que ça aurait pu être d'autre ?

Elle a tout fait pour l'avoir, pensa Vera. Elle était obsédée par toi comme elle l'avait été par Ben Craven. Elle a découvert que James allait à l'école à Hepworth et elle a manœuvré pour y faire son stage. Elle a fait la connaissance du marmot, orchestré la visite du cottage. Pourquoi ? Pour te mettre la pression ? Une forme de chantage ?

Ils gardèrent un moment le silence. Calvert semblait préoccupé, mais pas angoissé. Était-il si arrogant qu'il croyait pouvoir tuer en toute impunité ? Finalement il brisa le silence.

— Vous cherchez la même personne pour les deux meurtres ?

— C'est la théorie sur laquelle on planche.

Elle ne lui en dirait pas plus. Ils avaient réussi à cacher les détails de la scène du crime de Luke Armstrong à la presse, mais les bruits couraient vite. Les amis et la famille parlaient. Les policiers et les techniciens de l'IJ n'étaient que des êtres humains. Une bonne histoire était faite pour être partagée. On ne pouvait pas exclure la possibilité que le meurtre de Lily ait été une imitation. Quelqu'un qui voulait sa mort et aurait utilisé les caractéristiques de l'assassinat de Luke pour ajouter son pavé dans la mare. L'expression se figea dans sa tête. *Un pavé dans la mare.* Sans doute l'image était-elle particulièrement appropriée.

— Je n'aurais pas pu tuer ce garçon. J'ai vérifié. Mercredi soir, je relisais mes notes pour mon livre. J'ai passé un coup de fil. À dix heures et demie. Un détail à contrôler auprès d'un ami. Il figurera sur ma facture, je suppose. C'était un appel assez long sur un portable.

Vera ne répondit pas tout de suite et Holly prit la parole pour la première fois.

— Merci, professeur Calvert. Dommage que vous ne nous l'ayez pas dit plus tôt. Nous devrons contacter votre ami, bien entendu. Sinon, l'appel pourrait avoir été passé de chez vous par n'importe qui.

La réponse l'irrita. Il fit un effort pour rester calme, sourit de nouveau à Holly. Probablement croyait-il savoir y faire avec les jeunes femmes.

— Je comprends que j'ai commis une grave erreur en ne vous avouant pas ma relation avec Lily. Je sais que vous devez vérifier. Mais je vous en prie, croyez-moi, je ne vous cache rien de plus.

— Qu'est-ce que vous allez dire à votre femme pour votre liaison ?

Encore Holly. Elle lui décocha même un sourire. Insolent, presque complice. *Qu'est-ce que vous fricotez d'autre ? Quel autre mensonge vous avez réussi à cacher ?*

— La vérité. Elle le mérite. Elle me connaît suffisamment pour savoir que je ne tuerais jamais.

— On a trouvé une carte dans les affaires de Lily, lança Vera. Des fleurs séchées. C'est vous qui les lui avez envoyées ?

Il marqua une pause.

— Non. Je ne donne guère dans les grands sentiments, inspecteur.

— Vous êtes sûr ?

— Évidemment. Je n'oublierais pas une chose pareille.

*Alors qui a envoyé la carte ? Et pourquoi y avait-il*

*des baisers sur celle de Lily alors que celle de Luke était vierge ?*

— Vous étiez très proche de Lily ? Je veux dire : en dehors de votre relation physique, vous parliez ? Vous aviez l'impression de bien la connaître ?

La question le mit mal à l'aise pour la première fois. Il eut du mal à trouver les mots justes. Finalement il répondit très simplement.

— J'étais entiché d'elle. Je croyais l'aimer. Pendant un moment, du moins. Non, ce n'était pas seulement une histoire de sexe.

— Elle ne vous a rien dit qui pourrait nous donner un indice sur le meurtrier ? Est-ce qu'elle était nerveuse, effrayée, angoissée ?

— Elle ne se livrait pas beaucoup.

*Tu ne lui en laissais pas l'occasion.*

— Peu avant notre rupture, elle m'a dit qu'elle avait retrouvé une vieille connaissance. Quelqu'un du village de son enfance. Apparemment c'était très important pour elle. Elle était solitaire. Elle n'avait pas beaucoup de vrais amis.

— Homme ou femme ?

*Ben Craven ?*

— Femme.

Il marqua une pause.

— Laissez-moi un instant et je vais retrouver son nom. Ou du moins son prénom. Elle était infirmière au Royal Victoria. Kath.

Il fallut un moment à Vera pour faire le rapprochement. Kath Armstrong. Femme de Geoff. Belle-mère de Luke.

# 33

Vera harponna Kath Armstrong à l'hôpital. Elle venait de commencer son service et était en réunion avec ses collègues de jour. L'inspectrice attendit devant le bureau de l'infirmière en chef et perçut des murmures, parfois un rire étouffé. Les visites étaient terminées et le service était calme. Les patientes dans les chambres étaient branchées sur la télévision ou plongées dans un livre. Il y avait des bribes de conversation. Plus loin dans le couloir quelqu'un s'éloignait en poussant un chariot de plateaux-repas. Sur le rebord de la fenêtre, des bouquets de fleurs lugubres s'affaissaient sous l'effet de la chaleur. Vera n'avait jamais séjourné à l'hôpital et savait qu'elle détesterait ça. Pas la maladie ou la douleur. Pas même l'alimentation lamentable et la privation d'alcool. Mais abdiquer toute maîtrise de soi-même. Être à la merci de gens qui en savaient plus qu'elle sur son propre corps.

La réunion prit fin et Kath sortit. Elle discutait toujours avec une collègue, ne remarqua pas Vera assise dans l'une des chaises orange où les patients attendaient leur formulaire de sortie.

— J'aimerais vous parler, lança Vera. Désolée de venir vous déranger ici, mais il y a du neuf.

— Rien de grave ?

Un moment de panique. Vera comprit qu'elle pensait à sa fille.

— Non, du tout. Il y a un endroit où on peut discuter ?

Kath se détourna pour murmurer quelque chose à une quinquagénaire à l'allure maternelle en uniforme d'infirmière.

— Maggie dit qu'on peut se mettre dans son bureau.

Elles prirent place là où la réunion venait de se tenir. Sur le bureau trônait la photo de deux petits garçons adossés à une grille de ferme aux côtés d'un barbu à lunettes. Le mari et les fils de l'infirmière en chef. Un dessin d'enfant était punaisé au mur. Encore une famille heureuse.

— Qu'est-ce qui se passe ? Vous avez trouvé l'assassin de Luke ?

Vera ignora la question.

— Vous ne nous avez pas dit que vous connaissiez Lily Marsh.

— Vous ne me l'avez pas demandé.

— Elle n'était pas morte quand je vous ai vue, mon chou. Vous devez vous rendre compte que ça a sa petite importance. Deux meurtres en une semaine et vous connaissiez les deux victimes.

— Je ne la connaissais pas très bien. Enfin, je me suis simplement dit : « Quelle drôle de coïncidence ! » Je n'avais aucun élément à apporter à votre enquête.

Elle paraissait sincèrement déroutée. Vera se demanda si elle avait passé trop longtemps à enquêter sur des crimes, à créer des rapprochements insignifiants et à voir des mobiles inexistants. Étrange paranoïa, qui excluait strictement toute coïncidence.

— Comment vous l'avez connue ?

— On a grandi ensemble. Enfin, je suis un peu

plus vieille qu'elle, mais on vient du même village. Ma mère était très copine avec Phyllis Marsh. Vous savez ce que c'est, dans ce genre d'endroit. Elles étaient allées à l'école ensemble, elles se voyaient à l'église, à l'Institut des femmes. Lily et moi, on était toutes les deux filles uniques. Je me suis retrouvée à m'occuper d'elle quand j'ai été assez grande. On était proches, finalement. Elle adorait venir me voir. Vous savez comment sont les mouflets avec les autres gosses un peu plus âgés. Surtout les filles. Et puis peut-être que j'ai toujours eu ce côté maternel. On s'est perdues de vue quand j'ai emménagé en ville et que j'ai commencé à bosser ici.

— Mais vous vous êtes retrouvées récemment.

— Oui.

— Comment ?

— Lily était venue à l'hôpital pour une consultation. Elle croyait être enceinte. Elle avait deux mois de retard, mais le test de grossesse de pharmacie était négatif, alors elle voulait vérifier. Je l'ai croisée dans l'ascenseur quand elle s'en allait.

— On ne va pas voir son généraliste pour ce genre de chose ?

— Elle n'aurait pas eu de rendez-vous avant longtemps. Pour une raison ou une autre, elle était impatiente de savoir.

— Elle n'était pas enceinte, dit Vera.

C'était une affirmation, pas une question. L'autopsie avait été formelle sur ce point. Elle se rappelait la tristesse du légiste à l'idée que Lily ne serait jamais mère, qu'elle ne porterait jamais d'enfant.

— Non. Et j'ai bien vu que ça l'affectait. Comme

je terminais mon service, je l'ai invitée à boire un café. Encore mon côté maternel. Il faut que je me mette dans le crâne que le mieux est l'ennemi du bien.

— Elle voulait un enfant ?

— Désespérément. J'ai dit toutes les paroles de circonstance. Qu'elle était jeune, que ça finirait par arriver, que ce serait mieux quand elle aurait terminé ses études, de toute façon. Je me rendais compte que ça ne servait à rien.

— Elle vous a dit qui aurait été le père ?

— Pas en détail. Juste qu'il était plus âgé qu'elle.

— C'est la seule occasion où vous l'avez vue ?

— Non. Je me faisais du souci pour elle. Je savais qu'elle avait fait une sorte de dépression en terminale. Le stress des examens. Phyllis attendait tellement d'elle... Oxford, une carrière éblouissante. Comme son mariage n'était pas terrible, elle vivait au travers de sa fille. Personne n'aurait supporté une pression pareille. J'ai demandé à Lily si elle était suivie. Elle est montée sur ses grands chevaux, elle a dit qu'elle n'était pas malade, que tout allait bien. Je lui ai donné mon numéro de portable en lui disant de m'appeler si elle avait envie de parler.

— Et elle l'a fait.

— Oh que oui !

Kath prit une inspiration.

— Pour être honnête elle est même devenue pesante. Souvent je la trouvais en train de m'attendre au parking à la fin de mon service. Après une garde de nuit on n'a qu'une envie : rentrer chez soi, prendre un bon bain et dormir quelques heures. En plus, je ne pensais pas vraiment pouvoir lui faire du bien. C'est d'une aide psychiatrique qu'elle avait besoin. Et puis voilà qu'un samedi après-midi, elle a débarqué chez nous. On était à la maison, c'était un de ces jours où on veut juste se détendre. Rebecca jouait dans le jardin et Geoff regardait le sport à la télé. Luke était là, scotché au petit écran, lui aussi. Je surveillais Rebecca du coin de l'œil par la fenêtre de la cuisine. Et tout à coup Lily est apparue dans le jardin. Elle s'est mise à discuter avec Rebecca, puis elle l'a installée sur la balançoire et a commencé à la pousser. Le temps que je sorte, elle avait ma fille dans les bras.

Kath marqua une pause.

— Je ne sais pas ce qui se serait passé si je n'avais pas été là.

— Vous croyez qu'elle aurait pu s'enfuir avec elle ?

— Je ne sais pas. Je dramatise sans doute. Elle allait devenir institutrice, tout de même ! Pourquoi elle aurait risqué un truc pareil ? Mais je lui ai bien fait comprendre que je ne voulais pas qu'elle vienne à la maison. J'ai dit que Geoff n'était pas d'accord. Luke a passé la tête dans le jardin et manifestement, il s'est un peu angoissé en me voyant en colère. Lily est partie sans faire d'histoires, en s'excusant d'être passée à un moment mal choisi. La fois suivante elle m'attendait à la sortie du travail. J'ai trouvé une excuse pour ne pas m'attarder avec elle. Je n'étais pas très fière de moi, mais elle n'était pas sous ma responsabilité. Je ne pouvais rien faire. Je lui ai répété qu'elle avait besoin d'une aide médicale en ajoutant que je pouvais lui arranger ça si elle voulait. Une menace voilée, je suppose. Je ne l'ai jamais revue. Quand j'ai appris qu'elle était morte, je crois bien que ma première réaction a été le soulagement : au moins, elle ne viendrait plus nous enquiquiner. C'est horrible, non ?

— Est-ce que ça l'a remuée quand vous avez menacé de l'envoyer à un psychiatre ?

Kath réfléchit.

— Plus que remuée, ça l'a énervée. Elle n'a rien dit mais elle m'a jeté un regard furieux, puis elle est partie sans moufter. C'était horrible. J'ai eu l'impression qu'elle me détestait. J'ai été tentée de lui courir après, juste pour apaiser les choses entre nous, mais je ne l'ai pas fait. Je ne supportais pas l'idée qu'elle se repointe à la maison.

— Vous n'avez plus entendu parler d'elle après ça ?

— Non.

Kath regarda sa montre.

— Écoutez, il faut que j'y aille. Les urgences nous envoient une patiente. Il faut que je m'occupe de son admission.

— Elle n'a rien dit qui puisse vous faire craindre pour sa sécurité ? Elle n'avait pas l'air d'avoir peur ? De l'homme qu'elle voyait, par exemple ?

— Pas du tout. Elle disait qu'il l'aimait. Je me demandais si c'était vrai. Peut-être qu'il l'avait rejetée et que c'est pour ça qu'elle paraissait aussi perturbée. Si j'avais la moindre crainte, c'était qu'elle se fasse du mal à elle-même.

— Suicide ?

— Peut-être.

Kath se leva et se dirigea vers la porte du bureau.

— Écoutez, j'aurais probablement dû me montrer plus gentille, faire plus d'efforts pour m'assurer qu'elle allait bien. Mais ma famille passait en premier.

Vera rentra chez elle, ravie de laisser derrière elle la ville et l'enquête. En tournant vers l'ouest pour rejoindre ses collines elle fut presque aveuglée par le soleil couchant. Arrivée à l'ancienne maison du chef de gare, elle resta un moment sans bouger, trop fatiguée même pour regagner son logis. Puis elle se secoua, descendit de voiture, ouvrit la porte. Elle enjamba le courrier amoncelé par terre, alla chercher une cannette de bière au réfrigérateur et l'emporta dehors. À cette heure encore, dans le crépuscule, il faisait toujours chaud. Elle s'assit sur la banquette blanche où jadis les passagers attendaient le petit train régional, et regarda la vallée. Tout était dans l'ombre et vidé de ses couleurs. Ici, songea-t-elle, il devrait être possible de se reposer.

Mais son esprit ne pouvait pas mettre l'enquête de côté. Elle se sentait aussi fiévreuse et obsédée que l'était Lily, ressassant les détails, traquant les rapprochements. *Si je pouvais tout noter, peut-être que j'arriverais à lâcher prise.* Mais elle était trop épuisée pour se lever et aller chercher papier et stylo. Et il y avait quelque chose de créatif dans cette concentration, dans le fait d'être obligée de garder tous les détails bien présents en même temps dans son esprit. Il lui apparut soudain que son état devait ressembler à celui du romancier. Tous ces personnages, ces histoires et ces idées qui lui tournaient dans la tête. Comment pouvait-on les mettre en ordre ? Leur donner un sens, une forme.

Si j'écrivais un roman, décida-t-elle, ce serait Lily l'assassin. L'histoire serait un thriller psychologique où une partie de l'action est narrée du point de vue du meurtrier, écrite dans une police de caractères différente ou au présent. Vera empruntait parfois ce genre d'ouvrages à la bibliothèque, prenait un malin plaisir à les envoyer valser dans la pièce quand elle trouvait des erreurs dans les procédures policières. Donc Lily est le personnage central. Elle est détraquée depuis l'enfance. Mère refoulée et père dépressif. Elle souffre d'une maladie qui a été occultée par sa mère, cachée, jamais diagnostiquée. Elle est devenue une jeune femme solitaire. Une jeune femme solitaire très belle et très obsessionnelle. Le lecteur la voit tomber amoureuse d'un homme plus âgé. Lily croit trouver en lui son salut, connaît même le bonheur un moment. Puis il la rejette, parce qu'elle devient trop exigeante, encombrante, et elle rechute. S'invente une grossesse. Où qu'elle aille elle ne rencontre que des familles heureuses. Kath, Geoff et Rebecca. Et Luke. Dans la fiction elle pourrait bien tuer le garçon dans un accès colère. Une vengeance tortueuse. Sans savoir qu'il a lourd à supporter, lui aussi.

Machinalement, Vera était rentrée dans la maison, avait jeté la cannette vide dans la poubelle à recycler, ouvert la fenêtre de la cuisine pour aérer. Elle glissa les deux dernières tranches de pain sous le gril, coupa du fromage pour les agrémenter, lorgna la bouteille de vin blanc non débouchée au frigo et résista à la tentation. Prit une autre bière à la place.

Tout ce temps elle réfléchissait, essayait

patiemment de démêler les différents fils de l'intrigue. Lily n'était pas une meurtrière. C'était une victime. Alors, comment ça se goupillait ? Quelle était la logique ?

La future institutrice était devenue encombrante pour Peter Calvert. Celui-ci avait été bien content de disposer d'une somptueuse jeune maîtresse, sexe à la demande et pas de fil à la patte. Ça ne devait vraiment pas faire de tort à son ego de mâle vieillissant. Et puis Lily avait commencé à se montrer exigeante, à s'immiscer dans sa vie respectable de ponte universitaire et de père de famille. En aucun cas ils ne s'étaient séparés d'un commun accord. Les confidences de Lily à Kath ne laissaient pas de doute sur ce point. Et il ne pouvait pas y avoir un *autre* homme âgé dans la vie de la jeune femme.

Calvert l'avait-il tuée ? Vera ne le voyait pas en assassin. Trop lâche, et il avait trop à perdre. Sa femme lui avait toujours tout passé dans les autres aspects de sa vie, pourquoi pas cela aussi ? Vera s'imagina la conversation dans l'élégant salon de Fox Mill, les fenêtres ouvertes pour laisser entrer la brise marine, la vue sur le phare. *Je suis vraiment désolé, chérie. Je ne sais pas ce qui m'a pris. Mais tu me pardonneras.* Et naturellement Felicity lui pardonnerait parce qu'elle avait autant à perdre que lui. Mais de toute façon, où était Luke Armstrong dans ce scénario ?

Si Lily avait été tuée la première, ça aurait pu fonctionner. Il y avait un mobile à son meurtre. Luke aurait pu en être le témoin involontaire. Mais là, ça n'avait vraiment aucun sens.

Vera s'assit à la table de la cuisine pour manger

ses toasts au fromage. Elle alluma la lumière, qui mit en évidence la pagaille des plans de travail, les taches sur le sol à côté de la poubelle. Ses pensées se tournèrent vers les quatre hommes présents lors de la découverte du corps de Lily. Tous différents. Mais tous malsains dans leur rapport aux femmes. Clive, tellement dominé par sa mère qu'il donnait envie de pleurer. Sa vie ressemblait trop à celle de Vera. Elle avait passé son existence dans l'ombre d'Hector, pouvait larmoyer et s'apitoyer, si elle s'y autorisait, sur ses occasions ratées avec les hommes. Gary, qui s'était persuadé que Julie était la réponse à toutes ses prières. Mais qui se languissait toujours d'une maigrichonne aux grands yeux et sans nichons. Samuel, dont la femme s'était suicidée. Et Peter, qui donnait l'image du mari parfait mais était tombé sous le charme de Lily Marsh. Il apparut soudain à Vera qu'il n'y avait dans tout cela qu'un seul suspect logique. Mais tant qu'elle ne savait pas pour quelle raison Lily et Luke avaient été tués, cette intuition n'était qu'une supposition. Elle ne pouvait pas influencer la conduite de l'enquête.

Elle continua à boire de la bière, tout en sachant que c'était une erreur et qu'elle serait obligée de se lever au milieu de la nuit pour aller aux toilettes. D'un pas mal assuré elle monta se coucher, sans s'être approchée du plus petit début de conclusion. Elle sortit le recueil de nouvelles de Samuel Parr de son sac et se mit à lire.

# 34

Gary faisait la pause au travail. Les musiciens avaient fini de répéter et il avait arrangé le meilleur son possible. Même si personne ne remarquerait la différence. C'était un groupe de Suédois. Ils jouaient du jazz expérimental, de drôles de bruits discordants qui le faisaient grimacer. Maintenant ils attendaient le début du concert au bar. Autrefois Gary aurait été avec eux, les suivant pinte à pinte. Il s'était terriblement laissé aller après le départ d'Emily. Ça lui avait fait un tel choc. Il revoyait encore le moment où elle lui avait annoncé qu'il n'y aurait pas de mariage. Il pouvait visualiser la scène en détail – le jean qu'elle portait, ses cheveux attachés en arrière, son parfum.

Tout était prêt. Elle avait acheté la robe, envoyé les faire-part. Ils avaient trouvé un appartement à Jesmond. Emily travaillait pour la société de crédit immobilier Northern Rock et avait obtenu un prêt avantageux. Ça lui fichait une frousse bleue, à Gary, la perspective de se marier et d'accéder à la propriété en même temps, mais il avait accepté parce que c'était ce que voulait Em. Il aurait fait n'importe quoi pour lui faire plaisir. Sa belle-mère ne l'avait jamais aimé, mais elle avait adoré l'idée d'un grand mariage. Elle avait tout organisé – l'église, la pièce montée, des costumes pingouin. Rien n'était trop bon pour sa petite Emily.

Et puis un type qu'Em avait connu à la fac avait surgi de nulle part en lui jurant un amour éternel.

C'était un grand échalas malingre, pas laid si on aimait les squelettes poétiques. Ce qui était manifestement le cas d'Emily, car elle avait plaqué Gary deux semaines avant le grand jour. Elle était toujours avec le même gars, qui enseignait maintenant quelque part à Ponteland. Un jour Gary l'avait croisé dans un bar en ville et il s'était fait un plaisir de lui coller son poing dans la figure. L'autre n'avait pas fait d'esclandre mais Gary s'était retrouvé au poste pour atteinte à l'ordre public. Aujourd'hui il ne réagirait plus comme ça.

Il avait idéalisé Emily au point de la faire fuir. Qui pouvait supporter une telle pression ? Ce n'était pas la faute du maigrichon.

Maintenant Gary ne buvait plus du tout au travail. *Si vous bossiez dans des bureaux, vous auriez pas une bouteille de vin à côté de l'ordinateur.* C'est ce qu'il disait à ses collègues qui s'asseyaient dans le petit bout de couloir exigu qu'ils appelaient leur bureau. En coulisse, le Sage ressemblait plus à un sous-marin qu'à une magnifique salle de concert flambant neuve. Ce n'étaient que tuyaux et câbles et peinture grise satinée.

Il prenait son travail au sérieux. Ç'avait toujours été son domaine d'excellence, ce qui le faisait tenir debout. Quand ses parents s'étaient installés en Espagne, ils lui avaient suggéré de les suivre. Il y avait forcément plein de travail, disaient-ils. Tous ces bars. Beaucoup devaient programmer des concerts et avoir besoin d'un ingénieur du son. Mais il avait décidé de rester à Shields. Ici, il avait son appartement et ses contacts. Ses amis ornithos. La possibilité de choisir les concerts qu'il acceptait de sonoriser. Bien sûr il venait de renoncer à cette flexibilité en acceptant ce poste au Sage, mais il ne le regrettait pas. Pas vraiment.

Il gravit les marches du petit hall et fit glisser son badge pour ouvrir la porte des coulisses, puis descendit au bureau du régisseur. Affalé dans son fauteuil, Neil frappait comme un sourd son clavier d'ordinateur.

— Ce poste de salarié, dit Gary.

— Ouais.

Le régisseur ne se donna même pas la peine de lever la tête. Il lui avait déjà proposé ce poste à plusieurs reprises et la réponse avait toujours été non.

— J'ai décidé d'accepter.

Cette fois, Neil réagit. Son fauteuil se redressa et ses mains s'immobilisèrent. Quand il se tourna vers Gary il faisait une de ces têtes ! Il se leva d'un bond, lui prit la main, lui donna de grandes tapes dans le dos. Gary se surprit à sourire. Quand il repartit pourtant, il tremblait. Il n'était pas sûr de ce qu'il venait de faire.

Maintenant il avait une image de la suite des événements. Julie et lui habitaient ensemble dans la maison de Seaton. C'était un bon endroit où habiter. Pas trop loin de la côte quand le vent tournait et qu'arrivaient les migrateurs. Pas trop loin de la tour pour aller observer les oiseaux de mer. Il ne fallait pas la bousculer, bien sûr. Pas en ce moment, alors qu'elle était si bouleversée par la mort de Luke. Mais il pensait qu'elle s'en remettrait. Elle était forte. Elle n'en sortirait pas changée. Et il serait là pour la soutenir et l'aider à surmonter l'épreuve.

Il ne savait pas comment il se serait comporté avec un beau-fils. Julie aurait-elle attendu de lui qu'il adopte un rôle de père ? Il n'aimait pas l'admettre, mais il ne regrettait pas que Luke soit mort, pas vraiment. Ç'aurait été une complication. Julie l'aurait toujours fait passer en premier. C'était horrible de voir les choses comme ça, mais il ne pouvait pas s'en empêcher. Ce qui le conduisit à penser à Laura. Il la revit telle qu'il l'avait aperçue pour la dernière fois : sur le pas de la porte, le regardant s'éloigner en voiture. Le jaugeant. Du moins lui avait-il semblé. Il la revit dans sa petite jupe noire, sa chemise blanche. Il essaya de ne pas penser à elle de manière affriolante. Laura serait comme une fille pour lui s'il s'installait avec Julie, de telles arrière-pensées étaient tout simplement ignobles. Mais quelque chose en elle – sa jeunesse ou son énergie et son attitude pleine de défi – lui était entré dans la peau. Parfois il se disait qu'il était aussi obsédé par Laura que par Julie. Peut-être valait-il mieux ne pas envisager d'emménager à Seaton tant que Laura ne serait pas plus grande.

Il lui restait encore une demi-heure avant de devoir se remettre au travail et il sortit prendre l'air, gagna l'esplanade de l'immense bâtiment tout en courbes et regarda la vue sur la Tyne. Ses parents étaient partis pour l'Espagne parce qu'ils ne supportaient plus le climat d'ici, mais lui ne s'imaginait pas vivre ailleurs. Il était fier de sa ville. Il aimait dire qu'il travaillait au Sage. Un peu plus loin sur sa droite, juste au bord de l'eau, se dressait l'immense masse de la Baltic Art Gallery. Il se rappelait l'ancien silo abandonné, les mouettes qui nichaient dans les fissures, la façade couverte de fiente. À la fin des travaux de reconversion, quand le centre d'art contemporain avait ouvert, Gary s'était rendu à l'inauguration avec Samuel Parr pour voir l'expo Gormley. Il n'y serait jamais allé seul. Il ne se sentait à l'aise qu'en coulisse. Mais il avait adoré les sculptures, toutes ces formes humaines en métal trituré, fin comme du sucre filé. Gary avait trouvé bizarre de se promener là avec Samuel, qui était reconnu par certains membres du personnel. L'écrivain faisait partie de la mafia artistique des bords de Tyne, la clique que Gary abhorrait et considérait comme une espèce étrangère quand elle venait au Sage.

Le fleuve était haut, remuant mollement, presque étale. Sur la rive nord les bars se vidaient en masse. Il entendit une mélodie, qui s'évanouit avant qu'il ait pu la localiser, le mugissement d'un klaxon. Le soleil couchant se reflétait sur l'immense surface de verre et teintait l'eau en rouge. Samuel, Clive ou Peter trouveraient-ils bizarre de le voir dans *ses* œuvres, assis derrière la console, maître des sons qui s'élevaient vers les spectateurs, créant une différence, une vraie différence, dans leur expérience de cet incroyable espace ? Les gars ne le connaissaient que comme un enragé des oiseaux de mer. Ils étaient amis depuis des années, mais savaient finalement très peu de choses de leurs vies respectives. Les autres étaient au courant qu'il avait craqué sur Julie, sa petite chérie d'enfance, avec son sourire et son corps aux courbes harmonieuses. Ils ne pouvaient pas se douter qu'il rêvait de la petite Laura dans sa courte jupe d'uniforme noire. Ils croyaient être les plus proches des amis, mais ils avaient tous des secrets qu'ils ne se livreraient jamais.

L'avertisseur de message de son portable sonna. Le texto venait de Julie et Gary éprouva un accès de culpabilité, une décharge physique. Il se sentit la tête chaude, comme s'il rougissait. *Tu fais quoi ce soir ?* Aussitôt il rejeta ses rêveries sur Laura et répondit. *Boulot. Serai pas libre avant minuit.* La réponse se fit attendre si longtemps qu'il avait presque cessé d'y croire. Peut-être s'était-elle vexée, avait-elle pris son message pour un rejet au lieu d'un état de fait. Il aurait dû réfléchir avant de le composer. Il commença à s'inquiéter, à en rédiger mentalement un nouveau. Puis ce fut l'heure de rentrer pour la dernière balance. Il éteignait toujours son téléphone quand il travaillait. La réponse de Julie arriva tandis qu'il remontait les marches, tournant le dos au fleuve. *Je te retrouve à la sortie. À toute.*

## 35

Julie sentait que si elle ne sortait pas, elle allait se mettre à hurler. Elle se camperait en haut de l'escalier, emplirait ses poumons et quand elle ouvrirait la bouche elle crierait si fort qu'on l'entendrait jusqu'au bout de la rue. Sa mère était toujours là, occupée à faire le ménage. Les journées se passaient dans le ronflement de l'aspirateur, les relents d'eau de Javel et de cire, tant et si bien que Julie ne se sentait même plus chez elle. Et quand elle ne briquait pas, Mme Richardson parlait, essayait de ranimer Julie à coups de remarques cuisantes et de culpabilisation. Comme s'il n'y avait pas déjà assez de culpabilité dans l'air. Julie s'était toujours mieux entendue avec son père. S'il avait été là, lui, au lieu de sa mère, ils auraient pu picoler ensemble. Il se serait assis près d'elle sur le canapé, devant les chaînes de télévision musicales, lui aurait raconté ses vieilles histoires sur les musiciens qu'il avait connus, l'aurait prise dans ses bras quand elle avait envie de pleurer.

Elle ne pouvait pas renvoyer sa mère. Beryl pensait se rendre utile et cela lui aurait fait de la peine. Et après Julie aurait culpabilisé de plus belle. Alors toute la journée elle essaya de trouver une excuse pour sortir. Elle imagina un mensonge : elle était invitée à dîner chez une amie. Lisa lui préparerait un bon repas et Julie dormirait chez elle, dans la chambre d'amis. Mme Richardson avait bonne opinion de Lisa, qui travaillait comme secrétaire pour un gros cabinet d'avocats en ville. Puis Julie sortit dans le jardin pour appeler Lisa sur son portable. De l'autre côté de l'enclos des chevaux, on faisait les foins. Julie regarda le tracteur avancer dans un sens puis dans l'autre, régulier et hypnotique. Elle aurait pu y passer la journée, mais sa mère ne le permettrait jamais. Elle n'y verrait qu'oisiveté et auto-apitoiement, et lui trouverait quelque chose d'utile à faire.

— Si ma mère appelle, je suis chez toi, mais je me suis endormie et tu ne veux pas me réveiller.

Lisa était une bonne copine, elle ne posa pas de question. Elle aurait pu cuisiner un bon dîner à Julie, boire du vin avec elle et la laisser pleurer. Mais elle vivait à Tynemouth, dans un bel appartement flambant neuf en bord de Tyne, et c'était le genre d'endroit où Julie n'avait jamais pu se sentir assez à l'aise pour ôter ses chaussures et se détendre. Tous ces mensonges lui donnèrent la sensation d'être retombée en pleine adolescence. À la fin de l'après-midi cela l'avait épuisée. Mais elle était un peu excitée aussi. Elle savait depuis longtemps qu'au fond, tout ce qu'elle désirait, c'était voir Gary.

Elle prit une douche avant de sortir, dans cette baignoire où elle avait retrouvé Luke. Auparavant, il y avait un vieux rideau, maculé de traces de moisissure rosâtres le long de l'ourlet, mais la police l'avait emporté. Sa mère en avait acheté un autre. Julie le tira et ferma les yeux pour se laver les cheveux. C'était la première fois depuis la mort de Luke. Jusqu'à présent elle avait utilisé la salle de bains de Sally pour sa toilette. Elle prit son temps pour se préparer, maquillage, une giclée de parfum. Ça n'éveillerait pas les soupçons de sa mère : elle appartenait à une génération où les femmes ne sortaient jamais sans s'être un peu pomponnées.

Laura était dans sa chambre. Elle semblait y prendre racine ces temps-ci, n'en sortait que pour manger et faire pipi. Julie se dit qu'elle était déjà comme ça avant la mort de Luke. Elle frappa, passa la tête dans l'entrebâillement de la porte. L'adolescente était allongée sur son lit. Pas en train de lire ni de regarder la télévision, simplement à fixer le plafond.

— Ça va, ma chérie ?

Julie s'assit au bord du lit.

Laura se tourna vers elle, réussit à esquisser un sourire. Julie se dit qu'elle devrait rester. Ça lui rappelait quand Luke avait commencé sa dépression. Mais elle n'arrivait pas à prendre cette décision. Si elle ne sortait pas d'ici, c'est elle qui allait devenir folle.

— Je pensais sortir. Lisa m'a invitée à dîner. Ça ne t'embête pas ?

Laura la regarda fixement avant de hausser les épaules.

— Ben non.

Julie se dit qu'elle n'arrivait jamais à savoir ce que pensait sa fille, depuis toujours.

— Je passerai peut-être la nuit chez elle. Mamie est là.

— T'en fais pas pour moi. Vraiment.

Julie prit place dans la vieille Fiat qu'elle avait achetée quand Geoff l'avait quittée, qui ne tenait plus debout aujourd'hui que par l'opération de l'enduit de rebouchage et de la peinture. Chaque année c'était la crise au moment du contrôle technique et le fils de son amie Jan, mécanicien de profession, faisait jouer ses doigts de fée pour la remettre d'aplomb. Encore une première. Elle n'avait pas conduit depuis la mort de Luke. Elle imagina les voisins en train d'épier derrière leurs voilages, attendant qu'elle s'en aille. Qu'allaient-ils penser ? Qu'elle n'avait pas de cœur ou au contraire qu'elle était courageuse d'essayer de reconstruire sa vie ? Elle-même balançait entre ces deux options.

Il n'était que vingt heures mais elle mit directement le cap sur la ville. Il y eut l'instant de panique habituel au rond-point de l'entrée d'autoroute. Elle ne savait jamais quelle voie prendre. Puis à Gateshead, elle manqua le virage pour le Sage et se retrouva dans le parking de la Baltic. Elle ne put se résoudre à retourner affronter la route et se gara. Elle resta sans bouger une vingtaine de minutes, l'esprit à peu près vide, avant d'aller prendre un ticket à l'horodateur. Vingt et une heures. La lumière du jour commençait à s'estomper. Elle se surprit à savourer la solitude.

Elle quitta sa voiture et gagna l'esplanade de la Baltic Gallery. Un cocktail se tenait au bar du rez-de-chaussée. Par les hautes fenêtres Julie vit des femmes en robe du soir, des hommes en smoking. On buvait du champagne dans des flûtes. Une grosse dame aux cheveux très courts faisait un discours. Julie se sentit comme en pays étranger, comme si ces gens étaient des créatures exotiques fort différentes d'elle-même. Sur un coup de tête elle prit la passerelle du Nouveau Millénaire qui reliait Gateshead à Newcastle. Cela non plus, elle ne l'avait jamais fait. Elle se campa au milieu et regarda en amont les arches et les tours des autres ponts, Tyne Bridge, High Level, Redheugh, jalons familiers qu'elle découvrit dans une toute nouvelle lumière. Sur les quais de Newcastle, elle joua des coudes pour entrer dans un bar, uniquement afin d'aller aux toilettes. Elle n'avait pas envie de boire un verre. Elle tenait à avoir les idées claires quand elle retrouverait Gary. Elle se sentait déjà assez folle comme ça.

Quand elle regagna la rive sud de la Tyne il faisait nuit noire. La marée descendait, le fleuve refluait vers la mer. Les gens élégants grouillaient toujours au bar de la Baltic, bien que l'heure ne soit plus aux discours. Elle s'assit devant, sur un banc, et regarda. Comme si la grande baie vitrée était un écran géant et, bien que ne pouvant entendre ce qu'ils se disaient, Julie fut captivée par les événements. Il y avait une jolie jeune femme qui ne tenait pas en place. Elle papillonnait d'un groupe à l'autre, volubile et rieuse, de plus en plus titubante. Lorsqu'elle s'éloignait, les cercles se refermaient et parlaient d'elle. Elle paraissait si seule que Julie en eut envie de pleurer.

Son portable sonna. Elle regarda l'heure avant de répondre : 23 h 38. Il y avait plus d'une heure qu'elle était assise là, à regarder les gens dans le bar. Savourant chaque minute de solitude.

C'était Gary.

— Salut. J'ai fini plus tôt que je ne pensais. Où tu es ?

— Je suis là. Devant la Baltic, face à la Tyne.

Elle allait ajouter qu'elle venait d'arriver. Elle ne voulait pas qu'il croie qu'elle l'attendait là depuis des heures. Mais déjà il parlait du concert, tout s'était bien déroulé, un vrai bonheur. Malgré la musique de merde et pas beaucoup de public. Ça se passait comme ça, certains soirs. En douceur et sans accroc. Puis elle le vit approcher, toujours en train de parler au téléphone. Il avait descendu l'escalier du Sage. Elle se leva pour se faire reconnaître. La communication fut coupée et elle fourra son téléphone dans son sac, de sorte qu'elle avait les mains libres. Ils se regardèrent un moment sans bouger puis se tombèrent dans les bras presque en même temps, maladroits comme des enfants. Elle s'attendait à un baiser, mais il ne vint pas. Gary la serra un moment, lui caressant le dos.

— Qu'est-ce que tu aimerais faire ?

— On peut aller chez toi ? Je n'ai pas très envie de foule.

— D'accord.

— Le mieux est que je te suive. Je ne connais pas la route.

Elle espérait qu'il suggérerait autre chose. *Tu ne veux pas laisser ta voiture ici ? Je t'emmènerai la récupérer demain matin.* Mais il ne le fit pas, si bien qu'ils n'eurent que quelques brèves minutes ensemble avant d'être à nouveau séparés. Il lui disait où l'attendre et quoi faire si elle le perdait. Elle se sentit comme la fille qui papillonnait d'un groupe à l'autre au bar de la Baltic. Perdue et déconnectée.

Mais comme elle ne voulait pas se ridiculiser, elle suivit ses instructions. Elle guetta à l'entrée du parking le passage de la camionnette blanche et la suivit jusqu'à Shields. Lorsqu'il la perdait au feu rouge, Gary s'arrêtait pour l'attendre. Elle se gara derrière lui dans une ruelle. Ici c'était une autre vue sur la Tyne. Soudain Julie se sentit si nerveuse qu'elle eut envie d'être chez elle, assise devant la télé en chemise de nuit, sa mère à côté parlant pour ne rien dire.

Une fois chez lui ce fut plus facile. Il ouvrit une bouteille de vin et elle en descendit très vite un grand verre. Et merde pour la voiture, songea-t-elle. Elle n'avait jamais eu l'intention de rentrer chez elle ce soir, de toute façon. Gary mit un disque qu'elle ne connaissait pas. Ils s'assirent côte à côte sur le canapé, tellement affalés qu'ils en étaient presque allongés. Il la tenait par les épaules et parlait de la musique, pourquoi elle lui plaisait, mais dans un murmure si bien qu'elle sentait son souffle sur sa joue. Il lui posa la main sur le cou, le caressa juste sous l'oreille.

Et soudain elle pensa à Luke. Comment quelqu'un avait posé sa main sur son cou, passé une corde autour et serré jusqu'à ce que mort s'ensuive. Elle ne hurla pas. La dernière chose qu'elle voulait, c'était se donner en spectacle. Mais Gary dut sentir la tension car il se dégagea en douceur.

— Excuse-moi, dit-elle.

— Y a pas de quoi.

Elle lui dit à quoi elle pensait. Luke dans la salle de bains en train d'être étranglé.

— Désolée, répéta-t-elle. Je suis un vrai boulet.

Mais elle avait bu trop vite et les mots s'emmêlèrent. Elle pouffa de rire et il lui emboîta le pas.

— On peut faire tout ce que tu veux, fit-il. Tu préfères que je te raccompagne chez toi ?

Elle réfléchit, vit combien elle se sentirait seule dans son grand lit. Sa mère serait passée par là, les draps seraient bien tirés, coincés sous le matelas.

Elle-même ne prenait jamais la peine de le faire, elle préférait les draps doux, légèrement froissés.

— Non. Je peux reprendre un peu de vin ?

Il lui servit un autre verre.

Elle s'éveilla avec la gueule de bois, allongée sur le canapé, complètement habillée mais sans chaussures. La lumière étrange, venant d'une direction inhabituelle, lui apprit aussitôt qu'elle n'était pas dans son propre lit. Un parfum de vrai café émanait de la cuisine. Gary devait épier son réveil car il arriva avec un mug et une assiette de toasts.

— Tu aurais pu dormir dans le lit, mais impossible de te faire bouger.

— Oh là là, ce que je me sens mal ! Quelle heure il est ?

Elle n'était pas du tout dans son assiette, mais juste comme chaque fois qu'elle avait trop bu, nauséeuse et migraineuse, et c'était rassurant. Signe que les choses revenaient à la normale. Et elle avait réussi à dormir, sans somnifères.

— Dix heures.

— Aïe ! Laura sera déjà partie pour l'école. Maman va me tuer.

Elle posa les pieds par terre, laissant à Gary la place de s'asseoir à ses côtés.

— Écoute, commença-t-elle. Pour hier soir…

— T'en fais pas. J'ai passé une super soirée.

— Vraiment ? Ça m'étonnerait.

— Tu es de bonne compagnie. Même bourrée. Et puis on a tout notre temps.

— Oui, répondit-elle doucement. J'espère.

Elle rentra par la route touristique qui longeait le front de mer à Whitley Bay et passait devant St Mary's Island, tout en chantant en chœur avec l'une des cassettes que son père avait compilées pour elle. Elle essayait de repousser le moment du retour à la maison. Dans la Fiat, alors qu'elle conduisait si lentement que le type en Astra qui la suivait écrasa son klaxon et qu'elle s'égosillait sur la musique, elle arrivait presque à croire que tout le reste, le cauchemar, était arrivé à une autre.

Sitôt qu'elle ouvrit la porte, sa mère jaillit de la cuisine. On aurait dit un personnage d'horloge mécanique. Pas un coucou, bien sûr. Une paysanne en tablier, qui secouait la tête et s'essuyait les mains.

— Enfin, te voilà. Qu'est-ce que tu fabriquais ? J'étais morte d'inquiétude.

— Je t'ai dit que je resterais dormir chez Lisa.

Et ça, ce n'était pas un mensonge, pas vrai ?

— Je pensais que tu serais là avant que Laura parte pour l'école.

Encore la culpabilité.

— Oui, mais j'avais un peu trop bu hier soir. Tout s'est bien passé ce matin ?

— Elle n'a pas eu le temps de déjeuner.

— Elle n'a jamais le temps de déjeuner.

— Je suppose que tu n'as pas mangé non plus.

Et sur ces mots, elle se rua dans la cuisine pour allumer la bouilloire et mettre du bacon à frire.

— Je l'ai acheté chez ce bon boucher de Monkseaton. C'est autre chose que de l'eau et du gras.

Et bien que l'odeur lui donne presque envie de vomir, Julie s'assit à la table, attendit que le sandwich arrive puis se força à le manger. Pour se punir d'avoir menti à sa mère. Pour se punir des quelques heures où elle n'avait pas pensé à Luke.

Ce ne fut que lorsqu'elle eut terminé son assiette que sa mère lui apporta le courrier. La pile n'était pas très épaisse. Au-dessus, une longue enveloppe blanche.

— Regarde, lança Julie pour tenter de rétablir une relation amicale. C'est pour Laura.

Sa mère, les mains déjà gantées plongées dans l'évier, se retourna.

— C'est gentil. Des camarades de classe, peut-être.

— Peut-être.

Mais à présent Julie avait reconnu les majuscules carrées, se rappelait la réaction de Vera face à la carte précédente.

— Tout de même, je crois que je vais passer un coup de fil à l'inspecteur Stanhope.

## 36

Quand Julie appela, Vera était à son bureau, en train de lire. La veille au soir, elle avait commencé une nouvelle de Samuel Parr, qu'elle n'avait jamais entendue ni lue auparavant. Le texte se trouvait dans le recueil qu'elle avait emprunté à la bibliothèque en allant voir Ben Craven, publié par une petite maison basée à Hexham. Le titre, *Amoureux et facétieux*, lui disait quelque chose, mais elle n'arrivait pas à retrouver quoi. La jaquette indiquait que l'ouvrage avait remporté un prix qui lui était totalement inconnu. La nouvelle qu'elle cherchait, celle qu'elle avait entendue à la radio, n'y figurait pas, mais elle avait tout de même commencé à lire. Elle s'était endormie au bout de quelques paragraphes mais, peut-être à cause de la bière qui coulait dans ses veines, la première scène ne l'avait pas quittée de la nuit. Elle relatait le rapt d'une jeune personne. Les faits étaient décrits de manière charmante. Un matin d'été. Grand soleil. Les fleurs de la haie citées en détail. L'enlèvement devenait une conquête plutôt qu'un acte de violence. Le sexe de la victime demeurait volontairement ambigu, mais Vera y vit Luke. La beauté de l'enfant était abondamment soulignée. Elle était de nature à tourner les têtes. Et Luke aurait pu être une fille, avec ses longs cils et son corps élancé. Mi-enfant, mi-homme, lui aussi était un personnage ambigu.

En arrivant au commissariat, Vera avait tenu le briefing matinal. Joe Ashworth avait vérifié toutes les agences de location du Nord Tyneside.

— Personne du nom de Clive Stringer ou correspondant à sa description n'a loué de voiture mercredi ni vendredi soir. Je suppose que ça le met hors de cause.

Il paraissait déçu. Vera eut presque de la peine pour lui. Elle raconta l'interrogatoire de Peter Calvert.

— On sait que c'était l'amant de Lily. On sait que c'est un sale menteur qui a un goût malsain pour les jolies minettes. On sait que Lily a égaré sa bague en argent et opale au cottage des Calvert. Mais on peut pas prouver qu'elle ne l'a pas perdue la veille de sa mort lors de sa visite. Et on n'a aucun lien entre lui et Luke Armstrong.

Puis elle poursuivit en expliquant la relation entre Lily et Kath.

— Est-ce que le fait que la nouvelle Mme Armstrong ne nous ait pas dit qu'elle connaissait la jeune Marsh signifie quelque chose ? Allez savoir. Pour nous, bien sûr. Mais nous, on vit et on respire l'enquête. Peut-être qu'elle voulait simplement oublier tout ça et retrouver sa petite vie tranquille.

Ensuite Vera se retira dans son bureau. Elle savait qu'il y avait plus urgent à faire, mais elle se dit que son équipe serait déjà en train de s'en occuper. Elle se sentait aimantée par l'histoire, l'étrange personnage central. Puis le téléphone sonna.

— Julie Armstrong en ligne, madame. Elle ne veut parler qu'à vous.

Vera écouta en silence la description que Julie lui donnait de l'enveloppe, de l'écriture.

— Je ne voulais pas vous déranger, mais la dernière fois vous avez eu l'air de penser que c'était important. On n'y a pas touché. Enfin, juste ma mère quand elle l'a ramassée.

— Laura a un portable ?

— Oui, tous les gosses ont ça aujourd'hui.

— Appelez-la et dites-lui de rester au collège. Elle ne doit le quitter sous aucun prétexte, même avec quelqu'un qu'elle connaît, tant que vous ne serez pas là pour la ramener. Je vous envoie une voiture pour aller la récupérer. Je contacte l'établissement. Laissez la carte où elle est. Ne l'ouvrez pas.

— Son portable ne sera pas allumé, objecta Julie.

Vera perçut sa confusion, le début de la panique.

— C'est interdit par le règlement, précisa la jeune femme.

— Vous en faites pas, mon chou. Vous n'avez qu'à lui envoyer un texto et laisser un message vocal. Je m'occupe du reste.

Elle raccrocha et prit un moment pour se ressaisir. Elle avait absorbé une partie de l'affolement de Julie, sentait son esprit se brouiller, l'eczéma se réveiller. Ensuite elle appela le collège de Whitley Bay, rudoya quelque peu une secrétaire trop zélée pour obtenir de parler au directeur. Lequel comprit immédiatement ce qu'elle attendait de lui, motivé, songea Vera, par la crainte des gros titres dans les journaux à scandale – *Enlèvement d'une adolescente à la porte de son collège : que faisait l'encadrement ?* – autant que par les craintes pour la sécurité de Laura. Puis elle se dit qu'elle n'était qu'une vieille peau cynique. Le directeur promit de trouver Laura et de la garder dans son bureau jusqu'à l'arrivée de Julie et de la voiture. Il rappellerait Vera lorsque ce serait fait. L'inspectrice attendit à côté du combiné. Ses yeux retombèrent sur le livre posé à l'envers sur son bureau, la couverture évocatrice toute de bleus et de verts assourdis. Le téléphone sonna.

— Oui ?

Le directeur ne se présenta pas. Elle perçut le tremblement dans sa voix, pensa qu'il commençait à paniquer lui aussi.

— Elle n'est pas là. Elle a été notée absente à l'appel.

— Personne n'a vérifié ?

— Pas pour une journée. Et avec ce qui est arrivé à son frère, on pouvait imaginer qu'elle ait besoin d'un peu de temps.

Il se justifiait auprès d'elle, et déjà auprès de la presse impitoyable qui exigerait un coupable. Il trouvait des excuses.

— En effet, fit Vera. Ce n'est pas votre faute.

*Mais la mienne ? Est-ce que j'aurais dû le prévoir ?*

— Elle a déjà fait l'école buissonnière ?

— Non. Elle est sérieuse. Bûcheuse. C'est une de nos bonnes élèves.

— Vous pouvez vous renseigner, trouver qui sont ses copains, avec qui elle aurait pu venir en car ? Je vous envoie quelqu'un pour prendre les dépositions.

Elle pensait dépêcher Ashworth. Il ferait merveille avec les gamines.

— Vous pouvez rester discrets ? Je veux dire, éviter le gyrophare et l'uniforme ? Je ne tiens pas à déclencher une hystérie collective, voir les parents se précipiter pour récupérer leurs enfants. Luke était scolarisé ici, lui aussi.

Ces mots attirèrent l'attention de Vera.

— Vous le connaissiez ? Plus que comme un simple visage, un nom parmi d'autres ?

— Oui, j'aime bien les enfants comme Luke. Qui se battent. Ce sont eux qui m'ont poussé vers l'enseignement. Parfois il est important de s'en souvenir. Je m'intéressais à son cas.

— Vous voyez une raison pour qu'on ait voulu le tuer ?

— Non !

La réponse fut prompte et véhémente.

— Luke était un peu lent, mais c'était un gentil garçon. Les gens l'aimaient bien.

Il chercha ses mots, ajouta :

— Il était complètement inoffensif.

Le directeur n'était probablement pas satisfait de cette description, mais Vera comprit ce qu'il voulait dire.

Lorsqu'elle s'arrêta devant chez Julie, la porte était ouverte et la jeune femme, prête à partir. Sa mère traînaillait en arrière-plan. Julie se retourna pour lui dire au revoir, mais déjà Vera était descendue de voiture et barrait la sortie.

— Changement de programme, lança-t-elle d'un ton détendu. Il n'y a plus d'urgence. Entrons donc. Vous voulez bien faire du café, madame Richardson ?

L'inspectrice conduisit Julie dans le salon et la fit asseoir sur le canapé.

— Laura n'est pas au collège, mon chou. Vous êtes sûre qu'elle a pris le car ?

— Je ne sais pas. Je n'étais pas là. J'ai passé la nuit chez un ami.

Elle leva la tête et précisa :

— Chez Gary. Ne le dites pas à maman. Mais j'avais besoin de prendre l'air, boire quelques verres.

— À quelle heure vous vous êtes réveillée ? Vous avez cuvé ?

— Oui, c'est un peu ça. J'ai émergé vers dix heures.

— Et Gary est resté tout le temps avec vous ?

— On n'a pas dormi ensemble. J'étais sur le canapé.

— Donc il aurait pu s'éclipser sans que vous vous en rendiez compte.

Vera se parlait presque à elle-même. Elle n'attendait pas de réponse.

— Où est Laura ?

La question avait fusé comme un cri et cela fit accourir sa mère.

— On ne sait pas. Tout le monde s'est mis à sa recherche. Les professeurs. Mes hommes, et il n'y en a pas de meilleurs.

Julie se tourna vers sa mère.

— Laura est partie à quelle heure ? Elle est montée dans le car ?

— Elle est sortie à l'heure habituelle. Au pas de course, sans déjeuner, comme toujours. Je lui avais préparé un déjeuner à emporter mais elle n'a pas voulu le prendre.

Tu l'as asticotée avant qu'elle parte ?

Julie était rouge de colère.

— Il faut toujours que tu cherches la petite bête.

Sa mère était presque en larmes.

— Je ne l'ai pas asticotée. J'ai dit que je la trouvais très courageuse d'y aller et je lui ai souhaité une bonne journée.

— Oh, maman ! pardonne-moi. C'est ma faute. J'aurais dû être là. J'ai été égoïste alors qu'elle avait besoin de moi. Ça recommence, comme avec Luke.

— On n'a vraiment pas le temps pour ce genre de

chose, intervint Vera. Remettez les grandes scènes à plus tard, quand on aura retrouvé Laura. J'ai besoin d'un maximum d'informations. L'heure du car. Le nom des camarades avec qui elle faisait le trajet. Ses profs préférés. Ceux qu'elle déteste. Petits copains passés et présents. Commencez à dresser une liste. Je vais jeter un coup d'œil à cette carte.

Elle arracha une feuille de son bloc-notes et tendit un stylo à la mère de Julie. Quand elle les laissa elles étaient assises côte à côte sur le canapé ; des larmes coulaient librement sur leurs joues et elles se creusaient la tête, trouvaient des noms.

L'enveloppe trônait au milieu de la table de la cuisine. Depuis le moment où elle avait reçu l'appel de Julie, Vera n'avait eu de cesse d'essayer de se convaincre que toute cette histoire n'était peut-être qu'une perte de temps. La jeune femme dramatisait sans doute. La carte provenait d'une amie, d'un parent ou d'un professeur. Rien de sinistre. Mais lorsqu'elle la vit, au premier coup d'œil elle reconnut les majuscules. Cette fois l'adresse était juste. Il y avait même le code postal. L'enveloppe n'était pas cachetée. Le rabat avait été glissé à l'intérieur au verso. Pas de salive. Il n'y en aurait pas non plus sur le timbre, qui était autocollant. Vera sortit une pince à épiler de son sac, enfila des gants en latex et tira la carte de l'enveloppe. Une fleur pressée. Un spécimen petit et bleu qu'elle ne reconnut pas. Le verso était vierge, comme pour Luke. Pas de baisers.

Elle contacta Holly à Kimmerston.

— C'est bien la même. Je veux qu'on la

transmette au labo illico. Et relance-les pour les deux autres.

Elle appela Ashworth, mais sut immédiatement qu'il était cerné par un troupeau d'adolescentes et ne pouvait parler.

— Rappelle-moi dès que tu as quelque chose.

Elle savait qu'il était inutile de le lui dire, mais ça lui faisait du bien de distribuer des ordres.

Vera revêtit son visage calme et légèrement idiot avant de regagner le salon. Elle nota le numéro de la ligne directe de Holly et tendit le papier à Beryl Richardson.

— C'est une gentille fille. Appelez-la et donnez-lui tous les noms que vous avez retrouvés. Julie, j'aimerais que vous veniez avec moi. Montrez-moi le chemin qu'emprunte Laura pour aller prendre son car. Ils appelleront dès qu'il y aura du nouveau et j'ai mon portable sur moi. Un peu d'air frais nous fera du bien à toutes les deux.

Vera fit sortir Julie avant que ni elle ni sa mère aient eu le temps de protester. Au lieu de prendre à gauche vers le centre du village et la grand-route, Julie partit vers la droite.

— Laura n'aime pas attendre avec les autres à l'arrêt de bus près du pub. Surtout depuis que Luke est mort. Elle ne s'est jamais sentie très à l'aise dans la foule, mais depuis c'est encore pire. Elle prend un chemin de traverse et monte dans le bus à l'arrêt suivant, qui est plus proche de la ville.

Julie s'arrêta, se tourna vers Vera.

— J'aurais dû l'accompagner. Mais j'étais dans un tel état… C'était au-dessus de mes forces.

— Vous n'avez rien à vous reprocher, répondit Vera en détachant chaque mot. Absolument rien.

Julie la mena le long d'une sente bordée de potagers familiaux d'un côté et d'arrières de maisons de l'autre. Elles arrivèrent à un échalier. Vera s'y hissa et attendit, perchée au sommet, de reprendre son souffle, tout en regardant le paysage qui s'étendait au-delà. Le chemin longeait le champ qui avait été moissonné la veille, à l'orée d'un bois en direction de la grand-route. Laura devait avoir été visible jusqu'au bout depuis le premier étage des pavillons de la rue où habitait Julie. Vera programma d'envoyer une équipe faire du porte-à-porte. Il y avait peu de chance que quelqu'un ait aperçu la petite, mais ça méritait d'être vérifié. Si Laura avait été kidnappée, ça s'était sûrement produit là. Une fois montée dans le car, elle n'aurait plus été seule jusqu'au collège. L'inspectrice redescendit de l'autre côté de l'échalier, tira sur sa jupe pour la remettre en ordre. Julie la suivit.

— Qui d'autre savait que Laura passait par là pour aller prendre le car ?

Vera se pencha pour ôter un brin de paille de sa sandale, essaya de rendre la question aussi anodine que possible.

— Je ne sais pas. Les autres gamins, j'imagine.

— Geoff ? Kath ?

— Il est possible qu'elle le leur ait dit. Mais ça me surprendrait. Elle n'était pas franchement causante, ces derniers temps.

C'était donc prévu, songea Vera. Elle le savait déjà grâce à la carte, mais ça confirmait. Quelqu'un avait patiemment observé, suivi les mouvements de la famille. Pas depuis la rue. On l'aurait repéré. Peut-être depuis l'orée du bois, d'où l'on avait vue sur le village. Une bonne paire de jumelles et on devait même pouvoir voir à l'intérieur des maisons.

Puis elle se dit que, quel qu'ait été le mobile des premiers meurtres, maintenant l'assassin se faisait plaisir. Il s'était pris au jeu, c'était devenu une obsession. Une pièce de théâtre. Plus seulement la mise en scène du corps, mais les événements qui y menaient. Elle espéra qu'il voudrait prolonger le plaisir. Elle espéra que cela signifiait que Laura était toujours en vie.

## 37

Le matin où Laura Armstrong disparut, Felicity Calvert revint de l'arrêt de bus où elle avait accompagné James en essayant de se faire à l'idée que Peter avait été l'amant de Lily. Elle présumait qu'elle aurait dû se sentir trahie. Pas par Peter – de quel droit l'aurait-elle jugé ? – mais par Samuel. Elle était convaincue que Samuel était au courant de la liaison de son mari. Probablement les trois hommes présents lorsque James avait découvert le corps étaient-ils au courant. Peter avait dû se glorifier de sa conquête. Il n'avait certainement pas pu garder pour lui une chose pareille et il confiait tout à Samuel. Peut-être était-ce pour cela qu'elle avait trouvé ce dernier si étrange dernièrement, si crispé et tendu.

Peter lui avait avoué sa liaison avec Lily en rentrant du commissariat. Il était arrivé en taxi, l'air épuisé, vulnérable. À cette heure-là James dormait. Le garçon semblait avoir accepté la fable selon laquelle la police avait besoin d'entendre son père en tant qu'expert et était allé se coucher sans faire d'histoires. La maison paraissait singulièrement silencieuse tandis que Felicity attendait le retour de Peter. D'ordinaire elle écoutait la radio ou de la musique, mais ce soir elle n'aurait supporté ni l'une ni l'autre. Elle avait ouvert les fenêtres et entendait couler l'eau du moulin, très loin.

Felicity avait regardé Peter descendre du taxi puis elle était sortie l'accueillir. Il lui avait saisi la main, un couple d'adolescents, et l'avait entraînée à l'intérieur. Sans mot dire il avait pris la bouteille de vin au frigo et l'avait débouchée. Ce silence lui ressemblait si peu que Felicity prit peur. Il aurait dû être en train de pester contre l'affront de sa convocation au poste, l'impudence du policier qui l'avait embarqué. Elle en vint presque à croire qu'il allait avouer le meurtre. Mais il était libre, n'est-ce pas ? Ça ne pouvait donc pas être cela.

Il servit deux verres de vin et s'assit à la table de la cuisine. Cette pièce était son espace à elle et Peter s'y attardait rarement le soir. Il préférait le confort du salon ou l'intimité de son bureau. S'asseoir avec elle, c'étaient des excuses en soi.

— Tu as faim ? demanda-t-elle. Tu veux que je t'apporte quelque chose ?

— Peut-être plus tard.

Il sirotait son vin, rencontra ses yeux. Il y eut un nouveau silence, puis il annonça :

— J'avais une liaison avec Lily Marsh.

Elle ne lui dit pas qu'elle l'avait compris. Il y avait une question plus urgente.

— Tu l'as tuée ?

— Non !

Ton horrifié. Il prit ses mains dans les siennes. Elle se sentit excitée, électrisée par ce contact. Dans leur routine quotidienne - famille, maison, le sexe même -, ils semblaient esquiver la véritable rencontre. Cet effleurement lui fit l'effet d'être touchée par un inconnu.

— Elle était très belle, déclara-t-elle. Je comprends que tu aies pu être tenté.

— J'étais flatté.

Il fit une pause, but une nouvelle gorgée.

— Tu veux que je te raconte ?

Elle réfléchit. Voulait-elle connaître tous les détails ? Comment ils s'étaient connus ? Où ils avaient fait l'amour ? Elle craignit d'y trouver aussi une certaine excitation.

— Non, trancha-t-elle. Ça ne regarde que toi.

— Tu veux que je m'en aille ?

— Je ne sais pas. Non. Ça ne m'était pas venu à l'esprit.

— Beaucoup de femmes l'exigeraient.

Il paraissait stupéfait qu'elle prenne sa révélation si calmement. Était-il déçu, même, par son manque d'agitation ?

— Du moins ce serait leur première réaction.

— Peut-être qu'après deux morts une liaison ne paraît plus si grave.

— Je ne l'ai pas tuée.

Elle lui caressa le dos de la main du bout du doigt.

— Je te crois.

Ce matin-là, alors qu'elle marchait dans l'ombre de la haie de sureau, elle se dit qu'au cours de ce bref échange plein de tension, ils avaient communiqué bien davantage que depuis des années. Jaillit alors dans son esprit ce qui aurait pu être le titre d'un article pour ces magazines féminins qu'elle lisait chez le médecin ou le coiffeur : *Mon mari soupçonné de meurtre : ça a sauvé notre couple !*

La veille au soir déjà, assise en face de lui, elle avait trouvé la conversation mélodramatique et un peu ridicule.

— C'était terminé, avait-il ajouté. Depuis des lustres. Je ne la voyais plus.

— La rupture venait de qui ?

Encore du blabla de magazine.

— De moi. Lily était déséquilibrée. J'aurais dû me rendre compte qu'aucune femme jeune, jolie et normalement constituée ne serait tombée amoureuse de moi.

Peut-être avait-il marqué une légère pause en attendant qu'elle le contredise. Elle ne le fit pas. Au moins cet adultère la dégageait d'avoir à entrer dans son jeu.

— Elle faisait une fixation. Elle m'appelait, se pointait au bureau sans crier gare.

— Je crois qu'elle a appelé ici. Plusieurs fois, j'ai décroché le téléphone et ça a raccroché.

Elle se souvint des roses au cottage, du bruit de pas dans l'entrée.

— Elle est peut-être même venue ici.

— Elle avait l'air convaincue que j'allais te quitter pour l'épouser. Je ne lui avais jamais promis une chose pareille. Je ne lui avais rien promis du tout.

Il alla rechercher la bouteille de vin au frigo, remplit le verre de Felicity puis le sien.

— J'ai dit aux flics qu'on s'était séparés d'un commun accord. Je ne voulais pas qu'ils croient que j'avais une raison de la tuer. Mais ce n'est pas vrai. Ç'a été un cauchemar. Elle me suivait partout. Je ne savais jamais où elle allait surgir. Elle a dû manœuvrer pour faire son stage à Hepworth afin de m'approcher par l'intermédiaire de James. Et puis elle a inventé cette histoire et débarqué ici sous prétexte qu'elle avait besoin de louer le cottage.

— Je ne crois pas, intervint Felicity, que tu puisses me demander de te plaindre.

— Non, bien sûr que non.

Il était à nouveau contrit. Et soudain elle se sentit honteuse et tout à la fois euphorique, parce que son secret à elle était toujours intact. Devrait-elle avouer également ? Pour elle et Samuel ? Il y avait quelque chose d'addictif dans l'âpreté de la conversation et elle avait envie que cela continue. Comme quand elle était étudiante et qu'elle veillait tard avec ses amis, à la lumière des bougies, un disque déprimant sur l'électrophone. Alors, toutes les discussions avaient l'intensité du confessionnal. Mais la raison l'emporta, une prise de conscience sournoise : puisque l'équilibre du pouvoir s'était renversé, autant en tirer le maximum. Insister pour que James aille au collège du village plutôt qu'à celui de Newcastle qui avait bousillé Peter. Dans ces dispositions repentantes, il accepterait n'importe quoi. Qui plus est, raisonna-t-elle, ce n'était pas à elle de prendre la décision. Samuel ne supporterait jamais que leur relation soit révélée au grand jour. Ça le tuerait.

Plus tard dans la soirée ils firent l'amour, les fenêtres ouvertes si bien qu'elle entendait le ruisseau dehors. Après ils regardèrent le phare à l'horizon. Je vais rompre avec Samuel, songea-t-elle. Personne n'en saura jamais rien. Ce sera comme si ce n'était jamais arrivé.

Le lendemain matin ils se levèrent à l'heure habituelle, Peter partit tôt pour le travail pendant que James terminait son petit déjeuner. L'enfant l'avait bombardé de questions sur la police et les experts scientifiques. Peter avait répondu patiemment, décochant discrètement à Felicity un sourire plein d'ironie. Il l'avait embrassée sur la bouche avant de partir. Les vacances d'été approchaient et Felicity avait accompagné James jusqu'à l'arrêt de bus, profitant au maximum du temps qu'ils passaient ensemble. L'an prochain, elle le savait, il insisterait pour faire le trajet seul.

Elle atteignit la maison et entra. Elle avait mal dormi et se sentait agitée, à cran. La promenade n'y avait rien changé. Si Samuel devait choisir entre Peter et moi, pensa-t-elle, Peter passerait toujours en premier. C'est pour ça qu'il ne m'a rien dit pour Lily.

Elle se fit du café et le but debout à côté de la

porte de la cuisine. Les scellés barraient toujours l'entrée du cottage et pendant qu'elle se tenait là, une voiture déboucha dans l'allée. Un des experts de la veille. Il la salua d'un signe de la main avant d'enfiler sa combinaison en papier et de traverser le pré.

Dans la fraîcheur de la maison elle appela Samuel. Il était huit heures et quart, peut-être serait-il encore chez lui. Il n'habitait qu'à dix minutes de la bibliothèque. Avant de composer le numéro elle n'avait pas idée de ce qu'elle allait lui dire. Quand le répondeur se déclencha, elle fut relativement soulagée. Elle aurait pu se ridiculiser en exigeant une explication. *Il ne t'est pas venu à l'esprit que je méritais de savoir que mon mari couchait avec une gamine plus jeune que nos filles ?* Mais il aurait pu riposter : *Tu couchais avec le meilleur ami de ton mari.* Et puis elle n'avait jamais rien demandé à Samuel. C'était la base de leur relation. Elle reposa le combiné sans avoir rien dit.

Soudain elle décida d'aller passer la journée à Morpeth. Elle avait envie de monde autour d'elle, de sentir le tissu sous ses doigts tandis qu'elle cherchait une nouvelle tenue, d'un café, d'un bon déjeuner avec un verre de vin. Elle ne prit même pas la peine de se changer ou de se maquiller, attrapa simplement ses clefs de voiture, son sac à main, et sortit presque en courant. Comme elle verrouillait la porte d'entrée elle entendit le téléphone sonner à l'intérieur. Elle s'immobilisa un moment mais ne rentra pas. Peut-être passerait-elle voir Samuel à la bibliothèque plus tard, mais d'abord elle avait besoin de réfléchir à ce qu'elle allait lui dire.

## 38

Vera avait confié Julie à un agent de liaison avec l'instruction de l'emmener ailleurs – chez une amie, chez ses parents, n'importe où pourvu qu'elle ne soit pas au village où, bientôt, une équipe entreprendrait de passer au peigne fin le bout de chemin menant des potagers familiaux à la grand-route. À présent, l'inspectrice était de retour au commissariat. Elle avait réuni l'équipe, ses trois agents les plus proches ; les avait convoqués dans son bureau en hurlant depuis sa porte ouverte. Charlie était toujours au téléphone avec l'officier qui coordonnait l'enquête de voisinage à Seaton. Joe Ashworth venait de rentrer du collège, sérieux, assez remué. Elle s'aperçut qu'il pensait à sa propre fille. Quand Katie aurait quatorze ans, aurait-il le courage de la laisser aller à l'école, en ville, toute seule ?

— Aucun doute, Laura n'a pas pris le car, dit-il. Ça n'a pas étonné les autres élèves. Ils se sont dit qu'elle n'avait pas eu le courage d'aller en cours après ce qui était arrivé à Luke.

Il fit une pause.

— J'ai eu l'impression qu'elle n'avait pas beaucoup de vraies amies. Les filles étaient choquées de sa disparition, voire excitées. Mais aucune ne m'a paru particulièrement inquiète. Les profs m'ont dit qu'elle restait à l'écart de ses camarades. L'une d'elles a déclaré qu'elle était un peu distante.

*Évidemment qu'elle était distante. Depuis son plus jeune âge elle subissait des railleries à cause de Luke.* L'espace d'un instant, Vera se demanda si tout n'était pas plus simple qu'ils ne le croyaient. Peut-être était-ce Laura qui avait tué son frère, finalement. Pour se venger de ce qu'il n'ait pas sauvé Tom Sharp lors de sa chute dans la Tyne. De ce qu'il ait toujours accaparé l'attention et fait de la vie de sa sœur un enfer, sans même le vouloir. Et maintenant Laura avait pris la clef des champs. Peut-être la mort de Lily n'était-elle qu'une horrible coïncidence. Puis l'inspectrice se ressaisit et se dit que c'était ridicule. L'idée que les deux meurtres ne soient pas liés était grotesque. Et toujours lui trottait dans la tête le nom du seul suspect logique.

Holly arriva avec un plateau : quatre mugs de café noir, une pile de portions individuelles de lait sur une soucoupe ébréchée. C'était la première fois que Vera la voyait faire du café sans qu'on lui force la main.

Charlie acheva sa conversation téléphonique et les rejoignit.

— Rien. Pour l'instant. Certains des habitants de la rue ne sont pas encore rentrés du boulot. J'ai demandé que les agents sur place prennent leurs numéros de téléphone et les appellent où qu'ils soient pour savoir s'ils ont vu Laura ce matin.

En d'autres circonstances, Vera aurait été

contente de voir qu'ils se décarcassaient, travaillaient en équipe, manifestaient un peu de bon sens.

— J'ai reçu le rapport d'autopsie de la femme de Parr, poursuivit Charlie. C'était bien un suicide. Elle s'est ouvert les veines. Tout est sur votre bureau.

Elle le remercia d'un hochement de tête.

— Voilà qui nous renvoie vers les Armstrong, déclara-t-elle. Peut-être que toute l'histoire avec Peter Calvert n'était qu'une diversion. Peut-être que l'assassinat de Lily Marsh n'était pas du tout au programme. Qu'elle a vu quelque chose et est devenue encombrante. Est-ce qu'on en sait un peu plus sur ce qu'elle faisait le soir où Luke Armstrong a été tué ?

— Ses colocataires étaient de sortie ce soir-là. À Londres, pour un spectacle de danse. Très classe. Elles ont dormi chez des amis à Richmond. Elles ne savent pas si Lily était là mercredi soir ou non.

Holly était devenue la spécialiste des colocataires de Lily.

— Qu'est-ce que Lily Marsh serait allée faire à Seaton ? Un ancien village minier. Ce n'est vraiment pas son style, vu les fringues qu'elle portait. Elle se serait fait repérer aussitôt. Or personne ne l'a vue. Je me suis chargé moi-même du porte-à-porte.

Charlie avait travaillé là-bas et y possédait toujours des amis îlotiers.

— Aucun inconnu n'a été remarqué dans le coin.

Ils se turent, chacun essayant d'imaginer Lily avec ses vêtements de soie et ses perles dans la rue où les enfants sautaient à la corde sous le regard des mères assises sur le perron. Aucun n'y parvint.

— D'après vous, où est le corps de Laura ? lança Charlie.

La question qu'ils avaient tous derrière la tête sans que quiconque veuille l'énoncer.

— Pour l'instant, rien ne dit qu'elle est morte.

Vera ne criait pas, elle avait gardé un ton calme et raisonnable. Pas le moment de faire du tintouin. Mais elle pensait vraiment ce qu'elle venait de dire. Ou peut-être voulait-elle que ce soit vrai, tout simplement. Pour Julie et pour elle-même. Elle n'était pas habituée à échouer et une autre mort, la mort d'une enfant, qui n'avait pas encore eu l'occasion d'être heureuse, serait le pire des échecs.

— Il n'a pas gardé les autres victimes en vie, intervint Joe. À ce qu'on sait. En tout cas pas le garçon.

— Cette fois-ci, c'est peut-être différent.

Vera savait qu'elle était irrationnelle, cette idée qui lui était venue sur le chemin avec Julie, que l'assassin avait pris goût au jeu, au spectacle. Qu'il pourrait vouloir faire durer le plaisir en prolongeant la vie de sa victime.

Charlie savait qu'il valait mieux ne pas discuter.

— Bon, *si* il y a un corps, où est-ce qu'il sera ?

— Dans l'eau, lâcha Holly.

— Alors où est-ce qu'on cherche ? Toutes les maisons de la région ont une baignoire.

— Non, objecta Vera. Il ne recommencera pas le coup de la baignoire. Laura est une adolescente magnifique. Pas une beauté comme Lily, mais de grands yeux, des pommettes à mourir.

Elle retint son souffle à cette expression mais personne ne sembla relever et elle poursuivit.

— Elle a quelque chose d'étrange, d'exotique. Il voudra en faire un tableau. Ce sera dans un lieu théâtral.

— Alors il doit la garder avec lui, fit Joe. Vivante ou morte. Il ne va pas risquer de déposer le corps en plein jour. Pas à nouveau. Il a réussi pour Lily, mais il n'essaiera pas une deuxième fois.

— Est-ce qu'on a eu un retour du service des eaux ? s'enquit Vera. Ils avaient des hommes au déversoir du phare l'après-midi où Lily a été tuée, non ? Quelqu'un leur a parlé ?

— Le déversoir est hors service depuis cinq ans, expliqua Joe. Une directive européenne sur les eaux usées et la propreté des plages. Le type à qui j'ai parlé m'a dit qu'une équipe avait dû se garer là juste pour faire une pause.

— Eh bien, recontacte-le. Qu'il te donne le nom de tous les employés qui bossaient dans le coin ce jour-là. C'est notre meilleure piste pour trouver des témoins.

Il y eut un moment de silence, puis Vera se leva d'un bond, resta debout devant eux.

— Je veux des idées, lança-t-elle. N'importe quelles idées. Même les plus folles. Des endroits à fouiller. Des endroits à surveiller.

— La Tyne. C'est là que Tom Sharp est mort. De l'eau et des fleurs. Le début de tout.

Encore Charlie. Plus animé qu'elle ne l'avait jamais vu.

— Hé, vieux, c'est une sacrée surveillance, toute la Tyne.

Joe regarda ses collègues l'un après l'autre. Pas par cruauté, mais par exigence de précision. Joe avait l'esprit pratique.

— Il a raison, pourtant, intervint Vera. C'est là que ça a commencé.

Elle se demanda si elle pouvait justifier une autre virée à la prison pour voir Davy, si maintenant il aurait quelque chose pour elle. Elle décida que ça attendrait. Elle ne voulait pas être trop loin de Julie si le pire advenait.

— Où, alors ?

Charlie était assis sur son bureau, penché en avant. Pour lui aussi c'était devenu une affaire personnelle. Peut-être avait-il une fille, des enfants. Vera s'aperçut qu'elle ne lui avait jamais posé la question. Elle n'aimait pas parler des enfants qu'avaient les autres. Cela lui donnait une sorte de sentiment de vide, de jalousie.

— Fish Quay à North Shields, là où Tom Sharp s'est noyé ? Il y a cette zone abritée où les bateaux s'arriment.

— C'est animé jusqu'au petit matin. Les bars, les restaurants, les habitants des appartements chics qui ont poussé là.

— Ce serait une proclamation, pourtant, s'il y arrivait, dit Vera.

— C'est forcément un *il* ?

C'était Holly. La plus détachée d'eux tous. Elle est encore assez jeune pour se croire immortelle, songea Vera. Pour être égoïste et indifférente à la tragédie d'autrui.

— Physiquement, une femme aurait pu les étrangler. Transporter Lily sur les rochers pour l'installer dans cette cuvette, c'est autre chose. À qui tu pensais ?

— Kath Armstrong est la seule personne qui ait un lien avec les trois victimes. Et elle est infirmière. Dans ce métier, on est entraîné à porter des gens, non ?

*Pas la seule personne. Il y en a une autre, aussi.*

— Quel serait son mobile ?

Vera essaya de trouver une réponse à sa propre question. Peut-être qu'il y avait un rapport avec le bonheur familial. Lily, Luke et Laura étaient tous venus s'immiscer dans la petite vie tranquille de la maison proprette de Wallsend. Les crimes étaient-ils une tentative dévoyée de Kath pour protéger sa fille ?

Elle imaginait la Tyne à North Shields dans la nuit. Les ombres portées des bâtiments, la capitainerie, le marché aux poissons déserté, les lumières de la rive sud. Dans le port l'eau calme et huileuse. Elle visualisa la forme noire d'une jeune fille, une tache sur la surface miroitante. Mais un corps ne flotte pas. Pas tout de suite. Peut-être le meurtrier trouverait-il quelque chose sur quoi la déposer ? Une palette ? Une barque ? Et il la couvrirait de fleurs. Quel tableau cela donnerait… L'inspectrice essaya de chasser la vision et de laisser son esprit ouvert à d'autres scènes, d'autres lieux.

— Bien, d'autres scénarios ?

— Et l'étang de Seaton ? suggéra Joe. Ce n'est pas très loin de l'endroit où la gosse a dû être enlevée et il y a une cabane là-bas, non ? Les ornithos doivent savoir ça.

— Les collègues sur place ont déjà vérifié,

intervint Charlie. C'est un des premiers endroits où ils sont allés parce que c'est tout près de chez elle, et qu'ils savent que certains gamins du village vont s'y planquer quand ils sèchent les cours. Ils ont trouvé un tas de cannettes de bière vides et des graffiti. Rien d'autre.

Mais Vera songea que l'endroit pouvait très bien fournir le genre de décor que l'assassin recherchait. L'étang de Seaton était né de l'affaissement des puits de mine, bien que plus rien aujourd'hui ne rappelle ce passé industriel. Il se trouvait entre le chemin que Laura avait emprunté pour rejoindre son bus et la mer.

Enfant, Vera avait un jour planqué avec Hector dans la cabane de l'étang de Seaton. Il y avait forcément une raison pour qu'il ait fait ce rare trajet jusqu'à la plaine et elle s'agaça un moment de ne pas retrouver de quoi il s'agissait. Puis ça lui revint. Un foulque d'Amérique. Ils avaient attendu plus d'une heure qu'il apparaisse sur le lit de roseaux. Le jour était froid et radieux et l'étang, cerclé de glace. Vera s'était ennuyée ferme et Hector s'était montré particulièrement injurieux envers les autres observateurs. De temps à autre, des marcheurs longeant la rive ouest de l'étang dérangeaient l'oiseau. Les promeneurs de chiens affectionnaient cet endroit. De jour, songea l'inspectrice, y déposer le corps serait risqué. Mais l'assassin n'avait pas l'air de se soucier du risque. Il semblait se contreficher de se faire arrêter ou non. Et en soirée, il ne courrait plus aucun danger.

— Est-ce qu'ils fouillent toujours le chemin ?

— Ils vont y passer la journée.

— Mais pas ce soir. Pas quand la nuit va tomber.

— Non, répondit Charlie. À ce moment-là, ils arrêteront.

— Je veux quelqu'un là-bas toute la nuit. À partir du moment où l'équipe de recherche aura remballé et où tout le monde sera rentré. Caché. Discret.

Elle pensa fugitivement à l'impact que cela aurait sur le budget des heures supplémentaires mais en fait elle s'en fichait éperdument.

— Est-ce qu'il pourrait retourner au phare ? proposa Holly.

— Il y a aussi le ruisseau de Fox Mill, enchaîna Joe. Si le cottage a un sens. Si Lily y est retournée, qu'elle y est tombée sur quelqu'un et y a perdu la bague que Calvert lui avait offerte, l'endroit pourrait avoir une signification particulière aux yeux du tueur. Ce serait risqué avec du monde dans la maison…

Mais il s'en fout, se répéta Vera. Le risque fait partie du jeu, du spectacle. Il s'est aperçu qu'il aimait avoir un public.

Ils attendaient qu'elle prenne une décision. Il y eut un moment d'accalmie comme il en arrive parfois dans les commissariats survoltés. Dans la rue, un bébé pleurait et sa mère essayait de le consoler.

— Trois équipes, lança-t-elle. Une à Fish Quay. Contactez la capitainerie. Une à l'étang de Seaton, planquée dans la cabane d'observation. Et une à Fox Mill. Le moins que les Calvert puissent faire, c'est de nous laisser camper chez eux, vu comment ils ont louvoyé. Je ne le vois pas réutiliser le phare.

La marée est trop aléatoire là-bas. Mais ça, c'est pour ce soir. D'ici là, je veux qu'on vérifie tout. Recommencez à zéro. Ce soir il sera probablement trop tard. La gamine sera morte.

## 39

Quand Felicity rentra de Morpeth, elle trouva une voiture dans l'allée de Fox Mill. Différente de celle des techniciens de l'Identité judiciaire. Elle présuma qu'il s'agissait d'un nouvel enquêteur et s'interrogea : quand cela allait-il s'arrêter, cette invasion d'étrangers, ce furetage dans leur vie privée ? Elle supposa qu'elle devrait être heureuse que la presse n'ait pas eu vent de leur rôle dans l'affaire et se demanda même si le véhicule n'appartenait pas à quelque journaliste. En regardant le cottage elle s'aperçut qu'il n'était plus sous scellés.

Elle avait eu juste le temps d'ôter ses chaussures et d'allumer la bouilloire quand la sonnette se fit entendre. De la fenêtre de la cuisine elle vit le jeune lieutenant qui avait emmené Peter la veille au soir. Elle alla ouvrir pieds nus et l'homme baissa la tête sur ses orteils, aux ongles vernis d'un rose très pâle. Elle perçut sa désapprobation et eut envie de lui dire quelque chose. *Votre femme modèle, qui est inscrite à l'Institut des femmes, elle ne se vernit pas les ongles des pieds ? Ou bien ça vous déplaît parce que je suis grand-mère ?* Mais elle se tut. Elle attendit sans bouger qu'il prenne la parole.

— On a essayé de vous joindre par téléphone, déclara-t-il.

Il y avait de l'accusation dans sa voix, et autre chose. Une angoisse frisant la panique.

— Je viens de rentrer.

— Où vous étiez ?

— À Morpeth.

— Avec quelqu'un ?

Elle répondit, mais pas à sa question. Ça ne le regardait pas. Pourtant elle voyait bien que l'heure était grave.

— Pourquoi, qu'est-ce qui s'est passé ? Un autre meurtre ?

Il insista :

— Ça nous serait très utile si vous pouviez prouver où vous étiez ce matin. Est-ce que quelqu'un vous a vue ?

— Non, fit-elle avec réticence. J'étais toute seule.

— Un ticket de caisse, alors. Quelque chose qui affiche la date et l'heure ?

Alors elle se mit à paniquer à son tour. Elle s'imagina traînée au commissariat de Kimmerston, assise dans une cellule, soumise à l'interrogatoire. Peut-être croyaient-ils que Peter et elle étaient de mèche. Qu'adviendrait-il de James dans ce cas ?

— Je n'ai rien acheté. J'en avais l'intention, mais finalement je n'ai fait que du lèche-vitrine.

Puis elle eut une illumination et sortit, les gravillons de l'allée piquant ses pieds toujours nus, chercher quelque chose dans sa voiture. Enfin elle trouva le ticket de parking sous son siège. Il affichait clairement la date et l'heure et l'attitude de Joe Ashworth changea légèrement. Il se fit plus poli et demanda la permission d'entrer.

— Une jeune fille a disparu, expliqua-t-il.

Dans la cuisine la bouilloire s'était déjà éteinte automatiquement. Elle lui fit du café sans demander s'il en voulait.

— Il pourrait y avoir un rapport avec les deux meurtres. J'ai inspecté le cottage. J'espère que ça ne vous ennuie pas. Les techniciens avaient terminé et comme vous étiez absente, je ne pouvais pas vous demander l'autorisation.

— Non, bien sûr. Vous devez faire tout ce que vous pouvez.

Mais elle était choquée qu'il considère le cottage comme un lieu de crime en puissance. Cela signifiait-il que les hommes à combinaison de papier avaient trouvé quelque chose ? Cela signifiait-il que Peter était toujours impliqué ?

— Votre mari est parti à la même heure que d'habitude, ce matin ? reprit Ashworth.

Le ton était poli et détendu, mais Felicity ne fut pas dupe. Elle n'allait certainement pas lui dire que Peter était parti plus tôt.

— Oui. À peu près. Vous pourrez vérifier à quelle heure il est arrivé à l'université. Ils signent un registre. Consignes incendie.

Il sourit et elle sut qu'ils avaient déjà contrôlé. Elle se demanda si Peter se trouvait là en personne ou s'ils n'avaient parlé qu'à sa secrétaire. Felicity aurait aimé le savoir, mais elle était trop orgueilleuse pour lui poser la question.

L'horloge de la cuisine poussa un cri. Celui d'un oiseau qu'elle ne reconnut pas. Déjà deux heures.

— Je n'ai pas déjeuné, dit-elle. Je pensais aller au restaurant à Morpeth, mais finalement je ne m'en suis pas sentie capable. J'allais me préparer un sandwich. Je peux vous proposer quelque chose ?

Il sourit.

— Je vous laisse. Mais si vous voyez quoi que ce soit d'inhabituel - une voiture que vous ne reconnaissez pas, des gens qui rôdent autour du cottage - vous nous appellerez ?

— Oui. Naturellement.

Elle le raccompagnait à la porte quand un téléphone sonna. Son portable, toujours au fond de son sac dans la cuisine. Elle savait que c'était Samuel et cela la travailla, si bien qu'elle ne saisit pas toute l'implication des mots du lieutenant.

— Vous serez là ce soir ? Au cas où on aurait d'autres questions ?

Il ne semblait pas avoir remarqué les trilles du téléphone. Ou bien il se fichait de l'importuner.

— Oui, répondit-elle. Oh, oui ! On ne sort pas souvent.

Elle voulait qu'il s'en aille. Il sourit à nouveau, comme s'il avait obtenu la réponse qu'il désirait, comme si en réalité c'était pour cela qu'il était venu.

— Excellent. Alors c'est parfait. Je m'en vais.

Quand Felicity regagna la cuisine, son téléphone ne sonnait plus. Il n'y avait pas de message. La liste des appels afficha le numéro de portable de Samuel. Elle essaya de le rappeler mais il l'avait déjà éteint. Elle lui laissa un nouveau message et réessaya de le joindre chez lui, mais sans plus de succès. Elle continua à appeler jusqu'à ce que James revienne de l'école, puis abandonna.

Peter rentra de l'université un peu plus tôt que d'ordinaire. Il n'était que dix-sept heures trente. De la fenêtre de la cuisine, Felicity le vit descendre de voiture et rester un moment debout à regarder le cottage.

*Il pense à cette fille. Elle lui manque.* Une boule de jalousie, solide comme un morceau de nourriture coincé dans la gorge, lui donna un haut-le-cœur.

James avait dû le voir aussi depuis l'endroit où il jouait, dans le jardin. Il contourna la maison pour aller à sa rencontre. Elle n'entendit pas ce qu'il dit, mais il se mit à parler dès qu'il vit son père. Des nouvelles de l'école. Peter sourit, prit le garçon dans ses bras et le fit sauter au-dessus de lui.

Felicity l'observait, se dit qu'il était en pleine forme pour son âge, costaud. Peter prit son fils par l'épaule et ils revinrent ensemble vers la maison. Le téléphone fixe sonna. Felicity alla répondre dans le bureau de Peter, heureuse d'avoir un peu de temps pour se reprendre avant d'accueillir ses deux hommes.

C'était Samuel.

— Bonsoir, dit-elle. J'ai essayé de te joindre toute la journée.

Elle l'avait appelé à plusieurs reprises pendant qu'elle était à Morpeth dans la matinée. Il n'avait répondu ni chez lui ni sur son portable. Elle avait trouvé le courage d'aller à la bibliothèque, mais la préposée à l'accueil l'avait informée qu'il avait pris sa journée. Ensuite elle était allée frapper chez lui. En vain.

— Pourquoi ? Qu'est-ce qui s'est passé ?

Sa voix résonnait bizarrement, comme brouillée. Elle se demanda s'il avait bu.

— Ce n'est pas vraiment le moment pour en parler. Peter vient de rentrer, si tu veux que je te le passe.

Elle gardait un ton léger et détendu, comme toujours lorsque quelqu'un pouvait les entendre.

— Non, c'est toi que je cherchais.

— Tu vas bien ? Où est-ce que tu as passé la journée ?

Il ne répondit pas tout de suite. De la cuisine, Peter appela Felicity. Elle mit sa main sur le micro et cria : « Je suis au téléphone. J'arrive dans une minute. Mets l'eau à chauffer, s'il te plaît. »

Samuel ne répondait toujours pas.

— Où tu étais ? insista-t-elle.

— Je pensais que tu aurais deviné.

C'était le genre de chose qu'il aurait pu dire quand ils étaient seuls. En plaisantant. Laissant entendre une complicité. Mais en l'occurrence le ton n'était que plein d'amertume.

— Tu te sens bien ? s'enquit-elle. Quelque chose ne va pas ?

— Il faut que je te voie.

— Je ne crois pas que ce sera possible. Pas ce soir.

Elle avait tout oublié de son projet de l'accuser d'avoir gardé le secret pour Peter et Lily Marsh. Oubliées les bulles de désir qui l'avaient nourrie depuis qu'ils étaient ensemble, l'avaient fait sourire pour elle-même quand personne ne pouvait la voir. Maintenant elle voulait s'extraire de cette relation aussi vite et dignement qu'elle le pourrait. Avec cet appel, elle commença à considérer Samuel comme un poids.

— Aujourd'hui, ça fait vingt ans que Claire est morte, annonça-t-il.

Bien sûr, se dit Felicity. Ça s'était passé en été. Elle se rappelait l'enterrement. Un jour immobile, lourd. Des nuées d'insectes sous les arbres alors qu'ils attendaient devant l'église. Le malaise, parce que le suicide donne une forme de deuil si embarrassante. Elle avait presque eu l'impression qu'ils auraient dû plaindre Samuel d'avoir été plaqué. Plus tard ils l'avaient ramené chez eux et le veuf leur avait décrit la découverte de sa femme. « Elle paraissait plus paisible que je ne l'avais vue depuis des mois. Ses cheveux flottaient autour de son visage. »

Elle eut soudain un choc en s'apercevant que ces mots auraient pu s'appliquer aux récentes victimes, puis elle repoussa l'image de Samuel en assassin. C'était un homme doux. Il n'aurait pas fait de mal à une mouche.

— Je suis vraiment désolée, s'excusa-t-elle. J'aurais dû m'en souvenir.

Elle savait qu'il attendait qu'elle accepte de le voir et l'espace d'un moment elle hésita. Peut-être devrait-elle aller le rejoindre. Juste en tant qu'amie inquiète. James avait allumé la télévision dans le salon. Elle entendit le générique d'un feuilleton du soir. Peter hurla depuis la cuisine que le thé était prêt. Voilà l'important, se dit-elle. Ces petits riens quotidiens de la vie de famille. C'était pour ça qu'il fallait se battre.

— Écoute. Je suis vraiment désolée mais ce n'est pas possible. La situation est compliquée, ici. Hier soir la police a embarqué Peter pour l'interroger. Tu es sûr que tu ne veux pas lui parler ?

Samuel ne répondit pas.

— Quel gâchis, soupira-t-il enfin.

— Où es-tu ?

— Laisse tomber.

Plus amer qu'elle ne l'avait jamais entendu. Il raccrocha.

Peter lui avait fait un thé Earl Grey avec un nuage de lait, exactement comme elle l'aimait.

— Qui c'était ?

Elle eut une légère hésitation.

— Samuel. Il m'a paru un peu retourné. C'est l'anniversaire de la mort de Claire aujourd'hui. J'ai essayé de le convaincre de te parler.

— Je le rappellerai plus tard.

— Le jeune policier est revenu cet après-midi. Une autre jeune femme a disparu.

Peter reposa lentement sa tasse, mais elle vit que la nouvelle l'affectait. Peut-être cela lui rappelait-il Lily.

— Ils pensent qu'il y a un rapport avec les meurtres ?

— C'est ce qu'Ashworth a laissé entendre. Il voulait savoir où j'avais passé la matinée.

— Ils m'ont couru après toute la journée.

Peter s'adossa à sa chaise et s'étira, impliquant que le travail l'avait épuisé.

— Où tu étais ?

— En réunion. Extrêmement assommante et

atrocement mal présidée, raison pour laquelle elle a duré si longtemps.

— C'est vrai ?

— Tu ne crois tout de même pas que j'ai quelque chose à voir avec cette disparition ?

— Non, s'empressa-t-elle de répondre. Bien sûr que non. Ce n'est pas ça. Je suis allée à Morpeth ce matin. Moi aussi, j'ai essayé de te joindre. Sans succès.

— Tu me soupçonnais d'être avec une autre femme ?

— Je suis désolée. Ça m'a traversé l'esprit, oui.

— Plus jamais. Je te promets que ça ne se reproduira pas.

D'un signe de tête il engloba la maison, James dans la pièce voisine, la vue du jardin.

— Je tiens trop à tout ça.

Elle s'aperçut qu'il faisait écho à ce qu'elle-même avait pensé pendant qu'elle conversait au téléphone avec Samuel.

Après le dîner, Peter et elle regardèrent la télévision avec James. Plus tard, ils allèrent coucher leur fils ensemble, puis prirent le digestif sur la terrasse devant l'immense soleil orange en suspension au-dessus des collines. Peter paraissait nerveux, inquiet. Il revint plusieurs fois à la jeune femme kidnappée. Est-ce qu'Ashworth avait dit autre chose ?

— Rien, répéta Felicity. Vraiment. Mais s'ils la retrouvent et arrêtent son ravisseur, tu seras tiré d'affaire, non ? Tout sera terminé.

Pourtant cette pensée semblait ne lui être d'aucun réconfort. Il ne tenait pas en place. À un moment il rentra pour passer un coup de fil. À Samuel, supposa-t-elle.

— Comment ça allait ? s'enquit-elle quand il revint.

— Je ne sais pas. Ça ne répondait pas, fit-il en fronçant les sourcils.

Les policiers arrivèrent juste à la tombée de la nuit. Felicity ne les connaissait pas. Comme elle avait fermé la porte à clef ils contournèrent la maison, un homme et une femme. Elle les trouva ridiculement jeunes, gauches et bredouillants, malgré leurs efforts pour se montrer polis.

— Le lieutenant Ashworth a dit qu'on pourrait surveiller le bief du moulin depuis chez vous. Vous lui avez donné votre accord.

— Ah bon ?

Elle ne se rappelait pas exactement à quoi elle avait consenti.

— Il y a peut-être une pièce à l'étage d'où on le voit ? On pourrait s'installer là.

— Bien sûr. À votre service.

Les deux agents étaient toujours dans la chambre d'amis quand Peter et Felicity allèrent se coucher. Elle les vit, assis dans le noir, les yeux rivés sur le cottage. La lune était là, maintenant. Pas assez lumineuse pour permettre de distinguer les détails, mais suffisamment pour repérer une ombre en mouvement. Cependant, que feraient-ils si quelqu'un arrivait effectivement ? se demanda Felicity. Ils sont à peine sortis de l'enfance.

Elle leur prépara une Thermos de café et des sandwichs. Ils la remercièrent sans quitter la fenêtre des yeux.

Elle dut s'endormir avant Peter. Elle le sentait étendu à côté d'elle, parfaitement immobile, essayant de ne pas la déranger.

## 40

Ce fut au milieu de l'après-midi que l'équipe de recherche trouva la chaussure de Laura. Elle gisait dans la rigole qui longeait la route, non loin de l'arrêt de bus. Ils avaient commencé près de la maison de Julie et suivi le sentier, se déployant à travers le champ qui n'était plus que chaume. Les résidents de Laurel Avenue les observaient depuis la fenêtre de leur premier étage, voyaient des silhouettes noires se découper sur l'éclat du soleil et l'or de la paille. Les agents avançaient de conserve, tels les danseurs d'un ballet lent et élaboré, leur ombre tournant à mesure que le jour avançait.

Certains agents avaient bien dû se dire que depuis le temps qu'ils y étaient, ils ne trouveraient rien. Vera pensait que dans pareille situation, elle aurait sans doute du mal à rester concentrée ; elle commencerait à penser à chez elle et à une douche, une bière bien fraîche. Pourtant, en arrivant à la grand-route les hommes ne s'arrêtèrent pas. Ils longèrent la haie d'aubépine et la rigole, maintenant presque à sec. Toujours concentrés. Ils se contentaient de se relever de temps à autre pour s'étirer ou frotter un dos douloureux, dans un silence presque complet. Même après la découverte de la chaussure ils continuèrent à avancer jusqu'au rond-point de Whitley Bay.

Il ne faisait pas de doute que la chaussure était tombée par accident. Une erreur. Le ravisseur ne s'était pas aperçu que Laura l'avait perdue. Rien n'indiquait qu'il l'ait volontairement placée à cet endroit pour la cacher et elle n'était pas là pour signifier quoi que ce soit. Il y avait si peu d'eau que le soulier pointait, parfaitement visible, hors de la vase. Vera était sûre que cela n'avait rien à voir avec la mise en scène des corps. Il n'y avait pas de fleurs. Ce n'était qu'une chaussure. Une chaussure noire, plate, sans talon et ouverte à l'arrière, simple, à la mode de cet été. Maintenant le kidnappeur devait s'être rendu compte qu'elle était tombée. Cela le rongeait-il ? Pensait-il que les techniciens scientifiques exerceraient sur elle quelque tour de magie qui leur révélerait aussitôt son identité et sa cachette ?

Julie reconnut immédiatement la chaussure et se mit à pleurer. Jusqu'alors elle avait pu se convaincre que Laura séchait les cours. Pour lui faire payer d'être une mère aussi nulle. De n'avoir pas été là ce matin à son départ pour le collège. Mais lorsqu'elle vit la chaussure dans son sachet plastique elle se mit à mugir. Vera ne supportait pas de la voir dans cet état. Elle la persuada de prendre un des tranquillisants que son médecin lui avait prescrits. Plus pour elle-même que pour Julie. Ses hululements de détresse lui portaient sur les nerfs et l'empêchaient de se concentrer. Ils la hantèrent même lorsqu'elle fut partie retrouver le chef de l'équipe de recherche.

Bien sûr la chaussure ne leur apprit rien. Elle aurait pu leur parler de Laura. Leur dire à peu près combien elle devait mesurer, quelle démarche elle avait, par où elle était passée. Elle ne leur révéla rien de son ravisseur. Mais non loin de l'endroit où elle avait été retrouvée, ils découvrirent des traces de pneu sur le bas-côté. L'herbe était très sèche et les pneus l'avaient écrasée sans vraiment laisser d'empreinte. Cependant, à la jonction du talus et de l'asphalte s'étalait une petite plaque de sable de construction. Peut-être un résidu de travaux effectués sur la route ou une giclée tombée d'un camion. Toujours est-il que là, une empreinte de pneu impeccable s'était incrustée. Rien qu'un fragment, la moitié de la largeur sur une dizaine de centimètres seulement, mais qui suffit à exciter l'expert Billy Wainwright, qui s'agenouilla au-dessus, tel un bambin se concentrant pour réaliser le pâté de sable parfait.

— Alors ?

Vera savait qu'elle n'était pas tout à fait à sa place. Elle aurait dû se trouver à son bureau, à centraliser toutes les informations, dominant la situation. Seulement elle ne dominait pas du tout la situation.

— Je ne suis pas sûr qu'on pourra identifier la marque du pneu à partir de ça, dit Billy.

Il se releva. Vera le trouva crevé et un peu tendu. Il était trop vieux pour batifoler avec sa nouvelle jeune maîtresse. Trop honnête pour le faire à la légère. Une fois encore elle eut envie de lui dire de se réjouir de ce qu'il avait. Une femme à qui il pouvait parler. De ne pas tout bazarder pour le démon de midi, si jeune et si jolie soit la jeune femme.

— Mais si tu m'apportes un véhicule suspect, je pourrai te dire s'il correspond, poursuivit-il. Regarde, il y a des traces d'usure très spécifiques, des éclats et des encoches dans le caoutchouc.

— Alors on ne cherche pas un pneu neuf ?

— Non. Les sillons sont très peu profonds. C'est à peine légal.

C'était une fin d'après-midi d'été idyllique. Il faisait moins lourd que plus tôt dans la journée, quand tout le monde murmurait qu'il y avait de l'orage dans l'air. Vera regarda un moment l'équipe de recherche avancer centimètre par centimètre vers l'horizon, les hirondelles piquer et plonger sur les insectes au-dessus du champ de chaume.

— Si tu arrives à identifier ce pneu, tu m'appelles ?

Il hocha brièvement la tête et en le regardant, elle se dit qu'il savait déjà combien il était fou de fricoter avec la jeune anatomopathologiste. Qu'il se détestait d'agir ainsi mais ne pouvait pas s'en empêcher. Il ne voulait pas reconnaître qu'il se ridiculisait ou qu'il était trop vieux ou que la jeune femme se servait de lui. Il s'était convaincu qu'il l'aimait.

À Kimmerston, la cellule technique était exceptionnellement silencieuse. Un silence tendu et expectatif, si bien que le moindre téléphone ou éclat de voix qui retentissait à l'improviste leur mettait les nerfs en pelote. Vera venait de s'installer dans son bureau quand justement, son téléphone sonna.

Pas un appel interne. Celui-ci venait de l'extérieur par sa ligne directe. Elle décrocha, dit son nom et il y eut une pause. En bruit de fond les échos d'un espace confiné, le claquement d'une porte métallique qu'on verrouillait, des voix d'hommes agressives. Puis une autre, différente, plus basse.

— C'est Davy Sharp.

Davy Sharp à la prison d'Acklington. Ce devait être l'heure du thé. Elle l'imagina au bloc. Il avait dû faire la queue à la cabine et une file d'hommes attendait derrière lui. Qui écoutaient ce qu'il disait.

— Oui, Davy. Qu'est-ce que je peux faire pour vous ?

Le ton détendu. La voix basse aussi pour qu'il soit le seul à l'entendre.

— Ce serait plutôt l'inverse, répondit-il. Plutôt ce que moi, je peux faire pour vous.

— Qu'est-ce que vous pouvez me dire, Davy ?

— Rien au téléphone. Faudra venir me voir. Et si ça se trouve c'est que dalle.

— Vous n'avez plus de clopes, Davy ?

Elle ne pouvait pas laisser tomber l'enquête et courir à Acklington juste parce qu'il voulait une cigarette. Pas sans nouvelles de Laura.

— Aujourd'hui je suis coincée, poursuivit-elle. Je peux vous envoyer un de mes hommes ?

— Non, fit-il, d'une voix toujours égale. C'est vous ou personne.

Il y eut un moment de silence et elle crut que la communication avait été coupée, puis il reprit.

— C'est compliqué. Un peu bizarre. Je comprends pas bien. Mais ça urge pas. Demain, ça ira.

— Une gamine a disparu, Davy. J'ai besoin de tout ce que vous savez tout de suite.

Mais cette fois il avait raccroché et elle n'était pas sûre qu'il ait entendu ses derniers mots. Elle reposa le combiné, en colère après elle-même. Elle aurait dû jouer la partie autrement.

Bien qu'elle lui ait dit le contraire, elle fut tentée d'y aller. Au moins ça lui ferait un peu d'action, la route pour Acklington, les négociations avec le gardien à la porte. Une échappatoire à l'attente. Mais Sharp n'avait pas paru pressant. Rien ne pouvait justifier qu'elle aille le trouver.

Elle aperçut le recueil de nouvelles de Parr sur son bureau et son attention se détourna vers l'auteur. Elle le revit soudain, assis avec les autres sur la terrasse de Fox Mill le soir où ils avaient découvert le corps de Lily Marsh. Les quatre hommes et l'unique femme. Elle se dit à présent que tous ces hommes étaient un peu amoureux de Felicity Calvert. Ce n'étaient pas les oiseaux qui les soudaient. C'était elle. La maîtresse de maison idéale avec ses jupes fleuries et ses pâtisseries parfaites. Les quatre hommes étaient tous seuls, tordus, frustrés. Comme moi, songea-t-elle. Exactement comme moi. Puis elle repensa à la nouvelle qu'elle était en train de lire quand Julie l'avait appelée, un enlèvement d'adolescent au cœur de l'été, la description sensuelle du rapt.

Vera ouvrit sa porte et hurla à Ashworth de se radiner illico. Il s'exécuta et les autres levèrent la tête pour le regarder. L'inspectrice comprit qu'ils pensaient qu'il y avait du nouveau. Un corps. Ça pourrait même les soulager, briser la tension, si la petiote était retrouvée morte. Au moins alors ils sauraient sur quoi ils travaillaient.

— Rien de neuf, déclara-t-elle à la cantonade. Dès qu'il y a quelque chose, je vous préviens.

Ashworth ferma la porte derrière lui et s'y adossa. Elle lui trouva l'air fatigué, puis se rappela sa femme, l'accouchement imminent. Les choses devenaient difficiles dans les derniers jours de la grossesse. Surtout par ce temps. À ce qu'on disait. Peut-être que ni l'un ni l'autre ne dormait guère.

— Lis ça, ordonna Vera en désignant le livre sur son bureau d'un signe de tête. C'est une nouvelle, écrite par Samuel Parr. Pas exactement l'enlèvement de la petiote, mais ça y ressemble.

Joe la regarda comme si elle avait définitivement perdu la tête, mais il prit le recueil et commença à lire.

— Je l'ai entamée hier soir, ajouta Vera. Maintenant, je n'arrive plus à penser à autre chose.

Joe leva les yeux du livre.

— Vous croyez que c'est une sorte de fantasme ? Que Parr a écrit ça et qu'aujourd'hui il passe à l'acte ?

— C'est dingue, hein ? Ne m'écoute pas.

Et vraiment, elle n'arrivait pas à le croire. C'était trop théâtral pour être vrai.

— On n'a rien pour le relier aux Armstrong, énonça lentement Joe. Pas le moindre mobile.

— Je te l'ai dit. C'est une idée idiote.

— L'histoire est drôlement bizarre. Et comme vous disiez, c'est très proche de l'enlèvement et des meurtres. Peut-être pas dans tous les détails, mais…

Il réfléchit un instant.

— L'atmosphère. Comment ça se termine ?

Vera était ravie qu'il la prenne au sérieux. L'irritation que son manque de concentration lui avait causée tout à l'heure était oubliée. Pour ça elle lui aurait pardonné n'importe quoi.

— Je ne suis pas allée si loin. Je n'en sais rien. Et je suis trop nerveuse pour rester à lire ici.

Il reporta son attention sur les pages.

— Qu'est-ce qu'il vous faut ?

— Je veux savoir où ils sont, tous. Tous ceux qui étaient là lors de la découverte du corps de Lily. Qu'est-ce qu'ils font aujourd'hui ?

— Felicity Calvert est chez elle. Je suis allé jeter un coup d'œil au cottage. Juste au cas où la gosse aurait été séquestrée là-bas. Ce matin Felicity est allée à Morpeth. Faire du shopping, sauf qu'elle n'a rien acheté. Et que personne ne l'a vue. Elle n'a que son ticket de parking du centre-ville pour le prouver. J'ai appelé Calvert à la fac. Il y est, quelque part. Du moins sa secrétaire m'a dit qu'il avait signé le registre ce matin avant d'aller à je ne sais quelle réunion qui devait durer une grande partie de la journée. Elle m'a promis de lui demander de me rappeler quand elle l'aurait localisé, mais pour l'instant je n'ai pas de nouvelles. Clive Stringer était au musée. Je l'ai appelé tout à l'heure.

— Il y est toujours ?

— Je suppose. Il n'y a pas longtemps que je lui ai parlé. Gary Wright est à North Shields. Il ne travaille pas avant ce soir. Un des gars du secteur est passé chez lui.

— Il a regardé partout ?

— Je ne sais pas. Je n'ai pas demandé.

— Je vais jeter un coup d'œil chez Wright.

Elle savait que c'était probablement une perte de temps, mais elle était trop agitée pour attendre sans bouger que le téléphone sonne. Elle imagina Laura Armstrong enfermée dans la pièce où elle avait bu une bière en discutant avec Wright. Même si la petite sortait sur le balcon pour crier au secours, est-ce que quelqu'un l'entendrait ?

— Et Parr ? Où il est ?

— Personne ne le sait. Il a pris sa journée. Posée hier. Il n'est pas chez lui à Morpeth.

— Je veux qu'on le trouve.

Ashworth hocha la tête.

— Écoutez, vous voulez que je termine la nouvelle ? Je ne veux pas trop m'éloigner de chez moi aujourd'hui, de toute façon. Sarah a eu quelques contractions cette nuit. Ça pourrait être le bébé.

C'était donc ça, pensa-t-elle. Il ne la soutenait pas, mais cherchait simplement une excuse pour rester au bureau. Elle allait lui décocher une remarque sarcastique puis se dit que ça n'en valait pas la peine. Laura disparue, les questions politiques n'avaient plus guère d'importance.

— Reste ici, accepta-t-elle. Passe-moi un coup de fil quand tu auras fini la nouvelle. Ou avant si tu penses à quoi que ce soit.

Il opina du chef. Vera ramassa son sac et sortit. Joe était déjà plongé dans l'histoire.

Ce n'est qu'une fois arrivée au parking que l'inspectrice s'aperçut qu'elle n'avait pas regardé le rapport d'autopsie de Claire Parr. Elle rebroussa chemin, ignora Ashworth confortablement assis dans son fauteuil et fouilla dans une pile de papier jusqu'à trouver ce qu'elle cherchait.

— Bon Dieu, s'écria-t-elle. La femme de Parr. Elle s'est taillé les veines, d'accord. Mais dans son bain. C'est lui qui l'a trouvée.

# 41

Gary Wright lui ouvrit la porte avec un sandwich dans une main et elle prit conscience qu'elle aurait dû être affamée. Pourtant elle ne l'était pas. La simple idée de manger la rendait malade.

— Qu'est-ce qui se passe ? lança-t-il en se poussant pour la laisser entrer. Un de vos hommes est passé ce matin, mais il n'a pas voulu dire de quoi il retournait.

Il y avait de la musique. Vera n'était pas très mélomane. De temps en temps un air lui tournait dans la tête, la rendait sentimentale. D'ordinaire une chanson qu'elle avait entendue enfant. Globalement la musique ne représentait pour elle qu'une gêne.

— Vous pouvez éteindre ?

Il tourna un bouton et le silence se fit. Ils étaient toujours l'un et l'autre debout.

— Café ? proposa-t-il – puis, semblant se rappeler sa dernière visite : Bière ?

— Vous n'avez pas de nouvelles de Julie, alors ?

— Pas aujourd'hui. Elle a passé la soirée d'hier ici.

— Oui, elle me l'a dit.

Vera s'assit.

— Vous n'êtes pas au courant pour sa fille ?

Il venait d'avaler sa dernière bouchée de sandwich et il attendit d'avoir fini de mâcher avant de répondre.

— Laura ? Qu'est-ce qu'elle a ?

— Vous la connaissez ?

— Je l'ai vue une fois, quand je suis allé à Seaton.

— Qu'est-ce que vous avez pensé d'elle ?

— Rien. Je ne sais pas. On a juste échangé quelques mots.

— Une beauté intéressante.

Elle hocha la tête vers la photo d'Emily.

— Et vous aimez les maigrichonnes.

— Bon Dieu ! Elle a quatorze ans !

Mais malgré l'air scandalisé, Vera saisit quelque chose derrière les mots. Culpabilité ? D'une manière ou d'une autre, la gosse lui était entrée dans la peau.

— Elle m'a fait de la peine, ajouta-t-il. Avoir été là, dans la maison, pendant qu'on étranglait son frère. Comme je disais à Clive l'autre jour…

Vera l'interrompit.

— Elle a disparu. Ça ne vous ennuie pas que je jette un petit coup d'œil partout ?

— Qu'est-ce qu'elle ferait ici ? Elle ne sait pas où j'habite.

— Faites-moi plaisir, mon chou.

Elle se hissa sur ses pieds, sachant depuis le début

qu'elle ne trouverait pas Laura. Si Gary l'avait enlevée, il était trop malin pour la ramener chez lui et de toute façon elle n'y croyait pas vraiment. Mais maintenant qu'elle était là elle devait jouer le jeu jusqu'au bout. Elle ouvrit la porte de sa chambre. Le lit était fait et la pièce, rangée.

— À quelle heure elle a disparu ? s'enquit-il.

— Vers huit heures et demie. Elle n'est pas arrivée à l'arrêt de bus.

— À cette heure-là j'étais ici, avec Julie.

— D'après elle, elle cuvait en ronflant un plein seau de vin. Que vous lui avez servi.

L'inspectrice ouvrit à la volée la porte de la salle de bains. Une rangée de gels douche et d'après-rasage sur l'appui de la fenêtre. Plus de produits pour sentir bon qu'elle n'en avait jamais possédé. Aucune trace de Laura.

— Elle avait décidé de se prendre une cuite. Je n'aurais pas pu l'en empêcher, même si j'avais voulu. Elle voulait passer une soirée sans penser à Luke.

Vera regarda dans la cuisine et sur le balcon. Rien.

— Je sais. Je ne vous reproche rien.

Elle se tenait debout, presque immobile, au milieu de la pièce.

— Vous pouvez imaginer dans quel état elle se trouve en ce moment. Vous êtes sûr que vous ne pouvez rien me dire ? Sur Luke ou Lily Marsh ? Sur quoi que ce soit dans cette sale histoire ? Est-ce que Clive, Peter ou Samuel vous ont dit quelque chose ?

Il hésita un bref instant. Fut-il tenté de lui confier la liaison de Peter Calvert avec Lily ? Était-il au courant ? Finalement, la solidarité masculine l'emporta. Il secoua la tête.

— Désolé, inspecteur. Tout ça n'est qu'une affreuse coïncidence. Je ne peux vraiment pas vous aider.

À ces mots, elle perdit patience et s'en alla d'un pas martial. Elle était encore sur le palier que la musique retentit à nouveau.

Une fois en voiture elle composa son propre numéro au commissariat, réfléchissant un instant pour se le rappeler. Joe Ashworth décrocha immédiatement.

— Bureau de l'inspecteur Stanhope.

— Alors ?

— Rien de neuf sur la petite. Je vous aurais appelée.

— Et la nouvelle ?

— Je n'en suis encore qu'à la moitié. Je voulais la commencer au début. C'est fascinant, non ? Ces similitudes.

— Je croyais que je devenais folle. Ça peut arriver, quand on s'obsède. Je vais essayer de mettre la main sur Parr.

Elle raccrocha avant qu'il ait pu répondre, glissa son portable sur le siège passager. Elle n'avait jamais trouvé le temps d'installer un kit mains libres.

Elle arriva à Morpeth en fin d'après-midi. Dans la rue tranquille, la voisine de Parr, une dame d'une cinquantaine d'années, arrachait les fleurs fanées des rosiers de son petit jardin sur rue. Plus loin, des enfants barbotaient dans une pataugeoire, s'esclaffant et criant de plaisir. La femme essaya de ne pas regarder Vera lorsque celle-ci descendit de voiture et alla frapper à la porte. Sans doute jugeait-elle impoli de lorgner, ne voulait-elle pas être prise pour une indiscrète. Vera pensait que Samuel Parr devait être là. Il était l'heure de préparer le dîner, de boire le premier verre de vin. Mais elle n'obtint pas de réponse.

Elle s'approcha du muret qui séparait les maisons. La voisine parut vouloir s'enfuir à l'intérieur.

— Vous ne savez pas où je pourrais trouver M. Parr ?

— Désolée. Non.

Elle avait parlé sans desserrer les dents, comme si elle comptait chaque mot et l'effort qu'il lui demandait.

— Vous en faites pas, mon chou, je ne vends rien.

Vera montra sa carte de police, lui sourit sans joie.

— Il faut que je trouve M. Parr. C'est urgent.

La voisine jeta un coup d'œil d'un côté puis de l'autre de la rue.

— Vous devriez entrer.

Elles s'assirent à l'arrière de la maison devant un jardin immaculé. Loin des regards, la femme parut se détendre.

— Je suis désolée, je ne vois vraiment pas comment je pourrais vous aider. On est voisins depuis longtemps, mais on n'est jamais devenus ce qu'on pourrait appeler des amis.

— Vous avez connu la femme de M. Parr ?

— Claire, oui. Quelle tristesse ! Elle m'avait

toujours paru plutôt heureuse. Un peu susceptible, peut-être. On a tous été très choqués quand c'est arrivé.

— Le suicide n'a jamais été mis en doute ?

— Oh, non ! Bien sûr que non. Samuel a eu le cœur brisé. Je suis sûr qu'il s'en est voulu.

— Pourquoi donc ?

— Eh bien, mais c'est une réaction naturelle dans ces circonstances, n'est-ce pas ? La culpabilité.

— Vous ne croyez pas qu'il a provoqué le suicide. Qu'il avait une maîtresse, par exemple ?

— Oh, sûrement pas !

Elle paraissait horrifiée.

— Samuel est bibliothécaire !

Comme si sa profession l'empêchait d'être adultère.

Elles se turent un moment, puis la voisine demanda :

— Pourquoi toutes ces questions ?

— J'enquête sur une autre affaire, expliqua Vera. M. Parr est témoin. Le suicide de sa femme n'a probablement aucun rapport. Je suis un peu inquiète pour sa sécurité.

— Bien sûr ! s'écria la femme. C'est l'anniversaire de la mort de Claire ! Mon mari en a parlé ce matin en voyant la date sur le *Telegraph*.

Elle fit une pause.

— Vous ne pensez pas que Samuel a fait une bêtise ? Qu'il n'arrive plus à vivre sans elle ?

— Non. Je ne crois pas. Mais si vous le voyez quand il rentrera, demandez-lui de nous appeler.

En repartant, Vera s'aperçut qu'elle avait laissé son téléphone dans la voiture pendant sa conversation avec la voisine. Joe Ashworth avait essayé de la joindre à deux reprises. Elle le rappela.

— J'ai terminé la nouvelle, annonça-t-il.

— Et ?

— Vous feriez bien de rappliquer.

## 42

Dans son bureau, Vera n'avait jamais vu Joe plus excité.

— Lisez les dernières pages.

Il se leva pour lui laisser le fauteuil, resta à traîner juste devant la porte.

Vera replongea dans la nouvelle. Elle lut la description d'un jardin, où la jeune fille kidnappée était retenue. C'était un Éden monté en graine, un lieu de feuilles charnues, de fleurs énormes et de fruits trop mûrs. Vera le trouva oppressant, rêvait d'un passage situé dans les collines, un endroit plein de ciel avec une petite brise, s'aperçut que c'était ce qu'elle ressentait depuis le début de l'affaire. Plus l'intrigue approchait de son terme, plus Vera était tendue. Elle se dit que c'était de la fiction, eut envie d'envoyer valser le livre pour retourner à la réalité des expertises médico-légales et de la raison. Mais avec Joe qui la regardait il fallait bien continuer de lire. Enfin l'inévitable se produisit. L'adolescente fut étranglée. Parr relatait l'assassinat comme une étreinte, un geste de tendresse. Le meurtrier demeurait anonyme ; ses liens éventuels avec la victime, inexplorés. Dans le dernier paragraphe il étendait le corps dans un étang, au milieu des nénuphars.

— Alors ? s'enquit Ashworth. Qu'est-ce que vous en dites ? Ça doit être Parr.

L'inspectrice n'opina pas.

— Je sais où se passe l'histoire, dit-elle. J'y suis allée.

Le père de Vera avait fait partie du comité fondateur de l'observatoire de Deepden. Elle ne savait pas exactement qui avait été assez fou pour lui demander d'y prendre part. Son flirt éphémère avec l'ornithologie classique n'avait pas duré bien longtemps. Hector était trop solitaire pour s'entendre avec les autres membres du comité et incapable de fixer son attention assez longtemps pour les réunions assommantes sur les collectes de fonds et les statuts de l'observatoire. En outre, il prenait son pied dans des activités illégales dérivées de sa passion – descentes nocturnes dans les collines à la recherche d'œufs de rapaces, taxidermie pratiquée sur la table de la cuisine. La gentille étude scientifique des migrations ne l'intéressait pas vraiment. Au bout d'environ six mois il envoya une lettre de démission acerbe et calomnieuse.

On l'avait malgré tout invité à une fête pour les dix ans de l'observatoire. Vera pensait que le carton lui avait été adressé par erreur. Son nom figurait sur une liste et aucune des personnes faisant autorité n'avait vérifié. Le comité ne pouvait pas vouloir qu'il vienne. À cette époque, tout le milieu ornithologique du Northumberland était au courant de ses activités illicites. Il n'avait jamais été poursuivi en justice, mais c'était un petit monde et cela faisait des années que des bruits couraient sur sa collection d'œufs. Quand il était ivre il s'en vantait. La plus belle collection amateur d'œufs de rapaces de tout le pays, disait-il. Probablement la plus belle du monde.

Hector, évidemment, était ravi de recevoir cette invitation et avait insisté pour l'honorer. Vera n'avait même pas essayé de l'en dissuader. Son père s'était toujours montré têtu comme une mule et il adorait empoisonner le monde. À cette époque il s'était mis à boire énormément, aussi l'avait-elle accompagné comme une sorte de chaperon, pour l'empêcher de faire un scandale et le ramener à la maison. C'était à la même période de l'année qu'aujourd'hui, une soirée d'été sèche et calme. Sans doute certaines des personnes impliquées dans les récents événements s'y trouvaient-elles aussi.

Si Vera en avait conservé une image, c'était celle des lieux. Le soir de la fête le jardin était vert et luxuriant, une oasis dans la plaine desséchée qui l'entourait. Elle avait suivi la visite guidée de la cabane de baguage, des filets japonais et du verger. Plus tard, elle s'était campée devant l'étang, sans perdre Hector de vue, prête à l'évacuer rapidement s'il devenait injurieux. Mais ce soir-là il était bien disposé. Un peu braillard peut-être, mais de bonne humeur, divertissant. À mesure que la soirée avançait elle avait pu se détendre. Elle s'était même surprise à passer un bon moment.

Elle ne raconta pas cette histoire à Ashworth.

— Évidemment, je ne peux pas en être sûre à cent pour cent, reprit-elle. Mais je crois que c'est l'observatoire de Deepden. Pas très loin du phare où Lily Marsh a été retrouvée et juste au-dessus de Seaton, où habitent les Armstrong.

— Alors, qu'est-ce qu'on attend ? Si Parr est là-bas avec la petiote, on aura besoin de renforts, non ? Vous voulez que je m'en occupe ?

Oubliée, son inquiétude pour sa femme. Ashworth ne voulait pas manquer la gloire d'une arrestation.

— On va garder ça pour nous pour l'instant. Discret. Si jamais il se doute qu'on est sur son dos il la tuera. Qu'est-ce qu'il a à perdre ?

Mais c'était plus une question d'orgueil que d'inquiétude pour la sécurité de Laura. L'orgueil était le grand défaut de Vera. Elle ne voulait pas en faire tout un plat au cas où ils se seraient fourré le doigt dans l'œil. Elle n'avait pas suspecté Samuel Parr. Elle soupçonnait une tout autre personne. Et Laura était peut-être morte. Elle imaginait les bruits de couloir si elle se plantait publiquement. *La patronne a pêché cette idée dans un bouquin. Bonjour le conte de fées. Cette fois elle a vraiment perdu les pédales.* Elle pourrait difficilement dire que l'idée venait entièrement d'Ashworth. Elle n'était pas assez sûre de sa théorie pour rappeler ses agents des lieux déterminés par l'ensemble de l'équipe – l'étang de Seaton, la Tyne à North Shields, Fox Mill. Ces endroits resteraient sous surveillance.

— Ce sera juste toi et moi partis suivre une piste incertaine.

Elle voyait qu'il était convaincu que l'adolescente

se trouvait à Deepden. Il avait été séduit par l'histoire, les fleurs, l'eau.

Elle tira d'une étagère une carte à grande échelle et la déplia sur son bureau.

— C'est là qu'il faudra se garer, décida-t-elle en frappant le papier de son doigt épais. S'il est sur place, je ne veux pas que le bruit du moteur l'avertisse de notre arrivée.

Avant de quitter le poste, elle fit un saut en cellule technique, s'assit au bord du bureau de Charlie et lui donna des instructions.

— Alors bouge-toi les fesses. Un peu d'air frais te fera du bien et je veux que tu vérifies quelque chose.

Tout en conduisant elle essaya de visualiser le plan de Deepden. Le pavillon jouxtait la route et derrière, le verger. Le jardin foisonnant et l'étang s'étendaient entre la bicoque et le champ qui s'étirait à plat jusqu'à la côte.

Elle ne voulait pas que quiconque sache où ils allaient, mais Ashworth insista pour garder son portable allumé jusqu'à leur arrivée à l'observatoire.

— Il faut que Sarah puisse me joindre.

Elle eut envie de lui hurler : *Et qu'est-ce que tu feras si ta femme se met à avoir des contractions ? Tu me planteras là pour aller jouer le père de la famille Du Bonheur ? Ou tu resteras avec moi ? Jusqu'au bout, quitte à laisser Sarah accoucher sans toi ?* Elle n'était pas sûre de sa réponse. Peut-être lui était-il venu la même chose à l'esprit, car elle le sentit nerveux à côté d'elle, tandis qu'il éclairait la carte à l'aide de sa lampe de poche et suivait la route du doigt.

— Personne ne s'est inscrit à l'observatoire pour cette nuit, précisa-t-il. J'ai vérifié auprès de la secrétaire.

Il le lui avait déjà dit. Le silence lui était insupportable. Cela ne lui ressemblait pas ; d'ordinaire c'était un homme placide. Peut-être aurait-il mieux valu le laisser au commissariat pour qu'il puisse appeler sa femme toutes les dix minutes. Mais Vera s'était habituée à l'avoir à ses côtés dans les moments importants. Elle était heureuse de ne pas agir seule. Joe s'éclaircit la gorge.

— Apparemment, il y a eu pas mal d'agitation lundi. Un oiseau rare. Mais à cette période de l'année, les gens ne viennent vraiment que le week-end.

Elle se gara sur le bas-côté, coupa le moteur. Le chemin n'était pas éclairé et il régnait un tel silence qu'ils entendirent le cliquetis de la voiture qui refroidissait. Dehors il faisait presque nuit, impossible de distinguer ni couleurs ni détails, mais Vera devinait la forme de la haie qui courait à côté d'eux.

— Je vais m'approcher à pied, déclara-t-elle, voir s'il y a de la lumière dans la maison, une voiture.

Ashworth ne répondit pas.

La chaleur lorsqu'elle ouvrit sa portière lui fit penser à l'Espagne. Il aurait dû y avoir des cigales, un parfum de romarin. En descendant le chemin, rasant la haie au cas où une voiture déboucherait de la grand-route, elle repensa à son père. Jusqu'à ce qu'elle soit assez grande pour se rebiffer, il l'avait emmenée partout, dans tous ses raids. Tapie dans les fossés, derrière des broussailles ou des murs de pierre sèche, elle faisait le guet pour lui au cas où les services de police ou de protection des oiseaux feraient leur apparition. Elle détestait ça. La panique. La peur d'être arrêtée, enfermée, de se tromper. Que faire si effectivement, quelqu'un arrivait ? Mais c'était aussi très excitant. Peut-être qu'elle s'était faite flic à cause de ça ? *Je suis devenue accro à l'adrénaline dès mon plus jeune âge.*

Ses yeux s'habituaient à l'obscurité et, avant de l'avoir atteint, elle vit le portail à cinq planches qui donnait sur le jardin de l'observatoire et au-delà, la forme noire et mate de la maison. Il n'y avait pas de voiture. Pas dans l'allée, en tout cas. Un véhicule aurait pu être garé à l'intérieur, caché par les arbres et un fourré de ronces. Vera ne le verrait pas d'ici. Elle continua d'avancer dans l'espoir de trouver un meilleur angle de vue sur la façade de la maison, dotée de fenêtres. Courrait-il le risque d'allumer les lumières ? Était-il même là ?

D'abord elle ne vit rien, puis il y eut une lueur. L'étincelle d'une allumette ou l'éclair d'une lampe de poche aussitôt éteinte. Si bref qu'elle aurait pu l'avoir inventé. Si elle avait été du genre imaginatif. Peut-être que Joe avait raison, finalement. Peut-être que Parr était ici. Elle se représenta l'air triomphant de son lieutenant si elle lui disait qu'il y avait quelqu'un dans la maison. Et s'autorisa une rêverie. Elle se trouvait dans la cuisine de Julie, le bras autour de Laura. *Je vous ai ramené votre fille, mon chou.* Bien que rien ne prouve que Laura soit toujours en vie, Vera désirait tellement ce moment que c'en était douloureux.

L'inspectrice fit demi-tour pour rejoindre la voiture, remonta dedans. Elle venait de refermer la portière quand le téléphone d'Ashworth se mit à sonner, la surprenant au point qu'elle sentit son cœur s'emballer.

Joe décrocha à la première sonnerie.

— Allô ?

Même ce murmure lui parut tonitruant après le silence de dehors. Puis elle le sentit se détendre et elle sut que ce n'était pas sa femme qui l'appelait. Elle devait toujours être au lit à la maison avec un bon chocolat chaud. Il n'aurait pas à se précipiter pour assister à l'accouchement, pas tout de suite.

— C'est Charlie. Il veut vous parler.

Elle lui prit le téléphone.

— Alors, Charlie ? Qu'est-ce que tu as pour moi ?

— J'ai trouvé Parr.

— Où il était ?

— Au premier endroit que vous aviez suggéré. Au cimetière. À côté de la tombe de sa femme. Ça fait vingt ans aujourd'hui qu'elle s'est tuée. Quand je suis arrivé il était assis dans l'herbe. Il avait l'air d'avoir pleuré.

— Tu as fait comparer ses pneus à l'empreinte de Seaton ?

— Oui, et ça n'a rien à voir, répondit Charlie. Il a une voiture toute neuve. Billy Wainwright dit que le pneu qui a laissé la trace est tellement usé que c'est limite illégal. En plus, je ne pense pas que Parr ait été en état d'enlever qui que ce soit. J'ai eu l'impression qu'il avait passé toute la journée au cimetière, depuis tôt ce matin. Il cache bien son jeu, mais je dirais que la découverte de cette fille au phare a fait remonter tous ses souvenirs. Quand je suis arrivé il était à ramasser à la petite cuiller. Je lui ai demandé s'il savait ce qui était arrivé à Laura Armstrong, mais il ne comprenait rien. En fait, il n'arrivait à parler que d'une chose : comment il avait fait faux bond à sa femme. Je l'ai raccompagné et j'ai jeté un coup d'œil chez lui avant de repartir. Il n'y avait pas trace de la fille.

— Merci, Charlie.

Elle rendit le téléphone à Joe.

— Ils ont retrouvé Samuel Parr. Il n'a rien à voir avec l'enlèvement de Laura.

— Alors c'est fini. On peut rentrer à Kimmerston.

Elle se demandait s'il était content que sa théorie ait été invalidée ou content de pouvoir aller retrouver sa femme.

— Il y a quelqu'un dans la maison. J'ai vu une lumière.

— Vous êtes sûre ?

— Certaine. J'ai rarement des visions.

— Un des observateurs, peut-être. Les adhérents ont la clé. Ils sont censés prévenir la secrétaire de leur venue, mais ils ne le font pas toujours.

Elle le vit jeter un coup d'œil furtif à sa montre, ne releva pas, ferma les yeux pour mieux se concentrer.

— Si on allait jusqu'à la porte d'entrée ? proposa Joe. Voir qui est là et ce qui se passe.

Elle l'ignora. Il était important de bien réfléchir. Peut-être la nouvelle de Samuel Parr était-elle sans rapport aucun avec l'affaire. Vera voulait tellement retrouver Laura Armstrong qu'elle s'était laissé abuser, emporter par l'enthousiasme de Joe. Mais les détails étaient si proches, si similaires. Elle revit la couverture du recueil, les volutes de vert et de bleu, des vagues stylisées. Le titre en blanc, tranchant sur le fond tumultueux. Le nom de Parr en pied. Elle l'avait emprunté à la bibliothèque dans une édition reliée. Des centaines de personnes pouvaient y avoir accès.

Lorsqu'elle rouvrit les yeux, elle savait ce qui s'était passé. Elle avait eu raison depuis le début. Cela ne la surprit pas. C'était généralement le cas.

## 43

Vera fut soulagée quand ils découvrirent que la porte de la maison était ouverte. Ashworth n'en avait pas reparlé, mais elle n'était pas sûre qu'il la croyait, pour la lumière. Surtout lorsqu'ils poussèrent la barrière avec précaution et que tout était noir. Ils marchèrent sur la pelouse pour éviter de faire crisser les graviers de l'allée. L'herbe était haute et froide, légèrement humide au travers de ses sandales. Puis une maigre lune apparut et Vera elle-même se mit à douter de son propre jugement. Peut-être n'avait-elle aperçu qu'une sorte de reflet. Elle désirait tant trouver Laura ici... Elle regarda par la fenêtre, mais ne put rien distinguer à l'intérieur.

Pourtant, pourquoi la maison serait-elle ouverte si elle était inoccupée ? Elle poussa doucement la porte pour l'entrebâiller et tendit l'oreille. Joe Ashworth faisait le tour par-derrière. Vera ne percevait rien, pas même le bruit de ses pas. Elle tendit le bras à l'intérieur et fit courir ses doigts à tâtons sur le mur, à la recherche de l'interrupteur. Papier peint, puis le plastique lisse du boîtier de l'interrupteur. Elle se creusa la cervelle pour se rappeler l'agencement des pièces. Elle était certaine qu'il n'y avait pas de vestibule. La porte donnait sur le séjour. Derrière se tenait la cuisine et à droite, deux portes menaient aux chambres qui servaient de dortoirs. Elle laissa quelques minutes supplémentaires à Joe pour prendre position, puis alluma en même temps qu'elle ouvrait la porte à la volée.

La lumière venait d'une ampoule à économie d'énergie de faible intensité qui pendait au milieu du plafond, pourtant Vera fut un instant éblouie.

— Police. Pas un geste.

Elle cligna des yeux, entendit un bruit quelque part, une porte qu'on ouvrait.

Il n'y avait personne. L'endroit était à peu près comme elle se le rappelait. Une table sous la fenêtre. Peut-être cela avait-il été un meuble décent jadis, mais à présent elle était griffée, couverte de ronds de café et de bière. Deux chaises droites en dessous. Un canapé déformé et deux fauteuils devant une cheminée vide. Aux murs des photos d'oiseaux ainsi qu'une multitude de peintures et de dessins, pour la plupart affreux. Quelques étagères chargées de livres d'histoire naturelle, de cartes et de guides. Dans les secondes qu'il fallut à Vera pour embrasser les lieux, Ashworth apparut. Le bruit qu'elle avait entendu, c'était lui qui ouvrait la porte de la cuisine.

Sans mot dire elle poussa brusquement les portes des chambres. Les deux pièces étaient étonnamment propres. Trois couchettes dans chaque. Des couvertures grises pliées au pied des lits. Une vague odeur de pieds et de renfermé.

Elle pivota pour suivre Ashworth, qui était retourné dans la cuisine. Il était temps d'admettre qu'elle avait fait fausse route. De lui faire promettre de ne pas révéler au monde qu'ils avaient foiré et de le laisser rentrer chez lui auprès de son énorme femme.

— Quelqu'un est passé ici il y a très peu de temps, déclara-t-il. La bouilloire est encore chaude. La lumière que vous avez vue était peut-être le gaz.

Ainsi il leur restait encore une chance de retrouver Laura avant qu'elle ne soit tuée. Elle eut envie de l'embrasser.

Ashworth ne semblait pas conscient de l'effet de ses mots.

— Il ne peut pas être bien loin. On aurait croisé une voiture sur le chemin. Il n'y en a pas dans l'allée. Il doit s'être garé plus loin.

— Il sait qu'on est là, maintenant, fit Vera. Allumer cette lumière n'était pas l'idée la plus brillante de ma carrière. On doit la voir à des kilomètres.

Elle se précipita dehors, trébuchant sur la dernière marche du perron. L'étang se trouvait devant elle. Il n'y avait quasiment aucun reflet, seulement quelques minuscules taches argentées sur le pourtour. Au centre, une ombre noire. Elle se surprit à implorer un Dieu en qui elle n'avait jamais cru. *Je vous en supplie, faites qu'elle ne soit pas ici. Pas la petite. Pas Laura.* Elle entendit Ashworth tout près derrière elle, sa respiration, le bruissement du jean contre le jean comme il marchait. J'espère que tu pries, se dit-elle. Tu es croyant. Il t'écouterait peut-être, toi.

Elle s'accroupit pour se rapprocher de l'eau. Commença à deviner la silhouette d'une jeune femme, bras en croix, lorsque Ashworth alluma sa lampe torche. Le faisceau étroit balaya la surface et l'image changea. Elle vit des feuilles plates, cireuses, des pelotes de végétation enchevêtrée qui absorbaient la lumière, mais rien d'humain. Rien de mort. Elle s'aperçut qu'elle avait cessé de respirer et prit une bonne bouffée d'air. La tête lui tourna.

L'adolescente était peut-être déjà morte, mais pas déposée à l'endroit choisi. Pas encore. Elle n'avait pas été utilisée en composition, transformée en une œuvre d'art qui n'avait rien à voir avec la vraie Laura. Au moins cela serait-il épargné à Julie.

Vera se redressa en essayant de garder les idées claires, de se rappeler en détail le dixième anniversaire de Deepden. Parce qu'elle était fermement décidée à empêcher Hector de dérailler, elle avait fait preuve d'une sobriété exemplaire. Ses souvenirs devraient être précis. Il y avait eu la visite guidée : une promenade dans le verger, les rayons obliques du soleil au travers des arbres, un coup d'œil dans la bicoque, qui venait d'être repeinte pour l'occasion, une démonstration de baguage.

La démonstration de baguage. En demi-cercle, les visiteurs avaient regardé un grand homme en blouse bleue qui leur montrait un oiseau. Un bruant jaune, il le tenait sans serrer, la tête entre l'index et le majeur. Par la porte, ils avaient assisté à la pesée. L'homme avait glissé l'animal tête la première dans un cône en plastique avant de l'accrocher à une balance à ressort. Il lui avait mesuré les ailes à l'aide d'une réglette métallique. De sa main libre il avait pris une paire de pinces sur une étagère et une bague argentée au mur. Il avait glissé la bague autour de la patte de l'oiseau, puis l'avait fixée en la serrant avec précaution. Ensuite il s'était posté sur le pas de la porte, le bruant étendu sur le dos dans la paume de sa main, jusqu'à ce qu'il s'envole.

Ce n'était pas le seuil de la maison. Vera en était sûre. Elle fouilla sa mémoire pour en trouver une image. Une porte en bois fermée par un cadenas que le bagueur avait ouverte après avoir attrapé l'oiseau. La porte d'une cabane, de la taille d'un grand abri de jardin, faite de planches piquetées. Un toit en tôle ondulée. Et autour de la cabane un lacis de ronces et de nerprun qui la cachait de la maison et du jardin. Le groupe s'était étonné quand le guide l'y avait mené par un chemin taillé dans la broussaille. L'entrée de la cabane avait été dégagée et c'est là que les visiteurs s'étaient installés, public attendant que le spectacle commence.

Elle essaya de s'orienter. Près d'Hector le soir de la fête, pendant que le bagueur faisait son numéro, elle avait senti son père commencer à s'agiter ; il ne pouvait supporter très longtemps de n'être pas le point de mire. Elle s'était dit qu'il était capable de s'enfuir, de manifester son ennui par une sortie théâtrale. Cela lui aurait été assez facile. La cabane se trouvait à l'extrémité du terrain appartenant à l'observatoire, à la lisière de la pâture qui s'étirait jusqu'à la mer.

Elle commença à avancer en bordure de l'herbe, à la recherche d'une brèche dans la végétation. La lune lui parut plus vive, ou peut-être ses yeux s'étaient-ils accommodés à l'obscurité. Enfin elle le trouva, un sentier étroit au milieu des buissons. Elle se força à marcher lentement. Elle savait que s'ils accéléraient, l'autre les entendrait arriver. Pour peu qu'il soit aux aguets, il les entendrait de toute façon. Elle ne pouvait pas empêcher certains bruits – sa respiration poussive, le craquement des brindilles sèches qui s'accrochaient à ses vêtements. Le passage était si étroit, elle ne pouvait rien y faire. Mais peut-être n'était-il pas aux aguets. Peut-être, enfermé dans la cabane, n'avait-il pas vu la lumière dans la maison. La crainte de Vera était que leur présence, s'il la connaissait, le pousse à exécuter quelque morceau de bravoure. Il serait marri d'être privé de l'eau et des fleurs, mais adorerait se produire en public.

*Il a oublié le point de départ de tout ça. Il s'est laissé séduire par le côté glamour de l'affaire. Je parie qu'il tient un album de coupures de presse. Où est-ce qu'on le retrouvera ?*

La cabane était exactement comme elle se la rappelait. Peut-être la peinture avait-elle passé, le toit avait-il rouillé, mais dans cette lumière c'était impossible à dire.

Les deux policiers se postèrent au bord de la trouée. Vera approcha tant les lèvres de l'oreille d'Ashworth qu'elles effleurèrent brièvement sa peau.

— Attends. Jusqu'à ce que je t'appelle.

À pas comptés elle traversa l'étendue d'herbe, consciente du poids qu'elle portait, de l'espace qu'elle occupait. Comme si, dans la cabane, l'autre risquait de sentir les vibrations du sol sous ses pieds, le déplacement de l'air.

Devant la porte elle s'arrêta. Il n'y avait pas de cadenas. On l'avait repoussée de l'intérieur, mais elle ne la pensait pas verrouillée. Elle tendit l'oreille. Pas de voix. Puis elle perçut un craquement régulier, du métal pas du bois, et un sifflement. Une lumière blanche apparut dans l'interstice entre la porte et son chambranle.

En l'ouvrant, elle essaya de s'imaginer rendre visite à ses voisins. Sans histoires, calme et décontractée. Venue demander un service. *Je n'ai plus rien à boire. Vous n'auriez pas une bouteille de vin à me prêter, par hasard ?*

Clive Stringer était assis à côté d'une longue table en bois, le visage éclairé par une lampe-tempête. C'était ça, le bruit qu'elle avait entendu : le craquement de la pompe qu'il amorçait puis le sifflement de la flamme. À côté de la lampe il y avait une botte de fleurs, des marguerites surtout, enveloppées dans du papier journal humide. Elle essaya de ne pas les regarder ni de fouiller l'obscurité à la recherche de Laura. Roulés dans des sacs dans un coin, les filets japonais servant à attraper les oiseaux migrateurs. Et glissé à l'intérieur, le fil de nylon servant à les arrimer aux piquets. Il y avait un filet dans la chambre de Clive. Vera était sûre à présent que l'arme du crime était un fil de nylon. Elle était contente de faire ce gabarit, qui bloquait la porte. Il paraissait bien menu.

— C'est terminé, mon chou, lança-t-elle.

Le ton était amical. Elle ne pensait pas qu'il résisterait, se disait même qu'il serait peut-être soulagé de se faire arrêter.

— Vous feriez mieux de me suivre.

Il la dévisagea en silence.

Elle poursuivit, d'une voix toujours égale :

— Vous étiez le suspect logique une fois que j'ai su que Lily avait eu une liaison avec Peter Calvert. Vous étiez le lien entre les deux familles. Mais je n'arrivais pas à comprendre pourquoi. Vous l'avez fait pour eux, c'est ça ? Pour Tom et pour Peter. Vos amis.

Elle crut qu'il allait répondre, mais il attrapa la lampe par sa poignée métallique et la projeta contre le mur. Le verre vola en éclats et le bois prit aussitôt ; la peinture cloqua et se boursoufla sous l'effet des flammes qui léchaient la traînée de paraffine. Stringer recula dans l'angle opposé à Vera. Elle ne s'occupa pas de lui, son attention désormais toute à Laura, silhouette inerte étendue à ses pieds. L'adolescente était enroulée dans une couverture. Le visage caché. Vera la souleva, la sentit si légère et menue. Ashworth, à la porte, lui hurlait de sortir. Vera lui passa le ballotin et se tourna vers Stringer. Il était presque cerné par les flammes, mais ses vêtements demeuraient intacts. La fournaise se reflétait dans le verre de ses lunettes. Elle essaya de lui faire entendre raison.

— Sortez, mon vieux. Vos amis ne voudraient pas ça.

S'il l'entendit il n'en laissa rien voir.

Elle allait s'avancer vers lui, mais Ashworth l'attrapa par le bras et la tira au-dehors. Il avait étendu la petite dans l'herbe. Elle avait le visage barbouillé, la bouche bâillonnée par un large ruban adhésif, les pieds et les poings ligotés. Vera arracha le Scotch, tâta son pouls. Elle ne vit pas la cabane s'écrouler, le toit de lourde tôle s'abattre sur l'homme qui était toujours à l'intérieur, l'écrasant si bien que même s'il avait voulu s'enfuir, il n'aurait pas pu. S'il cria, elle ne l'entendit pas.

## 44

Vera avait rêvé de ramener Laura à Julie. Depuis la minute où elle avait compris que l'adolescente avait été enlevée, c'était cette perspective qui lui avait permis de garder le cap. Elle se voyait dans la cuisine de Seaton, un bras autour de l'épaule de Laura. *Regardez qui est là, mon chou. Je vous avais bien dit que je vous la ramènerais saine et sauve.* Et bien sûr Julie lui était reconnaissante. Dans son rêve.

Car cela ne se passa pas ainsi. Dans la réalité, ce

fut Ashworth qui devint le héros. Quand Vera ôta le bâillon de Laura, cette dernière commença à s'étouffer. L'épouvante de sa journée avait fini par susciter une crise d'asthme. Ou le fait de n'avoir pas pu respirer correctement pendant tout ce temps. Ce fut Ashworth qui comprit ce qui se passait, appela des secours, accompagna la petite à l'hôpital. Qui était assis à ses côtés et lui tenait la main alors que l'ambulance filait comme une flèche, toutes sirènes hurlantes, vers le centre hospitalier de la Wansbeck. À leur arrivée elle était beaucoup plus calme. Les médecins la gardèrent en observation pour la nuit, mais dès le lendemain matin il lui tardait de rentrer chez elle. Une petite fille qui voulait sa maman.

Il était minuit quand Holly fit entrer Julie dans la chambre de Laura. La jeune femme était tendue et circonspecte. Tant qu'elle ne l'avait pas vue elle n'osait croire que sa fille était saine et sauve. Ashworth était toujours assis à côté du lit. Ce fut lui qui vit Julie fondre en larmes, lui qui reçut sa gratitude. Et Vera avait beau se dire que c'était pitoyable, ça la contrariait. Elle avait tant désiré être celle que Julie remercierait avec des sanglots dans la voix. Au moins avait-elle eu raison pour l'assassin. C'était tout de même une consolation.

Au lieu d'aller rendre la fille à sa mère, elle fit le pied de grue à Deepden en attendant l'arrivée du cirque ambulant qui suivait toujours un grave incident. Les pompiers furent les premiers sur les lieux. Ils parurent déçus que le feu soit si petit, si facile à contenir. Elle eut l'impression qu'ils estimaient que leur venue ne se justifiait que parce qu'il y avait un mort. Tout en les regardant, elle ne pouvait se défaire de l'image de Clive Stringer derrière ses lunettes rouge feu, presque immobile pendant que la cabane s'embrasait autour de lui. Il l'avait tout de même eu, son grand final. Plus tard, quand les techniciens de scène de crime fouillèrent les décombres, ils trouvèrent des tiges de fleurs encore entières et intactes.

Vera arriva à Fox Mill à l'instant même où Peter Calvert montait dans sa voiture. Elle vit Felicity regarder par la fenêtre de la cuisine, les traits tirés par l'inquiétude. Vu son humeur, Vera était peu encline à la compassion.

— Je veux vous parler, fit-elle.

Calvert commença à s'emporter.

— Vous m'avez menti, insista-t-elle. Je pourrais vous inculper.

Elle aurait aimé être un homme. Elle avait envie de le frapper.

— On va aller discuter au cottage, d'accord ? Dans le petit nid d'amour. Ça vous rafraîchira peut-être la mémoire. Ne bougez pas, j'ai la clef. Je l'ai récupérée à l'IJ. Pas la peine d'enquiquiner votre femme avec ça. Pas tout de suite.

Elle partit vers le pré, sachant que le professeur la suivrait. Quand il arriva elle était assise à la table de la cuisine.

— C'est ici que Clive a tué Lily Marsh, déclara-t-elle. Mais vous le savez déjà. Ou du moins vous le soupçonniez. Sinon, pourquoi vous auriez menti pour la carte aux fleurs séchées ?

Il prit place face à elle, esquissa un sourire.

— Un petit mensonge sous pression, inspecteur. Ça ne veut rien dire.

— Vous avez manipulé Clive. Vous étiez son héros. Vous saviez qu'il ferait n'importe quoi pour vous. Vous lui avez parlé de Lily. Comment elle menaçait de révéler votre liaison au grand jour. Quand ? Lors de l'un de vos déjeuners intimes du vendredi ?

— J'avais besoin de me confier, inspecteur. C'était une période difficile.

— Comment vous lui avez mis l'idée en tête ? « Si seulement elle avait un accident... » Vous lui avez parlé de la carte. Vous craigniez qu'elle ne s'en serve comme preuve de votre liaison ? « Mais au moins je ne l'ai pas signée. Personne ne pourra remonter jusqu'à moi. Nous avons été extrêmement prudents. » Et vous avez omis les baisers. Seulement vous ne vous attendiez pas à ce que Clive mette au point un plan si tortueux. C'était un joueur d'échecs. Il aimait les stratégies compliquées. Et il n'était pas vraiment en prise avec la réalité – mon lieutenant s'en est aperçu dès leur première rencontre. Il avait sa propre raison pour vouloir la mort de Luke Armstrong, alors il a commencé par lui. Ensuite, pour renforcer le rapport avec Lily et vous protéger, il a envoyé la carte. Vous deviez le savoir. Sinon vous ne m'auriez pas menti quand je vous ai demandé si vous aviez envoyé cette carte à Lily.

Elle s'arrêta pour reprendre son souffle.

— Quand, monsieur Calvert ? Quand est-ce que Clive vous a avoué qu'il avait tué Luke et Lily ?

Le professeur ne souffla pas mot.

Vera écrasa son poing sur la table, si fort qu'elle sut qu'il serait endolori le lendemain.

— Vous êtes tranquille, mon gaillard. Je n'ai pas vraiment de quoi vous inculper. Le ministère public rejetterait le dossier en quelques minutes. Vous êtes assez intelligent pour savoir comment ces choses-là fonctionnent. Mais dites-le-moi. Soulagez ma curiosité.

— Il y a quelques jours une fauvette sarde a été repérée à Deepden. J'ai ramené Clive en ville. C'est là qu'il me l'a dit. Comme si j'aurais dû être content de lui. J'étais horrifié.

— Mais pas au point de venir tout nous raconter.

Elle affichait un calme trompeur.

— Il aurait pu faire une nouvelle victime. Mais vous avez préféré continuer à la boucler. Pourquoi, professeur Calvert ? Un sens pervers de la loyauté ? Ou bien vous aviez peur que Clive ne vous implique dans les meurtres ?

— Je n'ai pas à vous écouter, inspecteur. Comme vous l'avez dit vous-même, vous n'avez rien contre moi.

Il se leva et s'en alla. Vera le regarda traverser le pré, s'arrêter pour envoyer un baiser de réconfort à son épouse, qui n'avait pas dû quitter la fenêtre.

À dix heures ce matin-là la femme d'Ashworth commença à avoir des contractions. Joe appela Vera au bureau à l'heure du thé pour lui annoncer que c'était un garçon. Jack Alexander. Il pesait près de cinq kilos, un vrai malabar. Vera s'apprêtait à quitter le commissariat pour aller se coucher, mais elle accepta de le retrouver pour fêter ça autour d'un verre. Elle avait du mal à se réjouir des bébés des autres, mais elle préférait boire quelques bières avec Joe plutôt que de rentrer complètement sobre dans une maison vide. Finalement, elle l'invita à passer chez elle en rentrant de l'hôpital. Elle savait qu'elle ne pourrait pas se contenter de deux demis et ça lui éviterait d'avoir à conduire. En chemin elle s'arrêta au supermarché et acheta une bouteille de champagne et un gros bouquet de fleurs pour Sarah. Elle se dit qu'Ashworth apprécierait le geste. Dans le chariot elle mit également un plat indien tout prêt et une bouteille de Grouse. Elle aurait besoin de quelque chose pour s'endormir.

Ashworth arriva quelques minutes après elle. De la fenêtre de la cuisine Vera le vit bondir de sa voiture, yeux chassieux et rayonnant de bonheur. Elle avait déjà descendu un grand scotch. Elle rinça le verre et le remit sur le plateau, pour que Joe ne s'en rende pas compte.

Ils s'installèrent dans le jardin. La maison était encore plus en désordre que d'habitude et elle ne voulait pas qu'il voie ça. Elle n'aurait pas supporté qu'il la plaigne. Elle était étourdie par le manque de sommeil. Les animaux de ses voisins ponctuaient leur conversation - moutons, chèvres, l'inévitable coquelet.

— Tu avais raison, finalement, fit-elle. Stringer était cinglé.

— Vous saviez que c'était lui, pas vrai ?

— Je pensais que c'était une possibilité.

— Vous ne l'avez pas dit.

— Pas de preuve. Et j'ai connu des gars comme lui quand j'étais jeune. Obsessionnels. Solitaires. Ils ne sont pas tous devenus des tueurs en série.

— Pourquoi lui, alors ?

— C'était un romantique. Il croyait au bonheur familial.

— Ça ne fait pas un mobile, ça.

— Pour lui, si. Selon sa logique tordue.

En regardant au loin, elle se dit que les collines paraissaient bien nettes et toutes proches ce soir. Elle ne serait pas surprise que le temps se gâte bientôt.

— Il va falloir que vous m'expliquiez.

Joe aussi croyait au bonheur familial, y croyait même avant de connaître le sien. Mais le fait est qu'il avait grandi dans une famille heureuse. Elle le surprit à la regarder comme si elle était folle.

— Clive était seul, commença Vera. Pas de papa. Pas d'amis. Rien que sa sorcière de mère qui s'évertuait à le sucer jusqu'à la moelle. Il avait deux familles de substitution – les Sharp et la bande d'ornithos de Peter Calvert. C'est pour elles qu'il a tué. Il était très proche de Tom Sharp, il s'était occupé de lui quand il était petit et il tenait Luke pour responsable de sa mort. Quant aux Calvert, ils représentaient le couple idéal. Il idolâtrait Peter et se croyait amoureux de Felicity. Il ne voulait pas qu'elle souffre en apprenant la liaison de son mari.

— On ne saura jamais vraiment ce qu'il avait dans le crâne.

Ashworth leva la tête de son verre. Elle vit qu'il était plein de l'émerveillement de son fils tout neuf, tout fripé, rouge et hurlant. Elle avait dû entendre tous les détails de l'accouchement avant qu'il la laisse évoquer les meurtres. Combien Sarah avait été courageuse. « Elle n'a pris que quelques bouffées de gaz et d'air. » Il se fichait bien de savoir pourquoi Clive Stringer avait tué deux personnes et en avait kidnappé une troisième. Pas ce soir. *Maboul* lui suffisait.

Mais Vera ne s'en fichait pas. Et elle savait.

— Peter Calvert était son héros. Clive exauçait son souhait, il sauvait son mariage, se débarrassait définitivement de Lily Marsh. Tu te rappelles, au musée, on a demandé à Clive si, au cas où il apprendrait qu'un de ses amis avait commis un meurtre, il nous le dirait. Il a répondu : « Sûrement pas. » On aurait dû lui demander s'il serait prêt à tuer pour ses amis.

Elle parlait presque pour elle-même. Le soleil, le whisky et le manque de sommeil l'avaient plongée dans une sorte de transe.

— S'il n'avait pas compliqué les choses, il aurait peut-être pu s'en tirer.

Joe leva la tête, enfin piqué par la curiosité.

— Qu'est-ce que vous voulez dire ?

— Lily Marsh était sa cible première. Elle risquait de faire de la vie de Calvert un enfer. On sait qu'elle commençait à devenir encombrante. C'est pour ça qu'elle s'est pointée avec James pour visiter le cottage. Elle supposait que Felicity parlerait de sa visite à son mari et qu'il saisirait la menace. *Reprends-moi ou je dis tout à ta femme.* Elle appelait Calvert au bureau. Elle s'était même convaincue qu'elle était enceinte. Calvert s'est confié à Stringer. Ils déjeunaient ensemble tous les vendredis. Il savait très bien que Stringer le portait aux nues et vu son ego, il est bien du genre à croire qu'un ami soit capable de tuer pour lui. On ne pourra jamais l'inculper pour ça, évidemment.

Elle imagina Clive dans sa maison de North Shields, les mots de Calvert lui tournant dans la tête, préparant les meurtres pendant que sa mère regardait des jeux télévisés dans la pièce d'à côté. S'obsédant, comme il l'avait fait avec les oiseaux et l'amitié.

— Il était féru d'échecs, poursuivit-elle. Il y jouait avec le fils Calvert. Il a mis au point le scénario de sa tragédie longtemps à l'avance.

— Alors pourquoi Luke Armstrong ? Et pourquoi il l'a tué en premier ?

— Il le fallait. Stringer voulait que rien ne puisse relier Calvert au meurtre. En faisant de Luke la première victime, il pensait qu'on se concentrerait sur lui pour chercher un mobile.

— Donc la première victime aurait pu être n'importe qui ? Stringer l'a choisie au pif pour brouiller les pistes ?

— Non. Ce n'était pas un hasard. Stringer n'aurait jamais pu se décider à tuer s'il ne s'était pas convaincu que Calvert avait besoin de lui, mais je crois qu'il était bien content que ça lui donne un prétexte pour supprimer Luke. Il lui reprochait la mort de Tom Sharp. Comme des tas de gens. Stringer considérait Tom comme un frère. Comme je te le disais, les Sharp étaient une famille de substitution. Quand il a entendu Gary parler de ses projets de sortie avec Julie, il a su qu'elle ne serait pas chez elle ce soir-là. Peut-être qu'il y a vu une sorte de signe, et il a décidé qu'il était temps d'agir. Mais il ignorait jusqu'à l'existence de Laura, il ne savait pas qu'elle était là quand Luke lui a ouvert la porte. C'est plus tard que Gary lui a dit que Luke avait une sœur et qu'elle dormait pendant le meurtre.

— Alors c'est pour ça qu'il l'a enlevée ?

— Non. Il y avait pris goût. Il était le maître de la situation pour la première fois de sa vie.

— Et c'est la cérémonie d'adieu à Tom Sharp sur la Tyne qui lui a donné l'idée des fleurs ?

— Peut-être. Il savait que la meilleure façon de mettre Calvert hors de cause, c'était de faire en sorte qu'on considère les deux meurtres comme une seule affaire, les crimes d'un fou qui frappait au hasard. Il fallait créer un rapprochement. D'où l'eau, les fleurs. Je ne vois pas Stringer trouver cette idée sur le moment. La mise en scène était préméditée.

— Je ne l'aurais pas cru si inventif.

— Eh bien, il n'a pas tout imaginé tout seul, mon chou.

Vera se resservit à boire, espéra que Joe avait l'esprit trop occupé par son fils pour s'en rendre compte.

— Il a pêché l'idée dans cette foutue nouvelle. Celle de Parr, qui nous a presque convaincus que c'était lui l'assassin. Dans le livre la victime mourait étranglée. Comment disait Parr ? « Comme une étreinte » ? Et ensuite l'assassin disposait son corps dans l'eau. Le livre était dans la chambre de Clive quand je l'ai visitée. Mais en poche. Pas la même édition que celle que j'avais empruntée à la bibliothèque. Couverture différente. Je n'ai pas relevé, sur le moment. Et dans la salle de bains il n'y avait que des produits de toilette pour homme. J'aurais dû le remarquer. Il a pris les huiles de sa mère pour parfumer le bain de Luke.

Elle finit son verre. Le troisième ? Ou quatrième ?

— Comme je disais, tout était prévu. Minutieusement. Il savait que Calvert avait envoyé à Lily une carte avec une fleur séchée. Alors il en a expédié une à Luke.

Au loin la voisine rappelait ses volailles au poulailler pour la nuit en frappant une cuiller contre un bol de pâtée. L'idiote avait un nom pour chacune, pleurait quand il fallait leur tordre le cou. Vera récupérait les carcasses pour ses ragoûts.

— Il a volé une voiture pour aller à Seaton. On avait vérifié les agences de location, mais pas les plaintes pour vol. Je me suis laissé avoir, je ne l'aurais jamais pris pour un voleur, mais il avait suffisamment traîné avec les Sharp pour savoir comment s'y prendre. J'ai appris aujourd'hui qu'il avait même été bon à ce jeu-là. Adolescent, il lui arrivait de fournir des voitures à Davy. Il a arrêté quand Calvert lui a dégoté ce poste au musée. Après avoir tué Luke, il a abandonné la voiture à Shields. S'il s'était arrêté là on ne l'aurait jamais pincé. Mais il n'avait pas atteint son but, évidemment. Son but, c'était de tuer Lily Marsh, sauver le mariage de Calvert, se rendre indispensable.

— Il l'a tuée dans le cottage de Fox Mill ? s'enquit Ashworth.

Assez intéressé enfin pour poser des questions, happé malgré lui par l'histoire.

— Forcément. Sinon, comment est-ce qu'il aurait fait pour se retrouver seul avec une femme pareille ? Il a dû lui envoyer un mot. En imitant l'écriture de Calvert peut-être, ou par mail. On ne le saura sans doute jamais. Mais je suis sûre qu'il est allé au cottage. J'ai appelé Felicity Calvert cet après-midi. J'ai insisté et elle a fini par se rappeler avoir vu un Land Rover blanc sur le chemin en ramenant James de l'école. Avec assez de temps les experts retrouveraient sa trace.

— Le Land Rover blanc volé au service des eaux. C'est comme ça qu'il a transporté le corps jusqu'à la mer.

— Il l'a piqué au dépôt, dit-elle. Personne n'avait rien remarqué jusqu'à ce que je leur demande de vérifier. C'est pour ça que Davy Sharp m'appelait hier. Il avait ouï-dire que Clive avait recommencé à voler. Il ne comprenait pas, vu tout ce qu'il avait à perdre. Et il avait eu vent de l'enlèvement de Laura. Avec le Land Rover Stringer a pu traverser les champs et les cailloux jusqu'à la crevasse. C'est pour ça que personne ne l'a vu porter le corps de Lily.

Vera commençait à se sentir drôlement fatiguée, à se détendre. Encore un verre et peut-être arriverait-elle à s'endormir ce soir.

— Clive a dû retourner à Seaton et surveiller la maison, peut-être depuis l'étang. Il a vu Laura. C'était un habitué du coin. Il observait les oiseaux dans les parages depuis tout petit. Si un passant l'a vu avec ses jumelles, il n'y aura pas fait attention.

Les ornithos font partie du paysage. Le jour de l'enlèvement il a dû suivre Laura presque jusqu'à l'arrêt de bus, attendre que la route soit déserte. La gosse était maigrichonne, pas bien difficile à maîtriser. Clive n'avait jamais eu de copine. Imagine les fantasmes, le soir dans son lit en lisant cette nouvelle. Je suis sûre que la petite le fascinait. D'autant plus qu'elle ressemblait énormément au personnage de Parr. Il se sera trouvé une justification – que Laura avait pu le voir le soir où il avait tué Luke, ou qu'il fallait nous réorienter vers les Armstrong parce qu'on s'approchait trop de Calvert. Mais ce n'est pas pour ça qu'il s'est levé aux aurores pour la kidnapper. Et il l'a gardée en vie parce qu'il aimait l'idée de l'avoir sous la main. Il l'a laissée dans le coffre de la voiture volée pendant qu'il assurait son alibi en allant bosser au musée. Et tout ce temps il méditait le meurtre, la mise en scène. Comme elle serait belle dans la mort. Il a quitté plus tôt, filé à Deepden et enfermé Laura dans la cabane de baguage.

— Mais il comptait la tuer ?

— Bien sûr. Il avait les fleurs avec lui.

Ashworth termina son verre, regarda sa montre.

— Je vais rentrer. La mère de Sarah a eu Katie tout l'après-midi. J'ai hâte qu'on se retrouve tous ensemble à la maison demain.

Vera le regarda rejoindre sa voiture, champagne dans une main et fleurs dans l'autre. Elle se dit que, mariée à un homme comme Joe Ashworth, elle s'ennuierait tellement qu'elle aussi, elle finirait par tuer.

*Remerciements*

Merci à Helen Pepper pour tous ses conseils sur l'analyse des scènes de crime.

Comme toujours, les erreurs ne tiennent qu'à moi.

*Composition et mise en pages :* FACOMPO, LISIEUX

Achevé d'imprimer par GGP Media GmbH, Pößneck
en Mars 2009
pour le compte de France Loisirs,
Paris

N° d'éditeur : 54862
Dépôt légal : Janvier 2009
Imprimé en Allemagne